dtv

Hannah Luckraft ist Ende dreißig, ihr Leben alles andere als eine Erfolgsgeschichte, und es dämmert ihr, dass es so eigentlich nicht weitergehen kann: Die Anzeichen, dass es ihrer Seele nicht gut geht, mehren sich, ihre Familie fühlt sich von ihr verletzt, ihre wenigen Freunde sind eher sonderbare Typen, und auch auf ihren Körper ist kein Verlass mehr. Der Zahnarzt Robert scheint ihr Liebe und Rückhalt zu bieten, vielleicht ist er aber auch nur ein weiteres Symptom jenes Problems, für dessen Beseitigung es höchste Zeit wird.
In ›Paradies‹ gelingt es A. L. Kennedy, das Trostlose und das hinreißend Komische miteinander zu verbinden. Es ist die Geschichte einer gescheiterten Existenz, voll finsterer Abgründe und lyrischer Stellen von atemberaubender Schönheit. Ein mutiges und kompromissloses Buch, das man nicht vergisst.

A. L. Kennedy, 1965 im schottischen Dundee geboren, wurde bereits mit ihrem ersten Roman ›Einladung zum Tanz‹ (2001) berühmt und zählt zu den bedeutendsten zeitgenössischen englischen Autorinnen. Sie wurde mit zahlreichen wichtigen Literaturpreisen ausgezeichnet. 2007 erhielt sie den Österreichischen Staatspreis für Europäische Literatur und 2016 den Heine-Preis. Kennedy lebt in Glasgow. Sie unterrichtet kreatives Schreiben an der University of Warwick.

A. L. Kennedy

Paradies

Roman

Aus dem Englischen
von Ingo Herzke

dtv

Von A. L. Kennedy sind bei dtv außerdem erschienen:
Das Blaue Buch (14310)
Gleißendes Glück (14488)

Die erste deutschsprachige Ausgabe von ›Paradies‹
erschien im Jahr 2005 im Verlag Klaus Wagenbach, Berlin.

Ausführliche Informationen über
unsere Autoren und Bücher
www.dtv.de

MIX
Papier aus verantwortungsvollen Quellen
FSC® C019821

2017 dtv Verlagsgesellschaft mbH & Co. KG, München
Die englische Originalausgabe erschien 2004
unter dem Titel ›Paradise‹ bei Jonathan Cape in London.

Umschlaggestaltung: Wildes Blut, Atelier für Gestaltung,
Stephanie Weischer unter Verwendung eines Fotos
von Arcangel Images/Sarah Ann Loreth
Gesetzt aus der Minion 10,2/14,7˙
Gesamtherstellung: Druckerei C. H. Beck, Nördlingen
Gedruckt auf säurefreiem, chlorfrei gebleichtem Papier
Printed in Germany · ISBN 978-3-423-14576-3

Für Mutter

Mo rùn geal òg

I

Wie es passiert, ist immer eine lange Geschichte.

Und ich beginne sie anscheinend damit, hier zu sein: ein kastenförmiger Raum, zu groß, um behaglich zu sein, die schmutzige Decke gerade niedrig genug, eine allgemeine, aber eindeutige Aura von Klaustrophobie zu erzeugen. Zu meiner Linken eine übergroße Uhr, wie sie gern in Vorschulen und Altenheimen verwendet wird, die Sorte mit großen, schwarzen Ziffern und trickfilmdicken Zeigern, die einem die Uhrzeit praktisch ins Gesicht schreien, ob man sie wissen will oder nicht. Sie zeigt 8 Uhr 42 und schreitet voran. Darüber ein unbestimmt blendendes gelbes Licht.

8 Uhr 42.

Aber ich weiß nicht, was – abends oder morgens. Nach allem, was ich bisher sehen kann, möchte ich in beiden Fällen nicht viel länger als bis 8 Uhr 43 etwas damit zu tun haben.

Mit einer Faust, bemerke ich, umklammere ich einen Schlüssel. Daran hängt ein Anhänger aus fiesem, grünem Plastik, durchscheinend und in eine Form gepresst, die illustriert, wie ein schon lange totes, zu krankhafter Größe aufgeblähtes Ohr aussehen dürfte. Nur, weil es mit so etwas wie einem Stiel, Rippen und Adern versehen ist, erkenne ich, dass es eigentlich ein Blatt sein soll. Ich nehme an, dieser Schlüssel soll mir gefallen und ich soll mich im Zweifel zu seinen Gunsten entscheiden, weil alle Menschen Bäume mögen und folgerichtig auch Blätter. Aber ich mag keine Blätter, auch keine echten.

Ich kann Ihnen aber sagen, was ich mag: was ich sogar anbete – ich sehe es gerade vor mir, und es ist herrlich, das Hübscheste, was ich seit 8 Uhr 41 erblickt habe. Es hat mit meiner anderen Hand zu tun – der blattlosen Hand.

Es ist eine Flüssigkeit.

Ich liebe Flüssigkeiten.

Sie steigt im Becher dem Krug entgegen, im ständig sich erneuernden, malzigen Strudel: Sie fällt vom Krug in den Becher, wie ein Muskel, der sich ständig spannt und wieder spannt, wie das honigfarbene Herz eines endgültig spezialisierten Tieres. Sie glitzert und ergießt sich natürlich – ein Getränk gießt sich ein, eilt ins Glas, um einen Durst zu lindern, so, wie es soll. Ich stelle den Krug ab und hebe das Glas, so, wie *ich* soll.

Ich nehme an, es ist mit einer Art Apfelsaft gefüllt, und bei näherem Hinsehen stelle ich fest, dass es stimmt – nicht sehr angenehm, aber nass und notwendig. Die Luft und daher auch mein Mund schmecken momentan nach billigen Reinigungsprodukten, unglücklichen Leuten, einhundert Jahren hartnäckigen Zigarettenrauchs und Urin, in dem kleine Kinder liegen gelassen werden. Das heißt, ich brauche mein Getränk. Und außerdem habe ich tatsächlich, wenn ich darüber nachdenke, einen furchtbaren Durst.

»Furchtbares Wetter?«

Ich schlucke Fruchtersatz, nicht einmal aus Konzentrat hergestellt, also kann ich kein Wort von mir gegeben haben – ich habe nichts gesagt.

Furchtbarer Durst: furchtbares Wetter – doch das Echo ist zufällig, ich müsste schon ziemlich paranoid sein, um etwas anderes zu glauben. Dennoch kommt mir die Bemerkung wie ein Eindringling vor – als hätte sie Zugang zu meinem Schädel –, und so drehe ich mich um, ohne auch nur ein Lächeln vorzubereiten, und entdecke die verantwortliche Person direkt hinter mir: ein zotteliger, rötlich blonder, herumlungernder Mann. Er hat halblange, gelbliche, lockige Haare, die in seiner Jugend vielleicht mal niedlich aussahen, sich aber inzwischen zu einer fusseligen Peinlichkeit gelichtet haben. Ich kann mir beinahe vorstellen, wie er jeden Abend darum betet, über Nacht kahl zu werden. Bisher hat Gott sich nicht gnädig gezeigt.

Fusselkopf versucht, forschend zu schauen, auch wenn er nichts weiter sagt und ich ihm weder in die Augen sehe noch ihn sonst irgendwie ermutige. Er ist so jemand, der Hobbys haben könnte: traurige Hobbys, über die er reden möchte.

Ich sehe mich rasch um und entdecke kein Fenster, was seine meteorologische Unsicherheit erklären könnte. Keiner von uns beiden kann eine Ahnung haben, was das Wetter da draußen gerade treibt. Andererseits macht Zottel den Eindruck, als sei er ständig unsicher: Möglicherweise hat er schon einen Blick auf die Welt außerhalb dieses Raumes geworfen und hat tatsächlich im Voraus Kenntnis von den herrschenden Wetterverhältnissen – Monsun, Sandstürme, Schneeregen – und hofft einfach, dass ich seine Beobachtungen bestätigen werde.

Ich habe natürlich keinerlei Kenntnisse im Voraus, keine Spur.

Hinter uns beiden ist ein nachgemachter Karren aufgebaut – offenbar aus Edelstahl, dennoch mit einem damenhaften Baldachin und üppigem Chintz-Volant versehen. Darin erkenne ich flimmernde Hitzestrahler und Tabletts voller orangefarbener, brauner und grauer Dinge, die Essen sein dürften, nehme ich an. Das Ganze riecht nach nichts als Langeweile und vielleicht noch nach altem Fett.

»Wirklich schrecklich … Oder?« Er versucht es noch einmal: Vielleicht jammert er noch übers Wetter, vielleicht ist er einfach depressiv, mich kümmert es im Grunde wenig.

»Widerlich.« Ich nicke und wende mich ab.

Aber Zottel muss noch einmal nachhaken. »Tchssss …« Er scheint das alles sehr persönlich zu nehmen, was es auch sein mag. Und ich bemerke, dass in den huschenden Blicken, die er mir hin und wieder zuwirft, eine leichte Erwartung liegt. Könnte sein, dass er mir schon bald Kopfschmerzen macht.

»Ffffmmm …« Er nickt, als hätte sein Geräuschrepertoire außerhalb seines Kopfes irgendeine Bedeutung.

Immerhin kann ich nicht leugnen, dass er außerdem Englisch spricht, jedenfalls beinahe – das ist ein Hinweis. Das bedeutet, dass ich wohl annehmen kann, mich in einem Hotel in einem englischsprachigen Land zu befinden. Oder ich bin nur von Fusselkopf abgefangen worden, der selbst Englisch spricht und geraten hat, dass ich es ebenfalls tue, und könnte ebenso gut sonst wo sein.

Inzwischen hängt er immer noch unentschlossen im Hintergrund, und ich hoffe sehr, dass sich das nicht zu einer eigenartigen Demonstration langlebiger nationaler Solidarität auswächst. Um ihm auf den Weg zu helfen, versuche ich, abweisend zu klingen, obwohl mir nicht klar ist, was ich eigentlich abweise: »Grauenvoll. Beinahe *erschreckend.*«

Das scheint zu funktionieren. Er weicht einen Schritt zurück, noch einen, und tritt niedergeschlagen den Rückzug an. Ich glaube, sicher annehmen zu können, dass unsere Unterhaltung beendet ist.

Um mich herum beugen sich verschiedene Gruppen und Einzelpersonen über Schalen mit Frühstücksflocken, Teller voller glänzender Dinge, zusammenfallende Brötchen. Der Teppich ist großzügig mit einer Art Brotschuppen bestreut: Sämtliche Tische sind ebenfalls vollgekrümelt, dazwischen steht in eingedrückten Vasen unglaubwürdiges Blattwerk. In unschönen Abständen hängen an den Wänden Reproduktionen alter europäischer Werbeplakate: ein britisches Hotel also. Dieses Ausmaß an Grausigkeit wird nur auf den Britischen Inseln erreicht. Und mit Sicherheit ist dies das Frühstück. Also: 8 Uhr 44, nein, 8 Uhr 45 am Morgen, Frühstück in einem billigen britischen Hotel.

Ich bin zu Hause. Vielleicht.

Mit dem Rücken zur Wand stochern eine schreiende Ehefrau und ihr unhörbarer Ehemann in Pilzen und Würstchen herum. »Wir müssen uns auch einen Gasgrill besorgen. Das Essen bei ihnen war das herrlichste, das ich je gegessen habe, das herrlichste. Das war das herrlichste Essen.« Ihr Partner kaut und kaut, während ich mir den feiner und feiner werdenden Brei, den er dabei produziert, nicht vorzustellen versuche. »Und dieses kontinentale … kontinentale … kontinentale …«

Kontinentale, **was***? Bettlaken? Frühstück? Liebesnest? Sprachprogramm zum Selbstlernen?*

Sie wird nie zum Ende kommen, ich werde es nie erfahren, er wird nie aufhören zu kauen – ich weiß es. Ich möchte gar nicht daran denken, wie sie frei und ungehindert den Globus umkreisen und überall Menschen in den Wahnsinn treiben – bis die verzweifelt in den Gasgrill flüchten. Ich fülle mein Glas aufs Neue und konzentriere mich.

Dann erinnere ich mich mit schmerzhafter Klarheit an einen Steward, der die unruhige Perspektive eines Flugzeuggangs verdeckte und seine Arme durch die üblichen Sicherheitsbelehrungen tanzen ließ: die Sauerstoffmasken, zunächst für einen selbst, bevor man sie seinen nach Luft schnappenden Kindern reicht, die Leitlichter am Boden, die einen durch Qualm und Dunkel locken sollen. Er hatte Spaß an der Sache und schwitzte nur ein klein wenig von all den ausholenden Bewegungen, mit denen er den beruhigenden Text begleitete. Dann versuchte er, seine Rettungsweste – *Nur zu Demonstrationszwecken* – anzulegen, und scheiterte grandios.

Ich sah ihm zu, konnte nicht anders, wie seine eben noch flüssigen Handbewegungen ins Stottern gerieten, wie das mit Gummi beschichtete Gelb zerknautschte und immer weniger hilfreich aussah, eher wie ein schmuddeliges Lätzchen. Als er eigentlich einen festen Doppelknoten an der Hüfte schlagen sollte (um dann zur Demonstration der aufblasbaren Kammern, der praktischen Notpfeife und der netten Signallampe zu schreiten), verknäuelten sich die Leinen auf perverse Weise, und je heftiger er daran riss und beruhigend lächelte, desto mehr hakte und klemmte alles. Da ließ er den Kopf sinken und begann, ernsthaft mit seiner Weste zu kämpfen, das Blut stieg ihm vom Nacken ins Haar empor. Inzwischen hatten sich richtige Knoten gebildet, seine Finger krabbelten feucht und machtlos um sie herum. Einen Atemzug lang schaute er hoch, und ich grinste ihn an – welcher Gesichtsausdruck war sonst möglich als ein entschlossenes, ermutigendes Grinsen? –, und dieser Augenblick stellte klar, wir wussten beide, dass er jetzt einen echten Notfall vorführte. Genau so würden wir in Panik geraten, uns verheddern und zu lange brauchen, wenn die Maschine abstürzte. Genau so wären wir im Dunkeln gefangen und würden uns ungeschickt abmühen. Genau so würden wir umherstarren, während das Grauen gegen unseren Willen zuschlug. Genau so würden wir ins Wasser stürzen und spüren, wie jede Spur von Schutz und Sicherheit ganz einfach abriss und davontrieb. Er zeigte uns, wie wir sterben würden.

Die Demonstration ging zu Ende, doch er blieb, wo er war, von sich selbst verwirrt, fast in Tränen, die Weste immer noch um sich geschlungen, schief und falsch zusammengeschnürt.

Das ist eine frische Erinnerung, sie schmeckt nach Nähe.

Und wieder grinse ich entschlossen und denke, dass ich irgendwo gewesen sein muss und nun zurückkehre, und diese Information ist neu und wichtig und ein Grund zur Freude.

Eine der vielen Freuden des Vergessens ist, wie wir alle wissen, das Erinnern. Man rennt von einem Zimmer ins andere und kann sich nicht vorstellen, wo man am Abend zuvor die Schlüssel hingelegt hat: Ohne sie ist man ans Haus gefesselt. Unterm Bett, in der Besteckschublade, hinterm Scotch, hinter den Schuhen, in den Taschen eines jeden Kleidungsstückes, das Taschen hat, im Mülleimer, in der Biotonne, im Brotkasten: Man hat jeden Winkel panisch abgesucht. Man sitzt verzweifelt auf seinem Bett, weiß nicht, wer den Zweitschlüssel hat und ob der Betreffende noch gut auf einen zu sprechen ist, und dann – streift die Hand sacht über den wunderhübschen Metallhaufen, die schwere kleine Schlüsselspinne, die Zugang zu allem verspricht. Den ganzen Vormittag haben die Schlüssel auf der Bettdecke gelegen und einem jedes Mal zugezwinkert, wenn man vorbeigelaufen ist. Aber jetzt hat man sie endlich und ist glücklich, viel glücklicher, als wenn man sie ganz ohne Verwirrung dort aufgegriffen hätte, wo sie immer liegen.

Heute Morgen ist ganz klar, dass mir mindestens ein kompletter Tag abhandengekommen ist, man kann sich also vorstellen, wie entzückt ich bin.

Aber immer noch durstig.

Immerhin habe ich schon ein gefülltes Glas an mich gebracht – wahrscheinlich 300 Milliliter, vielleicht sogar ein Tropfen mehr. Ich habe zwischen Flüssigkeitsoberfläche und Glasrand einen manierlichen Abstand gelassen – alles andere ist asozial und erregt Aufmerksamkeit –, doch selbst wenn der Saft bis zum Rand schwappen würde, wäre es noch nicht genug. Ein Liter wäre vielleicht gerade genug, würde vielleicht den Anfang einer Erfrischung bedeuten, ein Liter und kein bisschen weniger. Ich muss dieses Glas also im Stehen austrinken, nachschenken, austrinken, wieder nachschenken, mich dann in eine geschützte Ecke setzen und den Flüssigkeitshaushalt ausgleichen. Dazu muss man ungestört sein. Ich nehme an, dass es sich hier um eine Art rollendes Büfett von der üblichen Sorte handelt – *Nimm, so viel du kriegen kannst* – und dass niemand etwas gegen nackten Appetit einwenden wird.

Wie sich herausstellt, liege ich nicht falsch.

Ich umklammere Glas Nummer vier, durchwandere die Ruinen und murmele vor mich hin, halte Ausschau nach einem erträglichen Sitzplatz. Plötzlich scheint der Raum vollgestopft mit Menschen, nirgends ein freies Plätzchen.

Vielleicht esse ich später ein wenig Toast, wenn es Toast gibt. Vermutlich verfüge ich über Geld, um ihn zu bezahlen, es ist unwahrscheinlich, dass ich andernfalls hierhergekommen wäre.

»Äh …?« *Schon wieder.* Fusselkopf wedelt mit einer Hand auf enervierende Weise über einem leeren Stuhl. Dem einzigen leeren Stuhl in Sicht. »Ä-äh …?« Er versucht, mich mit diesem einen traurigen Vokal anzulocken.

Ich könnte einfach stehen bleiben.

Rechts und links von ihm lauern ganz offensichtlich seine Kinder: ein mürrisch blickendes Mädchen von vielleicht acht Jahren und ein kleinerer, dunkelhaariger Junge. Zum Glück hat keiner der beiden seine Haare geerbt. Sie scheinen beide ganz versessen darauf zu sein, den Inhalt verschiedener winziger Marmeladenpackungen auszudrücken und mit der Soße dann wahllos Gegenstände zu beschmieren.

Ich könnte auch zurück zum Fruchtsaft flüchten.

Ich könnte einfach wegrennen.

»Sie stören uns nicht. Wirklich nicht. Ist schon in Ordnung.«

»Ich werde Sie stören.«

»Werden Sie nicht.«

»Ich glaube schon.«

»Ne-ein.«

Die Kinder verlieren das Interesse daran, den Milchkrug zu besudeln, das Mädchen lutscht an ihrer Handfläche und sieht mich abschätzig an.

»Vielleicht einen Augenblick.« Ich weiche den schlimmsten Schlieren aus. »Sind wie Pickel, stimmt's?«

Vater Zottel schluckt eher unglücklich.

»Die Marmeladenpackungen – wenn man sie ausdrückt, dann ist das wie … na ja, ein bisschen wie …« Ich gebe auf, nippe schweigend an meinem Apfelsaft. Fünf oder sechs Schluck, und mein Frühstück ist vorbei. Außer dass ich mich immer noch unterversorgt fühle, irgendwie fehlen noch ein bis drei Gläser.

»Hiii-HA. Hiii-HA.« Natürlich hat er ein abnormes Lachen, warum sollte er normal klingen? Wie oft kann er bei einem Leben wie dem seinen wohl lachen? »Pickel. Hiii-HA.«

Jedenfalls ist es ein hässliches Lachen und sollte gestoppt werden. »Sie … brechen also auf?«

Er wird wieder ernst, ist leicht errötet und sagt leise, »Wir kommen zurück.«

»Aha.«

Der kleine Junge tippt mich unterm Tisch an, und seine Hand klebt eindeutig, als er sie wieder wegnimmt. Ich trage eine Jeans – die neu aussieht –, eine neue Jeans und ein T-Shirt. Meine Unterarme sind leicht gebräunt. Der Junge versucht es wieder. Ich schenke ihm meinen besten geduldigenoffenenundlebenslustigen Gesichtsausdruck. Früher oder später wirkt der immer. Ich bin ein Mensch, mit dem andere schnell warm werden – alle ohne Ausnahme werden warm. In einem Film würde meine fehlende Erinnerung bedeuten, dass ich eine

Killermaschine bin, von schrecklichen Regierungsbehörden geduldig ausgebildet, und dass sich meine Amnesie bald schon in einem Blutbad, in gewissenlosen Kampfhandlungen und brennenden Autos auflösen wird. Aber ich weiß, dass ich keine wie immer geartete Maschine bin. Ich bin ein menschliches Wesen, ein richtiger Mensch. Und ich bin sympathisch – fast unnatürlich leicht zu mögen. Der Junge wird angesichts meiner Aufmerksamkeit schüchtern, fühlt sich aber nicht unwohl. Das Mädchen starrt mich mit heftigem Grimm an. Bei ihr würde es länger dauern.

»Amelia. So wollen wir uns doch nicht benehmen.«

»Schon in Ordnung. Nicht schimpfen. Vielleicht ist sie müde. Nicht an Fremde gewöhnt.« Ich schütte den letzten Schluck Saft hinunter und bereite mich darauf vor, zu verschwinden – vielleicht habe ich ja irgendwo ein Zimmer mit anderen Vorräten und ohne Marmelade. Vater Zottels Ohren sind beinahe scharlachrot – offenbar hätte er gerne höfliche Kinder, ein bewundernswerter Zug, aber man kann solche Hoffnungen auch übertreiben. Er ist jetzt beinahe wütend, will sich unbedingt aufregen, also beruhige ich. »Amelia. Was für ein schöner Name.«

Daraufhin wirft mir das Mädchen einen leicht verletzten Blick zu und starrt die Tischdecke an. Sie hat also erwartet, dass ich ihren Namen kenne. Sie hat erwartet, dass ich ihn behalten habe. Wir sind uns also schon begegnet.

Auf dem Flug? Auf dem Flughafen? Im Hotelfoyer? Um 8 Uhr 35?

Ich entsinne mich eines Flughafens, wo ich in üblicher Manier herumtrottete und darauf wartete, anderswohin abzureisen – in einem Plattenladen Zeit vertrödelte und die DVDs durchgehe.

»Sagen Sie mal, *Lesbische Schlampen beim Sex* – worum geht es da?«

Der Mann am Tresen, schläfrig, voll mit Drogen oder tödlich gelangweilt: »Hm?«

»*Lesbische Schlampen beim Sex* – klingt ein bisschen vage. Ich will ja schließlich nichts kaufen, wo ich mir nicht sicher sein kann. Kommen da Cembalos drin vor? Oder Schlittschuhlaufen? Klappstühle? Gibt es Figuren, die Gedächtnisverlust vortäuschen?« Ich war in Plapperlaune, vergnügt und auf der Suche nach einem Kumpel, mit dem ich herumalbern konnte.

Der Mann am Tresen war nicht mein Kumpel. »Sie wollen sie nicht kaufen.«

Kaum hatte ich den Mund aufgemacht, wurde mir klar, dass er mein Geplapper womöglich als eine Art Anmache missverstand, was es nicht war, ganz und gar nicht.

»Natürlich will ich sie nicht kaufen – wo ist denn da das Geheimnis, der Raum für Fantasie?«

Er reagierte jedoch nicht, als würde er verführt – eher so, als sei er kaum noch am Leben. »Sie wollen sie nicht kaufen.« Er war monoton in jeder Hinsicht.

»Nein. Ich habe nicht die Absicht, etwas zu erwerben.« Und ich begab mich fort, ehe ich noch etwas anderes sagen konnte.

Oder.

Ich sagte tatsächlich, »Diese DVD würde ich nicht kaufen, wenn es die letzte auf dem Planeten wäre.«

Und dann sagte er, »Wissen Sie, was Sie können.«

Und dann sagte ich, »Mich selbst ficken und ein Video davon drehen, das *Ich ficke mich selbst* heißt.«

Ich kann mich an beide Enden erinnern, was die Sache schwierig macht. Aber ich glaube, das erste überzeugt mich mehr. Ich glaube, ich sagte ihm, dass ich keine Absicht hätte, etwas zu erwerben, und ging. Wie auch immer es sich abspielte, zu dem Zeitpunkt waren jedenfalls keine Kinder in meiner Nähe – ich hätte niemals so anstößige Dinge gesagt und über sexuelle Handlungen gesprochen, wären Minderjährige dabei gewesen. Ich habe Prinzipien.

»Amelia?« Ich versuche, wie jemand auszusehen, der nicht an schlimme Wörter denkt, und mich mit der Tochter zu versöhnen, und das ist nett von mir, denn ich habe ihr eigentlich nichts getan. Sie hat mich womöglich für eine Freundin gehalten, und ich war anscheinend etwas unfreundlich, vergesslich, mehr nicht. Mein Bruder hasste solches Benehmen, als er in ihrem Alter war. Ich auch. Es ist nichts Ernstes, aber trotzdem: »Amelia, ich hoffe, du hast eine angenehme Heimreise. Freust du dich darauf?«

»Mummy gefällt es zu Hause besser.«

»Ah.« Gott sei Dank, sie haben eine Mutter: Sie sind nicht völlig von Vater Fusselkopf abhängig. »Na, das ist doch gut.«

An dieser Stelle kann er nicht an sich halten und muss die Unterhaltung unterbrechen. »Ihre Mutter ist noch auf dem Zimmer. Müde.«

Das ist doch verständlich, ich wäre ständig völlig fertig, wenn ich mit dir verheiratet wäre. »Reisen strengt an.«

Am Essenskarren schaufelt eine Frau sich etwas auf, was nach Rührei aussieht. Selbst von hier kann ich die Klumpen zittern und glitschen sehen. Sie machen mich nervös, wie sie es eigentlich nicht sollten – Eier sollten eigentlich keine besondere Macht über mich besitzen –, und ich erkenne, dass mich ein Gefühl überkommen wird, etwas Unangenehmes, ein Zwischenfall. Etwas droht, über mir zuzufallen, was ich mir nur als einen riesigen grauen Deckel vorstellen kann. Das bedeutet, dass ich nur allzu bald weinen könnte oder instabil werde oder mich plötzlich übergeben muss. Zweifellos lässt mein Kopf mich wieder einmal im Stich. Es wird Schmerzen geben: So ist es immer; und zwar böse, unvorhersehbare Schmerzen: So sind sie immer. Nach so vielen Jahren erkenne ich die Vorzeichen.

Ich stehe vorsichtig auf, und der Junge schaut mich an, eindeutig trübselig, weil ich gehe. »Auf Wiedersehen, Du.« *Keine Ahnung, wie er heißt.* »Auf Wiedersehen, Amelia.« Amelia tritt in die Luft und ignoriert mich. »Auf Wiedersehen …« Ich mache einen Schritt und stoße gegen eine mich aufhaltende Hand – wer sonst als ihr Vater, der aufgestanden ist und von einem Fuß auf den anderen zappelt. Er müsste doch wissen, dass er so etwas nicht tun darf; nicht jetzt. Ich dränge, und mein Kopf drängt ebenso. Zottel wandelt seine Geste in ein halbes, leicht flehendes Händeschütteln um, und ich, höflich bis zum Schluss, ergreife seine glitschigen Finger und seine noch glitschigere Handfläche. »Auf Wiedersehen.«

»Auf Wiedersehen, Hannah.«

»Ja.« *Wir haben uns also alle namentlich vorgestellt, wie ungeheuer gesellig und zivilisiert.* »Ich bin dann weg.«

»Schön, Sie kennengelernt zu haben. Tut mir leid wegen der äh … Kinder.« Er leckt sich mit einem eigenartigen kleinen

Kratzen über die Lippen, als sei er aus seltsamem Material gemacht.

»Ja.«

»So sind sie eben, was?« Er scheint den grundlegenden Sinn des Verabschiedens nicht zu begreifen. »Na ja. Hmm. Meine Güte … Wir könnten doch …«

In tausend Jahren nicht. »Ja.«

»Guten Heimweg.«

»Ja«, nicke ich – und löse damit ein Gefühl von gleitenden Schichten aus, den Eindruck, schlecht aufgestapelt zu sein –, der Kopf wird empfindlich, ich bewege ihn nicht weiter, sondern halte still – ringe mir ein Lächeln ab –, und endlich lockert er zunächst seinen Griff, lässt dann ganz los.

»Auf – äh … Wiedersehen.«

Obwohl ich befürchte, dass er gleich wieder zuschnappt.

Ich ziehe mich so geschmeidig wie möglich zurück. »Auf Wiedersehen … zusammen. Wirklich.« Ich versuche, den Kopf gerade zu halten, stelle mir nicht vor, wie meine Persönlichkeit an den Seiten überschwappt und mir am Kinn herunterläuft.

Und das trägt mich an einer letzten Ansicht von Zottels irgendwie gestraftem Nachwuchs vorbei und schickt mich auf den schwankenden Weg in Richtung Tür, hinaus, einen Gang entlang (Gänge führen zu Treppen und Aufzügen, sind meine Freunde), durch eine Feuertür in ein Foyer, das durch verschiedene Menschenschlangen kompliziert wird – nicht sehr hilfreich –, aber ja, tatsächlich, da ist ein Fahrstuhl.

Als ich stehen bleibe, trägt die Bewegungsenergie meine Gedanken weiter voran, und sie drücken mir von hinten gegen die Augen, lassen sie feucht werden. Ich hebe meinen

Schlüssel, um ihn genauer betrachten zu können – er ist mit einer Kette an Blatt Nummer 536 befestigt: fünfter Stock also.

Und glücklicherweise ist außer mir niemand in der Kabine, als die Türen zusammenrauschen und mich in der unangenehm emporsteigenden Kiste einschließen. Die mich umgebenden Wände sind von Hüfthöhe aufwärts verspiegelt, um mehr Raum vorzutäuschen, was Klaustrophobikern sicher entgegenkommt, aber – den Gesetzen der Physik entsprechend – eine grauenhafte Folge hat: Ich kann mich selbst sehen. Natürlich nicht nur ein Selbst: Aus einigen besonders katastrophalen Winkeln spiegeln mein rechtes und mein linkes Selbst sich gegenseitig gnadenlos. Ich kann auf beiden Seiten sehen, wie mein Kopf in einem wogenden Korridor schrumpfender Wiederholungen immer kleiner wird, bis ich zum Schluss zu einem letzten, rosafarbenen Lichttropfen zusammenlaufe. Das tut weh.

Es ist nicht fair. Ich wollte doch nur Zimmer 536 finden und mich um meinen Kopf kümmern, und jetzt bin ich in diesem dreidimensionalen Memento Mori gefangen – ich starre die Ewigkeit an, die heulend vor mir flüchtet, das Vorher und Nachher (als wäre ich Statistin in einem richtig sadistischen kurzen Lehrfilm) und das, was ich gern als mich selbst betrachte, sind in diesem einen glotzenden Augenblick gefangen – und damit nicht genug. Schaut mich an – dies ist der einzige Moment, in dem ich zu erkennen bin, wo ich einen Sinn ergebe –, darüber hinaus bin ich nur noch verzerrt, und dann verschwinde ich ganz. Was ist das hier – *ein Jesuiten-Aufzug*? Ich bin momentan nicht zu Metaphysik fähig. Herrgott, ich wollte nur die Treppe vermeiden. Ich wollte nicht mit

Gewalt daran erinnert werden, dass ich nicht sterben möchte, niemals, nein, vielen Dank. Mir ist nicht wohl, und ich habe Angst, und hier drin ist weder für das eine noch für das andere genug Platz.

Ich bin also nicht gerade in perfekter Verfassung, als die Fahrstuhltüren sich mit einem schadenfrohen *Ping* aufschieben. Mein Schweiß kann sich im Gang wieder abkühlen, wo kleine Metallschildchen mit Pfeilen auf mich warten und hypothetische Richtungen vorschlagen.

543–589, *hier entlang;* 502–527, *dort entlang;* 518 *da drüben.*

Ich eile in verschiedene Sackgassen, finde Flure, die sich in den eigenen Schwanz beißen, stoße auf Wandschränke und Notausgänge, während der Boden unter meinen Füßen sich allmählich zu neigen beginnt, als sei ich in einem grausigen U-Boot.

Die Welt kann nicht so sein wie das hier. Ich weigere mich, das zu akzeptieren.

543–589, *hier entlang. Aber vorhin waren sie in* ***die*** *Richtung.*

Ich verneine die Existenz dieses Hotels in seiner gegenwärtigen Form. Ich verneine die Existenz dieses Hotels in seiner gegenwärtigen Form.

528, 529, 530 … *das ist ziemlich ermutigend, jetzt habe ich es wohl, kann nicht mehr weit –*

500.

Arschlöcher.

Ich verneine die Existenz –

Ich werde mich nicht übergeben.

Ich verneine die Existenz dieses Hotels –

533, 534 –

in seiner gegenwärtigen Form.

Ich verneine

535 … 536.

536.

Also gut.

Langsam. Langsam darauf zugehen, sie könnte sich bewegen. Lass die Schlüsselkette nicht klimpern, stoß keine plötzlichen Schreie aus, aber, sobald ich so weit bin … den verdammten Knauf festhalten, fest zupacken, Schlüssel ins Schloss, richtig rein, rein, okay. Und. Drehen. Alles drehen.

Das Zimmer willigt ein und lässt sich öffnen und ist tatsächlich mein Zimmer – da liegt meine Reisetasche auf dem Fußboden, der Reißverschluss offen, und das ist mein eigener, mein persönlicher Reisewecker, der streng neben dem rötlichen Bett tickt: dem weichen, dem horizontalen, dem ersehnten Bett. Nichts ist besser, als verwirrt, unglücklich und sehr müde zu sein und dann zu entdecken, dass man ein Bett hat.

»Könnte ich, ahm, … ich habe Zimmer fünf drei sechs, und ich dachte, Sie könnten mir sagen, ob ich heute abreise … fünf … sechsunddreißig … ja, genau, drei sechs. *Fünf drei sechs.*«

Ich gebe zu, ich hatte erwartet, dass jemand, der in einem Hotel arbeitet, vielleicht ab und zu in der Lage ist, eine Zimmernummer aufzunehmen, aber ich werde jetzt nicht schnippisch, das wäre nicht sehr konstruktiv und würde meiner Stimmung nicht entsprechen. Ich habe zwei gänzlich leere Stunden verschlafen – beinahe zweieinhalb –, ich nehme an, ich habe auch mein kopfbedingtes Unwohlsein überschlafen und die bedrohlichen Gedanken an Tod und Verderben. Inzwischen geht es mir ganz gut, und wäre ich ruhiger gewesen, hätte ich auch vorhin gewusst, dass der einzige Grund für meine Beschwerden Müdigkeit war.

Während ich mich also nun besänftigen lasse, tönt ein dumpfes Klacken aus dem Hörer – vielleicht spielt die Empfangsdame mit ihrem losen Gebiss. Sie murmelt einen Namen.

»Entschuldigung, *wer?* … Oh. Und ich muss um zwölf mein Zimmer räumen? … *Um elf?*«

Warum tun sie das? – Zwölf ist ja schon schlimm genug, aber heutzutage will einen jeder schon um elf wieder in den Schnee hinausjagen. Versuchen Sie mal, vor siebzehn Uhr ***einzuchecken****: Da bekommen Sie erst mal eine Standpauke, dann wird Ihr Gepäck bis zum Einbruch der Dunkelheit in einem Schrank verstaut. So ist das nämlich.* »Könnten Sie dann wohl so außerordentlich freundlich sein und mir das Zimmer für einen weiteren Tag geben? … Na ja … nein, nicht *geben*. Bloß … das übliche. Sie haben doch meine Kreditkarte? *Wirklich?*«

Gut. Ein gutes Zeichen. Barzahlung ist ein schlechtes Zeichen – Kreditkarte ein gutes. »Dann ist also alles ganz in Ordnung, ja? Alles in schönster Ordnung.«

Über den Fenstern erklingt angestrengter Donner, wie ein breiter Stein, der über meinem Kopf entlanggerollt wird. Ich stehe vorsichtig auf und untersuche die Aussicht.

Taubenblaue Wolken mit goldenen Rändern, dahinter Lichtstelzen. Weiter vorn ein dicker Betonturm, gekrönt vom Eislöffel einer sich drehenden Radarantenne, ein Rollfeld und der diagonale Aufstieg eines holzkohlegrauen Flugzeugs. Ein weiterer Stein grummelt über meinem Kopf.

Und das ist beunruhigend. Ich könnte schwören, dass ich auf dem Heimweg bin, warum bin ich dann noch am Flughafen? Auf dem filzigen, graubraunen Teppich wartet vorwurfsvoll meine Reisetasche – sie kann meistens alles erklären.

Zerknautschter Inhalt, die Kleider sind getragen. Immerhin scheinen es nur meine eigenen zu sein, und

Ich muss mich sofort übergeben.

Gott sei Dank ist das Zimmer winzig – was bedeutet, dass die Zimmertoilette nicht weit ist.

Das kommt vom Schock, der bringt das System aus dem Gleichgewicht, und es wirft einen immer aus der Bahn, wenn man nicht genau weiß, wo man ist. Oder, in diesem Fall, wo *ich* bin. Oder, genauer gesagt, *warum*.

Aber mit einem Spritzer kalten Wassers im Gesicht nähere ich mich wieder einer gewissen Klarheit und fühle mich gut.

Nein. Nicht gut. Ich habe mich geirrt. Das war ein Irrtum.

Denn meine Stirn fängt an, sich zu drehen – das ist die Reaktion auf die Kälte oder das Wasser, auf den heftigen Spritzer. Ich sehe im Spiegel, dass meine Knochen sich nicht wirklich bewegen, nicht sichtbar, nicht an sich, aber – nichtsdestotrotz – spüre ich, wie sie gegen mein Hirn drängen, sich nach innen und unten stülpen und auf meine Zunge drücken. Im Inneren, wo ich nicht hinkomme, dreht und pulsiert es, und wenn es erst einmal angefangen hat, wird es nur noch schlimmer. Ich bin meinem Kopf also noch nicht entronnen: Er hat nur gewartet, bis ich wach bin, um sich bemerkbar zu machen.

Also gut – mach da oben, was du willst, lauf Amok. Ist ja nicht so, als würden wir einander nicht kennen. Aber glaub ja

nicht, dass wir Freunde sind oder dass du willkommen bist. Ich weiß immer noch genau, wie ich dich austricksen kann.

Also zurück zur Reisetasche und nach den zerbrechlichen Gegenständen tasten, die man in Pullover wickelt, den besonderen Dingen, die man mitnehmen muss, damit sie einem Gesellschaft leisten. Es ist nicht so toll, sich beim Suchen vorzubeugen, es fördert meinen Gleichmut nicht gerade, aber das ist ein notwendiges Übel, und am Ende wartet eine Belohnung.

Ja. Als Erstes taucht etwas mit dem Namen Affentaler auf, das gerade in eine kleine Flasche passt, die wie eine flache, schwere Träne aussieht – eine Karte auf der Rückseite zeigt, wo sie herkommt: ein mäandernder Fluss, die Stadt Straßburg markiert, eine Ahnung von fruchtbaren, friedvollen Ebenen. Die Flasche ist voll, was nie ganz schlecht ist, aber es sind nur 250 Milliliter und nur 11,5 Prozent. Was habe ich mir bloß dabei gedacht? Das ist ja praktisch Fruchtsaft, verdammt: Wem hat so was je geholfen?

Aber dann, aber dann, Gott segne mich – wie gern ich es mag, wenn ich gut vorbereitet bin.

ORIGINAL

GRANT TO DISTIL

1608

Und Gott segne das metrische System, denn 700 Milliliter sind so viel geräumiger und erfreulicher als ein Pint.

Bushmill's, County Antrim, 700 Milliliter, 40 Prozent. Ich meine, was muss man sonst noch wissen? Nicht, dass man die Flasche nicht trotzdem aus Höflichkeit in der Hand dreht, die abgerundeten Ecken liebt, das geschmackvolle Gewicht, den eleganten Schnitt des Etiketts: das Schwarz mit dem Weiß und dem Gold, die zusammen einen Torbogen bilden: eine hohe, schmale Tür nach anderswo.

Und Gott segne die viereckige Flasche, denn sie rollt nicht herum und kommt so zu Schaden.

Ich öffne den Verschluss des Affentalers und erlöse ihn von seinem Leiden. Dann wende ich mich wieder dem Bushmill's Black Label zu, öffne ihn und lasse ihn zu mir sprechen. Er sagt mir, dass ich bis vor Kurzem mehr als einen Pint *delicate grain whiskey* besessen habe und dass mir jetzt noch etwas weniger als die Hälfte davon bleibt, die klug, scharf und männlich riecht und mit einem Geräusch, das wie das Husten eines kleinen Hundes klingt, aus der Flasche ins Glas schießt: der wundervolle Flaschenhusten.

matured in oloroso sherry casks – das ist nichts als Melodie: von innen wie von außen.

Und man beachte, dass ich mir die Mühe mache, den Whisky einzuschenken, obwohl ich es nicht müsste, denn niemand kann mich sehen. Es ist wichtig, dass ich zivilisiert bleibe, egal, was geschieht. Der verlässlichste Maßstab eines Menschen ist sein Verhalten, wenn er allein ist, wenn er sich nicht verstellen muss – bleibt er standhaft, wenn er für sich ist, oder lässt er sich gehen? Ich nehme mir die Zeit, mich umzusehen, schaue im Badezimmer nach und entdecke ein einziges, in Cellophan verpacktes Plastikglas (eigentlich eher eine Tasse), reiße die Hülle auf und benutze es, wie es jeder Mensch mit Würde sicher tun würde. Ich lasse mich nicht gehen.

Nach 100 Millilitern bricht der gute Schweiß aus, die feinen

Perlen, die körperlicher Ertüchtigung folgen, und mein Kopfschmerz hebt sich hinweg wie ein Samthut, lässt mich allein. Mein Magen fühlt sich ein wenig nackt an, ungepolstert, und zuckt ein, zwei Mal leicht, bevor er sich von dem sauberen, medizinischen Biss besänftigen lässt. Dennoch weiß ich, dass es mir gut gehen wird. In Abwesenheit weiterer Schmerzen gehören die nächsten 200 Milliliter ganz allein mir.

Ich lasse mich zum Bett zurücktreiben und lasse mein Zahnfleisch von warmen kleinen Whiskyportionen umspülen: Winzige Schlucke lassen meine Gesichtsknochen zur Ruhe kommen und glätten mein Haar. Gestärkt und sicher liege ich nun also auf der zerknüllten Bettdecke in Rötlichgrau und Blaugrau, der Tag dehnt sich entspannt und sauber vor mir und lockt mich. Ich brauche nicht mehr oder weniger als dies, ich habe das Gleichgewicht in meiner Haut gefunden, was vorher war, ist unwichtig, und was jetzt noch kommen mag, wird mich zum Lächeln bringen.

Denn wenn einem erst einmal der Film gerissen ist, hört es nicht mehr auf, also existieren Vorher und Nachher nicht mehr – man hat die Kunst erlernt, der linearen Zeit zu entkommen. Es dauert ein wenig, sich an die Sprünge und Brüche zu gewöhnen – besonders schwierig ist das Autofahren, zu raten, in welchem Gang man fährt, ob man gerade überholt –, aber das hält einen wach und auf der Hut. Und das ist auch gar nicht so unnatürlich oder schrecklich: Die meisten Menschen überleben nur, indem sie gewisse Dinge ausblenden. Wenn man sie nach ihrem Weg zur Arbeit fragen würde, nach der Farbe der Bussitze oder dem Muster des Büroteppichs, nach dem Namen der Praktikantin, die ihnen den Tee, die Post, die

Gehaltsschecks bringt, nach der Zahl der Fremden, die am Abend vor ihnen in der Kassenschlange standen: Sie könnten einem nicht das Geringste sagen. Sie könnten ihr Hirn nicht dazu bringen, sich zu erinnern, und nur, wer ein Ungeheuer wäre, würde sie dazu zwingen wollen. Ein Mensch, der sich wirklich die Zeit nähme, jede elende Einzelheit seines Lebens zu betrachten, würde sofort Erlösung im nächsten ungesicherten Brunnenschacht suchen. Man muss die öden Stellen verschwinden und die harten Kanten verschwimmen lassen: Täte man es nicht, würde man sich verletzen. Ständige kleinere Filmrisse sind also ganz in Ordnung.

Aber nicht genug. Nicht, wenn man erst einmal begriffen hat, dass jede Minute, die gnadenlos der vorherigen folgt, und auch die sechzig Sekunden, die sie braucht, um in der üblichen Weise zu verstreichen, eine völlig unannehmbare Zeitverschwendung sind. Warum nicht nur die Highlights, die Höhepunkte mitnehmen und den Rest überspringen? Warum nicht einen schönen Nachmittag mit wertvollen Menschen in vollen Zügen genießen, während man sich gleichzeitig eines herrlichen Abends entsinnt, den man sich noch zurückgelegt hat, der sich jetzt in rauschendem Strudel enthüllt und seinerseits den Geschmack der aktuellen Genüsse noch verstärkt? Warum nicht zwischen der einen und der anderen Zeit hin und her surfen, zufrieden mit sich selbst als Selbst, als dem einzigen Fixpunkt?

Es braucht natürlich eine Menge Arbeit, um es so weit zu bringen, um seine Persönlichkeit so von den Ereignissen zu befreien. Die meisten Menschen existieren durch das, was sie tun, sie haben die Klarheit verloren, die ihnen einst gestattete zu *sein*. Ich? – Ich bin total vereinfacht, ich bin destilliert. Bis zum Nichts reingewaschen, bleibe ich immer ganz, wer ich bin, egal, wo oder wann. Ich begreife meine fundamentalen Ursprünge, meine Herkunft.

Ich habe zum Beispiel vom Zeitpunkt meiner Geburt, bis ich siebzehn war, immer im selben Haus gelebt – so eine Stabilität kann man nicht kaufen. So etwas festigt die gesamte Identität. Meine Eltern wohnen beide heute noch in ebenjenem Haus. Wenn heute ein Wochentag ist, wird meine Mutter allerdings nicht da sein, sondern bei der Arbeit in der Kanzlei Busby, MacDonald & Hume – eine Anwaltskanzlei, der, solange man zurückdenken kann, nie ein Busby, ein MacDonald oder ein Hume angehört hat. Und ihre Kanzleiräume sind ganz und gar unspektakulär – ich habe meine Mutter dort oft besucht, habe gehört, wie sie mit ihrer besten und glaubwürdigsten Stimme Anrufe entgegengenommen hat –, eine Stimme, die nicht mit Meinungsverschiedenheiten rechnet, sondern eindeutig von Mitgefühl gemildert ist, von unerwarteter Freundlichkeit. Ich kam direkt aus der Schule und wartete darauf, dass es sechs Uhr würde, Zeit, nach Haus zu gehen, las alte Ausgaben von *Scottish Field* und *National Geographic*, bis sie sich wieder entspannt dem Tippen widmete und ich die wunderbare Ökonomie ihrer Handbewegungen beobachten konnte, die Sicherheit, mit der sie den Stuhl drehte und aufstand, ein Dokument in die Hand nahm, das sie angefertigt hatte, und es an der vorgesehenen Stelle ablegte. Es können nicht mehr viele Jahre sein, bis sie in den Ruhestand geht, und ich werde nicht mehr an die Kanzlei glauben, wenn sie sie verlässt. Ich werde mir vorstellen, dass die Wände löcherig werden, die Möbel verblassen und alles so fiktional wird wie Busby, MacDonald & Hume. Der Arbeitsplatz meiner Mutter existiert nur durch sie.

Normalerweise jedoch stelle ich sie mir im Garten vor, wo sie an den Wochenenden oder in den wenigen Stunden am Ende eines Sommertages arbeitet. Wo wir herkommen, regnet es ziemlich viel, aber der August ist meistens schön und prahlt mit plötzlicher Blütenpracht oder anderen ausladenden Vorstufen pflanzlicher Vermehrung. Im August trägt meine Mutter Sandalen, einen weiten Rock und eine Bluse, etwas Zurückhaltendes und Leichtes, immer im selben Stil: ein leichter Anklang an die Fünfziger, ihre Mädchenzeit: gewelltes Haar, dicke Brillengestelle, weiße Söckchen. Manchmal neigt sie sich leicht zu einem Strauch, als würde er ihr etwas zuflüstern, ihr seinen Zustand anvertrauen, und danach atmet sie die Luft darüber ein und schließt die Augen, überlegt. Sie schlendert nicht einfach durch den Garten, sie hat immer etwas vor. Sie beschneidet, gräbt, stutzt, pflanzt, begradigt die Kanten der Beete: Jeder Akt der Gartenpflege wird geheimnisvoll, denn sie vollführt ihn anscheinend ohne jede Anstrengung oder Unordnung, alles erledigt sie mit – nun ja, das einzig richtige Wort ist *Anmut*. Sie besitzt Anmut. Als ich jünger war, versuchte ich, ihr zu helfen: für sie das Unkraut zu vertreiben; doch mir gelang nie viel mehr, als es ungeschickt abzuschlagen und zu zertrampeln, überall Schmutz und Kratzer. Mit der Zeit wurde ich natürlich sicherer. Ich bin eine Frau und nicht ganz unweiblich, schätze ich; aber schon vor Jahren, als ich noch keine sieben Jahre alt war, erkannte ich, dass ich nie so eine Frau wie meine Mutter werden würde, das bekäme ich nie hin. Sie kann einem wirklich das Herz brechen.

Mein Vater würde mir da wohl zustimmen. Er ist auch Gärtner, aber eher der Gewächshaustyp. Sie hat ihre mehrjährigen Pflanzen, ihre Beete und Sträucher, und er züchtet seine Sukkulenten, Kakteen und Bromelien, hört dabei *Radio Four* und sitzt in seinen gläsernen vier Wänden, qualmt seine Topfpflanzen ein und starrt vor sich hin. Obwohl er nur sehr selten am Steuer sitzt, betrachtet er die Glaswände wie ein Autofahrer – obwohl man ihn vollständig sehen kann, benimmt er sich, als sei er unsichtbar: Er seufzt, gähnt, kratzt sich, fummelt an seiner Thermosflasche herum, viel ungehemmter, als er das je im Haus tun würde. Mein Bruder und ich haben uns angewöhnt, ihn anzuschauen, ohne ihn zu sehen, und nicht wegen der offensichtlichen Implikation beleidigt zu sein – dass er zu Hause, bei uns, nicht entspannen kann.

Vater wird jetzt zweifellos in seinem Gewächshaus sein. Es ist bloß einen Meter breit und drei Meter lang und vollgestellt mit stacheligen Pflanzen in steinigen Kästen, aber er huscht hinüber, als sei er durch einen glücklichen Zufall einer grausamen Haft entflohen. Wenn seine Kopfschmerzen besonders schlimm wurden, hat er sogar dort geschlafen, wie ich weiß.

»Bist du dir wirklich sicher?«

»Mm-hmm.«

Mein Vater hebt und senkt den Fuß auf der kleinen Pumpe, die Luft in eine faltige Luftmatratze bläst. Eine Art Schwimmhilfe, die ich noch nie gesehen habe und die nach Badespaß aussieht: für Erwachsene ungeeignet.

»Absolut sicher.«

Meine Mutter fragt offensichtlich nicht nur nach der Matratze, und ebenso offensichtlich hat er seine Entscheidung bereits getroffen, diese Diskussion interessiert ihn nicht mehr. Ich habe keine Ahnung, worüber sie eigentlich reden. Vater hat seine sanfte Miene aufgesetzt, wie immer, wenn er gleich nach draußen flüchtet: Er wirkt ganz friedlich, während er – uffha, uffha, uffha, uffha – die Matratze aufpumpt, und Mutter versucht, ihm ins Gesicht zu sehen, aber er scheut vor der persönlichen Auseinandersetzung zurück, hat den Kopf gesenkt und konzentriert sich voll auf seinen Fuß, als sei das Pumpen ein seltsames und daher faszinierendes Phänomen. Eine Haarsträhne ist nach vorn über seine Augen gefallen und lässt ihn jünger aussehen, eher wie meinen Bruder, der schon oben im Bett liegt, weil er jünger ist als ich – aber ich werde ihm später davon erzählen, ich werde ihn wecken.

uffha, uffha

»Also, Peter.«

»Ja, ich weiß.«

uffha, uffha, uffha, uffha

Manchmal hat es den Anschein, als seien meine Eltern schon so lange zusammen, dass ihnen die Worte ausgegangen sind oder dass sie einen Ersatz dafür gefunden haben, den sie untereinander benutzen und den ich nicht hören kann.

uffha, uffha, uffha, uffha

Sie sagen nichts weiter, aber sie runzelt weiter die Stirn und er pumpt, und sie führen mit Sicherheit eine richtige, stumme Unterhaltung.

Mein Vater kniet nieder und löst den Schlauch vom Ventil – es schnauft – und gestattet sich einen Blick nach oben in die Augen meiner Mutter. Und das löst eine Welle der Zärtlichkeit zwischen den beiden aus, die rasch und umfassend ist und sie gleichzeitig mit einer Art Schmerz überspült, den sogar ich spüren kann und den sie zu begrüßen, sogar zu mögen scheinen. Ich habe das Gefühl, dass die Küche um mich herum zu eng wird. Dann berührt sie seinen Kopf, ganz leicht, und er wendet sich zu mir – ich habe keinen Laut von mir gegeben, aber er hat sich wohl erinnert, dass ich da bin –, und er macht diese Bewegung mit den Schultern, sieht einen Augenblick sehr zerbrechlich aus und glücklich verblüfft.

Er braucht eine Weile, die Matratze durch die Küchentür zu zwängen – er hätte sie im Gewächshaus aufpumpen sollen, ich weiß gar nicht, warum er das nicht gemacht hat. Als ich aufhöre, ihm zuzusehen, wie er sich mit der Matratze nach draußen kämpft und sie dann über den Rasen in die Dunkelheit trägt, wo sich sein Versteck versteckt, ist meine Mutter schon irgendwo im Haus verschwunden, und ich bin allein. Ich beschließe, dass ich meinem Bruder doch nichts von der Sache erzähle. Die wichtigsten Teile der Geschichte wären nicht in Worte zu fassen.

Und mein Bruder? Er macht das, was Brüder tun – er macht mich zum Teil einer Familie, nicht zu einem Einzelkind, und das ist wichtig. Frühe Einsamkeit richtet großen Schaden an. So jedoch ist er einer meiner Pluspunkte, und da er vier Jahre nach mir geboren wurde, war er mein erstes Übungsobjekt für das Tragen von Verantwortung. Den größten Teil meiner Kindheit glaubte ich, wir würden sehr lange zusammenbleiben, irgendwann gemeinsam ein Haus kaufen, uns allein umeinander kümmern und viel Spaß haben. So ist es nicht gekommen – was kaum überrascht –, aber es ist schon eigenartig, dass wir uns heute so selten sehen.

Doch ich denke oft an ihn: heute Morgen zum Beispiel, als ich diese Kinder sah, den stillen Sohn. Das Mal davor war, da bin ich fast sicher, in einem Tunnel: Ich saß auf dem dunklen Leder des Beifahrersitzes im Wagen eines Fremden und dachte plötzlich an Simon. Irgendjemand musste mir meine Lage erklärt haben, denn mir war ganz klar, dass meine Reise demnächst losgehen würde, jedoch nicht mit einer Autofahrt, noch nicht gleich. Denn im Moment stand das Auto auf einem schmalen Zugwaggon (bloß eine Plattform mit ein paar flachen Eisenträgern, die ein Dach hielten), und in wenigen Augenblicken würde der ganze Zug zwanzig, dreißig Minuten lang durch einen Tunnel fahren, direkt unter einem Gebirgszug entlangrasen, während ich mich darauf konzentrierte, zu entspannen und Luft zu holen. Danach dürfte ich gehen, meinen Weg allein fortsetzen.

Und das war alles kein Spaß. Ich war plötzlich neben einem fröhlichen Fahrer zu Bewusstsein gekommen, der in irgendwie deutschem Englisch erzählte, dass er seine Frau übers Internet kennengelernt habe – obwohl er gar nicht besonders hässlich oder übergeschnappt war, sodass es wenig glaubhaft klang. Die Frau saß hinter mir, glaube ich, mit noch jemand anderem, einer kleineren Frau mit braunem Haar. Der Zug ruckelte los, und ich dachte über die Unannehmlichkeit meiner Lage und des mir zur Verfügung stehenden Raumes nach, als der Deutsche – oder vielleicht Schweizer oder Österreicher – über den Lärm und das Getöse von draußen rief, dass er auch das Fenster aufmachen könnte, wenn wir wollten. Bevor es sich jemand von uns überlegen konnte, streckte er im Halbdunkel den Arm nach oben und klappte das Sonnendach auf.

Sofort krachte der blanke Horror herein: wirbelnder Druck heftig bewegter Luft, der Gestank gefährlicher Maschinerie, brutaler Schmutz, längst tote Bauarbeiter, verängstigtes Blut: und dahinter dröhnte ein Lärm so laut, dass es schon kein Geräusch mehr war – nur noch Schweiß und eine sich windende Art Furcht. Ich saß in einem stehenden Auto (obwohl das Fahrzeug sich bewegte) und ertrank gleichzeitig in einem Ansturm von Wahrnehmungen, die jeder vernünftige Mensch mit einem ungeheuren Unfall assoziieren würde. Ich konnte nicht umhin, das für ein Zeichen zu halten, für einen Vorboten schrecklicher und unmittelbar bevorstehender Ereignisse.

Der Österreicher/Deutsche/Schweizer lachte die ganze Zeit, und sein Gesicht lag halb im Schatten, halb im fahlen grünen Licht des Armaturenbretts. Ich sah, dass er hin und wieder etwas sagte, doch ich konnte ihn nicht hören, und ich wünschte mir, dass mein Bruder bei mir wäre. Nicht Simon, so, wie er jetzt ist – ich wollte Simon den Kleineren, in seinem knielangen Mantel, in dem er wie ein winziger Geschäftsmann aussah, den Simon, dem meine Mutter jahrelang sehr ordentlich die Haare schnitt, den Simon, dem der Tunnel sehr gefallen und der es mir auch leichter gemacht hätte, ihn zu mögen, oder den Simon, der sich vor ihm gefürchtet und mir deshalb ermöglicht hätte, tapfer zu sein, mich selbst zu vergessen. Den Simon mit den blauen Augen wie meine eigenen.

Weil er nicht da war, löste ich das Problem auf die einzige logisch mögliche Weise. Ich führte hastig mithilfe von Aprikosenschnaps, glaube ich, einen Filmriss herbei: sehr erfolgreich, wie sich herausstellte, denn ich kann mich nicht an das Ende des Tunnels erinnern und auch an keinen weiteren Augenblick mit dem lachenden Schweizer/Österreicher/Deutschen und seinen zwei Mitfahrerinnen. Ich weiß nicht, warum ich bei ihnen saß, wo wir hinfuhren, warum sie mich irgendwann zurückließen oder ich sie – kein Kratzer, kein Fleck beweist, dass sie nicht meine Erfindung, nicht eine besonders grelle Lüge sind.

Mein Whisky ist inzwischen bis auf ein Glas geleert, was dem Augenblick immer ein besonderes Gewicht verleiht, eine Ernsthaftigkeit im Handgelenk, wenn ich den letzten Schluck einschenke. Und das ist die Lektion des Lebens: Was voll ist, wird geleert werden.

Aber es gibt immer noch die Chance der Auferstehung, eine Bar in der Nähe, wo sich alles regeln lässt. In diesem Fall ist sie im Erdgeschoss, hinter dem Empfang auf der rechten Seite – das habe ich mir gemerkt. Ich werde wieder unglaublich müde, was ich noch hier habe, sollte mir also ein Nickerchen bescheren. Anschließend werde ich zum Aufzug spazieren, nach unten fahren und die Lage erkunden, und sofern mir am gestrigen Abend keine Peinlichkeiten unterlaufen sind, müsste ich meinen Tag fröhlich beginnen können. Niemand beginnt seinen Tag weit vor der Teestunde. Man ist bis dahin vielleicht aufgestanden und unterwegs gewesen, aber nur einem Arbeitgeber oder gebrechlichen Bezugspersonen zuliebe. Wenn man seinen eigenen Bedürfnissen nachgibt, merkt man bald, dass Vormittage entbehrlich sind: Im Sommer steht auch nach vier oder fünf Uhr noch jede Menge Sonnenlicht zur Verfügung, und den Rest des Jahres begrüßt einen ohnehin nur feuchte Kälte.

Ich nuckele also an den letzten Schlucken, lasse sie auf

meinen Lippen brennen, zwinkere meiner verlässlichen Flasche zum Abschied zu, dem schwarzen Etikett mit der weißen Schrift, dem geschmackvollen Abendkleid, das sich ans nackte Glas schmiegt. Und war das nun ein Geschenk, das ich bekommen habe oder das ich geben wollte? Oder habe ich es einfach für mich gekauft? Manchmal bin ich großzügig zu mir.

Aber manchmal bin ich auch was anderes, und das sollte ich jetzt wohl mal herausfinden – wie ich und mein Selbst in letzter Zeit so miteinander klargekommen sind. Über den einzigen Stuhl habe ich ein Kapuzen-Sweatshirt gehängt – das mir bekannt vorkommt und gefällt. Es hat so eine beuteltierartige große Tasche vorn, in der sich – ja, tatsächlich – mein Portemonnaie befindet, das – ja, tatsächlich – fünfzig Englische Pfund in neuen, aneinander haftenden Banknoten enthält (ich bin also an einem Geldautomaten gewesen), dazu eine metallisch graue Kreditkarte, ausgestellt auf den Namen M. H. Virginas.

Wenn da irgendein Glöckchen klingeln sollte, dann nur sehr leise und ganz weit weg – M. H. Virginas.

Dennoch ist alles gut, denn vielleicht hat Virginas Geld und ich nicht. Alles ist doch nicht so gut, denn – ich schaue auf die Rückseite der Karte – Virginas hat eine sehr fremde und komplizierte Unterschrift, und ich habe keine Ahnung, was ich unterschrieben haben könnte, als ich angekommen bin, und es ist gut möglich, dass ich eine solche Unterschrift nach Aufforderung nicht wieder abliefern kann. Das Fälschen liegt mir nicht im Blut. Noch weniger gut wäre, wenn Virginas die Karte gesperrt hätte.

Vielleicht sollte ich es nachher mal an einem Geldautomaten probieren.

Nein. Kann mich nicht an die Nummer erinnern, oder wie ich sie bekommen habe oder ob.

Aber ich habe doch neues Geld, wie sollte ich wohl sonst daran gekommen sein?

Ausländische Währung eingetauscht – neue Banknoten von einem Wechselbüro. Ich war im Ausland, das würde immerhin passen …

Ein weiteres Flugzeug dräut den Horizont entlang, und der Lärm, den es macht, zwingt mich in eine sehr frische Erinnerung: Ich sitze in einer kakifarbenen Nische, dicht neben dem Kopf einen kakifarbenen Lampenschirm, dahinter kakifarbene Wände – tatsächlich ist der ganze verdammte Raum irgendwie beige/hellbraun/kaki, wenn meine Erinnerung sich mal die Mühe macht, nachzusehen. Ich bin mit zu vielen Leuten in diese Sitzecke gequetscht, und einer der Leute ist – erstaunlich, dass ich das weiß – Kussbachek oder ein Freund von Kussbachek oder ein Mann, der angibt, eines der beiden oder beides zu sein – er darf sein eigener Freund sein, wenn er will. Ich bin meine eigene Freundin.

Ich bin hergekommen, um einen Freund von Kussbachek zu treffen, der ein Freund von Doheny ist, der wiederum der Freund eines anderen Freundes ist oder irgendeine ähnliche Kette – im Moment interessiert mich das nicht sonderlich.

Stattdessen bin ich aus unterschiedlichen Gründen nervös – vor allem, weil ich in Ungarn bin und Ungarns Währung absurd ist. In der Tasche habe ich eine riesige Rolle Banknoten, bedruckt mit Männern, deren Hüte und Schnurrbärte nach Vlad dem Pfähler aussehen, und diese Geldrolle sendet telepathische Botschaften an jeden aus, der mich überfallen oder mich sonst wie bestehlen möchte – Räuber und Diebe aus kilometerweitem Umkreis nähern sich gerade jetzt dieser Bar. Ich kann sie hören.

Verstehen Sie mich nicht falsch, Budapest ist wunderschön, und ich versuche, mich darauf zu konzentrieren. *Schönheit ist Wahrheit, und Wahrheit ist manchmal Schönheit, und Schönheit ist meist gute Gesellschaft – auch wenn sie oft zu Todesfällen führt –, aber nicht so oft zu kleineren Diebstählen, und davon fühle ich mich am ehesten bedroht.*

Und außerdem stimmt mit mir in anderer Hinsicht einiges nicht. Als ich zu Fuß hergekommen bin, hat es zu stark geregnet, ein Hund mit einem metallenen Maulkorb hat mir böse Blicke zugeworfen, und auf der anderen Straßenseite (Székely Utca: Das musste ich auswendig lernen), auf der anderen Straßenseite war so ein Mann – ich konnte ihn deutlich durchs Kellerfenster sehen, er hackte mit lässigen Bewegungen blasses Fleisch in Stücke. Es war keine Metzgerei, kein Restaurant, keine äußere Erklärung für sein Tun in Sicht: nur dieser Mann mit seiner schmutzigen weißen Schürze, der mit dem Hackmesser das Fleisch durchhieb, eine Menge Fleisch, seine Augen waren auf Höhe meiner Knie, und das Fenster stand in der feuchten Hitze weit offen.

Niemand sonst ist in der Bar, nur Kussbachek und ich, vier Bekannte von Kussbachek und eine mausgraue Frau mit welkender Kleidung, die mich laut nach ethnischen Angelegenheiten fragt, von denen ich nichts verstehe. Sie selbst hat beispielsweise an der ethnischen Herkunft des Kellners etwas auszusetzen. Ich persönlich habe keine Probleme mit ihm, denn er ist flink und klug und lächelt jedes Mal, wenn ich ihm einen der zwei nützlichen Sätze vortrage, die ich in phonetischem Ungarisch zu sagen gelernt habe.

»Keräm, odjon ehrzehktälänitöht kössönöm.«

Meine Aussprache ist sehr schlecht, ich quetsche alles zusammen, aber der Satz bringt jeden Kellner in Ungarn zum Lachen und dazu, mir ein Glas klaren Schnaps oder Terpentin mit Fruchtgeschmack oder eine andere lokale Spezialität zu bringen. Ungarn hält zahlreiche lokale Spezialitäten bereit.

»Bitte bringen Sie mir ein Betäubungsmittel, danke sehr.«

Ich kann außerdem »Entschuldigung« sagen, das wichtigste Wort in jedem Land, in das man reist. *Verzeihung*, *Tut mir leid*, *Ach Gott* – in jeder Sprache scheint es einen kurzen, angenehmen Ausdruck zu geben, der alle drei Bedeutungen enthält, der einen in unangenehmen Umständen rettet und anderen die Vergebung erleichtert. Vergebung hat therapeutische Wirkung.

Aber ich glaube, ich verlasse diese Bar, ohne zu einer Therapie anzuregen.

Später, als der Regen aufgehört hat, ist da eine laute Tanzveranstaltung an einem schrecklichen Ort – eine unruhige Schlange, und dann Tanzen oder beim Tanzen zuschauen und dabei durstig werden, das ist nicht mehr ganz klar.

Ich bin allerdings ganz sicher, dass die Stille in meinen Ohren dröhnt und dass unsere Gruppe angewachsen ist – auf zehn oder zwölf Personen –, als wir die Brücke überqueren. Die Brücken hier sind alle berühmt für Selbstmordspringer, aber diese ist die neueste und beliebteste. Von dieser stürzen sich täglich Leute, vielleicht sogar noch öfter. Wenn sie beim ersten Mal nicht sterben, krabbeln sie an Land und versuchen es noch einmal – irgendjemand erzählt mir das, oder eine ähnliche Geschichte. Es gab kaiserliche Springer, dann kommunistische Springer, und jetzt sind es kapitalistische Springer: Die Leute bleiben unbefriedigt, egal, was ihre Regierung behauptet.

Ein Mann mit Fuchsaugen versucht, mir dies zu erklären, doch ich bin abgelenkt, denn die Brücke wird unwahrscheinlich. Die dünnen Tragkabel schlenkern und klappern oben im Dunkel, und der bleiche Bogen der Oberfläche wird auf einmal von einer Strömung überspült, die unser aller Füße an den Rand zieht, bis wir im Gänsemarsch dicht am Geländer entlanglaufen, uns spielerisch dagegen werfen, als hofften wir, dass es bricht. Unter uns kann man in unregelmäßigen Lichtflecken das Wasser sehen, uneben wie rohes Glas und schnell strömend. Ich schaue hinunter und begreife, dass die Donau ein langer, sehr entschlossener Fluss ist und dass die Kraft, mit der sie unter der Brücke entlangströmt, die Flüssigkeiten eines jeden menschlichen Körpers (wir bestehen alle vor allem aus Flüssigkeiten) in ihre Richtung zerren könnte, zur Seite: Sie könnte sogar so heftig an uns reißen, dass wir heute Nacht über die Brüstung taumeln, in ihre kalten Strudel gewickelt und davongetrieben werden. Politik und Verzweiflung bringen die Menschen vielleicht gar nicht um – womöglich sind ihre lebensnotwendigen Flüssigkeiten schuld.

Ich möchte diese Theorie der Gruppe vorstellen, damit sie zustimmen kann, doch ich werde von zwei Mitgliedern unterbrochen, die mich an den Schultern packen und mich von der

Brüstung wegzerren, mir sagen, ich solle mich nicht so weit hinauslehnen und lachen. Ich müsste eigentlich protestieren, denn ich habe über nichts gelacht – ich bin stumm geblieben –, aber ich lasse es, denn als die ganze Gruppe gleichzeitig zurückschaut in die Richtung, aus der wir gekommen sind, sehen wir alle die Lichter der hoch aufragenden, feinen Hotels, in denen eine von uns wohnt und unbegrenzt lange Getränke bestellen kann oder wo eine von uns einen Getränkevorrat in Flaschen bereithält, aus dem wir uns sehr bald bedienen können, oder wo wir warm und gemütlich mit den Flaschen, die wir schon in Taschen und Händen haben, zusammensitzen können, und mit dem lokalen und speziellen Inhalt der betreffenden Flaschen.

Danach kommt nichts mehr bis 8 Uhr 42 heute Morgen – nur ein weicher, neutraler Zeitraum, in dem meiner Ansicht nach ein Treffen zwischen mir und Kussbachek stattgefunden haben dürfte, bei dem ich Danksagungen ausrichtete oder Grüße oder Botschaften von Verwandten und Freunden oder andere wichtige Nachrichten. Außerdem muss M. H. Virginas irgendwann auf meine angenehme Gesellschaft reagiert haben, indem er oder sie mir seine oder ihre Kreditkarte in die Brieftasche gesteckt oder sie mir geborgt hat, ohne jedoch die zur Rückerstattung notwendige Adresse beizufügen. Ich weiß es nicht. So enden viele meiner Geschichten, sie versanden einfach in immer längeren Aufzählungen, und ich merke, dass ich viel zu oft *oder* sage und denke, dass ein Leben voller Möglichkeiten in mancher Hinsicht nicht immer nur erfreulich ist.

Kussbachek – hätte meine Mutter einen Kussbachek getroffen oder auch einen M. H. Virginas, hätte sie ein kleines Präsent dabeigehabt. Sie hätte ihren Besuch richtig abzustatten gewusst. In Ungarn verhielt ich mich nicht, wie sie es mich gelehrt hatte. So ist das bei mir – ich bin gut erzogen, doch im Einzelnen ist das oft nicht zu bemerken.

Wohingegen meine Mutter immer alles richtig macht. Wenn sie einen Bekannten beschenkt, dann gibt sie genau das, was er als Nächstes gerne gehabt hätte; handelt es sich um einen Fremden, schenkt sie etwas anscheinend weniger Spezifisches, was dennoch sehr nützlich und angenehm ist. Glatt polierte Holzkästchen, ungewöhnliche Manschettenknöpfe, ein seidenes Taschentuch: Es kommt nicht so sehr darauf an, was sie jeweils zu bieten hat, sondern dass sie genau einschätzen kann, was dem jeweiligen Empfänger noch fehlt. Welches kleine Bedürfnis man auch haben mag – zu klein, um sich selbst Gedanken darum zu machen, eine Annehmlichkeit, die man sich selbst nicht zugestehen mag, eine Art winziger Scham –, sie weiß darum, lässt es den anderen wissen, erfüllt den Wunsch und lässt ihn so verschwinden.

Auch die Verpackung ist wichtig: besonderes Papier, Origami-Faltung, Schleifen, mindestens zwei Mal echtes Geschenkband, das man wiederverwenden kann. Doch wie, wenn ein unbedachter Mensch sich darum nicht schert, einfach alles zerreißt und zerschneidet, bis es nichts mehr als Abfall ist? Als Kind machte ich mir oft Sorgen darum – die Gedankenlosigkeit anderer, ihr Mangel an Achtung. Meine Mutter schenkte also Menschen, die es vielleicht gar nicht verdienten, schöne Dinge, sie gab dafür Geld aus, das sie womöglich besser für sich behalten hätte, das war beunruhigend. Auch die Schönheit der Dinge war ein Problem. Wenn sie mich zu Kindergeburtstagen schickte oder zu Weihnachtsfeiern, bekam ich ein Geschenk mit, das ich weitergeben sollte, und ich wusste, es war zu viel, zu schön, peinlich für alle Beteiligten, sodass man sie für seltsam hielt, obwohl sich das doch niemand unterstehen sollte. Auch meine eigenen Weihnachtsabende und die meines Bruders waren überschattet von perfekten Verpackungen, von Geschenken, an die wir nur herankamen, wenn wir etwas zerstörten. Wir versuchten, unsere Aufregung so sehr zu steigern, dass uns die Missachtung ihrer Mühen nicht mehr störte, versuchten, uns nur darauf zu konzentrieren, wie glücklich sie wirkte, wenn wir uns durch ihre Einwickelkünste wühlten, um auf hölzerne Enten oder Kaleidoskope oder was auch immer zu stoßen. Aber wir schafften es nicht immer, so froh zu sein wie sie – ich jedenfalls nicht.

Ich wickele mit Vorliebe schlecht ein, und wenn ich kann, vermeide ich Geschenke ganz. Sie sind traurig.

Wie ich im Moment – und das ist lächerlich. Ich bin bloß eine Weile in Ungarn gewesen und wieder zurückgekommen, ist doch nicht schlimm. Ich werde mich von wem auch immer in aller Freundschaft verabschiedet haben. Ich werde nicht mehr von Virginas' Geld nehmen, als ich brauche, und dann werde ich die Kreditkarte zerschneiden, damit niemand nach mir sie verwenden kann. Ich erfreue mich guter Gesundheit, grundsätzlich, meistens. Augenblicklich gibt es keinen Grund, Trübsal zu blasen, in sentimentalen Erinnerungen an meine Familie zu versinken, an meine Mutter, die so geschickt mit Geschenkpapier und Klebeband umgehen kann. Sie hat Menschen gerne Sachen geschenkt, tut es immer noch gerne, und das ist in Ordnung – ich muss den Menschen ihre Vorlieben lassen, wirklich, das ist einer meiner Charakterfehler, dieser Drang, alle Freuden zu verurteilen, die ich nicht teilen kann.

Das Klügste, was ich tun kann, ist, zu duschen: Nichts beruhigt und besänftigt so sehr wie äußerlich angewandte Flüssigkeiten. Vielleicht habe ich sogar noch frische Kleider in meiner Tasche, obwohl sie in der Hinsicht nicht besonders vielversprechend aussieht.

Nein, ich habe Glück – ein frisches T-Shirt, flach zusammengelegt wie unbenutzt, und drei, vier Slips in meinem Saubere-Unterwäsche-Beutel. Das ist seltsam – eigentlich nehme ich nur so viel mit, wie ich brauche. Vielleicht habe ich Budapest vier Slips zu früh verlassen. Ich hatte bestimmt meine Gründe.

Das Badezimmer lädt nicht gerade zur Nacktheit ein. Der blau strukturierte Fußbodenbelag sieht aus, als sei er unmöglich gründlich zu reinigen, und Armaturen und Einrichtung sind sämtlich aus sandfarbenem Plastik – man hat Vergilben und Flecken zu verhindern versucht, indem man eine Farbe gewählt hat, die von vornherein vergilbt und fleckig aussieht. Der Rand des Waschbeckens ist mit runden, schwärzlichen Brandflecken verziert, von den Spuren des Absturzes mindestens einer Zigarettenkippe ins Becken hinein. Die Dusche – eine Badewanne gibt es nicht – möchte mit einem gefährlich hohen Rand die Möglichkeit eines Bades suggerieren. Kleine oder verzweifelte Menschen könnten sich in diese quadratische Kiste kauern, der Unannehmlichkeit des zentralen Abflusses aus dem Weg gehen und so tun, als hätten sie sich in einem winzigen Whirlpool zusammengerollt – kleine oder verzweifelte Irre jedenfalls.

Aber das Wasser ist in Ordnung, ziemlich genau so heiß, wie ich es mag, und es strömt sanft über meine Stirn, kein Grund zur Beschwerde. Abgesehen von dem Stechen an einer Schulter – da muss ich mich gekratzt haben, gegen etwas gefallen sein. Meine Knie sind auch etwas abgeschürft, aber nicht sehr. Dünne Haut liegt bei uns in der Familie, wir sind leicht zu beschädigen, jedenfalls oberflächlich, aber wir heilen auch schnell. Jedenfalls oberflächlich. Nein, ganz ehrlich, wir sind widerstandsfähig. Wenn ich es recht bedenke, werde ich jetzt gerade schon wieder heil, ich baue wieder auf, was immer ramponiert sein mag.

Es macht mir nicht mal etwas aus, dass die Seife nach Hund riecht oder dass der Abfluss widerlich verstopft ist. Das ist wirklich – so was will man eigentlich nicht neben den Füßen haben – eine schmuddelige, durchlöcherte Eisenplatte, bedeckt mit Haaren, die eindeutig nicht von mir stammen, die sich eindeutig im fließenden Wasser bewegen, rötlich gelb, einige ganz klar Schamhaare, andere eher dünn: Man kann sie wirklich nur mit dem Wort Fusselhaar beschreiben.

Und nur diese Worte lassen den Duschvorhang an meiner Flanke heraufkriechen und festkleben, lassen mir das Wasser in die Augen laufen, das mich blendet, lassen mich sehen, wie ich mit dem Ellbogen die Schlafzimmertür aufstoße, im grau vernebelten Taumel der letzten Nacht, des frühen Morgens, und wie Fusselkopf mich mit offenem Mund zu küssen versucht, meine Lippen verfehlt und eher wie eine nasse, hohle Hand auf mein Kinn, meine Wangen klatscht – ich weiche ihm schon aus, aber ich lasse ihn auch gewähren und sehe zu, wie er sich feucht aus Jacke und Hemd schält, aber das rötliche

Haar auf seinem Bauch kann er nicht ausziehen, das gehört zu ihm – wir sind jetzt mit *ihm* beschäftigt, ganz bei *ihm*. Obwohl er dann schüchtern wird, sich umdreht, um Schuhe und Socken, die Hose auszuziehen, die sich zierende Unterhose an den Beinen hinabrutschen lässt, und er beugt sich schnell vor, aber nicht so schnell, dass ich nicht einen Blick auf sein Skrotum erhasche, rot und abgeschnürt, das traurig wie ein freiwilliger Dammriss zwischen seinen sehnigen Schenkeln baumelt. Und dann krabbelt er ins Bett und dreht sich erst zu mir, als er unter der Bettdecke steckt – um mir jede weitere Frontalansicht zu ersparen –, jetzt starrt er mich an, ganz eheliche Furcht und Verlangen und ungläubiges Glück.

Ich schließe mich ihm an, was den Unglauben angeht. Ich bin nicht ich selbst. Ich schaue von oben zu, als läge ich in angenehmem Koma oder sei unzureichend anästhesiert oder triebe friedlich auf die Todesnähe zu, sei nicht hier.

Und dann *Na ja. Hmm. Meine Güte … Wir könnten doch.* Und da ich jemand anders und abwesend bin, tue ich es.

Tat ich es.

Ich habe es wirklich getan.

Wenn ich jetzt nach nebenan gehe und die Laken untersuche, werde ich noch mehr von ihm finden, mehr Haare und die anderen üblichen Anzeichen. Aber ich glaube nicht, dass ich mir die Mühe machen werde. Ich werde noch ein wenig länger unter der Dusche bleiben und mich abschrubben, so, wie er es getan haben muss, wie er säuberlich entfernt haben muss, was seine Frau nicht bemerken sollte, und sich eine Geschichte ausdachte, die er ihr erzählen konnte, als er zu ihr ins Zimmer kam – dass er lange in der Bar geblieben sei, dass sie geschlafen habe, als er hereingekommen sei, völlig bewusstlos gewesen sei, und dass er jetzt gerade aus der Toilette komme, das sei alles, er sei nirgendwo sonst gewesen, sie habe bloß geträumt, dass er sich ausziehe, täte ihm leid, sie geweckt zu haben, Gute Nacht.

Ich habe ja gesagt, dass ich keine Geschenke mag, und das ist der Grund. Wenn ich ein Bedürfnis habe, das nichts mit Durst zu tun hat, weiß ich nie, wie ich es stillen kann. Ich nehme ungeeignete Medizin, wähle schlechte Ablenkungen, und jedes Mal wieder fällt mir ein, dass ich die Freuden, die ich nicht teilen kann, strikt verurteile.

Komisch, genau solche Ereignisse sollten einen eigentlich zur Abstinenz treiben. Im nüchternen Zustand, könnte man meinen, wäre ich nicht mit einem Mann ins Bett gegangen, der den IQ eines Küchentisches und einen Körper besitzt, über den man lachen könnte, wenn ich mich nicht an ihn erinnerte, ihn nicht berührt hätte, nicht wüsste, dass er mich, meine Privatsphäre berührt hat. Im nüchternen Zustand hätte nichts passieren müssen, was nicht erheiternd wäre.

Das ist eine überzeugende Hypothese – aber sie überzeugt mich nicht. Ich fühle mich grässlich, weil ich etwas Grässliches getan, nicht, weil ich etwas getrunken habe. Aber wenn ich jetzt hinuntergehe an die Bar, kann ich wieder etwas trinken, und dann werde ich mich gar nicht mehr grässlich fühlen, dafür garantiere ich. Menschen, die nicht auf die richtige Weise trinken, können das nicht verstehen. Sie können höchstens jammern, *was für eine Qual – trinken zu müssen, es wirklich nötig zu haben, wie schrecklich.* Ich sehe da viel klarer, denn ich habe das Problem lange und gründlich studiert und erkannt – *tatsächlich bin ich in einem Zustand, wo es mein Verderben ist, nichts zu trinken zu bekommen, und doch kann mich ein Drink ebenso aus jeder Art von Verderben retten: aus denen, in die er mich selbst gestürzt hat, aber auch aus allen anderen großen oder kleinen Nöten. Das Trinken macht mich frei.* Das ist keine Qual, das ist ein Geschenk. Meine einzige, meine vollkommene Gabe.

Und die sorgt heute Morgen dafür, dass ich, wenn ich mich erst gründlich sauber geschmirgelt habe, nach unten gehen und mein Unbehagen schon mit zwei Gläsern zu einem Flüstern dämpfen kann. Und es ist auch gar nicht Fusselkopf, der mich ärgert. Ich bin etwas beunruhigt, weil ich aus irgendeinem Grund dauernd meine jüngere Stimme höre, die meine Mutter fragt, warum sie keine Blumen verschenkt: Aus dem eigenen Garten wären sie ganz billig, und außerdem – auch wenn ich das nicht sage – wären sie normal, ein Geschenk, mit dem die Leute rechneten.

Aber sie mochte ihre Blumen nie weggeben, sie waren ihr viel zu wichtig. Nur mein Vater fand zu seinem Geburtstag einen Strauß frisch geschlachteter Blüten auf dem abendlichen Esstisch, für ihn gemordet: Die Augen meiner Mutter blickten weich von der Vase zu seinem Mund, zu *seinen* Augen. An solchen Abenden sprachen sie beide nicht viel, und sie schienen, so glaubte ich, beide stolz auf sich zu sein und zugleich heimlich zu tun, und wenn sie glaubten, dass Simon und ich es nicht bemerkten, streiften ihre Hände sich. Ich bin überzeugt, dass sie sich heute noch ganz ähnlich benehmen, nur, dass wir nicht mehr zuschauen und ihre Zärtlichkeit beschneiden.

Und wenn ich daran denke, möchte ich weinen, auch wenn ich es nicht tun werde – nicht wegen meiner Eltern oder wegen gestern Nacht oder wegen des Trinkens –, sondern weil ich mir jemanden wünsche, dem ich Blumen schenken kann, jemanden, der hier bei mir, für mich da ist.

Ich bin auf einem Foto. Ich bin mir sowohl der Kamera als auch der neuen Freunde bewusst, die mich umringen, und ich reiße mich zusammen. Aber ich lächle auch. Wir lächeln alle: alle zusammen an einem Tisch, dessen Platte auf Höhe des unteren Bildrandes liegt, auf dem sich ein Gewirr von Gläsern, verschütteten Drinks und Aschenbechern zwischen uns und die Linse drängt. Der Zustand des Tisches deutet an, dass wir schon länger hier sind, sind wir nämlich auch, und jetzt bleiben wir, dauerhaft. Unsere Hände werden vom Verschluss der Kamera zur Ruhe gebracht, als Lichtstreifen festgehalten, dort fixiert, wo sie gerade liegen, auf Jackenärmeln, Wangen, der Luft oder Worte illustrierend, die uns entfleucht sind. Im Hintergrund läuft ein Freund, den ich nicht kenne, gerade quer durchs Bild. Ich lächle weiter.

Ich bin tatsächlich auf ziemlich vielen Fotos zu sehen, aber nur dieses trage ich bei mir. Es zeigt das Ende eines Abendessens vor der Hochzeit von irgendjemandes Bruder, dem Bruder eines entfernten Freundes, eher eines Bekannten. Es sind schon winzig kleine Cousins da gewesen, die herumgerannt sind, bis jemand sie anschrie, und eine Reihe leicht rührseliger älterer Damen, mit denen ich kein Wort gewechselt habe, obwohl sie kluge Eröffnungsstrategien beherrschten. Das Essen sah irgendwie gequält aus – ein Versuch in traditioneller jüdischer Küche: gehackte Eier und fade Hühnerleber, klare Brühe, solche Sachen –, aber ich glaube, das Restaurant improvisierte: Vor jedem Gang wurden intensive Beratungen mit der Geschäftsführung abgehalten, dabei war es den meisten Gästen egal, weil sie entweder nicht traditionell oder nicht jüdisch waren.

Während des gesamten Abendessens habe ich Wasser getrunken, weil ich gewarnt worden war, dass bei einem halb seriösen, womöglich koscheren Abendessen Getränke nur in Mengen angeboten würden, die einem bloß den Mund wässerig machten. Doch dann kommt der letzte Gang des Festmenüs, ich kann zwischen Eiscreme und Kuchen wählen und nehme Letzteren. Mit dem ersten Bissen trifft mich der Weingeist wie ein Genickschlag, und ich rieche billigen, scharfen Brandy, der ungeduldig herausspringt, nachdem er so lange Rosinen einweichen musste. Ich merke gleich, dass er auf mich gewartet hat – und so etwas weckt in jedem Menschen den Spieltrieb.

Da wir also das Aroma eines besseren Abends hinter den Zähnen sitzen haben, verlagern sich einige von uns – allesamt Kuchenesser – in die Bar und dort um den Tisch: Der Glanz seiner Oberfläche liegt unter unseren Ellbogen wie ein aufgeräumter Teich, bewegt von unseren Spiegelbildern, von unseren flüssigen Gegenübern. Und hier sind wir nun für immer, glücklich über unsere angenehme Gesellschaft oder die damit verbundene Entspannung oder sogar über den Gedanken an die Heirat eines anderen Menschen, voller Hoffnung und weit weg.

Das Bild zeigt mich neben einem Mann, der mir vor Kurzem erklärt hat, wie leicht es sei, Hunde zu hypnotisieren: Man starrt sie nur ruhig an und schließt dann für immer längere Zeitspannen die Augen, bis sie einen nachahmen, an einen glauben und dann allmählich einschlafen. Katzen sind viel wachsamer und durchschauen einen meistens. Ich weiß das alles schon und bin leicht gelangweilt, aber der Mann lächelt, und ich lächle auch, und wir machen ganz den Anschein, als hätten wir ein freudiges Einverständnis erreicht, gerade als die Blende sich öffnet und den Film belichtet.

Wegen der lächelnden Gesichter behalte ich das Bild. Es ist ein Beweisstück. Es gibt nämlich verschiedene Arten von Lächeln. Jeder kennt das unehrliche *Eigentlichkannstdumich*-Lächeln, das *Ichsterbeaberichzeigsnicht*-Lächeln, das *Ichdenkeanganzwasanderes*-Lächeln, das *GotthabichSchißkeineAhnungwieichaussehe*-Lächeln – Gesichtsausdrücke können jede Art von Gefühl transportieren, das versteht jeder. Aber es gibt auch ein besonderes Lächeln, das nicht geübt und nicht nachgeahmt werden kann und das mich vollkommen von der grundlegenden Güte Gottes überzeugt: Es hat die Wirkung frager, ungetrübter Liebe und ist ganz und gar schön.

Ich will es so ausdrücken: Die Leute sagen, dass über Idioten und Kinder die Engel wachen, damit ihnen niemand Böses tut. Aber wie viele Menschen *wollen* ihnen denn Böses tun? Sie sind, wenn schon nicht am attraktivsten, so doch die am wenigsten bedrohlichen, sie schauen mit großen Augen, sind schwach und voller Zutrauen zu Fremden: Nur Psychopathen würde es einfallen, dieses Vertrauen zu missbrauchen. Trinker hingegen: Wer wacht über sie? Wenn sie sich an dem einen Abend, wo es nicht entschuldbar ist, über die Maßen verspäten, wenn sie dich bestohlen haben und dir dann noch die Schuld in die Schuhe schieben, wenn sie deine liebsten Stücke, die dir wirklich am Herzen liegen, zerbrochen, verschmutzt oder verlacht haben, wenn sie gelogen, erpresst und getäuscht haben und dann zu weinen anfangen, bevor du es tun kannst, wenn sie sich auf die dumme Unwiderruflichkeit deiner Liebe verlassen haben, wenn sie einfach vergessen haben, dass du existierst – was hält dich davon ab, sie umzubringen? Nur dies, ihr Lächeln.

Gelegentlich, das gebe ich zu, findet ein Trinker ein unerfreuliches Ende, doch wenn Logik und Gerechtigkeit sich durchsetzen würden, geschähe dies dauernd. Mord dürfte keine Ausnahme, sondern müsste die Regel sein. Wir tun schreckliche Dinge – ich persönlich nicht –, aber einige von uns sind unvorstellbar und erschreckend, und Strafe ist das Mindeste, was wir verdienen. Doch wenn wir trinken und so handeln, wie unsere Charakterstruktur es uns befiehlt, bleiben wir fast vollständig unversehrt. Wir lernen, uns wie Drahtseilartisten zu bewegen, ganz lähmende Anspannung und hitzige Schweißausbrüche, wir amputieren unsere Sprache und unsere Namen, und als Gegenleistung für diese Anstrengungen wird uns dies wundervolle Lächeln geschenkt, das uns schützt, denn Gott ist auf unserer Seite. Eine dementsprechende Bemerkung hat er in der Bibel niedergelegt. Es mag überraschen, fällt mir auf, aber ich habe mich in der Bibel jahrelang bestens ausgekannt, und da steht es eindeutig: Wir sind seine Lieblinge.

Wie ich das herausgefunden habe? Der Mann von der Gideon-Bibelgesellschaft besuchte unsere Schule, als ich fünfzehn oder vielleicht sechzehn war, einen Bruchteil weniger als ein halbes Leben ist das her. Die ganze Schule wurde im Versammlungssaal zusammengerufen – mein Bruder saß vorne bei den unteren Klassen –, wo der Gideon-Mann eine billige, rot eingebundene Ausgabe des Neuen Testaments hochhielt, so vorsichtig, als würde sie ihn gleich stechen, und verkündete, er würde jedem von uns ein Exemplar geben. Er deutete an, wir würden es wohl gar nicht lesen, und gab seinen ernsten Zweifeln Ausdruck, dass auch nur einer von uns die ganze Bibel schaffen würde, selbst wenn er eine zur Hand hätte: sie zu verschlingen und zu verdauen, sie abzuarbeiten, wie der Gründer der Gideon-Gesellschaft es getan hatte, als er noch viel jünger war als wir. Von dem Alter an, wo es ihm gelang, die ersten Buchstaben zu enträtseln, hatte der Gründer der Gideon-Gesellschaft nur noch die Bibel gelesen, immer wieder, viele hundert Male – oder so ähnlich ging die Legende, ich hörte schon nicht mehr zu, ich hatte schon beschlossen, dass ich das ganze Neue Testament und dann die ganze dicke Bibel lesen würde. Ich würde sie mehr als einmal lesen, denn niemand sollte mir je vorhalten können, dass ich irgendetwas nicht fertigbrächte.

Und so lernte ich, wie Isaak Rebecca erwählte, weil sie ihm etwas zu trinken anbot, und wie der Krieger Gideon – nicht der Buchvertreter – von Gott den Befehl erhielt, seine Truppen nach ihrer Art zu trinken auszuwählen: Nicht den Kopf neigen und blind hineinschütten; wachsame Trinker bevorzugt der Herr. Wer sollte besser als Gott wissen, dass ein kluger Trinker immer auf der Hut sein muss? Dabei ging es natürlich um Wasser, aber man weiß ja, was aus dem Wasser wird – wie der Vater, so der Sohn.

Selbstredend war ich den größten Teil meiner Schulzeit noch nicht alt genug, um legal Wein zu trinken: Zufälligerweise mochte ich Wein ohnehin nicht besonders – mag ihn immer noch nicht. Damals neigte ich eher zu süßem Cider und diesem klebrigen Sherry, den man womöglich für eine ältere Tante kauft – was den Erwerb für ein unschuldiges junges Mädchen ziemlich erleichterte – *wie hieß noch die Marke, die Tantchen am liebsten mag?* – mit meinen klaren Augen, in meiner Schuluniform – *haben Sie auch die größere Flasche?* – *sie trinkt ihn so gern* – ich hätte auch Meskalin verlangen können und es bekommen, weil ich wusste, wie man richtig fragt. Verstecke nie, was du bist, wenn du offen, wenn du entwaffnend sein, wenn du lächeln kannst.

Lächle so, wie du es der Vorsicht halber tun würdest, wenn du heimlich ein Hotel verlässt, wenn du dich an der Deckung der Checkout-Schlange vorbeischlängelst und dann leise mit deiner freundlichen Reisetasche auf die schlichte Tür zuzockelst, die nach Notausgang aussieht, aber keinen Alarm auslöst und sich klaglos auf eine nackte Betontreppe öffnet, die nach unten führt. Dies ist eine Vermutung, eine Inspiration, entstanden am Nachmittag in der Hotelbar beim Anschauen einer Pokermeisterschaft im Kabelfernsehen und dem Nachdenken über M.H. Virginas' Kreditkarte. Beim Nachdenken über derartige Dinge könntest du besorgt werden, und Besorgnis ist schon ein Schritt in Richtung Angst, und Angst ist nicht gut für dich, verkürzt dein Leben, jeder normale Mensch würde ihr aus dem Weg gehen.

Das heißt, dass du das Recht hast, jetzt zu gehen, einen Tag zu früh, und dir oder anderen den Ärger mit dem Papierkram und der Bezahlung zu ersparen. Es ist sehr vernünftig, keinen Gedanken ans Umkehren zu verschwenden, am Fuß der Treppe nur kurz innezuhalten und sich dann durch eine weitere Tür zu drücken und einen, wie du feststellst, unterirdischen Gang zwischen Schränken und Heizkesseln entlangzugehen, zwischen Ventilatoren und Tanks und einem kleinen Raum mit einer Dart-Zielscheibe und einem Kühlschrank und dichtem, altem Zigarettenrauch um eine Frau in einem rosa Overall. Sie sieht dich an, deine freundliche Reisetasche und deine Augen, und es ist herrlich eindeutig, dass du verschwindest, dass du wegrennst, und ebenso klar, dass sie das auch weiß.

Innerlich haben sich schon verschiedene Körperteile zusammengezogen oder ängstlich zu zittern begonnen, aber äußerlich spürst du, dass du zu lächeln anfängst. Die Frau hat wundervolles Haar, ein großartiges Gewirr aus kupferfarben schimmerndem Grau, und ein bedeutendes Gesicht – ein Gesicht, das du gern wählen oder auf einer Briefmarke sehen würdest –, und darauf konzentrierst du dich und auf ihre anderen beeindruckenden Eigenschaften, und auch wenn diese nicht deutlich werden, liebst du sie dennoch: Sie bedeuten dir etwas, du fühlst mit ihr, euer gemeinsames Menschsein wird dir tief bewusst: Dieses reiche Gefühl der Gemeinsamkeit, und jede andere subtile Regung deines Herzens findet ihren idealen Ausdruck in deinem Lächeln. Das Lächeln erlaubt ihr, dich zu verstehen und gleichzeitig freizusprechen, und das ist für jedermann eine besondere, eine spirituelle Freude. Also neigt sie den Kopf ein oder zwei Grad zur Seite, atmet hörbar aus und schaut dann wieder auf ihre Zeitung, als wärest du nie da gewesen. Sie blättert um.

Du kommst zu einer Ecke, gehst herum, und dort wartet ein echter Notausgang auf dich, der von einem leeren, halb in der Sonne stehenden Plastikstuhl offen gehalten wird. Es macht überhaupt keine Schwierigkeiten, das Gebäude zu verlassen, keine Tricks, keine Rufe in letzter Sekunde. Es ist ganz einfach, den Parkplatz zu überqueren, sich durch eine graue Hecke aus niedrigen Büschen auf den nächsten Parkplatz zu drängen, dann auf einen Bürgersteig, in den Verkehr, ins alltägliche Leben.

Auf dem Foto kann ich sehen, dass ich dieses Notausgangslächeln habe: Es ist da, bereit für die Kamera, als wollte es auch einmal festgehalten werden. Und ich sehe, dass der Mann neben mir genau diesen Gesichtsausdruck mit mir teilt, ebenso entschuldigend, unberührbar und zärtlich erleuchtet. Wir sind die Einzigen: Jeder Betrachter würde uns beide rasch herausgreifen und sagen, wir seien uns ähnlich.

Deshalb habe ich das Bild aufgehoben, und weil es mich daran erinnert, dass selbst ein Mensch mit Trinkerlächeln nicht gegen jemanden gefeit ist, der es ebenfalls hat.

II

Er heißt Robert.

Aber mit Namen bin ich ganz schlecht, sie entgleiten mir immer, wenn sie es gerade nicht sollten, also lasse ich einen handlich-hilfreichen Satz im Hinterkopf rotieren – *Er heißt Robert, Robert Gardener, als wolle er den Garten umgraben: Er heißt Robert, das ist sein Name* – ich konzentriere mich so sehr darauf, dass mir die Unterhaltung schwerfällt.

Obwohl im Augenblick niemand mit mir redet. Ich stütze das Kinn an die Oberkante einer weiß gekalkten Mauer und schaue hinüber auf eine kreisförmige Sandbahn, die im Scheinwerferlicht aufglänzt. Der elektrische Hase jault an mir vorbei, klingt wie jede Art von Angst, die mich je überfallen hat, und löst den Riegel vor den Hundeboxen, startet ihren rasenden, schlenkernden Lauf. Windhundpfoten auf Sand: ein eigentümliches Geräusch, sehr beruhigend und von stiller Festlichkeit. Zu meiner Linken sitzt ein dicker Junge rittlings auf der Mauer und gibt den Backsteinen die Sporen, doch sein Interesse scheint sich nicht auf einen bestimmten Hund zu konzentrieren.

Es war Roberts Idee. Nach dem Dinner vor der Hochzeit wurden wir von einem müden Barmann nach draußen geleitet, wir waren die Letzten, die gingen, und es passierte nicht viel zwischen uns, ich erinnere mich ganz deutlich an das

Nicht-Viel, das zwischen Robert und mir vorging: Aber ich gab ihm meine Telefonnummer, und in der folgenden Woche rief er mich an.

»Wer?«

»Robert … Gardener. Von dem …«

»Dieses Essen, ja … Ja?«

Ich lag noch im Bett, was einem in solchen Situationen ein wohliges Unbehagen beschert: Die Stimme klingt immer ein wenig horizontal, und man fragt sich gelegentlich, ob man nicht genau das will. Er hatte sich allerdings schon vor mir verraten – seine Stimme war leicht abgerutscht, als ich seinen Namen nicht sofort erkannte, hatte sich dann gefangen, geöffnet, als wir uns beruhigten und miteinander warm wurden. Ich konnte hören, wie wir ruhig und warm wurden: Die Leute vergessen, dass man durchs Telefon alles hört – alle Informationen, in die die Worte gebettet sind, ihre äußere Musik, alle Geräusche, die unter jeder Stimme liegen – es ist ein gnadenloses Instrument.

»Du hast meine Nummer also nicht verloren.«

»Nein, das würde ich nie tun.«

Das war schon ziemlich offen für den Beginn einer solchen Plauderei – er hatte sich also für die offene Nummer entschieden, die entwaffnende Nummer, die einem weismacht, *bei mir bist du sicher*, und deshalb gefährlich ist.

»Wenn du wolltest, hättest du sie ruhig verlieren können.« Es ist nicht so, dass ich Gefahr nicht mögen würde – sie ist der Schuss Branntwein im Blut.

»Habe ich aber nicht – gewollt.«

Leichte Atemlosigkeit auf beiden Seiten, denn das Gespräch entwickelte sich zu einer sportlichen Übung: Ohne Aufwärmen mussten wir nun Hochleistung bringen, überzeugend geistreich, anzüglich und sorglos sein, den Eindruck erwecken, eine lohnende Verabredung zu sein, den Rhythmus des anderen erspüren und darauf eingehen. Natürlich gefiel uns diese angenehme Anstrengung auch, denn sie deutete an, dass noch erfreulichere, härtere Arbeit vor uns lag. Wenn wir Glück hatten.

»Was machst du heute Nachmittag?«

»Ach, ich weiß nicht …« Nach meiner Erfahrung habe ich ein vergleichsweise kleines Glücksreservoir. »Samstagserledigungen.«

Darüber lachte er leise, obwohl es gar nicht lustig war. Offenbar war er der Typ für nervöses Lachen.

»Was? Was ist los?« Nicht, dass ein nervöses Lachen schlimm wäre – man bekommt den Atem des Lachers zu spüren und die Wärme seiner Kehle. Ich selbst lache bei Weitem nicht oft genug nervös, eigentlich dumm, weil es doch so nützlich ist.

»Nichts ist los. Was für Samstagserledigungen stehen denn an?«

Es stand natürlich genauso wenig an, wie ich am Leib trug. Und ich fragte mich natürlich, ob er das erraten hatte, hätte es besser gefunden, wenn er es erraten hätte. Und das wiederum färbte auf meine Antwort ab, züngelte um den Ton meiner Stimme herum, ohne dass ich mich anstrengen musste. »Na ja, um vierzehn Uhr ist eine Schottersammlung für wohltätige Zwecke. Und dann muss ich noch meinen Korbsessel zu Ende flechten.« Es war ganz egal, was ich sagte.

»Kies für klägliche Kinder? – Eine lobenswerte Sache.« Oder was er so antwortete. Wir fanden Zweideutigkeiten, wo gar keine waren, und ließen sie aufleuchten. »Jeder Mensch gibt sich einen Ruck, wenn es um Heimatlose und Streuner geht.«

»Und welche sind dir lieber? Die Heimatlosen?«

»Nein, ich stehe mehr auf Streuner.«

»Alles sehr verdienstvoll – oder wenn du Lust hättest, könntest du auch mit mir ausgehen.«

»Ich könnte …« Und dann fanden wir die Pause. »Das könnte ich.« Trafen uns darin. »Ja, könnte ich.«

»Bist du sicher, dass du auch willst?«

»Ich bin sicher.« Noch eine schöne, aufreizende Stille, und dann hörte ich mich wiederholen, »Ja. Ich bin sicher.«

»Dann ist es gut.«

»Das ging leicht.«

»Manchmal ist es leicht.«

Und das war gelogen – es ist nie leicht.

Und wie es sich gehört, gingen wir, kaum dass wir uns in der Union Street getroffen hatten, in die Irre. Zunächst mal sah er anders aus, ich wusste nicht genau, wieso: Er hatte einfach eine Art Hässlichkeit an sich, die ich zuvor nicht entdeckt hatte. Er wiederum schaute mich unruhig von der Seite an, mit einer Art besorgtem Blick, der eigentlich für einsturzgefährdete Gebäude oder seltene, in Gläsern eingelegte Missbildungen reserviert ist. (Ich bin zwar einiges, aber nicht missgebildet.) In hilflosem Schweigen gingen wir die Hinterseite der Kathedrale entlang: Ab und zu stießen unsere Arme leicht aneinander, wie es eben passiert, wenn zwei Menschen sich dem Schritt des anderen nicht anpassen können.

Er blieb stehen, als eine Möwe vor uns herniedersegelte und dann die Flügel anlegte, um herabzustürzen, und ich fragte mich, ob Robert wohl besondere Zuneigung – oder eine Phobie – für Möwen hegte. Beides wäre kein gutes Zeichen. Doch dann watschelte die Möwe davon, und Robert seufzte, »Also, ich biete gerade keine besonders interessante Unterhaltung. Und so … wir können so weiter laufen, dann wird es nicht besser, oder du fährst ein Stück mit mir, und ich … ich weiß einen Ort, der dir gefallen würde. Glaube ich.«

»Du willst mit mir irgendwohin fahren.«

»Ich verspreche, dich nicht zu ermorden.« Wieder das nervöse Lachen.

»Na, dann ist ja alles in Ordnung.«

»Dich nicht mal zu verletzen.«

»Ich habe Selbstverteidigung gelernt.« Wieder eine Lüge, ich hatte mir immer *vorgenommen*, Selbstverteidigung zu lernen, hatte aber nie Zeit dafür gefunden. »Ich würde nicht zulassen, dass du mich verletzt.«

»Gut … weißt du, was, wenn wir auf dem Rückweg durchs Einkaufscenter gehen, werden wir von den Überwachungskameras aufgenommen – dann würde ich augenblicklich geschnappt und verhaftet, wenn sie deinen verstümmelten Körper in irgendeinem Graben fänden.«

»Nicht in einem Graben. In einem See.«

»Natürlich – für Hannah nur das Beste. Ein See. Ein nettes, romantisches *Loch.*«

Er wusste *meinen* Namen noch. »Sag das noch mal.«

»Ein nettes, romantisches *Loch.*«

»Den ersten Teil.«

»Natürlich – für Hannah nur das Beste.«

Niemand hatte bisher auch nur etwas Annäherndes vorgeschlagen. Also ging ich mit Robert Gardener, stieg in sein Auto, und er fuhr mich quer durchs Land nach Glasgow zum Shawfield Greyhound Track.

Und das ist im Grunde unverzeihlich.

Doch als wir dort ankamen, hatte ich ihm schon verziehen. Ich erließ ihm seine Schuld wegen seiner Kassetten. Kaum hatte das Auto sich in Bewegung gesetzt, wühlte Robert in riskanter Manier in einem Dutzend Kassetten im Handschuhfach herum, und die Straße schleuderte auf uns zu, erzitterte unter uns und strömte hinter uns davon, als hätte Robert selbst an unserer Bewegung kaum einen Anteil – was auch stimmte.

»Ach so ... du willst nicht *mich* umbringen, sondern uns *beide*. Aber meine Verabredung zum gemeinsamen Selbstmord habe ich doch erst nächste Woche.«

»Alles in Ordnung ... alles ... klar.« Er schob eine Kassette ins Fach, ließ die freie Hand endlich wieder aufs Lenkrad fallen und wandte seine Aufmerksamkeit der Windschutzscheibe zu. Ich bereitete mich auf das übliche Gerede vor, dass Nanci Griffith wirklich sexy, ungeheuer musikalisch und sehr intelligent sei oder dass Neil Young wirklich sexy, ungeheuer musikalisch und sehr intelligent sei – je nachdem, wie hoffnungslos das mittlere Alter des Sprechers verläuft –, oder auf die Rede, die zeigen soll, dass *ich immer noch jung/hip/sexy/ungeheuer musikalisch und intelligent genug bin, um Garage/Progressive Jazz/Radiohead/Gott weiß was für mongolische Kehlkopfgesänge vollkommen zu begreifen* ... denn neunundneunzig von hundert Männern können Musik auf gar keinen Fall *einfach nur hören*.

Und dann ließ ein Geräusch die Lautsprecher erzittern, das ihn zu einem unter hundert machte: der grauenhafte Auftaktakkord, der scheppernd hereinbrach und eine Weile gehalten wurde: *Tra-**daaaa***. Es war Jimmy Shand: Jimmy Shand und seine Band: der Sound von Auchtermuchty.

»Oh Gott.« Was sollte ich sonst sagen? – da ich plötzlich zurückgeworfen wurde auf tausend feuchte Nachmittage in der Sporthalle, den Geruch von Gummisohlen und urzeitlichem Schweiß, das Stampfen des *Canadian Barn Dance*, der *Lancers*, *Strip the Willow*, dem *Dashing White Sergeant*, dem *Eightsome Reel*, den endlosen Hüpfern und Schrittwechseln, erst die rechte Hand, dann die linke, einatmen und ausatmen, alles zum eisernen Rhythmus von Shands Akkordeons, ihrem irren, jaulenden und pervers verlockenden Leiern.

»Ja, nicht wahr.«

»Ich meine … Oh Gott.«

»›The Northern Lights of Old Aberdeen‹.«

»Du *bist* tatsächlich wahnsinnig.«

»Aber jetzt weißt du, dass du in sicheren Händen bist – niemand kann zum Takt von Jimmy Shand ermordet werden.«

»Herrgott …« Es war peinlich, aber unmöglich, nicht mit den Füßen im Takt zu wippen. »Lieber Gott. Total wahnsinnig.«

»Ich hab mal gehört, dass sie in der Nervenheilanstalt in Carstairs zur Beruhigung Volkstanzabende abhalten.«

»Du kriegst also Heimweh von den Liedern.«

»Zeitweh.« Er grinste. »Du etwa nicht?« Und er sah, dass er

recht hatte, und lachte laut: ein guter, heißer Klang, der sich rasch unter die ersten Noten der ›Bluebell Polka‹ mischte … *Tra-**daaa**.* »Hm?«

»Wenn man eine bunte Schärpe über der Schulter trug, war man zum Jungen ernannt worden … Woche für Woche abwechselnd, einmal mit Schärpe, einmal ohne. Außer dem Mädchen mit dem leichten Damenbart – die trug immer eine Schärpe –, du weißt ja, wie unangenehm Mädchen sein können …«

»Ich musste mit echten Jungen tanzen, das ist noch viel schlimmer.«

»Und am Ende haben sie uns alle zusammengesteckt: Koedukation, das echte Erlebnis: bei einer Weihnachtsfeier, dem Geburtstag von Königin Victoria oder sonst einem besonderen Anlass: Alle werden verlegen, keiner weiß, wer wen führen soll, und alles geht den Bach runter. Die reine Hölle.«

»Jeder weiß ja, dass das Akkordeon des Teufels Lieblingsinstrument ist.«

»Und du weißt bestimmt auch, warum Calvinisten nie im Stehen Sex haben.«

»Weil man denken könnte, dass sie tanzen.«

Das ist mein Lieblingswitz, und die Pointe kommt ohne Zögern, genau im Takt, und Robert plappert danach einfach weiter, als hätte er gar nichts Besonderes gemacht, als würde niemand je zu beurteilen wagen, wie gut zwei Menschen zueinander passen, weil sieben Worte an genau der richtigen Stelle gesagt wurden.

»Ich habe auch noch ›Over The Hills and Far Away‹, das ist eine seiner besten Platten, die können wir gleich danach hören.« Ich spürte, dass sein Fuß auf dem Gaspedal sacht den Takt schlug. »Ach ja … ein umfangreiches Œuvre.« Dieser Robert neben mir, dieser Robert Gardener, der meine Pointe kannte und mich nicht verärgerte, der keinen Durst aufsteigen ließ, nur eine Welle, den regelmäßigen, nach vorn gerichteten Puls einer offenen Brandung. Und hier hing sein Kiefernduftspender am Rückspiegel, und da lagen seine sauberen kleinen Fußmatten und im Türfach sein britischer Straßenatlas, und das Ganze war, könnte man sagen, sein eindeutig zwanghaft-analer, gebrauchter Volvo – andererseits kann ich unordentliche Räume nicht leiden, vollgemüllte Autos am wenigsten –, und das alles zusammen, auf allen Seiten, gehörte Robert – war ein Ausdruck seines Wesens, und ich dachte, ohne mich bremsen zu können,

Der verdammte Jimmy Shand – wie viele Generationen haben in der Schule zu ihm getanzt, bevor sonst irgendwas passierte? Wir konnten kaum krabbeln, da gehörte er schon zu unserem Stundenplan, wir waren mindestens einmal die Woche bereit, alle zusammen zu diesem Rhythmus zu hüpfen und uns auszulassen, den Schritt eines unruhigen Herzens zu üben, das perfekte Tempo – wie wir später lernten – für gemächlichen Sex. Wie viele Schotten haben sich wohl ihr Leben lang zu dieser uneingestandenen Begleitung geliebt, die irgendwo tief in den Falten ihres Reptiliengehirns schlummerte: zum Vor und Zurück und Auf und Hinüber des Auchtermuchty Sounds?

»Woran denkst du?« Robert klopfte aufs Lenkrad: den Kopf etwas formell gehalten, die Schultern angezogen, als würde er sich gerade unter einem Hindernis hinwegducken, aber eigentlich nicht glauben, dass der Platz reicht. »Du kannst es mir ruhig erzählen … Ich habe alle meine Medikamente genommen und bin im Moment ganz stabil. Woran denkst du?«

Darüber, wie ich ficke – und du bestimmt auch. »Oh, äähm … Dass Thatcher, als sie unser Schulsystem zerstört hat, auch unseren Takt durcheinandergebracht hat.«

»Kein Grund, von *ihr* anzufangen – ist doch ein ganz schöner Tag. Noch was?«

»Ceilidhs zusammen mit meinem Vater im Fernsehen anzuschauen.«

»In der guten alten Zeit, als wir von nichts eine Ahnung hatten und glaubten, sie müssten uns gefallen.«

»Aber sie haben uns auch gefallen.«

»Natürlich.«

Mein Vater hatte immer eine Schwäche für Shand – die berühmte Band bestand, soweit ich es erkennen konnte, ausschließlich aus toten alten Männern in unglaublichen Jacketts, und die Tänzer –, sie waren beiderlei Geschlechts, aber ich sehe nur noch die Männer vor mir – kerzengerades Rückgrat, ordentlich aufgerollte Hemdsärmel, so sprangen sie mit großem Ernst hin und her, die Haare brutal kurz geschnitten, die Kilts potenziell – aber nie tatsächlich – gewagt.

»Mein Lieblingsstück war ›Donald, Where's Yer Troosers‹.« Das war meine Lüge, die seiner zuvorkam, sie freudig erwartete.

»Und das unvergesslich bewegende ›Stop Yer Tickling, Jock‹.«

Zusammen lügen ist gut.

»Erstaunlich, dass wir noch leben.«

Das ist jedoch keine Lüge, sondern immer wahr: Es ist erstaunlich.

»Das ist nicht erstaunlich, das ist verdammt noch mal ein Wunder.«

Robert plaziert seine Wette – fünfzig Pence, wie er sagt – bei einem Schwarm uralter, tauber Buchmacher auf einer Seite der Rennbahn. Ich gehe lieber zu den klinisch rein wirkenden jungen Frauen hinter den Fenstern bei der Totoanzeigetafel: Sie schauen streng, beinahe tadelnd, und das gefällt mir.

Die Hunde fürs nächste Rennen werden aus den Zwingern geführt: Hanover Racer zerrt und springt auf eine Weise, die bestimmt im Wetten Unerfahrene wie mich verführen soll. Ich verspüre den Drang, auf sie zu setzen, aber leider habe ich mich schon vorher auf Clune Tune festgelegt, einen passiven, kamelbraunen Mitläufer, der momentan ausgiebig uriniert.

»Möchtest du eine Pastete?« Robert ist zurück und steht leise neben meiner Schulter, und der Atem, der seine Frage getragen hat, hängt immer noch in der Kälte und trägt zum allgemeinen silbrigen Nebel in der flutlichtbeschienenen Luft bei. »Oder sonst etwas …«

»Wahrscheinlich sonst etwas.«

»Dann komm mit.«

Die Bar der Rennbahn verursacht Kopfschmerz, der billige Tabakdunst und der Duft von gebratenem Fisch – was leicht verstörend ist, denn auf der Rennbahn wird Fisch weder gebraten noch serviert. Robert ist größer als fast alle hier – obwohl er gar nicht so groß ist –, aber er ist auch sichtbar weicher und bewegt sich falsch, mit einer gewissen Sorglosigkeit.

Sein Haar schafft es irgendwie, auf beiden Seiten vom Kopf abzustehen, ständig zerzaust, was in unserer derzeitigen Situation ein wenig vorgegriffen scheint.

»Welches Wahrscheinlich-sonst-Etwas möchtest du denn?« Und bevor ich antworten kann, »Aber ich muss uns zurückfahren, also kann ich nicht mittrinken. Muss vernünftig sein – mein Führerschein ist momentan in Gefahr –, die Punkte … verschiedene Vorfälle …« Diese Nachricht verhärtet sich in meinem Magen wie ein winzig kleines, bleiernes Handicapgewicht. Ich will nicht allein trinken.

Das heißt, im Prinzip habe ich nichts dagegen, aber nicht gerade jetzt.

Denn die Sache ist kompliziert: Wenn ich ihn tatsächlich ficken will – und das will ich tatsächlich –, dann muss ich tatsächlich flüssiger werden, als ich im Moment bin. Zur Vorbereitung auf körperlichen Kontakt muss ich mich gelöst und geschützt und gewärmt und gestärkt fühlen, und diese Gefühle stellen sich, bei mir wie bei allen anderen Menschen, nur ein, wenn ich etwas zu trinken bekomme. Weil ich Erfahrung im Trinken habe, kann ich sehr genau beurteilen, wie viel davon nötig sein wird, um Sachen mit Robert anzustellen.

Aber wenn ich genug trinke, um solche Aktivitäten zu fördern, kann ich mich vielleicht hinterher nicht mehr an einige dieser Aktivitäten erinnern: Es ist sogar gut möglich, dass ich mich an nichts erinnere, und diesmal würde ich mich gern erinnern. Ich würde gern dabei sein, jede Bewegung speichern und morgen früh und auch danach noch jede Einzelheit genau wissen.

Wenn ich andererseits trinke und er nicht, dann mache ich

mich auf die Reise, und er bleibt, wo er ist. Ich werde ihn zurücklassen und allein sein, allein trinken. Es ist auch schon vorgekommen, dass ich davon albern werde und peinliche Dinge passieren. Das würde ihm nicht gefallen. Mir auch nicht.

»Hannah?«

»Einen Scotch mit Ginger Ale.«

»Einen *was?*«

»Weil, wenn er furchtbar schmeckt, trinke ich keinen zweiten. Und da du nicht mittrinken kannst …«

»Ich würde gern, aber –«

»Du kannst nicht.« Ich klinge eingeschnappt. Er tappt zur Theke, anscheinend, ohne es bemerkt zu haben.

Ich lasse meinen Blick über die Gestalten an der Bar schweifen: a) ein Meter sechzig und klinisch depressiv, b) ein Meter fünfundfünfzig mit Gesichtsnarbe, c) Robert, d) ganz normal eine Pastete essend und dabei zwei Damen in der Ecke zuzwinkernd, die ihn anstarren, aber sonst keine Reaktion zeigen. Angesichts dieser Konkurrenz nimmt sich mein Begleiter für den Abend höchst vielversprechend aus.

Tatsächlich zieht sich Roberts Versprechen schon – während ich ihn betrachte – zwischen meinen Nieren zusammen, es kribbelt hier und da, ein warmes Gefühl, das Schlucken hervorruft und strikte Bewegungslosigkeit erfordert, denn wenn ich mich in diesem Zustand bewege, benehme ich mich unverantwortlich und möchte die Dinge verändern: unser geometrisches Verhältnis zueinander, unsere Temperatur, Zufriedenheit, unseren Bekleidungszustand: obwohl keine Aussicht auf Erfolg besteht, weil ich allein trinke.

Aus der Nähe und frontal konnte ich ihn noch nicht eingehend mustern – aber aus dieser Entfernung ist er weniger überwältigend, zugänglicher und leicht zu betrachten: das oben erwähnte zerzauste Haar über den Ohren, die lebendige Bewegung seines Rückens und die Andeutung von Hüften unter seiner Jacke (eine gammelige graue Jacke), das Verlagern seines Gewichts von einem Fuß auf den anderen, die Kräfte, die in den Muskeln vom Sprunggelenk bis zum Oberschenkel wirken und sich deutlich unter seinen Jeans abzeichnen. Er sollte nie zu dicke Jeans tragen oder zu festen Stoff, und

Das hat alles keinen Zweck – überhaupt keinen. Warum soll ich mich auf seine Hände konzentrieren und sie einschätzen – wie stark sie wohl wären, wie groß der tatsächliche Umfang der Finger, wie sie passen würden –, raten, bis ich Salz schmecke, wenn doch nichts daraus wird?

»Hier ist dein Gift.« Roberts Hand ist dreidimensionaler als nötig, als er mein Glas mit sprudelndem, ingwergefärbtem Whisky auf den Tisch stellt. »Na dann … Cheers.« Er schwenkt seine Wasserflasche in meine Richtung, als er sich hinsetzt, als müsste ich noch an die Unveränderlichkeit seines Zustands erinnert werden.

»Ja, Cheers.« Und inzwischen will ich den Drink nicht mehr: Ich brauche ihn, den ganzen tiefen Zug, der in meine Kehle rollt.

»Das sieht gut aus. Du machst mich neidisch.«

»Das wollte ich nicht.« *Nicht neidisch genug.* Ich sauge den letzten Schluck ein und verschränke die Arme, weil ich nichts zum Festhalten habe.

»Soll ich dir noch einen holen?« Keine Anklage liegt in der

Frage, bloß freundliche Belustigung, und das ist ein guter Anfang – auf freundlicher Belustigung kann man einen Abend aufbauen, daraus können große gemeinsame Unternehmungen erwachsen. Wenn wir beide etwas trinken.

Ein leicht beredtes Schweigen entsteht, und mir wird klar, dass Robert darauf wartet, dass ich ihm antworte und ihn ansehe. Ich habe mich verändert, und er ist neugierig, möchte wissen, wieso. Ich neige meinen Kopf in seine Richtung und kann nur die falsche Sorte Lächeln aufsetzen, ich spüre, wie es sich quer über mein Gesicht klammert, eine Mischung aus Selbstmitleid und dem krampfhaften Versuch, fröhlich auszusehen, mit einem lästigen Schuss passiv-aggressiver Verstimmung. Ich kann es nicht aufhalten. Ich versuche, die Lage zu retten, indem ich an meinen Augen arbeite, damit sie warm und entgegenkommend bleiben. Trotzdem bemerke ich, dass er zurückzuckt.

Doch er bemüht sich, in Kontakt zu bleiben, Anteil zu nehmen. »Alles in Ordnung?«

»Ich … ach, ich weiß nicht. Ich glaube, ich kriege Migräne.«

»Scheiße … glaubst du wirklich?«

Und tatsächlich. An meiner linken Wange pocht schon das übliche Vorspiel: als würde eine große Hand im Kettenhandschuh mir ständig ans Gesicht klopfen, und das Metall glitzert im Augenwinkel und verwandelt sich in Farbflecken und Taubheit. Bald schon wird der bekannte, dünne Kaleidoskopschleier wie ein Regenbogen in die Ränder meiner Blicke drängen. Und dann kommt der blinde Fleck. Und dann der Schmerz. Ein ziemlich perfekter Abend liegt also vor mir.

Das ist der Stress – ich kriege die Anfälle nur, wenn ich ge-

stresst bin. Wenn er trinken würde, wäre ich nicht gestresst. Wenn wir beide trinken würden, wäre ich nicht mal annähernd im Stress. Er ist so ein blöder –

»Kann ich irgendwas tun?«

JA.

Ich versuche einen suggestiven Gesichtsausdruck, der den Durst weckt. »Ach … na ja, vielleicht noch einen Whisky, ohne Zusätze – ich muss mich entspannen. Dann geht es wieder weg.«

»Bist du angespannt?«

Auch wenn meine Sehkraft nachlässt, kann ich doch erkennen, wohin das führt – alle Vorschläge, die wir beide vorbringen könnten, um meine verschiedenen Spannungen zu lösen –, keiner davon kann mir heute Abend nützen.

»Ein klein wenig, ja.«

»Ich denke, dagegen könnten wir etwas tun.«

»Ja …« Vielleicht weine ich gleich. Gerade jetzt muss er so entgegenkommend sein – es ist, als ob du einem Geisteskranken zuschaust, der deine Erbschaft verbrennt –, du siehst jede einzelne Banknote, große Scheine, alle deine, unermesslich nützlich, und dann – ein saures Aufflammen, eine Aschefeder, und wieder ist ein einladendes Stück deiner Zukunft unwiederbringlich verloren.

Er holt mir noch einen Whisky, dann einen seiner Verwandten, dann noch einen seiner Freunde, und eigentlich müsste ich inzwischen betrunken sein, ich müsste es merken, ich müsste – da sonst keine Annehmlichkeiten zu haben sind – es mir in meinem Haus mit der ganzen Whiskyfamilie gemütlich machen, alle um den Kamin versammelt, ums schöne, warme, in Eichenfässern gereifte innere Feuer. Aber nichts dergleichen. Ich bin völlig nüchtern. Ich höre, wie die Eulen auf dem Parkplatz hinter uns Mäuse fangen. Ich rieche den gesamten vorgestrigen Tag. Ich fange verdammt noch mal an, Engel wahrzunehmen – wäre ich nicht auf einem Auge blind und würde mir am liebsten mit den eigenen Zähnen und Händen die Haut vom Leibe reißen, weil es so unerträglich ist. Meine Haut ist unerträglich, sie hält mich zurück, sie hält mich gefangen, und der Glanz seines Körpers schmerzt sie, er wird so heftig, dass man eigentlich schon die Blasen sehen müsste, dabei ist er so weit weg auf der anderen Tischseite und redet über Gott weiß was –, er ist so nahe, dass ich ihn nicht hören kann, die schreienden Babys auf der anderen Seite des Flusses übertönen ihn und die langen Nadeln, mit denen in Stirling gestrickt wird, und die Menschen, die sich ihre Gewinnzahlen ausdenken, es sich anders überlegen und träumen, Träume so laut wie Handgranaten – und warum ist er so warm, wenn ich ihn doch nicht berühren kann?

Es wird eine lange, sehr lange Fahrt werden, die uns nach Hause bringt. Außerdem ist kaum noch Platz im Auto: Der größte Teil des Raumes wird von Scham beansprucht.

Wir waren die am besten aussehenden Menschen in dieser Bar, das attraktivste Paar, und uns haben sie zum Gehen aufgefordert. Mich haben sie zum Gehen aufgefordert.

Weil ich die Kinder erschreckt habe.

Ich habe niemanden erschreckt.

Und wenn man seine Kinder auf die Hunderennbahn schleppt, dann verdient man es nicht besser – in diese Atmosphäre haltloser Hoffnung und hündischer Hysterie, des Passivrauchens und des erbarmungslosen Tapp-Tapp unzähliger Pfoten –, wer auch nur daran denkt, junge Menschen in die Nähe solcher Orte zu bringen, sollte dem Jugendamt gemeldet werden.

Ich habe mich nicht schlecht benommen oder irgendjemandem Angst eingejagt. Ich war nur nach draußen gegangen, um ein wenig Luft zu schnappen, und habe ein paar gut gelaunte Bemerkungen gemacht. Ich habe mich in jeder Hinsicht zurückgehalten. Und wenn man dann denkt, dass einem jemand die Schlüssel gestohlen hat, dann sagt man das auch – ich meine, wer würde das nicht anmerken, auch wenn sich herausstellt, dass man sich geirrt hat. Ich wollte auch nicht, dass die Polizei gerufen wird – ich habe nichts dergleichen verlangt.

Ich kann es mir nur so erklären, dass wir zu unserer eigenen Sicherheit der Rennbahn verwiesen wurden – lieber das gesetzestreue Paar vor die Tür setzen als die ganzen Verbrecher, die auf dem Gelände herumlungern. Ich nehme an, so war es.

Als wir wegfuhren, hat Robert eine Kassette mit mozartiger Hornmusik eingelegt, leise genug, um sich dabei zu unterhalten, auch wenn wir nicht reden.

Ich denke nicht zum ersten Mal darüber nach, wie wenig ich die Freundlichkeit von Polizisten leiden kann – wenn sie einen mit müdem Amüsement ansehen, einen Menschen, der nicht mal einer Verhaftung würdig ist.

»Entschuldigung.«

Keine Antwort – vielleicht habe ich es nicht laut ausgesprochen, oder er hat mich nicht gehört. »Entschuldigung.«

»Mm-Hm.«

»Es tut mir wirklich leid.«

»Das weiß ich.«

Das ist gar nicht gut. Das ganze Debakel hat allein er zu verantworten, weil er nicht trinken wollte, aber ich kriege die Schuld.

Hiernach wird er mich nicht wiedersehen wollen.

»Ich kann bloß …« *nicht allein sein. Kann ich ihm aber nicht sagen. Kann man niemandem je sagen.* »Ich meine …«

»Du hast Migräne. Das ist in Ordnung. Lass mich jetzt fahren, ich bringe dich nach Hause.«

Ich merke nicht, dass ich einschlafe. Ich bemerke nur die klinische Kälte unter meinen Rippen – die eine Amputation jeglicher Hoffnung ahnen lässt. Dennoch gleite ich in den Schlaf, die farbigen Lichter, die den Rand der Autobahn markieren, schwimmen in beruhigender Regelmäßigkeit vorüber. Ich verlasse mich.

Mangel an Bewegung weckt mich. Wir sind Stunden entfernt, zurück in unserer eigenen Stadt, unten am Fluss, und können die kleinstädtischen Linien und Knäuel der Straßenlampen auf der anderen Flussseite genießen, das weiche Dunkel, das Wald oder Felder bedeutet, die einzelnen, vorwärts drängenden Scheinwerfer – noch ein Auto, das spät unterwegs ist, wie unseres.

Doch unser Motor ist abgestellt, merke ich, und wir leuchten nicht mehr. Roberts Auto ist in der Sackgasse geparkt, wo aus einem Wohncontainer heiße Speisen verkauft werden – hier scheint immer schon ein heißer Imbiss gestanden zu haben, wechselnde Lieferwagen an der Uferböschung und jetzt dieser Container. Mir war noch nie danach, eine der dort heiß gemachten Speisen zu probieren. Es ist zwar immer voll, wenn er geöffnet hat, und sicherlich auch tadellos in mancherlei Hinsicht – aber ich versuche, darauf zu achten, was ich esse.

Auch andere Dinge haben sich am Fluss verändert. Als ich noch zur Schule ging, konnten die Leute direkt am Ufer parken und Vögel beobachten oder angeln oder aussteigen und spazieren gehen – oder bis zum Einbruch der Dunkelheit warten und paarweise auftauchen, mal sehen, was passiert –, diese letzte Möglichkeit ist sehr wahrscheinlich der Grund, warum der Zugang jetzt durch vorbeugende Baumpflanzungen und andere bauliche Veränderungen erschwert wurde. Bei Tageslicht ist meine Familie gern hier herumgeschlendert, hat Seevögel gezählt, bei Ebbe Seehunde auf der Sandbank zu erspähen versucht: Simon und ich betrachteten grübelnd die Warnhinweise und die schmuddeligen Hilfsmittel zur Lebensrettung – wir *wollten* nicht direkt, dass jemand zu ertrinken drohte, aber es wäre doch unterhaltsam gewesen, wenn es jemandem *beinahe* passiert wäre, wenn wir selbst ihnen den Rettungsring hätten zuwerfen und sehen können, wie sie danach schnappen, dieser erste, dankbare Griff.

»Hallo.« Zwei von Roberts Fingerspitzen fahren sanft an meinem Kiefer entlang. »Wie fühlst du dich?«

Und ich fühle, dass meine Gedanken sich noch zur Oberfläche emporkämpfen, während der Rest, mein Fleisch, sich überhastet in eine andere Richtung aufmacht, und schon umarme ich Robert, obwohl ich gar nicht bewusst nach ihm gegriffen habe. Mein Kopf jault auf, als ich ihn zu schnell bewege, beginnt zu schwimmen, während ich mich weiter und weiter zurückneige, und seine Lippen sind eher offen als meine, entschlossen, drängend, und er riecht nach der Rennbahnbar und dem Kieferndufspender und seinem Schweiß und nach sich selbst, und seine Zunge findet den sauren Geschmack in meinem Mund, was mir peinlich ist, aber Robert scheint es nichts auszumachen.

»Mm-hmm.« Er willigt in den Kuss ein und setzt ihn fort, unser Geräusch verstärkt sich erst, verändert sich dann, bis es sich anhört wie feuchtes Fleisch, das auf einen Boden klatscht: An seinen Zähnen ist es fast zu schmecken, etwas Geschlachtetes, eine Wunde, und ich habe mir doch explizit vorgestellt, ihn zu umarmen, die Unterhaltung, das Antesten, den Druck, den wir aneinander ausüben würden, der so sehr, sehr schön ist, jetzt, da er sich wirklich ereignet, aber das Ganze hat auch eine beunruhigende Schieflage, hinterhältig, und mir wird schlecht – das müsste er doch merken, er ist nah genug –, aber niemand hört mit irgendetwas auf, wir machen beide weiter, und ich merke, was ich vorhabe, als mein Kopf nach vorn fällt und seine Hand meinen Nacken umfasst: als sie an ihm hinaufkriecht, ihn sanft streichelt und in meinem Haar verweilt, während ich begreife, dass sie das nur vorspielt, darauf wartet, dass alles an seinem Platz ist – tatsächlich will sie mich festhalten und nach unten drücken.

Also tut sie es.

Seine Hitze steigt mir ins Gesicht, noch bevor ich ihn finde, und dann ist er drin, ein heller Geschmack, wie Metall, so glatt wie die Unschuld und noch besser: viel, viel besser, und ich weiß, dass er schön ist, obwohl ich kein bisschen gesehen habe.

Aber jetzt liegen seine beiden Hände über meinen Ohren, und er riecht süß, bonbonsüß, und er drängt weiter und schneller und drückt mir die Luft ab, und ich will nicht ersticken und will, dass das Klopfen in meinem Kopf aufhört, und ich will ihn lieben, und ich will, dass dies aufhört, und ich will sehen können, was ich esse, und ich will meine Zähne benutzen.

Nur hat es ihn gerade dann erwischt, er hält den Atem an, hält sich fest, um nicht zu ertrinken, und lässt es raus und lässt es raus und lässt es raus.

»Entschuldigung.« Seine Stimme klingt runder, tiefer, verändert.

Ich kann noch nicht sprechen, das Blut sticht mir in die Kopfhaut. Ich hätte mich nicht so schnell aufrichten sollen. Er tastet nach meinem Handgelenk und hält es fest. Ich kann nicht aufhören zu schlucken.

»Ich wollte mich entschuldigen. Habe die Situation ausgenutzt.«

Es liegt nicht an ihm, mir ist nicht seinetwegen schlecht. Trotzdem würge ich ein klein wenig und versuche, es wie Husten klingen zu lassen. »Ist in Ordnung … ich habe … mitgemacht.«

»Danke.«

»Nein … das ist … ich danke *dir*.«

Ich trinke Männer selten, fast nie, das ist keine Angewohnheit von mir. Es ist das erste Mal, dass ich es getan und auch gewollt habe. Ich glaube, ich habe es gewollt.

Er streicht mein Haar glatt, diesmal ohne weiter gehende Motive. »Oh Gott … das hätte ich nicht tun sollen, es war … toll, aber … du hast gar nicht …«

Das Auto zittert oder mein Gesicht oder mein Schädel: Irgendetwas zittert. »Nein, habe ich nicht. Aber das ist schon in Ordnung. Ich hatte Spaß.« Meine Hände sind nass und werden immer nasser, die Fingernägel fühlen sich lose an. »Du hast einen sehr schönen, ähm …«

»Ja, er mag dich auch gern. Sehr gern. Hör mal, ich würde sehr gern … aber ich … im Augenblick.«

»Ich weiß. Werden wir. Aber nicht jetzt. Wir können uns wieder treffen.« Ich muss mich hinlegen, und zwar ohne ihn. Ich muss nach Hause. Ich glaube, wir werden einander nie wiedersehen, und vielleicht, wenn wir heute Nacht, heute Morgen noch etwas anderes tun würden, könnten wir das ändern, aber ich muss nach Hause und mich hinlegen. Ich muss mich um meine Hände kümmern, sie scheinen zu verwesen.

»Wo wohnst du, Schatz?« Dann wieder das nervöse Lachen, denn wenn er mich Schatz nennt, müsste er eigentlich meine Adresse kennen, und weil Schatz jetzt so natürlich klingt und morgen, in einer Stunde nicht mehr. »Wo wohnst du?«

»Fahr einfach geradeaus. Ich zeige es dir.«

Während er fährt, schiebe ich meine Finger unter die Oberschenkel, schlucke, so langsam ich kann, und stelle mir meine Kehle als unempfindliches Rohr vor, ganz entspannt.

In den vorbeiziehenden Lichtkegeln sieht Robert wie frisch gewaschen aus, jünger, wie jemand, bei dem ich bleiben, zu dem ich nett sein sollte, wenn nicht der Strudel hinter meinem Gesicht wäre und meine schlaffen Handflächen und der ganze Rest. Es ist meine Schuld und auch seine – er hat nichts getrunken, und deshalb habe ich nicht genug getrunken, habe nicht richtig dosiert, und deshalb ist nichts so gelaufen, wie es laufen sollte.

Hinter ihm liegt der Fluss, der sich entfernt, während wir den Hang hinaufsteigen und jede Kurve sich verstärkt, während Trägheit und Beschleunigung mich schütteln wie in einem Traum.

Und von dem Fluss habe ich geträumt – immer wieder, als ich fünf oder sechs war. Im Traum lag ich wach im Bett, und das Haus begann zu schwanken. Eine ganz sanfte Bewegung, fast, als hätte das Gebäude nur geseufzt, aber ich war sofort angsterfüllt.

Ich stand auf und ging zum Fenster, meine Gelenke bewegten sich seltsam, wegen der Angst, und das Wasser wartete auf mich, unermesslich weit und matt schimmernd wie frisches Blei. Es schien immer ein desinteressierter und obszön breiter Vollmond, und direkt vor mir war das Seil.

Es war riesig, dicker als die dickste Schiffstrosse, ein breiter Strang neben dem anderen nahtlos ineinander verwoben. Ich konnte es nicht sehen, aber irgendwoher wusste ich, dass es ums ganze Haus geschlungen und unlösbar festgezurrt war. Als ich mich näherte, hing es noch schlaff und unbewegt herab. Dann spannte es sich mit leisem Summen an, und Wasser spritzte heraus, ein langer, feiner, vom Mond beschienener Schleier, und mein Haus bewegte sich langsam, bevor sich das Seil wieder entspannte und locker wurde.

Dieser Vorgang wiederholte sich, bis ich so verängstigt war, dass ich mir vorstellte, ich müsse bald sterben, und mich so fest gegen die Fensterscheibe lehnte, dass sie nachgab wie Karamel und sich nach außen dehnte, mich in eine Blase hüllte, sodass ich mich hinauslehnen und den gigantischen Knoten betrachten konnte, der mich, meine Mutter, meinen Vater und meinen Bruder gefangen hielt. Ich war sicher, dass sie nicht aufwachen würden, denn dies hier war nur für mich – meine Angst.

Mit diesem Wissen spannte sich das Seil ein letztes Mal an, zum letzten Mal spritzte die Gischt, und dann glitt mein Haus langsam auf die Uferböschung und die Wellen zu, und die anderen Häuser in unserer und den angrenzenden Straßen rutschten aus dem Weg und kehrten dann an ihre Plätze zurück, als wären sie nie mit unserem Haus befreundet gewesen, als wäre es ihnen egal. Die Wellenkämme und die Trosse glänzten, und ich begann, die Brandung an den Sandbänken zu hören, und bald schon würde es so weit sein – wir würden entweder in unserer Schlinge versinken oder für immer weggeschleppt und verloren sein.

Wenn ich aufwachte, spürte ich das Schwanken und Gleiten immer noch in den Beinen, im Rückgrat. Manchmal denke ich, dass ich deshalb von Natur aus instabil bin und dass ich mich aus dem Gleichgewicht bringen muss, um mich auszurichten.

Damals mit Robert war ich nicht ausgerichtet. 400 Milliliter mehr, vielleicht nicht ganz, das wäre die bescheidene Hilfe gewesen, die ich gebraucht hätte, dann hätte Robert mich nicht einfach zu meiner Wohnung gefahren und mich mit einem kurzen, weichen Kuss aussteigen lassen.

»Danke.« Meine Stimme ist winzig, durchsichtig.

»Ich danke.«

Ich balancierte auf dem Bürgersteig, sog die kühle Morgenluft ein.

»Hannah? Ich rufe dich heute Nachmittag an, um zu hören, wie es dir geht.«

»Das musst du nicht.«

»Das weiß ich, werde ich aber. Weil ich will. Und wenn ich mich mal zu etwas entschlossen habe – dann kann mich nichts mehr umstimmen. Du wirst sehen – ich bin jetzt das Kreuz, das du zu tragen hast.«

Und das hieß, dass wir uns mit einer Lüge trennten.

III

Aber Hauptsache, ich komme voran. Und wie alle Menschen komme ich voran: Ich häufe Tage an, Abend auf Morgen, ich erarbeite Zeit. Das ist eine bescheidene Leistung, ich weiß, aber ich betrachte sie nicht als selbstverständlich.

Denn ich kam mit der absoluten Gewissheit zur Welt, dass ich sterben würde, bevor ich die dreißig hinter mir hatte. Ich wurde mit zehn Zehen und blauen Augen geboren, den Tod fest im Blick. Ich ließ das Alter hinter mir, wo man sein Leben in die Hand nehmen soll, weil ich wusste, dass derlei Formalitäten unnötig waren. Für mich würde es keine Rente, keine Versicherung, keinen klugen Bausparplan geben, keine Gedanken über unerträgliche Zustände in Altenheimen oder den unabwendbaren Verlust meiner Gesundheit und Körperfunktionen. Ich war sorgenfrei.

Und natürlich total im Irrtum.

Im Moment sollte ich seit sechs Jahren, acht Monaten und ein paar Tagen tot sein. In Wirklichkeit ist es durchaus wahrscheinlich, dass ich zur vorgesehenen Zeit vierzig werde.

Aber das sind im Großen und Ganzen gute Nachrichten: Indem ich nämlich auf ein Ziel vertraut habe, dass sich als falsch herausgestellt hat, habe ich dennoch zweifellos Schwung entwickelt, der mich vorwärts getragen und mir eine Menge nutzloser Grübeleien und Unwohlsein erspart hat. Ich habe meine derzeitige Position erreicht, obwohl – oder sogar weil – ich standhaft geleugnet habe, dass ich es je so weit bringen würde. Und meine sehr vernünftige Weigerung, Aktionspläne jenseits meines vorhergesagten Ablebens zu schmieden, hat mir einen Lebensstil gestattet, der durch Improvisationskunst besticht und viele erfreuliche Unfälle herbeigeführt hat.

Ich treffe Robert schließlich erst, als ich schon seit Jahren im Grab erwartet wurde. Ihn wiederzusehen, allmählich Erfahrung mit seinen Händen zu machen, den gesamten folgenden Tag mit seinem Geschmack unter den Zähnen zu verbringen – auch das ist ein einziger Zufall.

Danach ruft er natürlich drei Wochen nicht an, und ich auch nicht, weil ich seine Nummer nicht habe – und außerdem zu viel Stolz, mir den Anruf zu gestatten.

Und gerade jetzt denke ich an Robert und seine Fehler – oder vielleicht meine. Ich frage mich, warum es so leicht war, sich wohlzufühlen und freundlich zu sein, als er dann endlich anrief, und warum wir beide beschlossen, dass drei Wochen überhaupt nichts sein konnten. Inzwischen rolle ich rasch und unwiderstehlich auf die vierzig zu und fliege ständig aus den Kurven meines Jetzt. Außerdem stehe ich in der Tür einer Scheune und bin vor erinnerter Zeit, vor dem Ansturm meiner Vergangenheit ganz schwindelig.

Hinter dem Schatten des Türsturzes riecht man die Süße der Gerstenfelder im Wind, den faden Staub kargen Bodens, der zu einer gelblichen Kruste gebacken ist: auch Salz: etwas von der Hochwasserlinie, Blasentang und Felsspalten, voll mit feuchtem Gestrüpp und Stechginster: dieser leicht menschliche, muffige Dunst aufgeheizten Stechginsters, das Platzen seiner Samenkapseln, der Blutstropfen im Gelb jeder Blüte: soll heißen, der Geruch und Geschmack und alles andere meiner Kindheitssommer, das Rennen mit meinem Bruder zwischen der blauen, schmalen Küste und den wogenden Tiefen der Gerste, bis die Sonne vom Himmel gefallen war und der sandige Boden sich bis zur Temperatur der Haut abgekühlt hatte.

Hier war ich jung. Hier war es, wo meine Tage sich harmlos abspielten.

Aber zurück zum Geschäft.

Es kommt immer etwas dazwischen.

Ich räuspere mich und blinzele und werde das, was von mir erwartet wird – eine Erwachsene, die einem anderen Erwachsenen Pappe verkauft –, was für ein Leben. »Wie viele also?«

»He?«

Ich hasse Farmer. »Wie viele wollen Sie?« Vor allem diesen Farmer.

»He?«

Nein, in Wirklichkeit hasse ich Weichobstbauern, die eine lächerliche Handvoll Sechs-Pfund-Pappkörbe für das Selbstpflücken bestellen und dann Tobsuchts- oder Ohnmachtsanfälle kriegen, wenn Scharen unglückseliger Zivilisationsflüchtlinge ihre Vorräte zerstören, stehlen oder sonst wie verbrauchen.

Diese Körbe sind dafür gemacht, dass Leute Früchte hineintun – also tun die Leute Früchte hinein –, dazu regen sie eure falsch geschriebenen, mäßig witzigen Schilder an der Straße an: **Lernen Sie Familie Erdbeere kennen und essen Sie ihre Kinder** *– was habt ihr denn erwartet? Dass sie ihre eigenen Scheiß-*

körbe mitbringen? Dass sie am Abend vorher noch Weidenkörbchen flechten, um euch Ausgaben zu ersparen? Dass sie sich Hüte und Hosentaschen vollstopfen und dann wieder abziehen?

»Wie viele noch, Mr Campbell?« Wir stehen am Rand der Erdbeerfelder, in denen es schon vor Müttern, Vätern und Kindern wimmelt, die genug Früchte abpflücken, um Dantes Inferno bis in alle Ewigkeit in blutroten Marmeladeseen zu ertränken. »Ich meine, Ihnen stehen noch ... vielleicht zwei solcher Wochen bevor ...? dann Johannisbeeren ... Brombeeren ... Sie wissen ja, wie lange die reichen ...«

Farmer Campbell starrt mich an, als seien die Brombeeren meine Schuld, ein Ärgernis, das ich herbeigeführt habe. Dann flattert sein Blick zu meinen Knöcheln hinunter und zuckt hin und her. Er runzelt die Stirn und macht sich auf den Weg, schlurft über den Hof aufs Haus zu. »Ich geh mal rein und denk so nach. Ich geh rein und denk nach.«

Das macht er, weil ich zu spät gekommen bin, weil mich ein unausweichlicher Akt der Barmherzigkeit aufgehalten hat, aber das weiß Farmer Campbell nicht: Er will bloß ein Zeichen setzen. Ich stehe hier und biete ihm einzigartig umweltfreundliche, recyclingfähige, stabile Pappkörbe an – keine gefährlichen Metallgriffe, stattdessen unsere patentierten, biologisch abbaubaren Tragriemen –, und er bietet mir nicht mal einen Kaffee an, geschweige denn ein angenehmeres Getränk oder eine klare Bestellung. Ich wette, seine Erdbeeren sind sowieso der letzte Dreck. Alle Anbauer, die ich kenne, pflanzen heutzutage diese seltsamen neuen Sorten: Die Früchte halten sich gut, lassen sich gut packen, gut einfrieren, gut verschicken, gut präsentieren – aber wenn man sie dann zu essen versucht und sie wie nasse Fahrradreifen schmecken, was soll der ganze Zauber?

Ein Junge schleppt sich zwischen den Erdbeerranken entlang – sein Korb ist zu schwer für ihn, und er zerrt ihn ruckartig vorwärts, setzt ihn dann wieder ab und pflückt mit ernstem Gesichtsausdruck, die Finger blutig vom Saft und vielleicht auch ein wenig zerkratzt. Als meine Mutter uns mit auf die Felder nahm, war Simon auch so: aß nie selber welche, sammelte bloß monströse Mengen Erdbeeren, weil sie seine Lieblingsfrüchte waren. Meine auch. Wir hatten ziemlich viel gemeinsam, auch wenn er mit seinen Gelüsten so streng sein konnte.

Wenn wir beim Abwiegen ankamen, hatte ich mich mit Früchten vollgestopft, mir war schon ein bisschen schlecht, und Mutter lächelte wissend – meine Gier und die Verschwendung von Gaben der Natur brachten ihre Strafe gleich mit sich. Simon kämpfte hinter mir grimmig mit seiner aufgehäuften Last, wollte jedoch keine Hilfe, denn dies war seine Sache, er hatte es vollbracht. Der Mann an der Waage zwinkerte ihm zu oder sah ihn mit freundlich übertriebener Hochachtung an, während die Nadel auf ein schier unglaubliches Gesamtgewicht für einen Jungen in so zartem Alter sprang, und ich versuchte, meinen Bruder zu hassen, weil er besser war als ich, aber dann sah ich die dünnen Blutspuren auf seinen Unterarmen, die Tropfenlinien, wo die Dornen ihn gekratzt hatten, und ich gab mich geschlagen, ich war stolz. Mein kleiner Bruder, verletzt, erhitzt, erschöpft, aber er bringt trotzdem zu Ende, was er begonnen hat – wenn man schon auf sich selbst nicht stolz sein kann, dann wenigstens auf Simon.

Immer noch nichts zu sehen von Campbell.

Noch fünf Minuten, dann fahre ich einfach: Die *Cardboard Products Group* braucht solche unfähigen Kunden nicht. Die schön geformten Körbe, die eigenständig belüftenden, einlagigen Obstkisten und die anderen gesunden und praktischen, von CPG hergestellten Behältnisse bleiben der Castlerigg Farm in Zukunft vorenthalten. Die Castlerigg Farm kann sich überhaupt ins Knie ficken, genau wie ihr Besitzer – er benutzt ohnehin schon die Körbe eines anderen Herstellers –, eklige Plastikkörbe, ich habe einen Stapel in einem Schuppen entdeckt. Farmer Campbell schert sich offensichtlich wenig um das Wohl unseres Planeten.

Streng genommen tut CPG das womöglich auch nicht. Ich bin nicht ganz überzeugt von unseren Statistiken, wie viel Altpapier bei der Herstellung benutzt wird, und einige unserer Kisten kommen aus Indonesien oder, Herrgott: aus China. Ich habe das Gefühl, dass sie nicht ethisch einwandfrei produziert werden – dass es eher der pure Regenwald ist, zu flachem Karton gepresst und dann wahrscheinlich von armlosen Gören in rattenverseuchten Kellern zusammengeheftet.

Nicht, dass es mich etwas angeht, ich verkaufe das Zeug bloß.

Allerdings bin ich im Grunde altruistisch und tue auf andere Weise Gutes – daher mein zu spätes Eintreffen in Castlerigg heute Nachmittag. Ich wurde von einer humanitären Hilfsaktion aufgehalten, und so etwas braucht Zeit.

Ich hatte in einer dieser kleinen Städte in Fife gehalten: streng malerische Häuschen voller Vettern und Basen, die nichts anderes im Sinn haben, als ihren Genpool auszudünnen. Ich hatte den üblichen Postamt-plus-Zeitungsladen-plus-

Bäckerei-Laden gefunden (die übliche Produktpalette, dazu Torfbriketts, ein halbes Dutzend zweifelhafter Kaufvideos auf einem hinteren Regal, ein paar kleine und wahrscheinlich gestohlene Elektrogeräte) und hatte mir zwei platt gedrückte Salat-Schinken-Brötchen zum Frühstück gekauft, dazu eine Zeitung und einen Styroporbecher Kaffee, der eigenartig nach Schweiß roch.

In der Nähe lag ein kleiner, misshandelter Park, wo ich mich zum Essen hinsetzte. Dabei bewunderte ich die ländliche Sandsteinbrücke (mit reizlosen Kraftausdrücken vor allem in blauer Farbe besprüht) und den plätschernden Bach (voller überwucherter Nischen und Flaschen, die einst mit billigem, gepanschtem Wein gefüllt waren). Ich ignorierte die unschönen Details und versuchte, in friedlicher Stimmung zu bleiben.

Allerdings mühte sich auf der anderen Straßenseite eine alte Frau damit ab, durch ein Tor zu entkommen, das, wie ich vermutete, aus ihrem eigenen Garten führte. Sie hatte offensichtlich einen Schlaganfall erlitten und keine oder wenig Kontrolle über die rechte Körperhälfte. Mit der Linken stützte sie sich schwer auf einen Rollstuhl und versuchte, mit dem Rücken das Tor aufzudrücken. Doch die Scharniere blieben unnachgiebig. Im Gesicht der Frau zeichnete sich eine tiefe Müdigkeit ab, die bedeuten musste, dass sie jeden Tag so kämpfen mochte, dass sie jeden Tag so lange für so viele Dinge brauchte, dass sie sich nicht mehr leisten konnte, zu bemerken, wie unerträglich das eigentlich war.

Und so etwas dürfte eigentlich nicht passieren: So etwas passiert nur aus Gedankenlosigkeit. Irgendein Trottel in irgendeinem Büro teilt einem Menschen, der nur noch einen Arm benutzen kann, einen Rollstuhl zu – und wie soll dieser Mensch wohl in den Stuhl und wieder hinaus kommen, wie soll er sich fortbewegen? Das kann Bürotrottel sich nicht vorstellen, will es auch gar nicht; was Bürotrottel angeht, ist einem Menschen, der nicht laufen kann, ein Rollstuhl zugeteilt worden; Problem gelöst.

Diese Art Dummheit macht mich wütend; was sonst?

Natürlich ließ ich meinen Imbiss liegen und eilte über die Straße, um meine Hilfe anzubieten, das Tor aufzuhalten, während die liebe Alte sich in den Stuhl sinken ließ. Ich lächelte, wie ich spürte, ein sehr gutes Lächeln, und als hätte sie es auch gespürt, schaute sie hoch und nickte mir mühsam zu.

Inzwischen hatte ich erkannt, dass sie sich rückwärts den Bürgersteig entlangbewegen und dabei mit ihrem gesunden Bein vorwärts schieben wollte – das war zweifellos die beste Möglichkeit der Fortbewegung für sie –, wie sonst sollte sie es ohne Hilfe anstellen? Dennoch kam es mir ungeheuer gefährlich und würdelos vor, und ich hatte es nicht besonders eilig, *chez Campbell* aufzutauchen und über Körbe zu diskutieren, warum sollte ich mich also nicht benehmen wie jeder anständige Mensch und anbieten: »Ich könnte Sie schieben, wenn Sie wollen? Ich mache gerade Pause – hab nicht viel zu tun. Wäre das in Ordnung?«

Ich sah, dass sie mich verstand, aber keine Worte mehr zur Hand hatte. Doch ihr Körper entspannte sich, sobald sie meinen Vorschlag hörte, rutschte nach hinten, und ich bekam ein halbes Lächeln – mehr als ein halbes Lächeln kriegte sie nicht hin.

»In diese Richtung? Zu den Geschäften? Zeigen Sie's mir?«

Ganz sicher würde ich nicht mit ihr plaudern können, und ich wollte nicht bloß plappern wie mit einem Baby oder einem Hund – die üblichen Wesen, die einem begegnen und die nicht antworten können. Aber es gab auch keinen Grund, reserviert zu sein. Wenn man einen ganzen menschlichen Körper in seiner Obhut hat, wenn man jeden Anstieg und jede kleine Unregelmäßigkeit im Bürgersteigpflaster bemerkt, weil sie über die Griffe des Rollstuhls weitergegeben werden – wenn so viel auf diese eigenartige, mechanisch-intime Weise passiert, kann man seine Schutzbefohlene nicht einfach ignorieren und hinter ihr hertrotten, ohne wenigstens zu versuchen, das Eis zu brechen.

»Wissen Sie, ich habe gar keinen Führerschein für so was ...«

Ich konnte nicht sagen, ob sie das amüsierte oder nicht. Sie machte ein kleines Geräusch in der Kehle, das fröhlich klang.

Ich hätte es nicht vermutet, aber sie wog doch einiges, ich musste manchmal ganz schön schieben, und mir wurde ziemlich heiß, was meiner Frisur und meinem Geschäftskostüm gar nicht guttat – und dieses Kostüm ist mein liebstes: breite schwarze und graue Streifen, Wollmischgewebe, leicht tailliert, dazu eine langweilige weiße Bluse und praktische Bibliotheksschuhe. Mein zuverlässiges Ensemble. Aber darüber musste ich mir keine Gedanken machen: wo ich doch diese angenehme Besitzerwärme spürte, die sich um mich ausbreitete.

Ich bin eine Fremde, die einer Fremden hilft – so etwas passiert noch. Das ist nett. Ich bin nett.

Andererseits begegneten uns hier und da Leute, die sie womöglich kannten. Sie musste hier ziemlich bekannt sein, eine

Art Sehenswürdigkeit: mit dem Arsch voran, mit dem Fuß geschoben, Tag für Tag: im Grunde eine Gefahrenquelle im Straßenverkehr. Praktisch die ganze Stadt musste sie erkannt haben, aber ich – ich war eine unbekannte Größe, vielleicht erregte ich auch Misstrauen. Ich war ein Samariter auf Besuch, der sich um die Frau kümmerte, wie sie es nicht taten, aber ich spürte trotzdem, wie sie mich beobachteten: Ein greifbares, neugieriges Interesse streifte mich, als sie an uns vorbeigingen, ohne Sympathie, ohne Mitgefühl.

Und ich verstand ihre Sichtweise. In gewisser Weise entführte ich die alte Frau, ich schob sie davon, ohne ihr förmlich vorgestellt worden zu sein. Ich hatte weder eine spezielle Ausbildung noch Erfahrung mit solchen Dingen. Des guten Willens war ich voll – aber wer vertraut schon noch darauf?

Ich schob sie sanft einen abgeschrägten Bordstein hinunter und wartete übervorsichtig auf jedes Anzeichen von Autoverkehr. »Immer noch alles in Ordnung? Wenn wir drüben sind, weiter geradeaus?« Ihr guter Arm wedelt nach rechts. »Da runter? *Okey-Dokey.* Dann da runter.«

Ich sage nie *Okey-Dokey.* Ich glaube, auch sonst sagt das niemand.

Wir zockelten weiter, und der Druck der Stadt, die ohne Zweifel hinter uns herstarrte, ließ mir die Nackenhaare zu Berge stehen. Menschen in Pflegeberufen kannten sich bestens aus mit Rollstühlen, Tragen und Betten, sie schoben die Gebrechlichen ruhig und effizient durchs Leben. Ich wusste nichts davon, ich probierte bloß, meine Rolle war nicht gut auf mich zugeschnitten.

Aber weiter, immer weiter. »Wollen Sie denn eine Freundin

besuchen? Oder zu irgendeinem Zentrum? In ein Geschäft?« Die Straße war schmal; gesichtslose Reihenhäuser schlossen uns zu beiden Seiten ein: schmuddeliger Rauputz und schlechte Fenster, geschlossene Türen. »Machen Sie einfach bloß eine kleine Tour?« Das war auch möglich, sie hatte das gleiche Recht, auszugehen und herumzustreifen wie jeder andere Fußgänger auch. Das bedeutete natürlich, dass ich womöglich dazu verdonnert war, sie den ganzen Tag herumzuschieben.

Oder vielleicht waren wir auch auf dem völlig falschen Weg. Vielleicht war sie orientierungslos, verwirrt. Vielleicht hatten die Einheimischen bemerkt, dass ich die Frau in die falsche Richtung schob. Das hatte sie vielleicht beunruhigt.

Ich schaute mich um, aber niemand folgte uns, keine Beobachter waren zu sehen. Dennoch kribbelte es in meinen Schultern, als würde ich streng gemustert, vielleicht von jemandem, der uns unauffällig beschattete. Ich versuchte zu hoffen, dass ich mich irrte, und schob weiter.

Ein schwaches kleines Geräusch stieg zu mir auf, und mir wurde klar, dass die Frau im Rollstuhl summte, vor sich hin sang, sich umsah und sehr erfreut war, dass sie sich ohne Anstrengung vorwärts bewegte. Wer sie auch war, sie hatte sich also an mich gewöhnt, mein Lächeln hatte sie für mich eingenommen, und ich ließ ihren Tag gut beginnen. Es spielte keine Rolle, wer uns verfolgte – wir hatten nichts zu verbergen.

Ein paar Schritte weiter deutete sie an, dass wir die Straße überqueren sollten. Der Bürgersteig war von der altmodischen Sorte, sehr hoch, und senkte sich in drei schmalen Stufen in die Gosse. Das hieß, dass ich das Manöver von den vorigen Rinnsteinen mit drei multiplizieren musste, was zwar einfach, aber anstrengend werden würde.

Ich drehte sie sachte herum, neigte den Stuhl leicht in meine Richtung und rollte die Hinterräder ohne Probleme über die erste Kante, die erste Stufe hinunter.

Ich schaute auf die nächsten Stufen.

Ich hielt an.

Ich musste.

Weil mir jetzt ganz klar wurde, was für eine reizende, missachtete alte Dame sie war und wie sehr sie ihre Lage jetzt genoss.

Und weil mir jetzt auch ganz klar wurde, wie schrecklich es sein würde, wenn ich die Sache nicht richtig machte und sie fallen ließ.

Ich würde sie fallen lassen.

Ich ahnte es.

Ich hatte keine Ahnung von dem, was ich da tat. Niemand konnte mir raten. Auf keinen Fall konnte das ein gutes Ende nehmen.

Die Frau war furchtbar hilflos und gebrechlich und wundervoll, und kein solches menschliches Wesen sollte sich auf jemanden wie mich verlassen müssen. Ich würde die Sache vermasseln und ihr dabei Schaden zufügen. Das wäre dann meine Schuld. Ich würde es nicht mit Absicht tun, aber das würde nichts daran ändern, wie traurig das Ganze war.

Mein Griff am Rollstuhl wurde schwächer, glitt ab, und der Unfall kam näher, aber ich konnte nicht auf ihn warten. Ich konnte es nicht ertragen, dass er noch nicht da war. Ich wurde aufgebracht.

Also tat ich, was ich tun musste, löste meine Finger, und der Stuhl schoss nach vorn, hüpfte hart die zweite Stufe hinunter, während die gesunde Hand der Frau nach oben schoss, die kommende Traurigkeit abzuwehren versuchte, und dann rollte er schneller von der untersten Stufe und landete mit dumpfem Schlag auf der Straße, schlingerte außer Kontrolle, aber immer noch aufrecht, zügig über die Fahrbahn – erstaunlich aufrecht, und Gott sei Dank kam kein Verkehr –, und dann erreichte sie die Stelle, wo eines ihrer Vorderräder mit dem gegenüberliegenden Bordstein kollidierte und die Straße in das Kreischen von Metall tauchte und das Umkippen und ihr Kreischen und der Fall ihres Körpers und wie ihr hellblauer Mantel jetzt schmutzig werden würde.

Ich rannte zu ihr hinüber: Ich bin kein Ungeheuer. Ich rannte hinüber und hob sie in meine Arme, und ich bin sicher, sie hatte sich nur den Knöchel verstaucht, sonst war nicht viel passiert, abgesehen von der Platzwunde am Kopf, die ebenso blutete, wie Kopfwunden bluten, und ich mit nichts bei mir, um die Blutung zu stoppen, nicht mal ein Taschentuch.

Sie sah mich an und war nicht böse, obwohl ich damit gerechnet hatte. Stattdessen sah ich verletztes Erstaunen in ihren Augen, aufsteigende Tränen und schreckliche, schreckliche Einsamkeit.

»Es tut mir leid. Es tut mir so leid. Entschuldigen Sie. Ich hole jemanden. Doch, das muss ich. Es tut mir leid. Sie brauchen jemanden, der mir hilft.« Sie hielt meine Hand. »Entschuldigen Sie. Ich brauche Hilfe.«

Aber ich ging nicht. Ich blieb. Ich bin kein Ungeheuer.

Eine Minute oder fünf oder zwanzig Minuten später war

ich von einer Menschenmenge umringt, die mich beiseite, drängte, und eine Hausfrau, noch in Pantoffeln, hatte eine Decke mitgebracht, die sich sofort vom Blut färbte – nicht sehr viel, kein gefährlicher Blutverlust, aber doch ein deutlicher Fleck, ganz offensichtlich Blut.

Ich hatte gedacht, ich würde mich rechtfertigen müssen, aber tatsächlich kümmerte sich niemand groß um mich, und wie ich wusste, konnte die Frau, die ich verletzt hatte, nicht sprechen und war noch dazu vom Lauf der Ereignisse verwirrt. Sie konnte mich nicht anklagen, nicht einmal identifizieren. Also gestattete ich mir, die Passantin zu sein, die sie gefunden hatte, und dann niemand Besonderes mehr, ich stand eine Weile herum und wurde dann eine Fremde, die wegging, als die Sirene des Rettungswagens näher hallte.

Ich wollte nicht, dass irgendetwas dergleichen passierte, und ich hoffe, dass es ihr gut geht, das hoffe ich wirklich sehr. Ich kann gar nicht erklären, wie schrecklich ich mich fühle, wie schuldig. Aber es war vor allem eine Art Unfall, ein Schicksalsschlag. Ich bin kein Ungeheuer. Wenn ich wirklich vorgehabt hätte, ihr zu schaden, dann wäre ich eines, aber das habe ich nicht. Manchmal sind die Dinge eben unausweichlich.

Ich musste mich setzen und einen Brandy zu mir nehmen, bevor ich hierher, nach Castlerigg fahren konnte. Ich bin in ein Pub in einer anderen Stadt gegangen, nicht in der Stadt der alten Frau – da werde ich nicht mehr hinfahren, dort könnte ich nicht mehr trinken.

»Stimmt irgendwas nicht, Mädel?«

Farmer Campbell hat geräuschlos seinen Hof überquert und hält mir einen abgegriffenen Becher mit Tee entgegen. Er scheint immer noch von meinen Füßen fasziniert, und als ich hinunterschaue, sehe ich meine vernünftigen grauen Schuhe mit Blut beschmiert, und auch meine Strumpfhose ist damit bespritzt. Unter meiner Jacke hat auch meine Bluse Flecken, das habe ich gesehen, aber ich dachte, den Rest hätte ich auf der Pub-Toilette abgewaschen.

Die Flecken sind dick, glänzend, wie Lack.

Ich bin kein Ungeheuer, ich sehe bloß aus wie eins.

»Da war.« Ich nehme seinen Tee. »Da war ein Unfall, den ich gesehen habe. Ich meine, ich war dabei … ich habe eine Frau angefasst, die geblutet hat.«

»Hab's mir schon gedacht, das was war.«

»Aber sie ist in Ordnung. Sie kommt wieder in Ordnung, ganz bestimmt. Entschuldigen Sie.«

Drüben an der Tür des Farmhauses lungert Mrs Campbell neugierig herum.

»Es tut mir leid.«

»Das muss Ihnen nicht leidtun, Mädel.«

»Tut mir leid.«

Ich weiß nicht, was als Nächstes geschehen wird.

Doch wie sich herausstellt, wird Campbell mir drinnen einen Stuhl anbieten und wird andeuten, dass ich lieber nicht Autofahren sollte. Ich werde mit dem Kopf schütteln und stehen bleiben, mir der Last meiner Schuhe bewusst, ihres neuen Gewichts, und ich werde seinen übersüßten Tee herunterschlucken, und dann werden wir seine dringende Notlieferung aus meinem Auto holen und sie, sauber in Cellophan gewickelt, in der strohduftenden Dunkelheit einer Scheune verstauen. Campbell wird mich bitten, ein Formular auszufüllen, mit dem er ein weiteres Dutzend Packungen Körbe bestellt, und ich weiß, das ist eigentlich mehr, als er braucht oder kaufen will.

Ich bin kein Ungeheuer, aber ich profitiere von meiner Untat.

Ich werde zum Auto zurückkehren und seinem Lenkrad folgen, wie es mich durch die schattigen, gewundenen schmalen Straßen unter der sich rötenden Sonne zurückführt, und dann werde ich die lange Brücke nach Hause überqueren, während der Himmel entflammt. Meine Hand wird ruhig sein, wenn ich sie zur Kabine hinausstrecke, um die Maut zu bezahlen, und dann fahre ich wieder an und nehme die Kurven und Anstiege, die mich in meine Straße bringen, zu meiner Wohnung, in mein Badezimmer, unter die Dusche, die ich laufen lasse, bis der Boiler leer ist, unter der ich mich wasche, bis ich friere, aber immer noch nicht ganz sauber bin.

»Woran denkst du?« Robert ist ein bisschen besoffen, aber nicht so wie ich.

»*Woran denkst du?* – Das fragst du dauernd, Scheiße, was soll das heißen? Du tust doch nur so, als wüsstest du schon was. Weißt du aber nicht.«

Ich bin froh, dass wir dieser Tage zusammen sind, oft zusammen sind, aber manchmal ist auch zu viel von ihm hier: zu groß, zu laut, zu dicht. Jetzt ist so ein Moment.

Vor vierzehn Tagen war diese Bar uns beiden unbekannt, also fingen wir hier zusammen bei null an, entwickelten Gewohnheiten, mit denen wir sie uns heimisch machten, und jetzt ist sie schon fast unser Zuhause. Robert füllt also unser Zuhause, mein Zuhause, ragt hinein und dröhnt, übertönt die friedliche Atmosphäre, die der Pastor ausstrahlt (der gar kein Pastor ist) und Bobby der Schnüffler und Doheny (den ich noch nicht kennengelernt habe) und Mr Breed mit den komischen Augen. Sie sind schon fast unsere Leute, und im Moment wirken sie behaglicher als er.

Robert starrt mich an: Hinter seinem Gesichtsausdruck bewegt sich etwas, allerdings sehr langsam.

»Ich hab gesagt, du weißt – du weißt gar nichts. Du.«

Er lehnt sich an meine Schulter, sein Mund noch unentschlossen, doch seine Augen kämpfen um scharfe Sicht, sein Blick wird hart. »Weiß alles, was ich wissen muss.«

»Fick dich.«

»Fick *dich.*« Und er stampft mit einem Fuß auf, will sich an mir vorbei zur Bar drängen.

Ich merke, dass es schwach wirken würde, wenn ich mich an ihn klammerte, wenn ich ihn am Ärmel zurückzöge, aber ich tue es trotzdem. »Nein, hör mal, ich wollte nicht ...« Meine Worte erschöpfen sich, als er sich losmacht.

Dann bleibt er stehen, als habe er gewollt, dass ich ihn weiter festhalte. »Was? Wolltest nicht was?« Der Raum um ihn herum entwickelt einen Geschmack, der mir nicht gefällt – nach Abwesenheit, nach Kampfbereitschaft. »Mir erzählen? Mm?« Er runzelt die Stirn, blinzelt, als sei er nicht sicher, wer ich bin. »Hast du nach *meinem* Tag gefragt? Scheiß-Achtjähriger beißt mir in den Daumen – *beißt mich.* Die Mutter – seine Mutter – tut nichts. Ich hab's ihr gesagt – ihr *gezeigt* – *ganzer Ärmel blutig* –, sie hat bloß gelacht. Dabei hab ich gar nichts gemacht, bisschen am Zahnstein rumgekratzt, fast nichts – der kleine Scheißer beißt mich. *Warte nur, bis die Zahnhygienikerin dich in die Finger kriegt* – sag ich zu ihm – *Meinst du,* ***ich*** *tu dir weh? Sie ist ein Albtraum, ohne Scheiß, erwachsene Männer schreien und heulen – erstickst an deinem eigenen Blut, kann passieren.* Hab ich ihm ins Ohr geflüstert, bevor er aus dem Stuhl gestiegen ist. Eigentlich ist er beinah rausgefallen. *Erfahrener Techniker.* Das bin ich. *Ich kümmere mich.* Ich repariere diese ganzen stinkenden Arschlöcher, und sagt mal einer Danke? Beißen muss ich mir nicht bieten lassen. Dafür werd ich nicht bezahlt.« Er hält inne, atmet einen Mundvoll Guinness ein und vergisst, dass er wütend ist. Sein Gesicht glättet sich wie das eines Säuglings, als sei er gerade aufgewacht, friedlich und neugierig. »Und was ist mit dir?« Er fängt an zu grinsen. »Wer hat dich gebissen?« In manchen Momenten eines Abends kann er sich so rasch verändern wie das Huschen des Lichts an einem windigen Tag. Erst ist er dieser Mann, und dann ist er weg, als hätte man ihn nur geträumt.

Was bedeutet, dass er für jede vorhergehende Beleidigung nicht mehr verantwortlich ist. »Niemand hat mich gebissen. Sei nicht albern.« Was schon an sich beleidigend sein kann. Und jetzt gerade möchte ich mich gern an meinem Ärger festhalten – dann werde ich nicht müde.

Aber Robert bearbeitet mich, lehnt sich an meinen Arm, legt es darauf an, dass ich wenigstens einen seiner Schlösser knackenden Blicke erwidere, mit einem Blick, der ihm erlaubt, in meine Gedanken einzudringen und sie zu verändern. Nicht, dass ich mich dann nicht besser fühlen würde.

Draußen schnürt der Regen herab wie ein feste Masse, verschliert und marmoriert die bunten Glasfenster, und die geringe Größe des Pubs kommt mir wie beabsichtigt vor, sie bietet Schutz. Ich würde gern hierbleiben. Das wird schwierig, wenn ich mich weiter mit Robert streite. Und genau das scheint seine Miene auszudrücken – dass wir Freunde sein, einander und uns selbst Freude machen müssen.

Jetzt ist er besänftigend, so, wie er es beabsichtigt. »Was *hat* man dir denn getan? Erzähl Robert, was sie dir getan haben, dann geht er los und nimmt sie sich vor.«

»Niemand hat irgendwas getan, *ich* habe …« Es wird zu kompliziert, das zu erklären, und mir wird klar, dass ich ihn ohrfeigen möchte, dass ich begreifen möchte, ob wir bloß Freunde bleiben werden oder nicht – ob wir uns immer wieder hier treffen werden oder ob wir diesen schäbigen Kasten voller alter Männer jemals verlassen und woanders wieder zusammen, wieder allein sein werden, so wie auf der Hunderennbahn, im Auto. Nicht, dass das im Auto meinen Wünschen entsprach, ich erinnere mich, dass die Umstände nicht ideal waren, aber wir meinten es gut, wir taten unser Bestes. Jedenfalls möchte ich, dass wir allein zusammen sind, unter angemesseneren Umständen. Oder ich will endlich sicher sein, dass wir es nie sein werden, damit ich weggehen kann und nicht mehr über ihn nachdenken muss. Ich möchte, dass er geht oder mir hilft. Ich möchte einen Hinweis. »Fick dich, Robert.«

Und da hellt sich sein Gesicht natürlich auf, die Farbe seiner Augen wird tiefer, weicher. »Ach, darum geht's?« Und ich spüre, wie das Schloss sich langsam herumdreht.

Gemeinsam heben wir leicht die Arme zu den Seiten, um

anzudeuten, dass wir uns jetzt gern umarmen würden, wenn es uns beiden recht ist.

Die Reflexe des fortgeschrittenen Abends greifen stockend, unsere Umarmung schwankt, erwärmt sich, wird stabil, und ich weiß nicht, ob wir jetzt beide offen und befreit sind oder ob unsere Berührung uns endlich gepackt hat, ob eine Falle zugeschnappt ist. Vielleicht werden wir glücklich oder gefangen sein, noch verschwimmen wir ineinander, da bin ich sicher, und das gefällt mir. Wir halten vereint das Gleichgewicht. Ich küsse seinen Mund, verfehle ihn knapp, erwische ein bisschen vom herben Aroma des Stout und dann seinen süßen, salzigen Schweiß. So vergesse ich beinahe, wie es heute Morgen war, als ich die Frau auf dem Bürgersteig gehalten habe, sie gehalten und mich mit ihrem Blut besudelt habe.

Robert atmet in mein Haar, wärmt meine Kopfhaut. Sein Hemd riecht nach Zigaretten und zukünftiger Nacktheit. »Das ist es? Fick mich? Fick dich? Ich meine … ich meine, letztes Mal …« Er klingt flüssig. So kurz vor der letzten Bestellung bewegt sich seine Stimme auf ihren geglätteten, wahren Klang hin, auf ihren Gesang. »Dachte, du wärst sauer. Dnach. Als wir … Damals. Dachtdu wärsauer auf mich … hatt Angst vor dir …«

Und ich klinge fast genauso. »Musste heutne Bluse wegschmeißn. Meine Schuh. Wegdamit.«

»Mm?« Seine beiden Hände liegen tief auf meinem Rücken, entschlossen und konzentriert. Wir passen nicht mehr in die Bar, sie hat nicht die richtige Atmosphäre. »DeiBluse …«

»Das Kostüm zieh ich nich mehr an.«

»Gansrecht.« Seine Hüfte verschiebt sich, um neben meinen Hüftknochen zu passen. »Brauchstu auch nich … nichs, was du nich willst.« Er runzelt besorgt die Stirn, und mir kommen die Tränen, ich lecke an seinem Hals. Er flüstert, zwingt die Silben heraus, gibt ihnen seine Hitze mit. »Ich bring dich also nach Hause? Machen wir da weiter, wo du angefangen hast? Du wirst mich ruinieren, weißt du das … du bringst mich dazu … solche Sachen zu wollen.«

»Jemanden. Ich hab heut jemanden aus dem Rollstuhl geschmissen.« Ich flüstere zurück, Roberts Atem ist so nah, dass wir den Rhythmus des anderen aufnehmen, jedem Heben und Senken entsprechen. »Hab eine alte Frau ausm Rollstuhl geworfen … als alle gekommen sind, ihr zu helfen, bin ich weggerannt.« So sind wir unsichtbar und sicher, in uns selbst versteckt. »War kein Absicht.«

Er zuckt an mir, küsst dann mein Ohr. »Ne alte Frau?«

»Ja.«

Wieder das Zucken, neugierig, »Kleine alte Frau?« Und seine Lippen kitzeln meine Wange, kennen mich, spielen mit mir, stehlen mich aus meinem Kopf.

»Ja.«

Jetzt haben wir beide dieses Zittern, ein Atemproblem. »Winzig kleine alte …« Das Zittern wird schlimmer, schüttelt uns. Und als ich ausatme, entdecke ich, dass wir lachen, beide lachen. Sehr hilflos, schlecht und laut lachen. »Ha … halte Frau.«

»Klitzekleine Frau.«

Obwohl wir nicht fröhlich sein dürften, nicht mal so wirken sollten.

»'s hat sie angestellt – dich überfallen?«

Auch wenn es furchtbar ist, in der Kehle schmerzt, jaulend und hustend und röhrend aus uns aufsteigt, uns schwanken, auseinanderfallen, zusammenstoßen lässt.

»Nein. Aber ich hab sie geworfen.«

»Sehr weit?«

Und weil wir so schrecklich sind und es keine Entschuldigung gibt, und weil ich nicht mehr darüber nachdenken, es unter meinen Augenlidern spüren kann oder das Geräusch, das sie gemacht hat, in meiner Kehle stecken haben kann oder das kleine Lied hören, das sie gesummt hat – weil ich es nicht ertragen kann, bleibt mir nichts übrig –, bleibt mir und Robert nichts übrig –, als noch lauter zu heulen, zu johlen und zu quietschen.

Als wir uns zurücklehnen und einander sehen, sind wir kaputt, am Ende. Robert schnieft und lehnt sich an meine Schulter, die Augen feucht. »All das … weißt du? … man denkt, das ist doch nicht zu glauben … manchmal … Mord und Totschlag und tote Babys und Gott … ich hab grad Doheny erzählt, er war vorhin da, jetzt nicht mehr …« Er wischt sich mit dem Handballen eine Wange ab und seufzt zittrig. »So was wie – Leute essen ihre Kinder, das machen welche – und Gott lässt sie –, oder wenn nun mein Vater meine Mutter umgebracht hätte? Hmm? Dann würde ich den Rest meines Lebens lachen …«

»Oder wenn *mein* Vater *meine* Mutter umgebracht hätte?«

»Hat er? Mein Gott, das ist ja … unglaublich … Scheiße, ich bin fast wieder nüchtern …«

Es entsteht eine Pause, in der wir denken, dass wir jetzt gehen müssen, hier weggehen und uns zufrieden machen müssen. Dann küssen wir uns leicht, mehr können wir nicht ertragen, während das schmerzliche Verlangen nach dem, was wir als Nächstes tun werden, tun müssen, uns aus dem Pub über die Straße zu Roberts Auto zieht, das Robert dann durch den glänzenden Regenguss, durch die überlaufenden Straßen schlängelt, bis wir meine Wohnung finden.

Dahinter liegt ein Sprint durch den stechenden Regen, der uns neu macht, sauber, lebendig und uns schwungvoll die Treppe hinaufschickt, die Füße etwas unsicher, aber sie halten sich wacker, bis zu meiner Tür, dem üblichen Theater mit Schlüsseln und schrumpfenden Schlössern, und Robert ist auch keine Hilfe, er lenkt nur ab, aber schließlich kommen wir hinein und fangen an, mit Mänteln zu kämpfen, mit Knöpfen zu streiten, kurz blitzt Wärme auf, deutet sich Haut an, und dann sind wir beide vereinfacht und klar, und wir tun, was wir schon Wochen zuvor hätten tun sollen, wir tun es oft, wir tun es, bis die ersten Vögel vom falschen Morgengrauen singen, dann bis zur echten Dämmerung, bis Robert aus dem Bett hasten, mit halb zugeknöpftem Hemd zum Auto rennen muss, damit er rechtzeitig zur Morgensprechstunde kommt.

Er gibt Gas und entfernt sich mit quietschenden Reifen vom Haus, was ihm lauten, ironischen Applaus aus der Wohnung über mir einbringt. Das ist schon in Ordnung: Wir haben sie sehr wahrscheinlich gestört – wir waren zweifellos laut genug, alle zu wecken und sie dann die ganze Nacht wach zu halten. Denn so wollten wir es.

IV

Die Ältesten und die Einzelkinder, wir machen uns ständig Sorgen. Daran sind unsere Eltern schuld. Wir sind das erste Mal, dass sie Nachwuchs versucht haben, und sie haben ihre Bedenken: Sie vermuten, dass wir sterben oder verletzt werden könnten, auf ganz normale oder furchtbare oder irgendwie geheimnisvolle Weise, und so glücklich sie auch sein mögen, dass wir da sind, bereiten wir ihnen doch auch zweifellos Anspannung und Angst. Das merken wir. Während wir in unseren Bettchen schlafen, tigern sie in der Nähe auf und ab: teils aus Liebe oder aus Erleichterung, dass wir still sind, aber auch, weil wir plötzlich, zu einem vorbestimmten, aber unbekannten Zeitpunkt aufhören könnten zu atmen. Ihre Ängste verdünnen die Luft über unseren Gesichtern und machen das Atmen tatsächlich anstrengend. Umgeben von Vorsicht, wie liebevoll sie auch sein mag, wachsen wir voller Misstrauen auf, und ob wir nun zögerlich oder tollkühn werden, wir wissen alle, dass uns jederzeit etwas Grauenhaftes überwältigen kann.

Und dann machen unsere Eltern vielleicht weitere, jüngere Kinder, über die sie sich kaum Sorgen zu machen scheinen. Meine Mutter und mein Vater waren völlig entspannt, was Simon anging, weil sie die Elternnummer schon einmal probiert hatten, ohne dass es zu Todesfällen gekommen war. Wie es sich für das älteste Kind gehört, machte ich mir also an ihrer statt Sorgen und wachte über Simon, als sei er ein Wurf Kätzchen oder Zuckerwatte. Wenn ich das tat, fühlte ich mich immer zufrieden und im Recht, war aber auch ärgerlich – nicht, weil meine Eltern sich nicht genug um ihn kümmerten, sondern weil er womöglich ihre Zuwendung gar nicht brauchte. Als ich älter wurde, fragte ich mich, ob sie vielleicht Hinweise an ihm entdeckten, die ich nicht ausmachen konnte, und deshalb überzeugt waren, dass Simon sich nicht in Gefahr bringen oder bringen lassen würde: dass die Natur ihn unversehrt lassen würde, im Gegensatz zu mir. Es versteht sich von selbst, dass mir das Sorgen bereitete.

Heute mache ich mir morgens am meisten Sorgen, darum hasse ich den Morgen so sehr – den Morgen, den frühen Abend, die Zeit in der Warteschlange in der Bank oder in der Nähe der Bank, oder jeden Teil des Sonntags –, Sonntage sind schlimm. Ein ganzer leerer Sonntag, der mit dem Morgengrauen auf dem Kissen lauert, wenn man bloß unerreichbar weiterschlafen möchte: so etwas muss vermieden werden: Man muss sich darauf konzentrieren, nie ganz zu Bewusstsein zu kommen, bis der Montag da ist. Oder man kann es mit meiner Art der Selbstverteidigung versuchen – sonntags arbeiten und dann den Mittwoch freinehmen.

Aber auch das hilft nicht immer, denn ein Morgen ist immer noch ein Morgen, mehr noch, wenn man sich freigenommen hat. Dieser Mittwoch zum Beispiel, den ich jetzt gerade anstarre – er scheint besonders trostlos und unsicher, und ich bin im Moment wegen der Flüssigkeiten der letzten Nacht etwas empfindlich und desorientiert: Ich bin von Echos und Geistern eingehüllt.

Robert ist vor Stunden gegangen, aber sein Abdruck hat mich wieder ganz geweckt, als ich mich bewegt habe. Meine Haut hat durch jeden Traum hindurch gerufen, ihn immer wieder abgespielt: den Schimmer von Händen, Mund, Bauch, Zunge, Finger, seine Berührung, die sich wie Wasser um mich schließt, mich hinunterzieht, alles findet. Und in mir, Robert in mir, eingeschlossen, das Gefühl, wie er sich wiegte, vorschoss, suchte, wie er war.

Im leeren Tageslicht erinnert sich mein Körper nicht mehr. Sobald ich mich herumrollte, ausstreckte, begann das Gefühl, mich zu verlassen. Und mein Geist kann mir auch nicht helfen: der weiß nur, dass Robert in diesem Bett war, mehr nicht.

Ich kann also riechen, dass wir uns hier aneinander abgearbeitet haben, und den leicht zuckrigen Karamelgeruch, den er an sich hat, aber ich kriege die letzte Nacht nicht mehr zu fassen – unsere erste anständige unanständige Nacht –, ich habe nicht eine handfeste Einzelheit, außer dass er mir ein Glas Wasser geholt hat.

Wir liegen Schulter an Schulter, sein steinschwerer Arm auf meiner Hüfte; wo er mich berührt, verdoppelt er unsere Körpertemperatur, bis ich ihm sage, dass ich durstig bin, nur nach Wasser, sonst nichts. Und die Nacht färbt sich draußen schon grau, wir sind beinahe am Ende, und mit der Bewegung der Matratze drehe ich mich um und sehe seine Silhouette aus meinem Zimmer gehen – meinem einzigen Zimmer, dessen Wände sich an mein Bett drücken, mit meinem Tisch und meinem Sofa und meinem Stuhl. Er geht am Bad vorbei, das ich nie gestrichen habe, und weiter zur Küche, die ich gestrichen habe, und beginnt die klappernde Suche nach einem Glas.

Ich stelle mir vor, wie Robert Gardener die Schränke in den Genuss seines nackten Anblicks kommen lässt, ihre Türen, die für immer von diesem Eindruck gefärbt sind, wieder zuschlägt und zurücktritt. Schließlich höre ich, wie er Wasser laufen lässt, bis es sich in der Leitung kalt gerauscht hat, bis er sich über mein, über unser Bett beugen kann, mit nassen Händen, und mir die Liebe des Wassers tun kann, das fast zu kalt für meine Lippen ist, das nach ihm schmeckt, nach uns, nach unserem Sex. Er teilt sich das Glas mit mir, taucht dann seine Finger hinein und lässt sie auf mein Schlüsselbein tropfen.

So tickt er mich wieder in die Klammer unserer Arme, die meine Erinnerung umschließt, und dann kommt das Gewicht des Vergessens, des Verlierens.

Ich würde mich lieber erinnern. Ich hätte lieber mehr.

Allerdings bin ich umgeben von Dingen, die nicht so sind, wie sie sein sollten, wie ich sie mir wünsche. Ich würde gern den Stuhl ändern, den ich eines Abends mit nach Hause gebracht und neben meinen Tisch gestellt habe, damit er mich beim Aufwachen überrascht – er strahlt etwas Gaunerhaftes, Zerknautschtes aus, das mir nicht gefällt. Desgleichen hätte ich gern ein Telefon, das mit britischer Verkabelung vollständig kompatibel ist: das keine Rechnungen erzeugt, deren Bezahlung ich mit gefalteten, gehefteten und absichtlich unleserlichen Schecks hinauszögern muss. Das sind keine großen Probleme, aber sie eilen herbei und ärgern mich, weil es Morgen ist und ich daher verwundbar bin.

Sie folgen mir in die Küche, wo ich mir ein kleines Glas Milch mit Cointreau einschenke, fruchtiger Muntermacher und leichtes Frühstück zugleich, solange man ihn hinunterstürzt, bevor die Milch gerinnt. Die erste Dosis ist leicht schockierend – aber um den Nächsten zu kriegen, würde man über Neugeborene trampeln.

Das hellt mich ein paar Grad auf. Dennoch kann ich nicht aufhören zu überlegen, wann Robert wohl wieder hier sein wird; bald, würde ich gern hoffen. Haben wir das verabredet, einen weiteren Besuch in meiner Wohnung? Noch etwas, was ich verabscheue, meine Wohnung: von der lilafarbenen Badezimmereinrichtung bis zu den halb verlegten Teppichfliesen im winzigen Flur: Und die Miete ist zwar angemessen niedrig, aber möglicherweise werde ich am Ende ohne eigenes Verschulden die Miete nicht mehr zahlen können und auf die Straße gesetzt werden und nirgendwohin können, außer ich schleiche zu meinen Eltern zurück – zu meinen Eltern, die am anderen Ende der Stadt wohnen und die zweifelsohne schon gehört haben, dass ich an meinen lieben alten Geburtsort zurückgekehrt bin, in das tratschende, aufgeblähte Dorf, das sich Stadt nennt, das schmierige, graugesichtige Loch, wo niemand je unbeobachtet bleibt.

Ich *wollte* ihnen ja erzählen, dass ich nach Hause komme, aber zuerst hatte ich zu tun, dann wurde ich nervös, und dann war die Verzögerung schon peinlich, von sich aus ein Stolperstein, und jetzt sind es vier Monate, fünf, und ich mache mir Sorgen, dass ich sie verletzt habe, und mache mir Sorgen, dass sie schlecht von mir denken, und jetzt, da ich davon rede, mache ich mir auch Sorgen, dass Robert ebenfalls schlecht von mir denkt – schon weil ich gestern eine Frau aus einem Rollstuhl geworfen habe, um mir vorübergehenden Stress zu ersparen. Das ist kein ganz normales Verhalten.

Und ich muss sagen, mein Leben ist ganz und gar nicht so einfach, wie es scheinen könnte. Ich zu sein, ist ein Beruf – ist eine Arbeit, die so viel Zeit und Geld erfordert, dass ich noch einen zweiten Job brauche, um sie mir leisten zu können. Damit ich trinken kann, muss ich mir etwas zu trinken *besorgen*, und das verschenken die Leute nicht einfach, dazu kommen die Getränke, die ich brauche, weil ich getrunken *habe*, und die Getränke, die ich als Vorrat brauche, weil ich sie *früher oder später trinken werde*. Eine Vollzeitbeschäftigung: wie Bergarbeiter oder Krankenschwester sein. Ich bedeute ständige Arbeit. Robert sagte, er sei das Kreuz, das ich tragen würde, denn er verstand meine Lage nicht und konnte nicht wissen, dass es eine Lüge war. Ich habe mein Kreuz bereits: Wir lernen uns schon seit Jahren immer besser kennen.

Die Wahrheit ist: Ja, man trägt das Gewicht mit sich, schleift es hinter sich her und wünscht sich von Herzen, frei zu sein – vor allem am Morgen, am frühen Abend, in der Warteschlange in der Bank oder in der Nähe der Bank oder an jedem Teil eines jeden Sonntags. Man glaubt, dass man nicht weitermachen sollte und kann, und natürlich hat man recht.

Denn am Ende tauscht man immer die Plätze: Das ist ein physikalisches Gesetz: dass dein Kreuz sich in ein Instrument der Gnade verwandelt, deinen Körper emporhebt und sich daranmacht, dich zu tragen.

Ich trinke mich empor, mehr brauche ich nicht, um aufzusteigen. Das ist meine Meditation, wenn die Sorgen schlimm werden – zusammen mit dieser schönen Wahrheit: dass viele vor mir die Art meiner Berufung erkannt haben und äußerst hilfreiche Hinweise hinterlassen haben. Al-Khol, Ethanol,

Ethylalkohol – wir haben den Trank im Zauber der Destillation benannt, haben ihn mit den Abzeichen seiner Hitze getauft, die Worte, die wir ihm geben, entfachen, brennen, leuchten. Sie sind aus Alchemie und Geistern gemacht: arabisch, lateinisch, griechisch gefärbt: Und in ihren Silben verstecken sie die Namen für ursprüngliche Substanzen, für den Äther, der zwischen alles sickert, der alle Stoffe, jeden Raum durchdringt. C_2H_5OH – Generationen, bevor man die Bestandteile begriff, verstanden wir die Essenz des Alkohols bereits, seine absoluten Bausteine: dass er aus Sauerstoff und Wasserstoff und Kohlenstoff besteht – die unersetzlichen Elemente der Erde, das Wasser unseres Lebens.

All das finde ich in meiner Küche heraus: dass es einen Sinn ergibt und wie ein Gedicht ist, weil es gleichzeitig überhaupt keinen Sinn ergibt, einen aber in jedem Fall sehr berührt.

Als ich meine Einsichten ein paar Tage später in der Bar zu wiederholen versuche, gedeihen meine Sätze nicht recht, und wahrscheinlich verliere ich ein wenig den Faden, weil ich schreien muss – eine Gruppe Anzugträger ist hereingekommen, benimmt sich störend und steigert den Lärmpegel. Sie gehören hier nicht her, sie sind nicht wie wir anderen.

Ich schreie Bobby den Schnüffler an, der selbst in einer Bücherei schwerhörig wäre – das hat mit irgendwelchen Explosionen und dem Militärdienst zu tun. Ich muss also laut reden. Ich muss außerdem ohne Pause reden, damit er nicht glaubt, ich sei fertig, und eine seiner Anekdoten einschiebt, aus der Zeit, als er noch geschnüffelt hat. Das heißt, aus jenen glorreichen Tagen, als er mit Umzugsfirmen unterwegs war und seine wichtigste Aufgabe darin bestand, zu erschnüffeln, in welchen

Kisten und Möbelstücken und sonstigen Wohnungsnischen der Fusel des betreffenden Haushalts versteckt war. Er liebte seine Arbeit, und ich will gern glauben, dass er sie besonders gut verrichtete, aber seinen Geschichten fehlt es einfach an Abwechslung: Sie beginnen alle mit dem Finden von Flaschen und enden mit dem Zerbrechen irgendwelcher wertvoller Gegenstände fremder Leute und der Bewusstlosigkeit in einem Lieferwagen.

»Aber begreifst du auch, was ich meine, Bobby? Dass wir, wenn es denn so ein Zeug in der Luft gäbe, überall … gibt es nicht, aber wenn es da wäre … jedenfalls – trinken wir es. Das ist das Entscheidende. Wir passen darauf auf. In uns.«

»Ich habe auch auf Sachen auf-«

»Das ist, als ob man Nonne wäre … nein, eher Maler, wie dieser, der Typ – du weißt schon – *Tiger, Tiger … – der* Kerl … Blake. So heißt er. Es ist wie bei Blake.«

Ich erlahme, und Bobby kann es riechen – ich merke, dass er schon zu einer ausschweifenden Saga über ein Porzellanservice – das Familienerbstück – und einen unschuldigen Balkon ausholt, aber ich habe nicht mehr die Kraft, es zu verhindern.

Ich habe den ganzen Abend darauf verwandt, fröhlich zu sein und nichts zu erwarten, und ich bin erschöpft. Ich warte darauf, Robert zu treffen, und er ist nicht da. Er ist seit vierzehn Tagen nicht mehr hier gewesen, seit er an jenem Morgen davongerast ist – vielleicht ist er vor mir geflüchtet und nicht in die Praxis geeilt –, und ich habe seine Nummer angerufen, die ich ihn habe aufschreiben lassen, und ich habe seinem Anrufbeantworter gelauscht und keine Nachricht nach dem

Piepton hinterlassen, weil ich nicht weiß, was ich sagen soll. Ich habe angerufen, um seine Stimme zu hören, um Bedeutung herauszufiltern, um zu erraten, ob er da ist und abwartet, mich ausblendet.

»... ach, der weiß Bescheid über die Maler – das ist ein Gebildeter, der Doheny, verstehste? Dass man zuerst mal ein Maler ist und nich was anderes. Der balanciert auf den Stützbalken lang, als wollter zum Mond spazieren, und redet die ganze Zeit, wirklich ein feiner Junge ...« Bobby selbst redet den ganzen Abend, wenn ihn niemand bewusstlos schlägt, wippt dabei in unregelmäßigen Abständen auf die Zehenspitzen und lässt sich wieder herabsinken, als müsste er auf irgendwelchen weit entfernten Texttafeln nachschauen, um seinen eigenen Worten folgen zu können.

Auf einer bestimmten Ebene würde ich ihm sogar lieber zuhören als nachdenken, aber ich habe keine Wahl – ich kann zwar seine Lippen anschauen, doch seine Laute verfliegen wie leicht getönter Dunst, und ich höre nur mich selbst, wie ich in meinem Kopf von Wand zu Wand tigere und alle Anzeichen von Zellenkoller entwickele.

Ich halte mir einen Vortrag über meine Schuluniform. Das ist überflüssig, weil ich mich haargenau daran erinnere, aber der Subtext ist eindeutig: Ich trug einmal einen Blazer mit Lederflicken an den Ellbogen und machte mir Gedanken über den Stickstoffkreislauf, die Russische und die Französische Revolution und den Unterschied zwischen *connaître* und *savoir*. Ich wusste einmal, wie man schwimmt, und stellte es wöchentlich unter Beweis, in einem vorschriftsmäßigen Badeanzug von erschreckender Hässlichkeit. Ich war einmal unberührt, frei von Schimpfworten oder irgendwelchen sexuellen Schandtaten. Es gab einmal eine Zeit, in der ich keine Pappkartons verkaufte und mich nicht in Pubs voller schwachsinniger alter Männer und schreiender Anzüge herumtrieb.

Ach, ich könnte aber auch hinzufügen, dass ich in meinen letzten Schuljahren immer größere Teile meiner Zeit damit zubrachte, nach der Mittagspause in Begleitung reizender, pummeliger Ciderfläschchen durch den Park zu streunen. Vor jeder Schwimmstunde zog ich mich regelmäßig im Zustand größter Nervosität aus, hervorgerufen durch kribbelnde Haut: nicht insektenartiges Kribbeln, sondern die Sorte »Allgemeiner Hass auf das eigene innerste Wesen«. Das ist allerdings trotzdem ein Kribbeln und verursacht einem Mädchen eigenartige, vielleicht sogar unsaubere Gefühle. Ich könnte auch großen Wind darum machen, wie ich mir früher immer die Deklinationstabellen vorgestellt habe, wo ich mir doch heute bloß noch die Aufreißverschlüsse an diesen Ciderflaschen vorstellen kann (ich glaube, sie werden nicht mehr hergestellt), also *was soll's*? Jeder Mensch ist ständig im Fluss, sogar die Toten: sie verwesen. Sie verändern sich, wir verändern uns, ich verändere mich. Darüber kann ich nicht streiten, will ich auch gar nicht. Ich bin nicht, wie ich war, das ist aber auch sonst niemand – das heißt nicht, dass es mit mir bergab geht, es zeigt nur an, dass die Zeit zu vergehen pflegt. Wenn man bedenkt, dass schon Jahre von nur durchschnittlichem Gewicht Berge abtragen können, ist es kaum schockierend, dass sie auch bei mir einiges glatt geschliffen haben. Nehmen wir das Schwimmen – man sagt, wenn man es einmal gelernt hat, vergisst man es nie wieder, aber das ist ein Mythos, nichts als blanker Unsinn: Der Geist ist großartig, wenn man ihm genug Zeit gibt, verlegt er alles. Ich habe heute keinen Schimmer, wie ich mich im Wasser verhalten soll. Das ist ganz üblich und kein Grund zur Aufregung.

»Weil, eigentlich sollter eingebuchtet werden, son großer Polizeisergeant war schon da und ein Streifenwagen mit Blaulicht und all so was. Wieso er dann doch nicht … so is der Junge einfach. Also Doheny, der is …«

Bobby hat also mit seinen Doheny-Geschichten angefangen – das machen sie alle hier. Ganze Abende ertrinken in Anekdoten über einen Mann, den ich noch nie gesehen habe, aber schon verabscheue, denn jede dieser Geschichten dreht sich um ein unveränderliches Thema: dass Doheny damit durchkommt. Er sündigt, ohne büßen zu müssen, und hat ohne Zweifel keinerlei Sorgenlast zu tragen.

Ich versuche, mich inzwischen zu Frohsinn und größerer Selbstachtung zu überreden. Das würde ich jedenfalls gerne tun, aber anscheinend hat mein Thema einen kleinen Gedankensprung gemacht und mein Über-Ich, mein Es oder was auch immer und ich – wir stellen Vermutungen über mein Herz an. Aber da gibt es nichts zu deuteln – meine moralische Gesundheit ist einwandfrei, da bin ich ganz sicher. Ich habe ein Herz aus Gold.

Dann fällt der Groschen, fast hörbar.

Mein Herz.

Darauf bin ich also die ganze Zeit zugesteuert.

Ich bin ausgetrickst worden, und jetzt habe ich mich viel zu nah an gefährliches Gedankenterrain gewagt, Gedanken darüber, was mein Herz erfreut, dass es sich immer gern vergnügt hat: wofür mein Herz gemacht ist und was es sich immer noch wünscht.

Ich strecke die Hand aus, um mich an der Theke festzuhalten, als die lange Welle der unbefleckten Freuden, an denen ich mich einst ergötzt habe, mich überspült und schwanken lässt. Wie meine Mutter mir den Nacken massiert hat, wenn ich müde war: ihre unsagbar intelligenten Hände. Ich konnte mir nie vorstellen, dass meine eigenen Handflächen und Finger einmal so aussehen würden wie ihre: die gleiche Form, aber nichts von ihrer Sicherheit. Und später, als ich ihr keine Freude mehr machte, als ich zu einem Menschen heranwuchs, der dazu nicht mehr fähig war, konnte ich sie mir immer noch nahebringen. Wenn ich nachts wie ein Fremder, wie ein Dieb durch ihr Haus schlich, konnte ich sie einatmen: die Duftnoten ihres üblichen Parfüms erkennen, von privater Sinnlichkeit und Leichtigkeit, und darunter eine Zartheit, ein Versagen ihres Willens, die mir gehörte, die nur für mich da war, die wir nicht verhindern konnten.

Menschen wie meine Mutter werden einem immer vergeben, auch wenn sie einen für jede Sünde verachten, die die letzte sein soll, wie du ihnen glaubwürdig versprichst. Ich hatte nicht vor, zu enttäuschen. Und ich liebte es, sie zu lieben, und liebte es ebenso, geliebt zu werden.

Das Gleiche gilt für meinen Vater, dessen Geruch ich ebenso gut kannte, jedoch als Abwesenheit. Er war der blinde Fleck in meinem Geruchsvermögen, und deshalb war es umso wundervoller, wenn ich als kleines Kind zu ihm rannte, die Augen schloss und genau wusste, wer er war, wegen seiner nicht nachweisbaren Duftspur, die mir tief in die Lungen drang – er war da, aber unsichtbar, so, wie ich es für mich selbst auch war, so nah, dass es nie zu trennen, zu unterscheiden war.

Und besonders gut war er, wenn es Furcht und Sorgen zu vertreiben galt. Nicht, dass nicht auch meine Mutter mir aufs Schönste erklären konnte, warum dieses oder jenes schreckliche Unglück uns nicht einmal streifen würde. Sie nahm mich mit in die Küche, wo wir Kekse backten, und ich vergaß alles. Und wenn diese Methode uns im Stich ließ, war sie mit unwiderstehlichen Statistiken und Erklärungen gewappnet – Vulkane, Attentäter, ausländische Truppen und andere, langweiligere Bedrohungen hätten es nie gewagt, sich mir zu nähern, solange ich unter ihrem Dach weilte. Aber ich fürchtete mich auch vor nicht existenten Schrecken.

Trotz der leicht vorhersehbaren Folgen bettelte ich unablässig darum, von Vampiren wimmelnde Comics lesen zu dürfen, die mich ängstigten, oder Bücher, die ich mit den Seiten nach unten liegen lassen oder sicher im Regal einsperren musste, damit ihre Dämonen nicht entkamen und sich häuslich bei mir niederließen. Vor allem Werwölfe waren ein Problem: Ein Abend mit Lon-Chaney-Jr.-Filmen, mit seinen traurigen Augen und haarigen Füßen, konnten mich wochenlang aus der Bahn werfen – und gegen Werwölfe helfen keine Statistiken, man kann sich nicht verteidigen gegen das, was nicht existiert.

Und hier schlug die Stunde meines Vaters. Er hatte nicht viel zu sagen zu meinen Ängsten wegen billiger Horrorfilme (oder Simons gelegentlicher Versuche, sie noch zu steigern), aber er hörte mir unermüdlich zu, während ich ihm endlos vorbetete, welche Mischung aus Flüchen und Zähnen mich derzeit heimsuchte. Vater beruhigte mich, weil er so eindeutig ein ebenfalls furchtsamer Mann war, ein Erwachsener, der auch nervös war und Zuspruch brauchte. (Damals wusste ich nicht, dass die meisten Erwachsenen so sind, es aber geschickter verbergen.) Es war tatsächlich möglich, dass meine Befürchtungen ihn noch mehr ängstigten als mich selbst. Das schien mir so unverhältnismäßig, dass meine Panik schrumpfte und ihre Glaubwürdigkeit verlor, und wenn ich mein Arsenal an Untoten erst erschöpft hatte, schien es uns beiden gegenüber nur fair, dass wir sie für harmlos erklärten, zu einem Hobby, um das niemand in meinem Alter einen Aufstand machen sollte.

Nicht, dass die Wolfsmenschen nicht noch eine Weile bei mir blieben – sie gingen als Letzte, sie kehrten als Erste wieder. Die spätere Bedeutung des Lykanthropen ist mir natürlich nicht entgangen. Wie konnte ich mich zu Ungeheuern mit solch goldenen Herzen nicht hingezogen fühlen: Menschen, die nach Einbruch der Dunkelheit ihr Gedächtnis verlieren, die morgens benebelt, nackt und mit saurem Atem aufwachen, deren Verbrechen immer ohne Vorsatz sind?

Bobby zwinkert mir zu. »Hä? Oder nicht? Hä?«

Ich könnte ebenso gut nach Hause gehen.

»Hä?«

Robert wäre jetzt hier, wenn er käme. Er kommt nicht. Wieder nicht.

»Oder nicht?« Offensichtlich hat Bobby mich etwas gefragt und gibt keine Ruhe. Ich könnte allgemeine Zustimmung murmeln, damit die Sache weitergeht, aber sein drängendes Zwinkern lässt mich annehmen, dass Bobby, obwohl er sechs oder sieben Jahrzehnte lang wahrhaft hässlich gewesen ist, sich nun schön getrunken hat und mich zu irgendeiner erotischen Verrücktheit auffordert. Selbst nach Entfernung meines zentralen Nervensystems läge ein solches Ereignis auch nicht annähernd im Bereich des Möglichen, und ich vermute schon, dass meine Lage in wenigen Augenblicken schwierig werden könnte, aber

»Dieser Doheny, hä? Kennst ihn doch, was? Der kennt doch alle Frauen, hm?« Er zwinkert wieder und beginnt dann mit der ungeheuer verlangsamten pantomimischen Darstellung eines Stirnrunzelns. »Wollte nich zu nahe treten.«

»Bist du nicht. Nicht … nein. Na ja, bist du eigentlich schon, aber nicht so. Ich meine, nein. Gar nicht.« Ich zwinkere nicht zurück. »Hab ihn noch nie gesehen.«

»Ach.«

»Noch nicht ein Auge hab ich je auf ihn geworfen.«

»Ach so …«

»Könnte ihn nicht von einem beschissenen, schmierigen Loch im Fußboden unterscheiden.«

»Ah, ach ja, das … kommt vor.«

Ich würde gern damit aufhören und sagen, »Wenn er hier wäre, würde ich glatt an ihm vorbeilaufen.« Aber anscheinend kann ich nicht. »Es gab mal … mir hat jemand erzählt … Robert hat's mir erzählt.« Bobby lässt den Kopf sinken und schaut auf irritierende Weise respektvoll – ich weiß nicht, ob er Trost spenden will, weil ich verlassen wurde, oder ob er glaubt, Robert sei tot –, in beiden Fällen könnte ich allerdings auf sein Mitleid verzichten. »Egal, wer es mir erzählt hat, die Sache ist, dass ich von Doheny gehört habe … ist mir nicht unbekannt … kenne Geschichten.«

Nun ja, eine Geschichte: oder eher ein knapper Eindruck vom unerschöpflichen Listenreichtum des idealen Alkoholikers. Mit der Einschränkung, dass es mit meiner Aussprache und dem Zusammenhang meiner Gedanken angesichts der fortgeschrittenen Stunde nicht mehr zum Besten stand und dass die Luft zum Ersticken verqualmt war, würde ich meine Doheny-Geschichte folgendermaßen zusammenfassen:

Obwohl angeblich der Schutzheilige der Trinker, ist Doheny nicht übernatürlich. Er hat seine Schwachpunkte. Vielleicht wird er so bis zum Überdruss geliebt, weil er sich offenbar sämtlichen Unannehmlichkeiten des Trinkerlebens ausgesetzt hat. In den Geschichten überwindet er diese Unannehmlichkeiten natürlich mit niederschmetternder Beständigkeit. Zum Beispiel hat er fast noch nie ein fremdes Bett genässt, wenn es nicht beabsichtigt war. Ich kann das nur sehr schwer glauben, aber man sagte mir, dass er außerhalb seiner eigenen vier Wände eine eigenwillige Spezialunterwäsche aus Latex trägt – von der knappen, erotischen Sorte –, die sowohl seinen Leib als auch sein Glied in eine wasserdichte zweite Haut hüllt, eine Art riesiges, übervorsichtiges Kondom. Ich bin ganz sicher, dass solche Kleidungsstücke existieren, aber ich möchte mir Doheny nicht vorstellen – ein Mann mindestens Mitte vierzig, der mir nie als besonders attraktiv beschrieben wurde –, wie er sich langsam in ein solches hineinquält. Was noch schlimmer ist: Das äußere Ende dieses Überziehers ist an einem Plastikschlauch befestigt – Gott allein weiß, wie das aussehen mag –, und dieser Schlauch wiederum kann mit starkem Klebeband an jedem Behältnis oder Gitterrost, jeder Fensterbank oder Abflussröhre, oder was man sich auch vorstellen mag, befestigt werden. Doheny, so sol-

len wir also annehmen, ist immer ausgerüstet und schläft wie ein Stein, ohne sich zu rühren: Jeder unbewusste Flüssigkeitsverlust wird so sauber abgeleitet, wie er es sich nur wünschen kann, denn Doheny, so sagen alle, denkt die Dinge durch.

Doch am schärfsten denkt er nach, wenn es um jenen letzten traurigen Kontrollverlust geht, die öffentliche Schande eines jeden leistungsschwachen Trinkers: das Erbrechen. Im Erbrechen ist Doheny exzellent.

In seinen Taschen finden sich zahlreiche Plastiktüten, in denen er alles auffangen kann, was sein Körper als überflüssig erachtet, und der ganze Vorgang lässt sich erledigen, während er an der Bar steht, eine geistreiche – warum nicht? – Unterhaltung führt oder eine zweifellos auf Latex versessene Dame beglückt. Ein elegantes Verdrehen der Tüte, ein Knoten, und schon kann man das warme, weiche Päckchen überall ablegen.

Doheny kann auch willentlich erbrechen, und die Vorzüge dieser Fähigkeit sehe ich sofort ein: Wenn jemand einem zu sehr auf die Nerven geht oder die falsche Frisur hat, wenn sich keine Lösung andeutet oder eine unerquickliche Geschichte im Raum steht, wenn die Liebe fehlt und es nichts mehr zu sagen gibt und man bloß noch möchte, dass der andere verdammt noch mal verschwindet, dann würde Erbrechen ihnen Beine machen, sie würden gehen.

Aber Doheny versteht auch Spaß und ist gesellig, der nicht eingeladene, aber glänzende Gast auf jeder Party. Mir wurde berichtet, dass er einmal einer Gruppe Finnen zu einer nächtlichen Schlittschuhpartie verholfen hat, indem er beträchtliche Mengen Erbrochenes auf den Bodenfliesen des Frühstücksraums eines ungenannten Hotels in Tallinn verteilt hat. Nach-

dem er die physikalischen Grundlagen des Ganzen erklärt und demonstriert hatte, ließ Doheny die Finnen in gehobener Stimmung zurück, in der sie bis in die frühen Morgenstunden, bis zur Ankunft der Ordnungshüter, fröhlich umherglitten.

Mir jedoch erscheint nur eine Legende annähernd wahr, und die ist viel persönlicher und von hinterhältiger Eleganz. Wenn Doheny in feindlicher Umgebung das Bewusstsein zu verlieren beginnt, sucht er nach seiner Brieftasche und steckt sie dann tief in die Lache des halb-verdauten Vergnügens, die er rasch hervorgewürgt hat. Dann sinkt er friedlich in die Bewusstlosigkeit, denn sein Geld ist in Sicherheit. Was Doheny braucht, behält er auch – in der Hinsicht ist er wie ein Terrier, wie eine tödliche Falle.

Der Qualm ist nicht mehr so schlimm, als ich mit meiner Doheny-Erzählung zu Ende bin – ich kann mir nicht erklären, wieso –, aber plötzlich bin ich wahnsinnig müde. Mein Kopf sinkt nach hinten oder zur Seite und nervt, bis ich ihn wieder hochreiße. Das Wegsinken und Hochreißen selbst ermüdet mich weiter. Ich muss nach Hause. Sonst denken die Leute noch, ich sei betrunken, wo ich doch bloß erschöpft bin. Man kann nur erschöpft sein, wenn man so lange Bobby zuhören muss, während man an Robert denkt, Robert erwartet – was ja eigentlich der gleiche Name ist, wenn auch natürlich nicht die gleiche Person. Und warum ist Robert *Robert* und nicht *Bobby, Robbie, Rab* …? Warum so und nicht anders? Das muss doch etwas zu bedeuten haben.

Ich weiß nicht genau, wann, aber irgendwann im Verlauf meiner Geschichte habe ich mich hingesetzt, und das stellt sich jetzt als Problem heraus, denn ich bin nicht mehr in der Lage, aufzustehen. Die Lehnen des Sessels sind aus glitschigem Leder, sehr hoch und rund und womöglich gewachst, es besteht also nicht die geringste Chance, sich daran festzuhalten. Das muss doch den Sicherheits- und Gesundheitsvorschriften für eine öffentliche Schankwirtschaft widersprechen. Meine Hand ist durchschnittlich groß und von durchschnittlicher Stärke, und mein Gewicht ist vollkommen normal – wenn *ich* mich nicht aus diesem Sessel hochkämpfen kann, wie soll es dann einem schwächeren oder gar behinderten Menschen gelingen?

Nicht, dass ich an behinderte Menschen denken möchte.

Und das ist ein weiterer Nachteil dieses Sessels – er ruft unschöne Erinnerungen wach.

Ein Sessel in einer Bar, in einer solchen Bar, in einer so ehrlichen, einfachen und soliden Bar. Wer würde sich so was ausdenken? Das wäre schlicht unpraktisch.

Die nächste Komplikation ist, dass es in der Bar keine Sessel gibt, nirgendwo.

Nicht einen.

Das ist ein Problem.

Es hat dort noch nie einen Sessel gegeben. Nicht, soweit ich mich erinnern kann.

Ja. Ein Problem.

Ich schaue nach unten und sehe meine Hände, meine Unterarme, meine Oberschenkel und Knie in ihrer maßgeschneiderten, sandfarbenen Sommerhose – erstaunlich modisch –, und das ist der Saum meiner pfirsichfarbenen, kurzärmeligen Sommerbluse, und das ist mit Sicherheit ein Ledersessel unter mir – so was Burgunderrotes, gute Qualität, ein bisschen älter, und jenem Sessel nicht ganz unähnlich

»Hannah?«

es gab doch einen Sessel

»Es ist drei Uhr morgens.«

Ich erinnere mich an einen Sessel

»Dein Vater ist ins Bett gegangen.«

Es ist genau der gleiche Sessel wie der im Wohnzimmer meiner Eltern. »Er schläft sicher noch nicht, aber er ist im Bett. Bist du jetzt fertig? Bist du deswegen hergekommen, um uns das zu erzählen?«

Das Wohnzimmer, das sich angeschlichen hat und rund um mich her aus dem Boden geschossen ist, während ich durch meine Erzählung abgelenkt war.

Ein Sessel. Ja.

»Also, ich gehe jetzt auch. Verstehst du mich? Hannah?«

Die Stimme meiner Mutter: Vor ihr gibt es kein Entrinnen.

»Du warst das Beste, was in meinem Leben geschehen ist.«

Wenn ich jetzt den Kopf hebe, kann ich sie ansehen: Ich bin sicher, dass sie mir ziemlich nah ist, aber ich möchte sie lieber noch eine Weile nur hören.

»Das Beste.«

Nicht, dass Zuhören so gut wäre – dieses trockene, halbe Lachen zu hören, das sich einstellt, wenn ein Mensch entdeckt, dass er hinters Licht geführt wurde, dazu verleitet wurde, dich für menschlich zu halten und etwas für dich zu empfinden. Es ist auch nicht überraschend, dass Schmerz in ihrer Stimme liegt, und ein müdes Brennen von Wut, und dass sie klein und zusammengezogen klingt, was bedeutet – als wüsste ich es nicht –, dass sie sowohl zu mir als auch über mich spricht. So lasse ich sie klingen.

»Dein Zimmer ist für dich hergerichtet. Er hat es hergerichtet. *Verstehst du?* Dein Vater hat es für dich hergerichtet.« Jetzt steht sie auf, das merke ich, und geht nach links davon. »Als ich hörte, dass du wieder da bist, wusste ich, dass du schließlich herkommen würdest. Er hat es nicht geglaubt, aber ich wusste es.« Sie holt flach, mitgenommen, mühevoll Luft. »Ich wünschte, du hättest es nicht getan. Du bringst ihn um.« Und ich würde sie so gern einfach nur glücklich sehen, ohne irgendwelche Probleme.

Sie atmet noch ein wenig und lässt mich dann allein, als sie sieht, dass ich genau verstehe, wie ich sie alle umbringe.

Ich wache um sechs Uhr auf, nicht ausgeruht, und schaue mich in dem schönen Zimmer um, das mir meine Eltern einst gegeben haben: Die Bücherregale klammern sich immer noch an Tolkien und Nesbitt und an die grellfarbigen Taschenbücher, die in meinen Teenagerjahren auftauchten, Bücher über echte Verbrechen und pseudogeile Krimis und die Lehrbücher neben den zusätzlichen Lehrbüchern, die meine Mutter kaufte, um mir die Lehrbücher zu erklären. Sie wollte, dass ich gut vorankam. Das Poster von van Goghs Nachthimmel mit der verdrehten Zypresse – das habe ich hier gelassen, als ich auszog – und überall sonst die kleinen Löcher von Reißzwecken und die winzigen Flecken vom Klebekitt auf der bräunlich, grau und cremefarben gestreiften Tapete, die ich mir zusammen mit meiner Mutter ausgesucht habe, weil ich dachte, sie wirkt erwachsen. In Wirklichkeit sieht sie eher nach Gefängnis aus, aber vielleicht ist das ja erwachsen.

»Ich habe dich gehört.«

Mein Vater lehnt am Türrahmen, als wäre er ganz entspannt, doch in Wirklichkeit hat er das Holz im Rücken, um sich aufrecht zu halten – das sehe ich an seinem Gesicht. Und er schaut auf mich herab, wie ich auf dem Bett liege, immer noch voll bekleidet, meine Haut, nehme ich an, bleich und meine Lippen, da bin ich sicher, weinrot, als hätte der Alkohol innere Blutungen verursacht.

»Möchtest du Tee? Ich kann uns einen Tee kochen.« Als könne er uns durch eine ordentliche und häusliche Tätigkeit in geradlinige Menschen mit einer stabilen Beziehung verwandeln. »Wäre das … Möchtest du Tee?«

Ich habe vor, zu nicken, ihn wenigstens so weit zu erfreuen, aber ich kann nicht: Mein Kopf ist zu schwer und zu vorsichtig, um sich bewegen zu lassen. Ich bin hier festgemacht wie eine schreckliche Holzschnitzerei, mein Gesicht in seine Richtung gewandt, ein Gegenstand, der ihn an seine kleine Tochter erinnern könnte.

Mein Vater trägt einen Bademantel und einen Pyjama, die viele Jahre alt sein müssen. Beinah könnten sie mich davon überzeugen, dass ich von einer Erinnerung träume oder dass ich in ein Jahr zurückgefallen bin, als die Dinge noch in Ordnung waren. Doch er ist anders, zerbrechlicher, mit der Zeit verblasst. Ich lächele, so gut ich kann, und sehe, dass das bei ihm eine Art Panik auslöst, dass er sich anspannt, weil ich ihn verletzen werde.

Ich räuspere mich und merke, dass ich unsauber schmecke. »Ah, das ist … Ich würde … Es tut mir leid.«

»Möchtest du Tee?«

»Es tut mir so leid.«

Eine seiner Hände zerrt an der anderen, und seine Augen sind feucht, was ihm eine ähnliche Ansicht vom Schlafzimmer verschaffen muss wie mir, ein sich ausbreitendes Verschwimmen. Eigenartig, wie Tränen ganz alltägliche Gegenstände bestürzend wirken lassen können, in Lichtschleier gehüllt.

»Nicht nötig. Es muss dir nicht leidtun.«

Er hatte Grund, sich zu fürchten, ich verletze ihn. Ich will es nicht. Und wenn es so klar ist, dass ich hilflos bin, dass ich nicht anders kann, als Schaden anzurichten: Dann verletze ich ihn noch mehr.

Er öffnet die Lippen, und ich bin überzeugt, dass er dieses schreckliche Geräusch machen wird, dieses Jaulen, das uns beide wachrütteln wird, aber er murmelt nur »Ach Gott« und macht einen Schritt ins Zimmer, wobei er konzentriert zwinkernd zu Boden blickt. »Das … das ist nicht gut.« Er geht zum Nachtschrank, hält inne und greift sich das Wasserglas, das er gestern Nacht neben der Wasserflasche für mich hingestellt haben muss. Ich möchte die Hand ausstrecken, ihn berühren und mich bedanken, aber ich tue es nicht, und er schlurft zur Mitte des Zimmers, wo er sich vorsichtig hinkniet. »Das ist ja … Kein Wunder, Hannah. Kein Wunder, dass du schlecht geschlafen hast.« Er steht, immer noch murmelnd, wieder auf, geht in den Flur hinaus und weg.

Ich taste nach dem Mineralwasser und leere die Flasche, schlucke den Geschmack nach Sterben und schlimmer Verantwortung herunter. Ich muss mich konzentrieren, um mich aufzusetzen, die Füße auf den Fußboden zu schwingen und aufzustehen, während sich mein Blut zwischen Magen und Kopf beschwert.

Er hat das Wasserglas umgekehrt auf dem Teppich stehen lassen, ein Lichtsplitter vom Fenster glitzert aggressiv darauf. Darunter ist eine Bewegung zu erkennen, eine Dunkelheit. Als ich mich näher schiebe, gerinnt sie zu einem lebendigen Huschen – der dicke Leib, die wogenden Beine, das Krabbeln und Stürzen einer Spinne, unentrinnbar gefangen und mechanisch gegen das Glas ankämpfend, es Atom für Atom abtragend. Sie hört nicht auf.

Unten treffe ich niemanden, und die Suche dauert schmerzhaft lange, also muss ich wieder nach oben steigen, von chemischem Schweiß verklebt, und mich einen Augenblick auf den Badezimmerboden legen, um seine Kälte aufzunehmen. Dann stemme ich mich hoch, gehe nach draußen und an dem Zimmer vorbei, das einmal Simons war, dann an dem, das meines war, und dann drücke ich die letzte Tür mit der Fingerspitze auf.

Meine Eltern sind dahinter, auf ihrem Bett, meine Mutter sitzt in ihrem hübschesten weißen Spitzennachthemd da, und mein Vater hat noch den Bademantel an und liegt zusammengerollt mit dem Rücken zur Tür, den Kopf in ihrem Schoss. Sie hat ihre Handflächen flach an seinen Schädel gelegt, ernst und still, als sollten ihre Wünsche ihn stärker machen oder als hoffte sie, ein Gift aus ihm herauszuziehen.

Nur ihre Augen wenden sich zu mir, als ich stehen bleibe, schon ein Störenfried, und wir sagen nichts. In ihrem Gesicht ist deutlich zu sehen, dass sie nicht geschlafen hat, dass ich meinen Vater nicht noch mehr verstören soll, dass ich ihr Haus verlassen und sie in Ruhe lassen soll. Ich glaube, dass sie bald weinen wird, aber dass sie mich nicht dabeihaben will.

In einer Hand hält mein Vater eine alte Postkarte. Wenn er gekonnt hätte, wäre er damit wieder in mein Zimmer gekommen, hätte sie unter das Wasserglas geschoben und dann die Spinne hochgehoben, sie nach draußen getragen und lebend freigelassen. Er versucht immer, alles lebend freizulassen.

V

Schmutz.

Ich brauche Schmutz. Die einzige Möglichkeit, das Ruder herumzureißen – an Schmutz zu denken: Nichts sonst kann mir helfen, das durchzustehen.

Denn manchmal *gibt* es nichts anderes: Du hast keine Reserven, deine persönliche Situation ist nicht gerade ideal, was bleibt dir also übrig, als darauf zu hoffen, dass irgendwo ganz unten in deiner Fantasie Bilder und Bruchstücke von solcher Scheußlichkeit verborgen liegen, dass sie mindestens eine Tasse Scotch vortäuschen können.

Kirche. Ich in einer Kirche. Was habe ich mir dabei gedacht? Womit sollte das jemals zu entschuldigen sein? Ich gehe nicht in die Kirche.

Aber hier bin ich nun.

Und meine einzige Stütze für den Rest des Gottesdienstes – eine Dreiviertelstunde, zwei Tage, eine Woche? – wenn es länger als eine halbe Stunde dauert, könnte es ebenso gut eine Woche sein –, das Einzige, was mich durchschleppt, ist der schwache, aber dennoch ekelerregende Nachhall von 200 Millilitern Hustensaft.

Hustensaft ist ein Fluch. Die Versuchung lässt einen womöglich danach greifen, das ist mir klar: die bekannte Wärme, die er entzündet, die lange Wirkung, die Kindergartenträgheit, die er erzeugt: Aber das Zeug ist fürchterlich und tut nicht gut. Die flachen Flaschen mit den abfallenden Schultern, das sind die schlimmsten – du siehst gleich, wie gut sie in die Tasche passen werden, wiegen kaum was, und wenn du gerade in einer bestimmten Phase bist, in der Ich-trinke-gerade-nicht-viel-Phase, dann ist plötzlich jede Sorte Hustensaft bedauernswert leicht zu erwerben und hinunterzustürzen. Du willst ihn und dann noch mehr davon, und jeder Kauf ist eine wahre Freude, denn Hustensaft ist kein Drink, und wenn du keine Drinks trinkst, trinkst du ja nicht wirklich.

Aber glaub nicht, dass du unversehrt davonkommst – das sind keine Flüssigkeiten, die dich lieben: *Benilyn, Veno's, Covonia, Buttercup Syrup* oder diese seltsamen Spezialmarken mit viktorianisch anmutenden Etiketten und tückischen Zutaten, die auf Morphium oder Laudanum hoffen lassen, die man in diesen verhuschten kleinen, unabhängigen Drogerien findet – ganz egal, welche Marke, kein Einziger wird auch nur versuchen, dich glücklich zu machen. Tatsächlich sind die meisten schon misstrauisch kastriert worden, um möglichen Missbrauch zu verhindern. Nichtsdestotrotz bekommst du von allen um fünf Uhr morgens solche Kopfschmerzen, dass du überzeugt bist, du hättest dich über Nacht aufgehängt oder hättest es tun sollen.

Und sie verkleben den Mund. Wenn dir beim Aufwachen die Zunge an Zähnen und Gaumen klebt, die Backenzähne aneinandergeschweißt sind, Zahnfleisch und Wangen sich nicht voneinander lösen lassen, die Lippen an den Schneidezähnen und aneinander haften – das wird dir nicht gefallen. Dir mit den Fingern den Mund aufhebeln und mit Blut zu rechnen, deinen Zustand einzuschätzen versuchen, während du blinzelnd das Bewusstsein erlangst – und bei einer denkwürdigen, verschwitzten Gelegenheit dir gar vorzustellen, dein ganzer Mund sei wie durch Zauberhand verschwunden –, das kann niemand gebrauchen, nicht in diesem Leben. Das ist schlimmer, als selbst du es verdienst. Wie auch das stundenlange Spülen und Schrubben, bis der Speichel wieder einigermaßen fließt und du sprechen kannst.

Und beim Sprechen merkst du es dann – nach vielleicht einem Tag Hustensirup kann sich deine Stimme um eine Oktave senken, vielleicht sogar mehr. Versuch es mal, dann wirst du's merken. Eine Zeit lang springst du wieder zurück in die höhere Tonlage, die Stimmbänder schütteln sich los oder dehnen sich oder schwellen an – ich weiß nicht genau, welcher Mechanismus da greift, aber ich weiß, dass du nach etwa achtundvierzig Stunden wieder wie du selbst klingst. Wenn du aber mit den Hustensäften und -tinkturen weitermachst, dann geht es dir am Ende so wie mir: Wenn du Glück hast und dich anstrengst, kannst du noch Alt singen.

Und genau das tue ich gerade.

»Doch am Weh von Sünd und Streit
hat die Welt gelitten lang
Unter Engelsflügeln br-«

Und so weiter.

Mein Bruder steht neben mir, singt in derselben Tonlage wie ich und blickt ab und zu verstohlen zu mir herüber, weil ich daher für ihn unhörbar bin. Ich atme richtig und forme jedes Wort, aber mein Grummeln wird unter seinem begraben. Außerdem singe ich leise, weil ich mich meiner Kehle schäme – sie ist ein deutliches Zeichen eines schlecht geplanten Lebens.

Neben meinem Bruder steht seine Frau. Mein Bruder führt ein gut geplantes Leben, Hobbys und Ehegattin eingeschlossen: eine mit blonden Haaren bis zum Steißbein und einem rechteckigen Mund. Mein Bruder ist Arzt, er hat Erfolg im Beruf.

Und eine Frau, tatsächlich eine Frau. Simon hat eine Frau. Wie ist **das** *passiert?*

Zu meiner Linken steht eine modische junge Gottesdienstbesucherin, ein perfekter Sopran, die zur Seite rückt, fast erschauert, als ich bei »in alter Pracht erstrahlen mag« mein Bestes gebe. Sie hat beschlossen, glaube ich, dass ich eine Art Transvestit bin und für einen öffentlichen Gottesdienst in einer katholischen Kirche ungeeignet. Als wir uns schließlich wieder auf der Kirchenbank niederlassen, achtet sie sehr darauf, dass unsere Mäntel sich nicht berühren.

Sie *fühlen sich unbehaglich? Und ich? Meinen Sie, ich fühle mich hier zu Hause? Ich bin benommen von Dr. Soundsos Bronchienbalsam, und ich war seit Jahrzehnten nicht mehr in einer Kirche. Ich bin nicht mal katholisch, ich stehe bloß auf und setze mich wieder und knie mich hin, wenn es alle anderen auch tun, auch wenn die meisten von uns hier – Gott weiß es, und das meine ich ganz wörtlich – bloß Touristen sind, wir sind wegen der Weihnachtslieder hier und fragen uns still, was wir wohl tun werden, wenn sie anfangen, auf Latein zu rezitieren oder das Abendmahl auszuteilen.*

Ich würde bestimmt hingehen und es mir holen: Ich habe noch nie Wein getrunken, den jemand gesegnet hat. Und in Krankenhäusern sage ich immer, dass ich katholisch bin, für den Fall, dass ich die Letzte Ölung bekommen möchte. Ich bin geneigt zu glauben, dass ich sie brauchen werde, und ein Abendmahl wäre ja mal ein Anfang.

Simon wollte, dass ich zum vorweihnachtlichen Singgottesdienst komme. Er hat mich eingeladen – es war sein Plan. Er hatte herausgefunden, wo ich arbeite, die Nummer von CPG angerufen, und sie hatten ihn zu meinem Mobiltelefon weitergeleitet. Man stelle sich meine Überraschung vor, als ich dem Nebel und dem Blitzeis trotze, um den Geschäften des Kartongewerbes nachzugehen, und plötzlich von seiner, von meines Bruders Stimme zu einem gefährlichen Halt gezwungen werde. »Bist du das? Hier ist Simon. Bist du das wirklich?« Ich bog in einen Feldweg ein – meine Hände zitterten beide sichtbar, wer weiß schon, warum? – und parkte den Firmenlieferwagen neben einer Hecke. Ich konnte jedes überfrorene Spinnennetz an den Blättern erkennen, während er sprach – man sollte nicht glauben, dass so feiner Seidenfaden eine so schwere Frostlast tragen kann, obwohl ich gehört habe, dass er stärker ist, als man denkt, ich glaube, das habe ich irgendwo gelesen.

Simon sagte, ich solle ihn besuchen kommen und dass er mich sehen *wolle*.

Der Dampf aus meinem Auspuff legte sich wie Nebel über die aufgeschichteten Hügel und Felder: alle zu einem flachen Grau gefroren: alles grau bis auf die weißen Spinnweben, als wären sie gezeichnet oder die Leinwand unter einem Bild makellos frei gekratzt – *Szene aus dem Verkaufsleben.*

Im Gegensatz zu *Szene aus dem Familienleben*.

Aber lassen wir die Bilder beiseite, es traf tatsächlich zu, dass Simon mich kommen lassen und mich sehen wollte. Ich hatte das nicht bloß angenommen oder mir ausgedacht.

Und ich konnte auch nicht Nein sagen, nachdem er sich solche Mühe gegeben hatte, mich aufzutreiben, und der beste Chor im meilenweiten Umkreis singen würde – wer kann einem guten Chor widerstehen? – und ein wenig Feiertagsstimmung könne ja auch nicht schaden, und warum hatte er so lange nichts von mir gehört? – nun ja, das konnte ich nicht befriedigend erklären –, und dann, wenig überraschend, schob er noch den kleinen Hinweis ein, dass mein jüngster Besuch bei Mutter und Vater seine Spuren hinterlassen habe.

Doch der eigentliche Grund für Simons Anruf, der wichtige Grund, die große Neuigkeit, die ich unbedingt erfahren sollte? Sie ist schwanger: die Frau, die ich immer vergesse, hat einen Braten in der Röhre. Mein kleiner Bruder kriegt ein Kind. Sie wissen das Geschlecht noch nicht, und sie glauben, sie wollen es auch nicht zu früh wissen: solange es gesund ist, solange alles gut geht, das ist doch das Wichtigste. An dieser Stelle werden seine Worte wolkig, ein undeutliches Geräusch ist zu hören, und es entsteht eine Pause, in der der Junge, auf den ich früher aufgepasst habe, sich wieder an sein neues und ungeheures Glück gewöhnt.

So fuhr ich denn wie angewiesen nach Glasgow, wo Simon nämlich lebt, und jetzt sitze ich im Nachduft des Weihrauchs mitten in einer Kirche, wo Gott nämlich lebt – genau dort, wo Er mich sehen kann, wo Er sich vorbeugen und lange und genau hinsehen kann.

Hier drinnen, wo ich nämlich lebe, ist es hässlich, in meiner Haut, ich will gar nicht so tun, als sei es anders. Aber wie sollte es sonst sein? Außerhalb von mir gibt es im Moment nichts, außer der landesweiten Feier des Schwangerseins, der üblichen, hirnlosen Babyfreuden: *Laetare, laetare, Virgo parit filium* und die Krippe und in Windeln gehüllt und die Stechpalmen, die Schiffe, die Könige und der Scheißstern. Nichts als Jubel, kein bisschen Ausgewogenheit, nicht mal ein Hauch von Schatten, das endlose Licht für uns zu brechen, die wir unsere Augen einmal ausruhen wollen. Wie kommt es, dass ich noch nie ein Weihnachtslied über die unschuldig Abgeschlachteten gesungen habe, über die Säuglinge, die Herodes durchs Schwert hatte töten lassen? Ich könnte mir denken, dass es keines gibt, sonst wäre ich doch inzwischen darauf gestoßen, und das ist einfach ungerecht.

Wie auch die Tatsache, dass unser heutiges Thema unermüdliche Freude ist, und Maria, die ohne Sünde empfangen hat, und ich muss sagen, die Frau meines Bruders ist auch so eine Dame, die gern sauber bleibt – seine gesamte Beziehung zu ihr ist fleckenlos, solide und reich an offen geteilten moralischen Gewissheiten. Sie könnten ebenso gut beide Jungfrauen sein: Sie sind unmenschlich weit von jedem Fehltritt entfernt.

Ohne sie war er anders, entspannter.

Doch jetzt nicht mehr, seit er sich gepaart hat und von ahnungsloser Seligkeit überschwemmt wird – die beiden haben wirklich keinen Schimmer. Sie werden nie durch ihren Alltag laufen und vom Geruch des Kindes bedrängt werden, das sie nicht haben, nie haben werden, nicht haben können. Ihr Leben macht ihnen keinen Strich durch die Rechnung und hält ihren Sohn oder ihre Tochter ständig außer Reichweite. Sie haben nicht das Gefühl, dass das Kind zu ihnen gewatschelt kommt und sich an ihre Beine lehnt, wenn sie den Gedanken gerade nicht ertragen können. Sie sprechen nicht im Stillen mit ihm, sagen ihm Sätze, die es verstehen müsste, zeigen ihm interessante Dinge und lustige kleine Ereignisse oder erklären ihm, warum manche Menschen dies und jenes auf eigenartige Weise tun. Sie halten es nicht in sich fest, wachsend und vergehend wie gefrorener Nebel – das unmögliche Baby, das ihnen Zärtlichkeit gestatten würde. Sie haben keine Angst, ihm einen Namen zu geben, weil es dadurch erst recht krank und sinnlos wirken würde und sie selbst auch.

Gott kann so lange auf all das hier herabstarren, wie Er will. Anderthalb Flaschen medizinische Lösung aus Menthol und Johannisbeere und ein kinderloser Tod: Davon bin ich voll. Da kann Er jederzeit Seinen Finger hineinstecken und probieren, ich habe nichts dagegen. Wie ich war im Anfang, bin ich jetzt und immerdar, und ich habe mich nicht so gewollt – Er wollte es.

»Ich bin seine Schuld.«

Die Gottesdienstbesucherin dreht sich erschreckt zu mir und sieht mein Gesicht, dessen Zustand. In der mittleren Distanz ihres Blicks regt sich ein klein wenig Mitleid, Gott segne sie dafür – warum nicht? – , aber ich sinke mit dem Rest der Gemeinde auf die Knie, bevor sie sich zu einer Handlung hinreißen lassen kann. Mein Bruder tippt mich an die Schulter, aber ich ignoriere ihn und drücke mit der Stirn die gefalteten Hände auf dem Bankgeländer platt: Feuchte Haut, feuchte Augenlider, und ich richte meine Auflösung auf den Fußboden, ducke mich außer Sicht.

Wenn Gott Sein Auge darauf ruhen lassen muss, kann ich Ihn nicht daran hindern, aber sonst muss mir niemand zusehen.

Manchmal glaube ich an die Hölle auf Erden, oder dass die Erde die Hölle ist, doch dann fällt mir Gott ein: Überall und unendlich, in jedem Körper und in jedem Geist, muss Er einfach alles sehen. Gott das Einzelkind, Der sich ständig Sorgen macht, Der über Einzelheiten grübelt und Listen aufstellt. Es heißt, Jesus hatte Geschwister – aber nicht Gott, wie könnte Er? Er ist immer allein, nur mit uns.

Nicht, dass wir Seine Anspannung bemerken. Vielleicht war sie auch immer schon da, vor den Sternen und den Kontinenten, und vielleicht würde sie uns nur auffallen, wenn sie aufhörte.

Oder vielleicht ist das auch Schwachsinn.

Und, lieber Herr Jesus, das nächste Lied ist ›O Little Town of Bethlehem‹. *Das ist entweder zu hoch oder zu tief – das werde ich nicht schaffen, egal, auf welchem Ton sie anfangen. Und der Weihrauch brennt mir auf der Zunge.*

Auf einen weiteren Schuss Hustensaft kann ich nicht zurückgreifen, denn mein Bruder würde es bemerken und sich aufregen, aber ohne einen Schluck gerate ich schwer ins Schwanken, vor allem beim Gedanken ans Aufstehen. Die Kuppel ist viel zu weit entfernt über mir, sie zieht sich zusammen und dehnt sich aus unter dem Ansturm des aufsteigenden Glaubens, und die Chorkinder glänzen vor Güte und saugen meterweise Luft ein, lassen sie dann wieder herausströmen, viel reiner als vorher, und ich bin vollgesogen mit schmutzigem Sirup, obwohl der, wie ich weiß, lange nicht so schmutzig ist wie ich selbst.

Und genau das brauche ich zu meiner Rettung: Schmutz.

Bitte, Gott, schenke mir Schmutz.

Der zu Schuld führt, die zu selbstmitleidiger Kränkung führt und dann zu neuer Schuld und dem Geschmack des Höllenfeuers, gefolgt von unwürdigem Gejammer über die Ungerechtigkeit meines Schicksals, und immer weiter und weiter im Kreis, bis ich mich zu sehr ängstige und aufhöre, aber immerhin wird so eine gewisse Energie erzeugt, die mir im Rückenmark emporsteigt und verhindert, dass meine Knie wegknicken. Und wenn ich mich entschließen sollte, irgendwelche besonderen Missetaten auszugraben, kann ich mich außerdem an dem besonderen Kribbeln erfreuen, die erinnerte Sünden in geheiligten Gemäuern hervorrufen, diesem Schauer, der mich schon während der Schulgottesdienste gern überkam – obwohl ich, wenn ich als Kind meine Seele mittendurch gespalten hätte wie einen Apfel, sie kaum verschmutzt gefunden hätte, eher leicht cremefarben, Weiß mit Patina anstelle des uneingeschränkten Glanzes. Wie sie heute aussieht, kann ich mir nicht vorstellen: rot wie rohes Fleisch, mit Fehltritten bespritzt wie ein Jackson-Pollock-Bild, wie alte Seife zu einem schmuddeligen, dünnen Streifen ausgewaschen. Dennoch ist es meine Seele, sie hat mich nie verlassen, es nie versucht.

Ich habe kein Kind, keine Hobbys, keine Pläne in irgendeiner Richtung, ich kann nicht mal mehr singen, aber auf meine Seele, auf mein Sündenregister kann ich mich immer verlassen. Es ist die Arbeit meines Lebens. Ich lüge, lästere Gott und begehre, ich entheilige den Feiertag, ich streite mit Gott, manchmal wende ich Gewalt an und begehe kleinere Diebstähle, ich beunruhige meine Eltern und andere Menschen, die ich weniger gut kenne, Mord habe ich vermieden – aber nicht aus Mangel an Motivation –, und Ehebruch kann ich nicht begehen, weil ich niemanden geheiratet habe, aber ich kann dabei behilflich sein, und was die vielen anderen Formen der Unzucht angeht, nun ja, sie sind ausprobiert worden.

Unzucht. Das ist der Balsam, der mich die Augen schließen lässt und mir erlaubt, mich auf Autopilot durch die volle Länge der Kleinen Stadt Bethlehem zu krächzen – ich singe es schließlich seit meinem sechsten Lebensjahr –, dieweil ich mich daran erinnere, wie ich Robert betrachtete, mich und Robert: dieweil ich den Puls und die Stoppeln an seinem Hals betrachte.

Nein, vorher. Als ich meine Eingangstür öffne und er im Treppenhaus steht, sich mit einer Hand an die Wand stützt, die im Gelb öffentlicher Einrichtungen gestrichen ist. Mr Gardener persönlich in voller Größe.

Beinahe werfe ich vor dem ganzen Anblick die Tür wieder ins Schloss und tue so, als hätte ich ihn nie gesehen, weil ich mich heute Abend praktisch an seine Abwesenheit gewöhnt habe, nach so vielen Wochen mein Gleichgewicht gefunden habe, und der einzige Mensch, der mich umwerfen kann, ist er. Aber dann lächelt er.

Und es ist sein wahres Lächeln, das tief geht. Es ist Unschuld und Entschuldigung, es ist der Beweis für eine unveränderliche Verletzung, es ist ein Bedürfnis, an dem er sterben könnte, und das Wissen, dass ich seine Heilung bin, es ist eine Nacktheit, die nur mir gilt, es ist das Eingeständnis, wie gut wir einander kennen und welch schrecklich schnellen, rauen

Weg uns das eröffnet, jenseits aller Verteidigungslinien. Es ist der Grund, muss ich zugeben, warum ich nicht anders kann, als ihn hereinzulassen. »Du hast dir aber Zeit gelassen.«

Das Trinkerlächeln, der Schlüssel zu jedem Schloss.

»Ich war in Kanada.«

»Einen ganzen Scheißmonat?«

»Nein.« Er tritt vorsichtig über die Schwelle und zwinkert. »Bloß einen ganz normalen Monat. Ich bin losgegangen, um einen halben Liter Milch zu kaufen, und als ich wieder aufwachte …«

»Warst du in Kanada.«

»Ja.« Er sagt das so leise und immer noch verwirrt, dass ich glauben kann, die Geschichte sei möglich. »Zuerst war ich …«

»Unpässlich?«

»Mm-hmm. Und dann fehlte mir das Geld, um zurückzukommen. Mein Ticket war irgendwie verschwunden.« Sein Gesicht ist dünner und wachsam.

»Ich an deiner Stelle würde mal mit dir reden. Mal ein ernstes Wort mit dir wechseln.«

»Keine Sorge. Das habe ich.«

Seine Jacke ist neu und scheint zu groß: so eine dicke, rot und schwarz karierte Holzfällerjacke, die man überall kaufen kann, nehme ich an, aber sie sieht kanadischer aus als alles andere. Ich kann ihn nicht bitten, mir den Aufnäher zu zeigen. Einen Augenblick denke ich, dass sie für Ende September ziemlich warm sein muss. Er lächelt wieder, als ich die Stirn über seine Jacke runzele, diesmal aber nur ein müdes Grinsen, vielleicht der Jetlag. »Ziemlich grell, oder?«

»Ein bisschen. Hast du auch passende Schneeschuhe dazu?«

»Ich hätte nicht gedacht, dass du mich sehen willst.«

»Will ich vielleicht auch nicht. Ich habe bloß die Tür aufgemacht, ich wusste ja nicht, dass du es bist.«

»Ich dachte, du würdest mich am Klopfen erkennen.«

»Am Herzklopfen?«

»Am Türklopfen. Ich dachte, du würdest … Ist noch wer bei dir im Zimmer?« Er nickt in Richtung der halb offenen Tür, hinter der ich niemanden verberge. Ich nehme an, dass wir hier wie angewurzelt stehen, weil wir die Kraft verloren haben, uns zu bewegen.

»Nein, nein. Ich bin allein hier.«

»Ich dachte, es wäre vielleicht jemand da.«

»Hätte sein können.«

»Ich weiß.«

»Ist aber nicht.«

»Ich habe in der Bar nachgefragt.«

»Ach, wirklich.«

»Sie meinten, es gäbe niemanden.«

»Sie könnten sich irren.«

»Aber sie irren sich nicht?« Als er das sagt, wirkt sein Mund so bedrückt, dass ich ihn küsse. Er schmeckt nach Fluglinienzahnpasta, aber der Rest ist vertraut: das Geschenk seines Gewichts, seine Wärme, das Vorbeugen, bevor er mich zu sich heranzieht. Er hat sich die Zähne geputzt, aber sich nicht rasiert, und das scheint gut, das Schaben seiner Wange lässt ihn vollständiger hier sein. Das Zucken seines Kiefers begreife ich nicht. Seine Hände riechen nach Fleisch.

»Ich habe dich gewollt, Mr Gardener.«

»Ich habe *dich* gewollt.«

»Du hättest anrufen können.«

»Ich weiß … aber es kam was dazwischen. Es war schwierig … Aber du hast recht. Können wir woandershin gehen? Ich meine, ich würde gern weg. Ich möchte dir zeigen, wo ich arbeite. Ich möchte, dass du das siehst. Ich habe deine Sachen gesehen. Zu meinen sind wir noch nicht gekommen.«

»Jetzt?«

»Ja.«

»Na ja …«

»Sonst sind Patienten da … ich kann dir nicht alles zeigen, wenn Patienten da sind. Nicht so, wie ich möchte.«

»Was ist eigentlich mit denen passiert, als du weg warst – mit den Patienten und der Praxis?« Ich versuche, aber nicht allzu sehr, nicht misstrauisch zu klingen.

»Stellvertreter … war aber nicht ideal: mein Verschwinden. So was will keiner. Sie waren alle sehr sauer. Alle sehr sauer. Ich habe sie angerufen. Aber dich nicht – tut mir leid –, aber ich wusste, du würdest … sehr sauer.« Er legt mir die Fleischhände rechts und links an die Wangen, eine Spur von Schmerz pulst durch seine Unterarme. »Ich bin froh, dass du zu Hause warst. Froh, dass du aufgemacht hast.« Er lässt mich los. »Ich bin jetzt auf Bewährung. Jede Menge Bewährung. Bei allen.« Und studiert mein Gesicht.

Mir war an dem Abend nicht nach der Bar gewesen, ich war mit ein paar Milchshakes und meinem unangemeldeten Radio zu Hause geblieben – sonst hätte er mich nicht gefunden, ich hätte sonst wo sein können.

Stattdessen stehe ich angewachsen in meinem eigenen Flur und warte, während er mich betrachtet, bis er herausgefunden hat, was er wollte, oder mich mit seiner Erinnerung verglichen oder mich zu einer gemacht hat. Ich beuge mich zu ihm, bis ich ihn in meinem Atem schmecken kann, aber ich berühre ihn nicht, denn jetzt bin ich reserviert, finde mich noch zurecht und will ihn mir für später aufheben. Dann hole ich meine Jacke und führe ihn hinaus zum Lieferwagen.

Mit leiser, trockener Stimme dirigiert Robert mich, und ich fahre zum Ende der Flussmündung, in die gepflegten Vororte und noch weiter, in eine kleine Küstenstadt, umgeben von Campingplätzen und abgemähten Kornfeldern, dunklen Kartoffelreihen, die fast zum Ausreißen bereit sind.

»Da ist es.«

Es ist schon dunkel, als ich vor einem schwach leuchtenden Fleck weißer Wandfarbe halte. Eine schwarze Tür und ein schwarzer Fensterrahmen sind hineingesenkt, und im Fenster steht eine sich bewegende Zahnarztfigur, die eine übergroße Zahnbürste auf und nieder schwenkt, über ein furchteinflößend angemaltes Gebiss. Die Zähne sind so groß, dass sie dem Zahnarzt bis zur Brust reichen, zusammengekauert wie ein riesiges Weichtier, eindeutig in der Lage, ihn in der Mitte durchzubeißen. Hinter dem Winkenden sind verblasste Plakate zu erkennen, die zum Tragen von Mundschutz und Prothesen aufrufen und vor den Gefahren gesüßter Getränke für Kinder unter fünf warnen.

»Mein Gott.«

»Ach, er. Das ist Henry – er war mal Flickschuster.«

»Was?«

»Du weißt schon – diese mechanischen Flickschuster mit Drahtbrillen und weißem Haar und diesem Hammer, mit dem sie auf dem letzten Loch herumhämmern. Standen früher überall herum – so wie diese großen Metalljungen mit Beinschienen, die vor Geschäften standen und für irgendwas sammelten –, wahrscheinlich für frische Farbe für Metalljungen … weißt du noch?«

»Eigentlich nicht.« Ich betrachte die Brille des Zahnarztes und die hölzerne Mundöffnung – zusammen mit dem weißen Kittel und den ausdruckslos bemalten Augen deuten sie stark auf eine ganz andere Vergangenheit hin, die mit Elektrofolter und südamerikanischen Uniformen zu tun hat.

»Wir haben ihn in einen Kittel gesteckt, den Hammer gegen eine Zahnbürste ausgetauscht und einen Satz Zähne gebastelt – darum ist seine Bewegung auch nicht so, wie sie eigentlich sein soll, er versucht immer noch, Nägel ins Zahnfleisch zu hämmern. Komm rein.«

Robert schließt die schwarze Tür auf, und ich folge ihm eine schmale Treppe hinauf, auf der sich die Gerüche von erhitztem Calcium, Mundspülung, Desinfektionsmitteln und Angstschweiß mischen. Hinter mir wedelt der umfunktionierte Flickschuster endlos weiter, versucht, das Albtraumgebiss in Schach zu halten, und wünscht sich womöglich neue Elektroden und Gummihandschuhe.

»*Mögen* die Leute das? Schreckt es sie nicht ab?«

»Vor Zahnärzten hat sowieso jeder Angst – nach dem da machen wir einen eher freundlichen Eindruck. Und den ganz Kleinen erzähle ich, wenn sie sich nicht gut betragen, kommt sie nachts der Uhrwerk-Zahnarzt holen. Das beeindruckt sie immer – obwohl er natürlich eigentlich an der Steckdose hängt … da wären wir.« Er drückt mit der Faust sanft neben das unwillige Sicherheitsschloss, und dann schlüpfen wir an der Messingtafel vorbei, die Robert Gardener als ausgebildeten und geprüften Vertreter der Zahnheilkunde ausweist. Das scheint seltsam unwahrscheinlich, aber ich bin überzeugt, dass es stimmt.

Die Praxis ist klein und sehr hell. Eine Glaswand schützt den Empfangstisch, hinter dem die vorhersehbaren Bildpostkarten, der Kalender mit schlechten Küstenbildern und fröhliche Zahnpflegecartoons hängen. Vom Flur in der Mitte gehen vier Türen mit den jeweiligen Beschriftungen WARTEZIMMER, TOILETTE, RÖNTGEN und MR GARDENER ab. Die anderen, geheimnisvoll unbeschrifteten Türen verbergen, wie Robert mir zeigt, eine enge Teeküche mit einem angeschlagenen Waschbecken und einem Holzstuhl, auf dem ein voller Aschenbecher steht, und viele eher langweilige Vorratsschränke.

»Bin gleich wieder da.« Er drückt kurz meinen Arm und tappt davon, während ich in den letzten Schrank schaue. Wenn Robert der Mann ist, für den ich ihn halte, und wenn ich aus den ermüdenden Geschichten von Bobby dem Schnüffler wenigstens einen Nutzen gezogen habe, dann dürfte irgendwo hier, in angemessen raffinierter Tarnung, mindestens eine alkoholische Flasche sicher eingepackt schlafen. Ich habe das Gefühl, wenn ich Bobbys Beispiel folge, müsste ich sie erschnüffeln und zu flüssigem Leben erwecken können.

Ich beginne mit meiner Suche.

Lignocain-Hydrochlorid, Dexamethason

Ich kenne einen Mann, dessen Arbeit in diesen Worten

liegt: in Chemikalien und der Art, wie der Körper sich von ihnen berühren lässt.

Kaliumnitrat, Articain-Hydrochlorid, Epinephrin.

Ich liebe einen Mann, dessen Arbeit in

Nein.

Das wollte ich nicht sagen, dieses Wort verwende ich nie, ich könnte ja zuhören.

Polyhexamid, Propylenglykol

Ein geistiger Versprecher, mehr war es nicht. Ich überreagiere, weil ich ihn vermisst habe und er jetzt wieder da ist. Kein Grund, Worte zu benutzen, die ich später bereuen werde.

Und wir sind doch hinter seinem Schnaps her, weißt du noch?

Als könnte man das vergessen.

Unordentliche gestapelte Kisten, in denen kleinere Kästen liegen. Ich kann keine Trinkerlogik erkennen: keinerlei von Verheimlichung oder verwischte Spuren, bloß Gläser und grazile Behältnisse eindeutig dentaler Natur, alles ganz ehrlich und offen.

Zirkonoxid, Zinkoxid, Epinephrinbitartrat, Formaldehyd

Aber irgendwo hier wird es eine Lüge geben: eine Flasche Desinfektionsmittel, die keines enthält, Handschuhe oder Nadeln, die keine sind, Watterollen, die zu glucksen anfangen, die beim Schütteln wie erschreckte Flüssigkeit gluckern.

Ja.

Eine Packung absurd schwerer Watterollen, unter der obersten Schicht das Glänzen von Glas, das jungfräuliche Siegel um den Deckel mit der hingekritzelten roten Signatur – *Paddy*. Ich hätte es wissen sollen: Es ist der liebenswert hässliche Waisenknabe unter den irischen Whiskys, der Junge mit den großen Ohren, der in der Pause am Zaun mit den Füßen im Dreck scharrt. Aber er hat 40 Prozent: Wer braucht da Mutter und Vater?

»Aha. Du hast mich ertappt.« Robert stellt sich hinter mich, leise wie ein Atemzug, fasst mich am Ellbogen, bevor ich mich umdrehen kann, und legt sein Kinn auf meinen Kopf. »Aber das ist für später. Zuerst dies.«

Und sanft erklärt er seine Substanzen, wiegt sich, bis ich mich mit ihm wiege, seine Stimme kommt tief aus der Brust, seine Hitze flammt in mein Rückgrat. »Das hier sind die Betäubungsmittel, damit ich niemandem weh tue. Diese hier spritzt man in den Knochen – sehr gut für schwierige Fälle, für Leute, die einfach zu viel Schmerz spüren. Und das hier schließt Wunden, hilft ihnen, schneller zu heilen. Und das hier macht alles sauber. Und das hier ist zur Vorbereitung, damit ich eine gute Verbindung aufbauen kann. Und damit baue ich sie dann, bringe alles wieder in Ordnung. Ich habe alles, was ich für alles Mögliche brauche. Ich kann ganz gut sein in meinem Fach, weißt du? Ich war mal gut. Früher habe ich es hinbekommen, dass du wieder essen und sprechen und zubeißen und trinken und küssen konntest, als wäre nie etwas gewesen. Die Leute haben mir gedankt. Ich habe Briefe bekommen.«

»Das ist toll.«

»Es *war* toll. Es war wirklich toll.«

Dann gibt Robert mich frei, ich kann aus seiner Umarmung treten und mich umdrehen, ihn finden, ihn ansehen.

»Oh.«

Zuerst ist es schwer zu begreifen, dass er nackt ist. Seine Brust hebt sich vor Anspannung flach und rasch, die Haut liegt glatt auf den Rippen, an der Hüfte ein frischer, großer blauer Fleck, ältere Schrammen an beiden Knien, nackte Füße: Ich muss ihn Stück für Stück aufnehmen, weil er so viel ist. Schatten und Splitter, an mehr konnte ich mich nicht erinnern, aber jetzt ist er ganz hier, der volle, bleiche Schmerz seiner selbst. Ein Nervenzucken in einem Handgelenk lässt ihn die Hand an die Stirn heben und darüber streichen, und ich folge der Bewegung nach oben, bis ich an seinen Augen hängen bleibe. Er schluckt und beginnt, rot zu werden, am Rand seiner Ohren. Albern, jetzt zu erröten.

Es hat den Anschein, wenn ich ihn berühre, werden wir weinen müssen. »Robert Gardener. Das bist du, Robert Gardener.«

Wir sind beide so gut wie nüchtern – er ist vielleicht sogar völlig nüchtern. Und ohne Kleidung dazustehen, ist eine Sache – eine schöne Sache –, aber ohne Kleidung und ohne etwas zu trinken und im Begriff, das zu tun, was wir unweigerlich tun werden –, das ist noch etwas ganz anderes, was wir noch nie versucht haben. Ich weiß nicht, ob ich in diesem Zustand ertragen kann, wie schön er ist – dieser Ansturm, das Verlangen, die Hormone, und nichts, um es glatt zu bügeln, nichts, um mich zu halten, damit ich mich konzentrieren kann.

Ich will nicht umfallen, aber es könnte passieren.

Dann wirft er mir den kleinen Blick zu, diesen kleinen, besonderen Blick, den wir beide erkennen: die Mischung aus Scham, Stolz und Resignation: So, wie Männer immer ausdrücken, dass sie wissen, als Nächstes wirst du ihren Schwanz angucken und dir dabei Zeit lassen.

Wir haben uns natürlich schon kennengelernt – Roberts Schwanz und ich –, aber noch nicht so. Wir sind einander noch nicht offiziell vorgestellt worden.

Und hier ist kein Platz, etwas zu sagen – nicht genug, ihm zu sagen, dass er schön ist, dass alles an ihm schön ist und gar nicht anders sein kann, und ihm zu sagen, dass ich ganz und gar gegen Beschneidung bin, es aber sehr schön finde, dass er beschnitten ist, weil ich da egoistisch sein darf, weil ich es genießen darf, ihn immer so tief bei mir zu haben, eindeutig zu meinem Nutzen entkleidet. Selbst wenn er nicht steif ist, sieht er mehr danach aus, bereiter.

Aber jetzt ist er steif, bereit genug.

»Robert Gardener.«

Er bleibt so still wie ich und verlässt den Vorratsraum, wartet im Flur auf mich.

»Nein. Tu das nicht. Nicht jetzt.« Robert führt meine Hände in seinen zusammen, bevor ich ihn greifen kann. Und dann zieht er mir, mit konzentriert gerunzelter Stirn auf seine Finger schauend, sorgfältig die Jacke, die Bluse, den BH aus.

Er macht keine Pause. »Jetzt tun wir gerade das. Und das.«

Ich halte seinen Kopf, als er ihn beugt und dann küsst, saugt, wie es ein Sohn tun würde, dann reizt und beißt, weil er ein Mann ist, und mit beidem zieht er mir das Herz aus dem Leib wie einen Dorn. Ich werde über mich selbst hinaus gesogen, unter mir hinweg, aus mir heraus, in seinen Mund hinein.

Ich liebe seine Zunge. Kein anderes Wort reicht aus. Ich liebe seine Zunge.

Und die süße Kopfhaut unter seinen Haaren und den Zug sei-

nes Atems, den heftigen Druck seiner Wange und das Heulen, unser Heulen, das wir aus unserer Haut aufsteigen lassen.

Und das ist alles sehr schön, aber kein Schmutz.

Was ich wollte, war Schmutz.

Man sollte doch meinen, dass ich etwas hervorkitzeln könnte.

Aber nein.

Nicht der Sex auf der gepolsterten Bank in seinem Wartezimmer oder auf dem Fußboden im Flur – das ist bloß noch ein blutroter Nebel, das bekomme ich nicht scharf. Ich kriege noch nicht einmal das Stoßen auf dem kalten Vinylbezug seines Behandlungsstuhls zu fassen – aber natürlich auf seinem Stuhl – wenn man mit einem Zahnarzt zusammen ist, muss man ihn auf seinem Stuhl ficken wollen oder zumindest davon sprechen –, das ist doch der erste Ort, an den man denkt. Wir sind allerdings nicht als Erstes dorthin gegangen.

Nein, wir haben im Flur angefangen, mit unerträglicher Zärtlichkeit, mit seinem Mund, der meine Brust fand.

Ich habe die ganze Zeit geredet, geplappert, ich konnte nicht anders. »Mein lieber Kleiner, mein Guter, mein braves Lämmchen, so ist … das ist mein Mann … das schhh, du bist mein Mann, das ist gut, alles gut, du bist mein Mann, alles gut.«

Und auch das ist kein Schmutz – so nagelt man sich an jemand anderem fest, ohne auch nur zu denken: für immer und ewig, Amen.

»Oh heilig Kind von Bethlehem
Steig du zu uns hernieder

Verwirf die Schuld von ehedem
und kehre in uns wieder.«

Ich schleppe mich bis zur letzten Zeile und lasse mich auf meinen Platz fallen. Sowohl die Frau als auch mein Bruder starren mich an, aber ich schaue gerade nach vorn und konzentriere mich

Als ich zehn oder zwölf war, habe ich das herausgebrüllt – die letzte Strophe hat mich angeschürt, und ich habe mir vorgestellt, dass sie mich dabei gründlich sauber siedet. Damals hoffte ich noch auf moralische Besserung und womöglich einen Bürojob oder vielleicht was im schulischen Bereich, weil Lehrer die längsten Ferien haben.

Noch zwei Seiten Lieder und ein Gebet sind durchzustehen, und ich bin sicher, dass ich es nicht schaffen werde. Ich kann meinen Atem nicht mehr kontrollieren, und ich schwitze. Wenn ich nicht sehr bald kalte, nicht geweihte Luft zu atmen kriege, muss ich mich übergeben. Es wird Simon nicht gefallen, wenn ich früher gehe, aber es würde ihn noch viel mehr stören, wenn ich in hohem Bogen auf andere Gottesdienstbesucher speien würde.

»Gehe nach draußen.«

Er runzelt die Stirn, als sei ich ein dummes Kind. »Was?«

Ich murmele noch einmal, »Gehe nach draußen. Brauche Luft.«

»Hannah …«

»Ich warte. Draußen. Ich werde warten.« Mit diesen Worten habe ich schon die fromme Sopranistin zur Seite geschoben und ein Rentnerehepaar aufstehen lassen, wobei ich ihnen die Sicht auf den Lektor versperre, der gerade irgendetwas über Schafe zum Besten gibt. Ich habe mich heute Morgen für die Baseballschuhe entschieden, weil sie für lange Fahrten am bequemsten sind, weshalb jeder meiner Schritte ein widerhallendes Klatschen mit einem lauten Quietschen verbindet.

Ich bin eine Schande. Das weiß ich. Aber das ist schon seit Jahren so, es besteht kein Grund, heute mehr darunter zu leiden als sonst.

Die Tür knarrt hinter mir, als ich meinen Rücken dagegen stemme, um sie langsam zugehen zu lassen.

Ich setze mich auf die Kirchentreppe und schütte die restlichen 100 Milliliter Hustensaft hinunter. Das ist dumm, weil mir dann nichts mehr bleibt, aber es stärkt mich, und ich kann das Prickeln des Frostes in den Lungen genießen, den frischen, blauen Tag über mir. Unter der Schädeldecke fühle ich mich warm wie röstender Toast und beinahe glücklich.

Es wäre besser gelaufen, wenn Robert hier gewesen wäre, bloß dass er nicht kommen wollte.

Aber glücklich zieht sich zurück, sobald ich es denke, plötzlich schüchtern und unwirklich geworden.

Nein. Er ist nicht hier, weil er gar nicht wusste, dass er hier sein könnte, weil ich ihm nichts davon erzählt habe. Aber ich habe ihm nichts erzählt, weil ich wusste, dass er nicht kommen wollen würde. Wenn nicht Simon darum gebeten hätte, wäre auch **ich** *nicht gekommen.*

Die Kälte der Stufen zieht in meine Beine, und ein öliger Film von Einsamkeit überzieht meine Zähne.

Mit Robert hätte ich den ganzen Gottesdienst ausgehalten: Wir hätten uns gegenseitig aufgerichtet.

Ich habe Simon noch keinen meiner Partner gezeigt: nicht einmal die, die keinen Anlass zur Scham boten. Robert könnte ich überall mit hin nehmen, er hat Würde. Aber ich bin immer noch abergläubisch: Es hat keinen Zweck, sich zu deutlich zu erklären, die Freuden zu zeigen, die man nur ungern verlieren möchte.

Durch die bunten Kirchenfenster kriecht der Chor, der etwas Kompliziertes, Unmelodiöses auf Lateinisch singt. Sie klingen trotzdem zufrieden, und bald schon werden sie herausgetrottet kommen, weil ihre Pflicht getan ist, und der Priester wird irgendwo stehen und die Hände von Gemeindemitgliedern und Fremden schütteln, und der Dampf des Atems und der Feierlichkeiten wird sich noch verdicken durch den gegenseitigen Respekt und das Mitgefühl, kleine Erinnerungen an die Kindheit, Kakao, früh ins Bett am Sonntag vor der Schule.

Meine eigenen Erinnerungen weigern sich, weiter als bis zu Roberts Praxis zurückzukehren, bis zu unserer gemeinsamen Müdigkeit am Ende. Wir lagen ineinander gekrümmt auf der Seite auf dem schmalen Behandlungsstuhl, wo wir uns nicht berührten, kühlten wir ab. Ich küsste Roberts Nacken und schob mich dann sacht weg, ging in den Flur, hob meine Bluse auf. Ich zog sie über, während ich den Paddy's holte, ihn aus seiner Baumwollwiege stahl und zu ihm brachte.

»Hier.« Ich schenkte zwei seiner Mundspülbecher freundlich voll. »Bist du wach, Liebster?«

Er rührte sich und rollte auf den Rücken, zitterte die Augen auf und bemerkte den Drink, den ich ihm entgegenstreckte, mit gerunzelter Stirn. »Was ist das?« Obwohl er es auch ohne

Antwort wusste, sich hinsetzte und nach seiner Zuteilung griff, sie untersuchte, dicht überm Becherrand roch.

»Paddy's.«

»Dachte ich mir.«

»Alles in Ordnung?«

»Ich bin wieder da.« Das sagte er mit den Augen auf den Whisky gerichtet, den er sacht in der Hand schwenkte, und der flache Bogen der gespannten Oberfläche war durch das dünne weiße Plastik zu sehen, wie ein Schatten zwischen seinen Fingern. »Ich bin wieder da.« Er öffnete den Mund, legte den Kopf zurück und ließ den Paddy's in sich hineinfallen.

Ich schlürfte meinen langsamer, aber auch der verschwand in einem Hitzeschauer, und ich trat nah an ihn heran, um ihn mit einem Kuss zu öffnen, während wir beide noch brannten.

»Ich bin wieder da.« Und er ließ den Becher fallen, verschränkte die Arme über der Brust, holte angestrengt Luft. Mit geschlossenen Augen.

»Was ist?«

»Nichts.«

Ich streichelte die Haut, die ich jetzt kannte, die Berührung, die ich jetzt bei mir behalten würde, betrunken oder nüchtern, schlafend oder wachend. »Du kannst es erzählen.« Ich küsste seine Augenlider, den ersten Anflug von Salz. »Mein Kleiner, du kannst es erzählen.«

»Ich wollte nicht.« Das harte Aufsteigen eines Schluchzens. »Ich habe seit drei Wochen nicht, seit mehr als drei Wochen.«

Der Gedanke, dass ich ihn verletzt haben könnte, kroch kalt herein. »Was wolltest du nicht?«

Ein Husten, der sich durchs Schluchzen kämpft. »Trinken.«

»Was.«

»Ich hatte aufgehört.«

»Aber das ist doch in Ordnung.«

»Ich war brav.«

»Natürlich bist du brav.«

»Ich habe die Finger davon gelassen.« Und dann war er still, aber er weinte, und die Tränen liefen hinab in sein Haar.

»Du hattest doch bloß einen. Das ist doch nichts – ein Einziger. Wir trinken keinen mehr. Brauchen wir nicht. Ich stelle ihn wieder weg, und dann räumen wir auf und … Es war doch bloß einer … Robert, das macht nichts, es ist nichts passiert. Wir lassen es beide, das wird gut – wir brauchen es nicht. Wir machen das zusammen. Okay, Liebster? Okay?«

Er rollte sich auf die Seite, mit dem Rücken zu mir.

Und so konnte ich ihn nicht liegen lassen, nicht so allein und traurig, wegen so einer Kleinigkeit. »Robert. Robert, lass mich …« Ich kletterte hinter ihm wieder auf den Stuhl, schmiegte mich an seinen Rücken und umarmte diesen schrecklichen lächerlichen Schmerz, den er spürte, der auch in mich hineindrang. »Na, komm, vergessen wir das Ganze. Es ist nie passiert. Du hattest bloß einen kleinen Traum.«

Ich küsste sein Ohr, seine Schulter, ich versuchte, Dinge zu sagen, die ihm gefallen würden, ließ meine Hand über seinen Bauch gleiten, hob *ihn* dann an, nahm ihn in die Hand, bearbeitete ihn, bis er sich an meiner Handfläche ausstreckte. Er wollte eigentlich nicht.

»Das ist nicht –«

»Ich weiß. Aber lass es zu. Lass los. So ist es richtig. Das ist mein Mann. Lass dich gehen. Lass es raus, mein Lämmchen, mein braves Lämmchen.«

Bis er mitarbeitete, zog und drückte, bis ihm wieder Schweiß ausbrach, und wir waren beide unsanft zu ihm, bis er nicht anders konnte als kommen.

Und sein Friede danach, die ergebene Stille – da war er mein: so sehr, dass ich sein war.

Und deshalb muss ich jetzt auf Hustensaft zurückgreifen – ich soll nicht trinken.

Wir sollen beide nicht trinken – oder jedenfalls nicht sehr viel. Wir machen das jetzt gemeinsam, weil wir es wollen. Simon und seine Frau würden diese Art, etwas zu teilen, natürlich nicht verstehen. Auch sonst keiner aus dieser Gemeinde – die haben bestimmt noch niemanden masturbiert, egal, aus welchem Grund, nicht mal, um dem Betreffenden zu helfen, seine bösen Gedanken zu vertreiben. Mit dieser Art Barmherzigkeit sind sie nicht vertraut.

Genauso wenig werden sie verstehen, wieso ich hier draußen sitzen muss und eine leere Flasche Hustensaft mit Johannisbeerextrakt in der Hand halte. Da kann ich ebenso gut die Treppe hinuntergehen, den Lieferwagen der CPG finden und wegfahren. Ich kann mich nicht erklären, und es hat auch keinen Zweck, es zu versuchen.

Ich hätte nicht herkommen sollen. Ich gehe nicht in die Kirche.

»Was soll das heißen, du gehst nicht in die Kirche?«

Noch bevor ich den Anruf entgegennahm, wusste ich, dass es Simon war – wer sonst würde am Sonntag auf meinem

Handy anrufen. Ich hatte es noch nicht mal bis nach Hause geschafft, als er anrief.

»Na, ich gehe eben nicht … ach, spielt gar keine Rolle. Ich fühlte mich einfach elend.«

»Elend.« Die beiden Silben knirschen vor Sarkasmus – so hat mein Bruder mir gegenüber noch nie geklungen.

»Ja.« Mir wird klar, dass die Hintergrundgeräusche meiner Darstellung nicht gerade förderlich sind, weil ich mich gerade in Stirling und in einem Pub befinde. Heute ist Sonntag – am Sonntag hat sonst nichts offen. Wenn man mitten am Tag noch nicht zu Mittag gegessen hat und ein Sandwich möchte, muss man in ein Pub gehen. »Ja, elend.« Ich esse ein Sandwich.

Und trinke ein Glas Wein.

Ich muss doch *irgendwas* trinken, sonst sieht es unhöflich aus.

»Du konntest dich nicht mal durchringen, auf uns zu warten.«

»Doch, ich habe mit mir gerungen. Aber du hättest mich doch nicht dabeihaben wollen, wenn mir übel ist.«

»Gillian hatte Essen vorbereitet. Wir wollten feiern.«

Ein Knäuel junger Männer ist plötzlich von irgendeinem Ereignis im Fernsehen erheitert und johlt zügellos, wie man es nur in besonders schäbigen Spelunken zu hören bekommt. Ich weiß, dass Simon es auch gehört haben wird.

»Aber du scheinst ja selbst eine Art Feier abzuhalten.«

»Nein. Ich esse bloß ein Sandwich.«

»Ich dachte, dir ist elend.«

»Jetzt ist es nicht mehr so schlimm. Ich kriege ein bisschen Essen runter.«

Er sagt nichts mehr, seufzt nur.

»Was?«

Er antwortet nicht, erneut wird gejohlt, ich glaube, es hat etwas mit Australian Football zu tun.

»Was, Simon?«

»C-57-Mäuse.«

»Was?«

»C-57-Mäuse. Sie werden auf Suchtverhalten gezüchtet, um bei Experimenten eingesetzt zu werden. Wenn man sie vor die Wahl zwischen Alkohol und Wasser stellt, nehmen sie immer den Alkohol. Sie können es nicht ändern. Ihr Bedürfnis nach Alkohol ist so stark, dass jeder andere Instinkt darunter begraben wird. Sie bringen sich mit Freude um.«

Er hört auf, und wieder halte ich Schweigen in der Hand. »Was? Soll ich das sein? Simon?«

»Du weißt doch, dass Frauen schneller sterben, oder? Immer. Die Säufer auf den Parkbänken – guck dir mal an, wie viele davon Männer sind. Die Frauen sterben einfach.«

»Soll das etwa ich sein? Meinst du, ich bin eine Säuferin? Meinst du, ich bin ein *Tier*?«

»Ich finde, du benimmst dich wie ein Tier, ja. Mach's gut, Hannah.«

»Wa-«

»Mach's gut.«

Und der Empfang mit diesem Scheißtelefon ist so schlecht, dass ich nicht beurteilen kann, wie er das gesagt hat, nicht eindeutig. Ich weiß nicht, ob er ärgerlich klang oder müde oder traurig. Und warum sollte ich mir darüber auch Gedanken machen? – Ich bin gerade von meinem nächsten Verwandten beleidigt worden. Und wenn ich ein Tier bin, dann sollte er sich mal überlegen, dass er dasselbe ist – er ist mein Bruder. Darüber sollte er mal nachdenken, finde ich. Er sollte jetzt hier sitzen und mir zuschauen, wie ich mein Sandwich esse, ein Glas Wein trinke und dann gehe. Das kann ich nämlich.

Ich *kann* das.

Er glaubt, ich werde hier sitzen und mich besaufen, weil eine Maus nicht anders kann.

Scheiß auf ihn.

Wenn er glaubt, dass ich dauernd besoffen sein muss, ja, warum denn nicht? Der Herausforderung stelle ich mich. Aber ich werde trotzdem nicht betrunken werden, besinnungslos, bis ich zu nichts mehr fähig bin. Das bin ich nur sehr, sehr selten.

Er kennt mich nicht. Ich kann fast eine Flasche trinken und immer noch wunderbar Auto fahren.

Scheiß auf ihn.

Wie es so geht, war meine fehlerlose Fahrkunst einer meiner Pluspunkte, als ich meinen Job verlor. Ich habe den Lieferwagen ohne einen Kratzer aus Stirling wie auch von jedem anderen privaten oder geschäftlichen Fahrtziel zurückgebracht. Es gab ein paar nicht eingehaltene Termine, weiter nichts – weil Robert häufig bei mir war, kam mein Schlafrhythmus durcheinander, und dann fing ich mir nach Weihnachten einen Virus ein (vielleicht brütete ich ihn auch schon bei dem Singgottesdienst aus) –, und im Frühling ist es sowieso beschissen schwer, irgendwem Kartons zu verkaufen – das ist allgemein bekannt –, aber im modernen Geschäftsleben gibt es keine Flexibilität. *Wir* sollen schön flexibel sein, der arbeitende Teil der Bevölkerung, aber die Unternehmen dürfen unbeweglich, wie in Stein gemeißelt sein. Ein großer, dummer, mitleidloser Stein.

Kapitalismus – wer den erfunden hat, hat bestimmt nicht getrunken. Man entlässt einfach den ersten Menschen, der einem über den Weg läuft, ganz egal.

»Ich fürchte, wir müssen Sie –«

»Ich brauche keine Überstunden. Ich arbeite länger und schreibe es nicht auf.«

»Miss Luckraft, wir werden Sie ent-«

»Um diese Jahreszeit bewegt sich einfach nichts. Wenn ich noch einen –«

»Hannah, wir entlassen Sie.« Mr Robinson sitzt da in seinem zerknitterten Hemd – er kann Leute feuern, mit einem Satz ihr Leben zerstören, aber kann seine Hemden nicht bügeln. Frau hat ihn verlassen. Kann nicht mal eine Frau halten, die ihm die Hemden bügelt. Kann sich nicht mal wen anders besorgen, um die Frau zu ersetzen, die er nicht halten konnte und die ihm die Hemden hätte bügeln können. Aber warum hätte sie auch sollen? – ist ja bloß Robinson.

Will sagen, ein kompletter Versager. Kann sich nicht mal zusammenreißen, als er mich rausschmeißt, keine Spur von Seele in seinem Vortrag. »Tut mir leid, aber es funktioniert einfach nicht. Zum Ende des Monats.« Gefeuert von einem murmelnden Nagetier, da gesellt sich der Spott zum Schaden.

»Aber ich …« Ich hatte gehofft, er würde mich wieder unterbrechen, weil ich nichts mehr zu sagen hatte, bloß das allgemeine, wortlose Gefühl, dass alles falsch war. Aber Robinson hatte auch nichts mehr zu sagen. Er reichte mir ein paar unerfreulich endgültige Papiere und nahm dann den Hörer ab, um weiteren Komplikationen auszuweichen. Ich bin überzeugt, dass er die Zeitansage oder sein leeres Haus angerufen hat – Hauptsache, die Unterhaltung war zu Ende und ich gezwungen zu gehen.

Robinson – eines Tages wird *er* im Dreck stecken, und niemand wird ihm helfen, sie werden eher noch nachhelfen. Ich werde nichts davon erfahren, aber eines Nachmittags wird mich so ein weiches, helles Gefühl überkommen, und ich werde es erraten – irgendwo wird Robinson fertiggemacht, richtig gründlich zur Sau gemacht.

Ich habe seither noch keine neue Anstellung gefunden, aber

wenn man sich im Kartonwesen so gut auskennt wie ich, ist das nur eine Frage der Zeit, da braucht man nicht groß zu grübeln. Natürlich grüble ich trotzdem, aber ich verstehe auch, dass ich nicht muss. Im Moment bin ich ohnehin mehr mit meiner Gesundheit beschäftigt. Körperlich ist bei mir nämlich nicht alles, wie es sein sollte.

Das Ganze fing mit meinem Zeh an. Die übliche Geschichte: Der linke große Zeh ist auf einmal morgens steif, dann bewegt er sich auch beim Gehen nicht mehr richtig, und dann fällt einem auf, dass er irgendwie rot wird, dann lila, und dann hat man eines Tages Mühe, den Schuh anzukriegen, und man entdeckt ein widerwärtiges Ding, das einen vom Fußende her angrinst – sieht ungefähr aus wie eine große Zwetschge, bloß mit einem Zehennagel drauf. Eine Zeit lang kann man bloß humpeln, die Schwellung in einen Wandersocken packen, bei Regen noch zusätzlich in eine Plastiktüte.

Ich ziehe es vor, Ärzte nicht zu behelligen, und habe daher keine Ahnung, wo das Problem lag. Nach nicht ganz zwei Wochen verzog es sich wieder, ohne dass ein dauerhafter Schaden blieb. Die ernsthaften Schwierigkeiten begannen erst danach, und sie wurden durch Disziplinlosigkeit begünstigt. Wenn eine Körperhälfte meint, dass sie sich folgenlos gehenlassen kann, steht einem echter Ärger bevor. Dem Beispiel meines Fußes folgend, ist meine linke Körperhälfte zu genau diesem Schluss gekommen, und seitdem ist es mit meiner Gesundheit vorbei.

Das nächste Missgeschick ereignete sich, als ich verwundbar und im Bett war. Robert und ich saßen dort und rauchten eine lachhaft große Zigarre, die uns zuvor in der Bar ein Mann mit amerikanischem Akzent geschenkt hatte, der behauptete, für die CIA gearbeitet zu haben. Es war eine kubanische Zigarre, und er reichte sie uns in einem silbernen Röhrchen, als sei diese Handlung in unserem Land genauso wunderbar illegal wie in seinem. Ich hatte das Gefühl, dass er ein schlechtes Licht auf die CIA warf, aber ich hielt den Mund, denn womöglich kannte er interessante Geschichten über Spione oder war bereit, sich welche auszudenken.

Ich weiß nicht mehr, ob Geschichten erzählt wurden, das ist nicht mehr ganz klar.

Aber die Zigarre war nicht zu leugnen, und wir nuckelten daran, immer abwechselnd, bis unsere Köpfe sich drehten: blaue, kommunistische Schwaden und dicke Rauchfäden drängten sich allmählich unter meiner Zimmerdecke zusammen.

»Hm.«

Robert seufzte. »Hm, ich weiß. Daran könnte ich mich gewöhnen. Ein Zigarren rauchender Zahnarzt. Das würde den Patienten gefallen. Es würde sie beruhigen.«

»Hm.«

»Ich war immer zu Höherem bestimmt.«

»*Hm.*«

Ich drückte damit gar nicht meine Zustimmung oder Befriedigung aus – ich machte bloß das einzige Geräusch, zu dem ich noch fähig war.

Etwas Traumhaftes, Suppiges, Erschreckendes ereignete sich. Von der Zungenspitze nach hinten breitete sich prickelnd eine alles beherrschende Taubheit aus.

Ich atmete, wie mir schien, etwa einen Tag lang ein, und als meine Lunge ausgedehnt, wenn nicht überbeansprucht war, war meine Zunge hölzern und kalt, dicker und fremd geworden. Ein Kribbeln durchdrang meine Wange, leckte an meinem Auge, küsste mein Ohr, und ich dachte in schönen, friedlichen Worten, so ruhig wie Zigarrenrauch

Ich sterbe. Jetzt fängt es endlich an. Jetzt sterbe ich also.

Ich gab es auf, Roberts Aufmerksamkeit zu erregen, und beobachtete den Verlauf meines Todes: Zunächst kam das feine Kribbeln wie eine Welle, dann die Taubheit, den Hals hinunter, über die Brust, den linken Arm entlang, weit in die Enden jedes Fingers hinein. Ich stellte mir vor, an mir hinabzuschauen und meine Auslöschung einen Augenblick lang unter den Fingernägeln zu sehen, ein schwacher, blauer Abglanz, der verglomm.

Wenn ich einen Schlaganfall hätte, müsste es doch auf der rechten Seite sein, oder?

Also kein Schlaganfall. Es sei denn, sie sind beidhändig.

Wahrscheinlich nicht.

Ist ja auch unwichtig.

Es sei denn, ich überlebe.

Danach war die Verschlechterung nicht mehr so deutlich: Ein glattes Gefühl der Schwäche nagte an meinem Bein, während Übelkeit mich gleichzeitig aus dem Bett wanken und ins Bad taumeln ließ.

»Hannah? Hannah, was ist los?«

»*Hm.*«

Ich übergab mich ein wenig, wobei Robert im Bett blieb und mir riet, wenn ich wüsste, dass ich sie nicht vertrüge, sollte ich keine Zigarren rauchen.

»*Hm.*«

Ich kehrte zu ihm zurück, das Gesicht benetzt, den Mund ausgespült, und schob mich ins Bett, bis ich die Wärme fand, die mein Körper für mich in den Laken hinterlassen hatte, obwohl er gleichzeitig die Arbeit einstellte. Dann schlief ich tief und fest ungefähr einen Tag lang, bis ich neben einer leicht besorgten Mitteilung auf der Bettdecke wieder erwachte.

HANNAH,

RUF MICH AN, WENN DU AUFWACHST. ICH MACHE MIR SORGEN. ICH WILL MIR KEINE SORGEN MACHEN. ICH RUFE DICH AN. DU HAST ZU TIEF GESCHLAFEN. KOMM HEUTE ABEND IN DIE BAR, DANN BESSERN WIR DICH.

ROBERT, BESORGTER ZAHNMEDIZINER

Ich fühlte mich gar nicht besonders schlecht, bloß schleppend. Mein linker Fuß war fauler, als es sich gehörte, ebenso meine linke Hand. Gut, dass es nicht meine Rechte war, die brauche ich öfter.

Denken war möglich, allerdings langsamer, auf eine Art, die ich nicht genau identifizieren konnte, und meiner linken Gesichtshälfte ging es auch gut, sie war nur weniger lebendig als vorher. So fühlte ich mich auch im Ganzen – weniger lebendig als vorher.

»Ja, du siehst nicht toll aus.«

»Herzlichen D-dank.« Die Bar gab sich an dem Abend renitent. Irgendwas Politisches war irgendwo passiert, und alle – sogar der Pastor, den ich noch nie die Stimme hatte erheben hören – hatten beschlossen, darüber zu diskutieren. Ich hatte herausgefunden, dass meine Augen empfindlich waren, und trug daher eine Sonnenbrille, was meine Sinnesverwirrung erhöhte. »Ich fühle mich auch nicht … ähm, toll.« Ich blinzelte zu Robert hoch, als er sich unserem Tisch näherte und zärtlich schrie.

»Bist du sicher, dass du nicht zum Arzt willst?«

»Ja. Die erzählen einem sowieso nichts, was man nicht schon selber wüsste.«

»Nicht mal durchchecken?«

»Wird schon wieder.«

»Na, nimm erst mal das. Wird dir guttun.« Er knallte einen doppelten Scotch hin, der selbst durch die getönten Gläser funkelte und flirtete.

»Ich dachte, wir trinken nichts Hochprozentiges mehr.«

Robert zwängte sich neben mich auf die Sitzbank. »Besonderer Anlass. Ich habe mir Sorgen um dich gemacht.« Hinter dem Rücken zauberte er einen weiteren Scotch hervor, an dem er beinahe nervös nippte. »Nicht elend fühlen. Nicht traurig sein. Dir nichts Schlimmes zustoßen lassen.« Ich sah, wie der Whisky seine Augen entzündete, schärfte, ihn wieder in die guten, vertrauten Höhen hob, die während seiner Abstinenz die ganze Zeit auf ihn gewartet hatten. »Ah, das ist … kein Wort davon ist Lüge. Ja. Gut. Feiner Geschmack.« Er nahm meine linke Hand, drückte die Lippen innen aufs Handgelenk. »Nur diesen einen, dann bringen wir dich nach Hause, stecken dich ins Bett.« Er neigte den Kopf für einen weiteren Schluck, und ich sah seine Kehle tun, wofür sie gemacht war – schlucken. Ich griff nach ihm, fühlte mich etwas unbeholfen, und küsste seinen Adamsapfel, als er noch einmal schluckte, rasch und warm an meinem Mund. »Nach Hause und sehr fest ins Bett stecken.«

»Nur diesen einen.«

»Mm-hmm, bloß einen.«

»Einer ist und bleibt es.«

»Aber nicht mehr. Einer ist genau richtig.«

Drei oder vielleicht vier Stunden später beschlossen wir, dass wir nach Dublin fahren müssten.

Das ist immer unklug. Irland ist eine Art riesige, desinteressierte Echokammer oder ein Vergrößerungsglas oder ein Zerrspiegel oder eine Kombination aus allen dreien. Welche unkontrollierbaren Spannungen auch deinen Charakter, deine Beziehungen, deine Gesundheit, dein seelisches Gleichgewicht durchziehen: Jede Schwäche, jede Dunkelheit, jeder Schmerz wird schreiend ausbrechen und Elefantengröße erreichen, noch bevor du den Ausgang des Flughafens Dublin erreicht hast: noch bevor du deine Taschen eingesammelt hast, in dem ekligen Grabkeller, wo sie ihre Gepäckbänder kreisen lassen, schlechten Kaffee ausschenken, die Busfahrpläne ausstellen, und wo Scharen von Dublinern dich anstarren und an fettigen Brötchen kauen: Sie lassen dich merken, dass sie wissen, warum du gekommen bist – du hoffst, Spaß zu haben. Sie wissen alles über deinen Spaß – dass er *unmöglich* ist. Egal, wo du bist. Für dich ist Spaß bloß eine fast schon verboten kleine Sorte Schokoriegel: die dir zustehende Ration aller knickrigen, mickrigen Leckereien, Süßigkeiten und Vergnügungen, die sich sofort in Luft auflösen, und hinterher fühlst du dich betrogen und bedrückt. Spaß, richtiger Spaß, war nie für Leute wie dich gedacht. Deshalb lachen die Dubliner auch innerlich, womöglich sogar lauthals, wenn sie dir zusehen, wie du an deinem vorbeiziehenden Koffer herumzerrst – deinem Koffer voller Kleider, in denen du Spaß haben willst, und unbequemer Unterwäsche.

Schon dieses Willkommensarrangement sollte dir sagen, wie schrecklich es werden wird, und dich überzeugen, sofort wieder umzudrehen und nach Hause zurückzukehren.

Vor allem aber solltest du im Kopf behalten – und tust es doch nie –, dass die Iren in Irland trinken können: Sie sind Iren, sie sind daran gewöhnt. Sie beherrschen diesen lässigen Trinkstil des ALLE MIT ZU MIR, GELEGENTLICH AUF DIE STRASSE PISSEN, ABER SONST ALLES UNTER KONTROLLE, WAS BIN ICH DOCH FÜR EIN UNBEKÜMMERTER TAGEDIEB. Sie kriegen das hin. Sie hoffen auch nicht, dass sie Spaß haben werden – sie trinken bloß. Sie haben sich nicht über die Irische See geschleppt, weil sie auf Geselligkeit und Unterhaltung gehofft haben, die sie zu Hause nie geboten bekommen. Sie erwarten nicht, sofort beim Betreten irischen Bodens jemand anders zu werden – jemand, der *Spaß* hat. Sie stürzen nicht bei jedem Schritt in Enttäuschungsspalten.

Sie können sich zum Beispiel leisten, die Schotten als üble Säufer zu bezichtigen, wenn diese in Irland sind – weil die irischen Trinker ja hier zu Hause sind, sie sind entspannt, sie verbringen ihren wertvollen Urlaub nicht damit, sich über alle Maßen aufzublähen und zu sehen, wie Charakterfehler, von denen sie gar keine Ahnung hatten, nach allen Seiten ins Riesenhafte wachsen wie Mammutbäume. Sie verlaufen sich nicht in Nord-Dublin und sehen mehrere Männer mit Kopfverletzungen in verstörendem Schweigen vorsichtig an einer Wand lehnen, als warteten sie auf noch Schlimmeres: Irische Trinker wären darüber nicht so erschrocken – sie würden auch keine schlechte Suppe in der Temple Bar essen und sich dann auf die Stufen des General Post Office übergeben, während sie doch eigentlich spätnachts einem historisch bedeutsamen Ort einen respektvollen Besuch abstatten wollten. Die Menschen, die sie lieben – um genau zu sein, die Zahnärzte, mit denen sie zusammen sind –, würden sich nicht dauernd wie Deppen benehmen, wie peinliche Onkel auf der Silvesterparty, und sie würden nicht jede verdammte Sekunde an ihnen hängen, als wärt ihr geflohene Sträflinge, an den Knöcheln und an den Hüften durch aufreibende Lust aneinandergekettet, die schon *beinahe* Spaß ist, aber dich auch wahnsinnig macht. Und darüber hinaus wird die linke Körperhälfte eines irischen Trinkers, der etwas auf sich hält, nicht beschlossen haben, dass sie eigentlich zu jemand anderem gehören sollte, zu einem Toten.

Obwohl mir damals, so viel ist sicher, meine sterbende sinistre Hälfte viel weniger Kummer machte als mein dümmlicher Liebster und die bescheuerte Lust.

»Chah!«

Robert hatte beschlossen, sich ein bellendes Lachen anzugewöhnen. Als hätte er sich nicht schon genug ruiniert, ließ ihn Dublin endgültig auf den Hund kommen. »Chah! Was hast du angestellt? Was machst du da?«

Hinter ihm schlängelten sich die orangefarbenen und braunen Muster des Original-Siebziger- oder vielleicht auch Retro-Teppichs in dem Hotelzimmer, das er sich wahrscheinlich nicht leisten konnte und über das ich nicht nachdenken durfte. »Ich meine … Chah!« Er zeigte auf mich und bellte wieder.

Durch blitzartige zahlenlose Berechnungen kam ich zu dem Schluss, dass er sich nicht gegen den Fußboden lehnte, sondern darauf lag, was wiederum bedeutete, dass ich über ihm stand.

Ich setzte mich. »Was soll das heißen, was habe ich angestellt?«

»Dein Kopf.«

»Was ist mit meinem Kopf?«

»Choh, guck dir deinen Kopf mal an. Geh und schau. Im Badesimmer, *Badezimmer*, guck da mal in den Spiegel. Na los, geh nachsehen. So was hab ich seit … wie lange sind wir jetzt hier?«

Ich wollte deutlich machen, dass mir durchaus klar war, dass man, wenn man sich anschauen wollte, einen Spiegel benutzen musste. Aber mir fehlte die Energie für Erklärungen. Als ich wieder aufstand, schien mein Hals unglaublich schwach, wie feuchtes Papier, zerknüllter Stoff. Ich musste meinen Kopf beim Gehen mit den Händen stützen.

»Ah, du wirst auch lachen, wenn du das siehst. Bestimmt. Oho, wirst du lachen … Wie lange sind wir jetzt hier?«

Die Badezimmerlampe war mit einer Zweitausend-Watt-Birne ausgestattet, was mir gefährlich übertrieben schien. Aus Sicherheitsgründen öffnete ich nur ein Auge, um nach mir zu sehen.

»Scheiße.«

Mein geschlossenes Auge saß ganz normal in meinem üblichen Gesicht, das ich an mir zu sehen erwartete.

»Scheiße.«

»Chahng! Hab ich doch gesagt.« Ich hörte, wie Robert mit den Hacken auf den Boden trommelte und zu johlen anfing.

Mein offenes Auge blinzelte aus einer grünlich weiß aufgequollenen Masse hervor. Ich hatte keine Wange, kein Ohr, keine Lippen mehr, bloß diese geschwollene Oberfläche, auf der eine Augenbraue klebte, wie ein alberner letzter Zweig, den man auf einen Schneemann pappt. Ich sah wirklich aus wie ein halber Schneemann. »Scheiße!«

Und so etwas veranlasst dich unweigerlich, zu schreien und zu packen und auf dem Weg nach draußen noch mehr zu schreien, also tust du es – du kämpfst dich in den Mantel, während dein Begleiter vernünftig wird, dich sacht und mitfühlend tätschelt, aber immer noch lacht. Also schreist du bis vor die Hoteltür und auf die Straße, und dann brüllst du nach einem Taxi. Du lässt niemanden sonst zu dir einsteigen.

Wieder am furchtbaren Flughafen, erbittest du murmelnd eine Umbuchung, und deine Wange schränkt die Bewegung der Kiefer immer mehr ein, alles verkrampft. Du zahlst die Gebühr, dir bleiben noch £ 8,73. Dubliner grinsen im Vorübergehen, deine Enttäuschung gefällt ihnen, und sie starren dich an, bis sie sich zur Verzweiflung auswächst.

Du wartest auf einen Standby-Platz, verpasst das Flugzeug, wartest auf den nächsten und taumelst schließlich an Bord, während Wildfremde inzwischen rettungslos fasziniert auf dein grauenhaftes Gesicht starren.

Auf dem Flug schwillt dein Gesicht wegen des fehlenden Luftdrucks oder der größeren Sonnenstrahlung oder scheißegalweswegen noch weiter an, und du saugst mit knirschenden Zähnen vier Mini-Brandys leer.

Und am Ende musst du doch zum Arzt.

Ich habe nämlich einen: Wir kennen einander bloß nicht so gut.

»Also … meine Güte. Was haben Sie denn angestellt?«

»Ch knn dn Mnd ncht fmchn.«

»Ja, das sehe ich auch.«

Er ist kein toller Hausarzt, niemand, den ich mögen würde, aber man braucht bei ihm keine Termine zu machen – man muss bloß auftauchen, sich mies fühlen und in die Schlange einreihen. Er verlangt keinerlei Vorausplanung – und das scheint mir all seine möglichen medizinischen Einschränkungen aufzuwiegen.

»KgrNNph …«

»Ja, ja … aber ich muss wohl mal in Ihre Kehle schauen.«

Er wühlt in seiner Schreibtischschublade und steht dann auf, in der Hand einen Spatel und eine winzige Taschenlampe. Wie gesagt, ich kenne ihn eigentlich kaum, aber heute wirkt er anders – entweder realer oder weniger real, ich kann es nicht sagen. Ich kann überhaupt nichts sagen.

»Wrd ds whtn?«

»Könnte ein bisschen wehtun.« Seine bleichen Hände blenden beinahe, ich muss mein gesundes Auge zukneifen, als sie zu nahe kommen. Er blinzelt, beurteilt meinen Zustand. »Sie wirken sehr steif … das …« Er versucht, meinen Kiefer zu bewegen, nicht sehr sanft. »So … tut mir leid, aber das muss ich tun.« Ich habe den Eindruck, dass er ihn besser in den Griff zu bekommen versucht. »Versuchen Sie, sich zu entspannen.«

Ich vermute, dass ich sabbere, tropfe wie ein Bluthund, und dann –

»ScchhAAH.«

Ein kochend heißer Stich fährt links durch meinen Hals, als er den Kiefer aufstemmt und mir den Spatel und die Lampe in den Rachen steckt.

»Aaang.«

Ich warte noch, bis er »Weit aufmachen« sagt, bevor ich ihn trete.

Sein eigener Mund scheint außerordentlich weit offen, sein Kinn hängt fast auf der Brust. »Bin gleich fertig …«

Ich höre sein Kinn durch die Luft pfeifen, während es eine gefährliche Kurve nach der anderen nimmt. Und seine Konsonanten sind eigenartig – sie stechen mich, womöglich ins limbische System, obwohl ich gar nicht weiß, was das ist, aber als ich es mir vorstelle, fühle ich mich verwundet.

»Nein, noch nicht wieder zumachen … nicht.«

Ich hatte gar nicht vor, mich zu bewegen, aber mein Gesicht lehnt seine Einmischung ab und hat beschlossen, die Kontrolle zu übernehmen. »Tut mur lud.« Meine Backenzähne gleiten unaufhaltsam aufeinander zu.

»Ist ja gut und schön, dass es Ihnen leidtut, aber ich glaube, dass Ihre Kehle zuschwillt – verstehen Sie? Und das wollen wir doch nicht.« Wenn er bloß aufhören würde zu reden, dann fühlte ich mich weniger in Schach gehalten. »Und das heißt, dass ich einen gründlicheren Blick darauf werfen muss. Also halten Sie still. Ich weiß selbst, dass es wehtut.«

Weiß er nicht. Kann er sich nicht mal vorstellen.

Seine kalten Finger tasten herum – ich spüre sie auf den Abschnitten meines Körpers, die noch etwas fühlen. Er versucht, guten Halt zu finden. Er hat einen seltsamen Geruch an sich, den sterbenden Duft modernder Blätter, und so, wie sein Atem auf mir landet, ist der bestimmt ansteckend, und die Lampe und der Spatel springen mich an, größer, als sie sein dürften, was vielleicht an der Perspektive liegt, aber normalerweise verwirrt mich die Perspektive nicht. »Aha. Jetzt aber. So geht's … Jetzt.«

Ein Knacken oder Krachen ist von irgendeiner wichtigen Stelle in meinem Inneren zu hören, es folgt eine tote Leere, und dann wird mir klar, dass ich die Fußgelenke meines Arztes anstarre. »Schßkrl. Schßkrl. Rschlch. Schß Rschlch. Schßß.«

»Tut mir leid … War nicht so schön, was? Musste aber sein.« Sein Fuß wippt sacht, womöglich verlegen, vor meiner Nase. »Wissen Sie was, bleiben Sie einfach liegen und ruhen sich aus. Kommen Sie zu Atem. Ich sehe mir mal in Sprechzimmer zwei einen anderen Patienten an, und in einer kleinen Weile komm ich wieder her und sehe nach Ihnen. Hmm?«

»Rschlch.«

Ich hasse ihn sehr, aber ich frage mich auch, ob er nicht ein Trugbild ist, eine Halluzination. Und ich vermute, dass ein guter, ein echter Arzt mich jetzt einliefern lassen würde, denn ich vermute, dass er kein guter, nicht mal ein richtig echter Arzt ist. Vielleicht ist er gar kein echter Arzt. Vielleicht ist er bloß ein Gespinst meines grün geschwollenen Gehirns. Aber vielleicht will er mich trotzdem einliefern lassen. Ich weiß es nicht.

Sein Schuh zieht sich zurück, eindeutig schamhaft. »Gestern hatte ich Studenten hier. Schade, dass die sie verpasst haben. Sie sind ein ganz ungewöhnlicher Fall, wissen Sie. Das muntert doch auf, oder? Darüber kann man sich doch freuen. Ich meine, ich habe so etwas eigentlich noch nie gesehen.«

»Scchhhh.«

Die Zeit vergeht recht langsam, als er weg ist – entweder aus meiner Vorstellung verschwunden oder ins Sprechzimmer zwei gegangen –, und das Jaulen in meinen Ohren wird leiser. Weit entfernt höre ich Füße, die in verschiedene Richtungen gehen.

Schließlich entdecke ich die Beine meines Stuhls und schiebe mich darauf zu, quäle mich hinauf. Als der Doktor wieder hereinplatzt, ist er froh, mich auf dem Stuhl vor seinem Schreibtisch kauern zu sehen. Ich versuche, so bedrohlich wie möglich, aber nicht übergeschnappt zu wirken.

»Gut. Sie sind wieder bei sich. Es war natürlich ganz sicher auf dem Boden – stabile Seitenlage. Ich möchte, dass Sie jetzt mit dieser Überweisung ins Krankenhaus gehen.« Er gibt mir ein greifbares Schreiben in einem echten Umschlag, der zerknittert, als ich zu fest zufasse. »Dort wird man Sie untersuchen, vielleicht ein paar Tests machen, und Sie müssen wahrscheinlich mindestens über Nacht dableiben. Wegen ihres Rachens. Wenn der zugeht, haben Sie ein Problem. Verstehen Sie das?«

Natürlich verstehe ich das. Es ist bloß mein Mund, der nicht funktioniert – mit dem denke ich nicht –, jedenfalls nicht immer.

»Sssr. Vustundn.« Ich stecke den Umschlag in die Tasche.

»Gut. Und lassen Sie mich wissen, wie es sich entwickelt.« Ich glaube, er wollte mir eigentlich zum Abschied winken, überlegt es sich aber anders, während ich mich zum Stehen hochzittere und vor seinen glänzenden, zischenden, wischenden Zähnen zurückweiche. Er belässt es bei einem Kopfnicken. »Schön. Dann passen Sie auf sich auf. Und jetzt los. So schnell es geht, würde ich Ihnen raten. So schnell es geht. Schön …«

Sie müssen wahrscheinlich mindestens über Nacht dableiben.

Ich begreife, dass es mir nicht gut geht und dass ich ohne Hilfe vielleicht nicht wieder gesund werde. Das jagt mir sogar Angst ein. Die Größe und der Schmerz meines Schädels lassen mich über den Bürgersteig schlingern, Gehen fällt mir schwer, aber zum Teil liegt das auch an simpler Angst.

Aber ins Krankenhaus. Über Nacht. Im Krankenhaus kann man gar nichts machen – das ist wie beim Militär: Wecken im Morgengrauen und alberne Kopfbedeckungen und Regeln und andauerndes Gebrüll.

Und im Krankenhaus kann man nicht trinken.

Ich schlingere auf einen Papierkorb zu und werfe die Überweisung hinein. Davon wird mir sofort sehr einsam zumute, meine Knochen fühlen sich spröder an, aber ich bin auch erleichtert. Unter aufgezwungenen Vorschriften kann ich nicht gedeihen, und das Krankenhaus besteht aus nichts anderem.

Und außerdem geht man mit einer Krankheit rein und kommt mit vier oder fünf anderen wieder raus. Zu Hause bin ich besser aufgehoben. Ich muss es bloß bis dahin schaffen, dann bin ich auf der sicheren Seite, kann mich ein bisschen hinlegen.

»Simon.«

»Hallo. Wer ist da?«

»Ist Simon da?«

Seine Frau legt den Hörer mit theatralischem Seufzen beiseite. Ich höre sie rufen, »Ich glaube, es ist deine Schwester«, einen Stich Genervtheit in der Stimme. Ich schließe die Augen, weil es dann weniger wehtut, und warte auf Simon. Er wird etwas unternehmen. Er wird mich gesund machen. Er ist Arzt. Er ist mein Bruder. Es wird ihn nicht kümmern, dass sie sich beschwert. Er sollte sowieso nicht bei ihr sein – er sollte bei mir sein.

»Ja.«

»Hier ist Hannah.«

»Was ist los? Ich kann dich kaum hören. Hör zu, wir essen gerade zu Abend …«

»Es geht mir nicht gut. Irgendwas ist mit mir nicht in Ordnung. Ich bin …« Und dann weine ich, weil ich inzwischen sehr große Angst habe und weil ich heute Abend bei ihm sein will, wir beide zusammen, geschmolzenen Käse auf Toast essen, im Pyjama, und froh sein, dass wir drinnen sind – draußen regnet es –, und vielleicht kommt unser Vater herein, das Haar von Regentropfen funkelnd, nachdem er vom Gewächshaus durch den Garten gerannt ist, und er wird still im Türrahmen stehen und uns anschauen, als hätten wir uns davonschleichen können, während er draußen war, oder uns verwandeln – aber wir sind noch da, sind wir selbst und nicht verloren gegangen, drehen uns gleichzeitig um und sehen, dass er uns bis an die Schmerzgrenze liebt.

»Hannah? Hannah, hast du getrunken?«

»Simon. Es geht mir nicht gut. Bitte. Ich weiß nicht …«

»Wo bist du?«

»Ich, ich bin zu Hause.«

»Dann bleib da.«

»Nein, ich … bitte, ich brauche –«

»Bleib da, ich komme und hole dich … Alles klar? Ich komme dich holen.«

»Simon, ich –«

»Halt einfach den Mund und bleib, wo du bist. Ich werde … ich weiß nicht, so zwei, drei Stunden brauchen. Wirst du so lange allein zurechtkommen?«

»Ja, ich, ich glaube, da-«

»Gut.« Er murmelt etwas in Richtung seiner Frau, ich verstehe es nicht. »Ich bin so schnell da, wie ich kann. Wie ist deine Adresse?«

Ich sage sie ihm, und dann versuche ich, noch ein bisschen mit ihm zu reden, aber er ist jetzt fest entschlossen – wenn er sich erst mal entschieden hat, gibt es bei Simon kein Zurück mehr. Ich versuche, ihm also zu danken, aber er wehrt ab, und dann muss ich mich verabschieden.

Aber er wird herkommen – zwei oder drei Stunden, dann ist er bei mir.

Es wird also alles gut. Ich kann es aushalten, bis er hier ist, weil ich weiß, dass er unterwegs ist, und wenn er da ist, werde ich alles tun, was er sagt, ich werde auf ihn hören. Er war ein guter Junge, und jetzt ist er ein guter Mann. Solange er mich holen kommt, kommt alles in Ordnung.

Und ich bin so dankbar, dass ich wieder anfange zu weinen, was schwierig ist, weil ich dafür Muskeln anspannen muss, die ich nicht mehr bewegen kann. Ich halte mir den Kiefer. Ich stöhne. Ich höre auf.

Simon ist immer für mich da, ehrlich. Was auch passiert, er sorgt sich um mich.

Und ich bin jetzt überzeugt, dass er sich wirklich sorgt und dass er meinetwegen herfährt und sein Abendessen verpasst und dass ich mit alldem hier nicht mehr lange allein bin – und dann setzt meine Trinkerstimme ein, die in meine Seele geschaut hat. Sie versteht mich.

Hast ihn getäuscht.

Hast alles getan, um ihn herzulocken – so sieht's doch aus, oder? Jedes Gefühl, das du vortäuschen kannst.

Ist doch so.

Du hast ihn getäuscht, und er hat es nicht gemerkt. Deinen eigenen Bruder. Alles, damit du deinen Willen kriegst.

Warum konntest du ihm den ganzen Ärger nicht ersparen? Warum konntest du nicht sterben?

VI

»Riecht wie in der Grundschule.«

»Dann wollen wir mal sehen, ob es auch so schmeckt. Aufmachen.«

Ich mache nicht auf, weil ich nicht genau weiß, was es bedeutet, aber der heiße Druck von etwas Klebrigem bringt tatsächlich meine Lippen auseinander, und plötzlich esse ich ohne Einwilligung. »Phfm?«

»Schluck es einfach runter, okay, ich habe für so was keine Zeit.« Ich esse und höre meines Bruders Stimme. Mein guter, freundlicher, schöner Bruder, der mein Schuldgefühl weckt, weil er hier ist, weil er gut und freundlich und schön ist.

»Du hast sie doch hierhergebracht.« Das sagt die Stimme der Frau meines Bruders – die liebliche Gillian, eine Frau, die jedes Schuldgefühl ad absurdum führt. Es ist unmöglich, schlecht genug von ihr zu denken. »Also, wenn du es nicht machen willst, dann lass mich. Es hat doch keinen Zweck, wütend zu werden.«

»Ich bin nicht wütend.«

Ich bin auch nicht wütend – aber ich sage es nicht. Das ist eine Sache zwischen den beiden.

»Schön.« Und dann das Geräusch der lieblichen Füße der lieblichen Gillian, die unfroh in den Flur hinausklappern. Eine Tür wird entschieden geschlossen.

Und dann nähert sich ein weiterer Löffel der unbekannten Substanz. »Warum kannst du nicht alleine essen, verdammt? … Herrgott, Hannah …«

»*Kann* ich –« Ich halte inne, weil ich so unweiblich und langsam klinge. Versuche es noch mal: »Ich *kann* selber essen.« Auch nicht viel besser – nicht gut genug für Simon.

Aber jetzt, da ich ihn sehen kann, wirkt er gar nicht überrascht.

Ich habe die Augen geöffnet und sitze im Bett, starre an meinem Bruder vorbei auf eine Kommode, auf der zwei reglose, aber lebende Katzen sitzen. Ich erkenne sie wieder: Sie gehören Gillian: kleine Ungeheuer mit glasigen Augen und ekelerregend fett. Sie sehen aus wie zwei pelzige Reisetaschen, aus denen Katzenköpfe lugen.

»Worüber lachst du?«

»Lache ich? …« Ich weiß nicht mehr, woran ich das merken würde. »Über nichts.« Ich forsche in den Winkeln meines Kopfes nach Anzeichen von Schmerz, Übelkeit, Schwindelgefühl, aber es ist nichts da. Es wogt ein bisschen in meinem Inneren, und mein Herz schlägt schwach, aber Schmerz ist nicht zu bemerken. Wenn Simon mich nicht so streng anschaute, würde ich meinen, dass ich träume oder tot bin.

»Ja, das würde mich nicht überraschen.« Simon verlagert sein Gewicht auf dem Bett. Von der Bewegung wird mir sofort unwohl, was ich nicht erwartet habe, und als ich meinen Atem wieder unter Kontrolle habe, zuckt mein Blick nach oben, und ich sehe ihn in eine Schüssel starren, die eindeutig Porridge enthält. Jetzt erkenne ich es – den Anblick, Geschmack, Geruch, alle nötigen Hinweise.

Porridge habe ich nicht mehr gegessen, seit wir zu Hause zusammen gefrühstückt haben. Er hat ihn dick angerührt, ein bisschen Milch dazugegeben und eine Prise zerlaufenden braunen Zucker obendrauf – so, wie ich ihn damals mochte.

Und der Gedanke daran, dass er sich so um mich kümmert, lässt ein Gefühl von gewaltsamer Intensität in meiner Brust aufsteigen. »Oh.« Es lässt mich einen Moment schwerelos werden, aber ich versinke rasch wieder.

»Was?« Simon starrt mich an wie einen unnötigen Unfall. »*Was?*«

Eine Veränderung in seinem Gesicht lässt mich erraten, dass er mich weinen sieht – was bedeuten muss, dass ich weine. Mir ist nicht bewusst, dass ich traurig oder gar glücklich bin – aber ich merke, dass ich ihn zwinge, mich zu hassen, weil ich nicht mehr bin, wie ich war. Ich bin nicht seine Schwester oder nicht die Schwester, die er in Erinnerung hat, oder nicht die Schwester, die er sich wünscht.

»Hannah … *Scheiße.*«

»Tut mir leid.« Ich strecke meine Hand nach ihm aus, weil er meinetwegen geflucht hat, aber er steht auf und tritt zurück, die Schüssel immer noch in der Hand. Ich glaube, er hat sie vergessen.

»Nein.« Er drückt sich den Ballen der freien Hand an die Schläfe, als sei es eine Angewohnheit, auch wenn ich es noch nie vorher gesehen habe. »Nein, es tut dir nicht leid, es tut dir nie leid.« Ich kenne ihn tatsächlich nicht mehr so wie früher.

Und es fällt mir schwer, zu sprechen, weil ich weine. »Aber ich –«

»Hannah, halt einfach den Mund. Und schlaf. Ich glaube,

du solltest wirklich schlafen. Schlaf weiter. Bitte. Und wenn du aufwachst und es dunkel ist, guck erst auf die Uhr, bevor du aufstehst und uns störst … versuch, nichts kaputt zu machen.« Er kehrt mir den Rücken und geht auf die Tür zu.

Immerhin fühlt sich mein Kiefer leichter an, beweglicher. Das kann ja kein schlechtes Zeichen sein. »Vielen Dank.« Das hält seine Schritte auf. Ich versuche herauszufinden, ob der Winkel, in dem er erstarrt ist, etwas zu bedeuten hat, und bemerke gleichzeitig, dass die Nerven in meinem ganzen Gesicht wieder funktionieren. Ich bin also ein bald wieder funktionierendes Unternehmen – und das Wogen, das mich erfüllt, ist sanft und beruhigend. »Simon? Ich danke dir.«

»Nein. Das tust du auch nicht.« Und Simon will beinahe gehen, hat die Hand schon auf der Klinke, aber dann dreht er sich um und ist aufs Neue von meinem Anblick verwirrt. »Du erinnerst dich nicht mal daran, dass der Arzt hier war, oder? Interessiert es dich überhaupt, dass du wieder gesund wirst?« Er verzieht das Gesicht zu einem kalten Lächeln, wie niemand, der mein Bruder ist, es je gelernt haben sollte. »Ich meine, dass du diesmal nicht sterben wirst – nicht, *dass du gesund wirst.* Du *kannst* nicht gesund werden.« Und als er die Tür öffnet, »Natürlich kann sie nicht gesund werden. Wie komme ich bloß darauf.« Er tritt ins Dunkel des Flurs hinaus. »Sie wird nie gesund, sie will gar nicht.«

Die Katzen lassen ihre Aufmerksamkeit wieder zu mir zucken, legen sich auf den Bauch, falten die Pfoten unter der Brust und zwinkern bösartig.

Na, was hat er denn erwartet? Wenn er mir zu Hilfe kommt – hat er geglaubt, ich würde nicht ahnen, wie er mir helfen will?

Ich habe erlebt, wie er laufen gelernt hat – ich weiß alles, was er tun wird. Er ist in allem so ***offensichtlich****.*

Natürlich würde er also wie versprochen kommen und mich retten. Aber was würde er tun, bevor wir abfuhren, solange er Zugang zu meiner Wohnung hatte? Meine Taschen durchsuchen, die Schränke, die Schuhe, die Vorratsbehälter, die Schubladen, den Spülkasten, jedem Verdacht nachgehen, bis er meine Flaschen gefunden hätte, und dann würde er jede Einzelne öffnen und ausleeren. Das wäre wie ein Zwang – er könnte ihm nicht widerstehen. Aber ich hätte es ihm nicht erlauben können – eine solch ungeheure Verschwendung: das wäre unökologisch. Oder unmoralisch – wie Hausfriedensbruch oder ein ähnliches Verbrechen, und wenn man seinen Bruder liebt, kann man ihn kein Verbrechen begehen lassen.

Und das hieß, dass ich alles austrinken musste, bevor er da war. Er zwang mich dazu.

Und es war gar nicht so leicht. Ich lege mir Sicherheitsvorräte und Reserven für Notfälle an, und manchmal vergesse ich sie wieder, und manchmal übertreibe ich es mit der Bevorratung, weil ich Trost brauche – wer braucht den nicht? – , und manchmal gibt es noch andere Gründe, und deshalb musste ich mich einem tragisch großen Bestand widmen, bevor er eintraf. Mein Cointreau, mein Wodka mit Büffelgras, mein Absinth, mein kleiner Porzellankobold mit Whisky: Ich meine, alle meine Freunde und Bekannten, die mich zu Hause willkommen heißen sollten, meine Belohnungen und inneren Ausflüge, die mir durch schwierige Zeiten helfen oder einfach nur garantiert *für mich da* sein sollten: Ich musste jeden Tropfen von ihnen allen herunterschlucken. Mit steif geschwollenem Gesicht und quietschenden Zähnen und ohnehin schon viel zu viel Stress musste ich dennoch auf meinem Küchenboden sitzen und meinen gesamten Vorrat hinunterstürzen, ohne mich richtig von ihm verabschieden zu können. Dazu hat mein Bruder mich getrieben.

Wenn ich also nun in meine Wohnung zurückkehre, wird mich nichts dort begrüßen. Ich wette, er hat sie trotzdem durchsucht: Simon – als er bei mir ankam, war ich schon benebelt, aber ich bin sicher, dass er die Räume gründlich auseinandergenommen, dass er in meiner relativen Abwesenheit eine Hausdurchsuchung vorgenommen hat.

Ich setze mich auf, was ganz gut geht, ich scheine wohlauf zu sein, obwohl ich womöglich immer noch weine. Ich trage ein Pyjama-Oberteil, nicht mein eigenes. Es ist so groß, dass es fast ein Nachthemd sein könnte, also muss es Simon gehören – von seinem Pyjama. Ansonsten bin ich nackt. Hat er mich ausgezogen? Seine Frau? Ich selbst?

Meine Kleider und Schuhe sind natürlich irgendwo anders versteckt, damit ich nicht wegkann. Das ist *sehr, sehr vorhersehbar.* Das machen sie immer: Mütter, Väter, Brüder, besorgte Partner: Egal, wer es ist, am Ende entwickeln sie alle die gleichen Symptome. Sie reden in der dritten Person über dich, obwohl du dabei bist, als wärst du ein Idiot oder ein Hund. Sie vernichten deinen Schnaps, als hättest du keine Disziplin. Sie stecken dich in ein sauberes, unbekanntes Zimmer, als hättest du vorher in einer Höhle gehaust. Sie nehmen dir deine Kleider und deine Besitztümer weg, als wärst du ein Verbrecher, und sie sperren dich ein. Als wärst du ein Werwolf, ein Ungeheuer, so sperren sie dich ein.

Ach, das ist aber gar nicht so schlimm. Nach dem ersten Mal begreifst du – sie können nicht ewig so weitermachen, sie haben andere Sorgen, sie verlieren die Geduld. Keiner von ihnen kann sich so lange und so fest wünschen, dass du anders wirst, wie du dir wünschst, genau so zu bleiben. Und in der Zwischenzeit kannst du sogar einsehen, dass sie recht haben, Gemeinsamkeiten finden – sie wollen, dass du gesund wirst, du willigst ein: Sie meinen, du brauchst jetzt etwas Ruhe, du willigst ein: Sie glauben, dass alles in ein paar Wochen viel klarer aussieht, und du willigst von ganzem Herzen ein.

Es wird jedenfalls nett sein, bei Simon zu wohnen. Die Unbehaglichkeit wird verschwinden: muss sie doch, wir sind Geschwister. Wir werden einander wiederfinden, uns miteinander wohlfühlen, wir werden reden. Ein schönes, langes Gespräch könnte ich gut gebrauchen. Nicht über ernste Dinge, ich will nicht ernst sein, bloß plaudern. Zum Beispiel über den Mann, der früher unten an unserer Straßenecke stand. Auf dem Heimweg von der Schule gingen wir an ihm vorbei, oder im Sommer, später am Abend, dann stand er dort: ein alter Mann mit einer Pfeife, den Rücken an die hohe Gartenmauer gelehnt, das Gesicht zur Sonne gewandt.

Eines Nachmittags erwähnte ich ihn meiner Mutter gegenüber. »Warum raucht er seine Pfeife draußen?«

»Vielleicht gefällt es seiner Frau nicht, wenn er im Haus raucht.«

»Aber er ist nicht sehr oft da.«

»Ach, du meinst Mr Russell.«

»Weiß ich nicht.« Ich hatte nie daran gedacht, dass er einen Namen haben könnte. »Vielleicht.«

»Er steht da nicht, weil er seine Pfeife rauchen will.«

»Aber das tut er doch.« Ich konnte mir nur schwer vorstellen, dass er gegen seinen Willen rauchte. »Mag er sie gar nicht?«

»Er raucht Pfeife, damit er beschäftigt aussieht. In Wirklichkeit schaut er bloß die Sonne an und ist glücklich. Er ist einfach glücklich. Ohne Grund.« Sie strich sich über die Wange, und ich hatte das seltsame Gefühl, dass sie an meinen Vater dachte und ein wenig traurig wurde, auf eine Art traurig, die ihr ganz gut gefiel.

»Aber er lächelt nicht.«

»Braucht er auch nicht. Geh rauf und zieh dich um – euer Abendessen ist gleich fertig.« Und dann schlüpfte sie an mir vorbei in den Garten und ging über den Rasen zum Gewächshaus meines Vaters, klopfte an die Scheibe und wurde eingelassen. Ich konnte nicht sehen, was sie dann taten, wegen der beschlagenen Scheiben und der wuchernden Blätter.

Und ich machte mir sowieso keine Gedanken über sie: Ich war von der Idee gefangen, dass Erwachsene sich hinter einer Gewohnheit, hinter einer schwachen Tarnung verstecken und dann einfach glücklich sein konnten, ganz privat und ohne Grund. Goldwäscher und Lehrer, Zirkusclowns und Archäologen – all die Leute, deren Berufe mir bis dahin ins Auge gesprungen waren –, vielleicht taten sie nur so, vertrieben sich die Zeit mit Arbeit und ließen sich dann irgendwohin gleiten, wo sie ungesehen glücklich sein konnten. Dafür wollte ich auch älter werden. Ich glaubte, so etwas sei möglich.

Umso mehr, als ich das nächste Mal an Mr Russell vorbeiging und – ein raffiniertes Experiment – ihn beim Rauchen angrinste. Er schaute überrascht auf mich herab, entfaltete aber dann das leuchtendste, makelloseste, ehrlichste Lächeln, das ich je gesehen habe. Heute könnte ich mich fragen, ob Russell Trinker war, aber ich glaube es nicht – in seinem Ausdruck lag keine Schärfe, keine Bedeutung, keine Bitte, er hoffte auf kein Ergebnis: Sein Lächeln war nichts als die Äußerung monumentaler Freude. Nach so einem Beweis musste ich annehmen, dass die folgenden Jahre mich dem Glück entgegenheben würden, da gab es keinen Zweifel. Denn andernfalls, wozu das Ganze?

Andernfalls, wozu das Ganze?

Es gibt Menschen, die eine solche Frage hilfreich und freundlich stellen können – mein Vater zum Beispiel. Mutter hatte ganz recht gehabt, zu ihm ins Gewächshaus zu gehen, wo er übte, sein Leben zu verbergen, weil ihn das *Ganze* beschäftigte, sehr sogar. Unter Glas dem Nichtstun nachgehen, in der Küche herumpusseln, Staub wischen und saubermachen, als sei es ein Spiel, das er nicht kannte, etwas erheiternd Sinnloses und Geheimnisvolles. Er hatte beschlossen, dies sei die beste Tarnung, sein Glück zu bewachen. Soweit ich sehen konnte, mochte es sogar funktionieren.

Und es war nicht so, dass es ihm an anderen Möglichkeiten oder Qualifikationen gebrach – er hatte eindeutig eine Wahl getroffen: ein Teekocher, Hausmann, Nestbauer zu sein und nichts Männlicheres oder Einträglicheres.

»Er war Rechtsanwalt. So haben wir uns kennengelernt.«

Meine Mutter und ich führten diese Unterhaltung nur ein einziges Mal. Sie belegte einen Platz im letzten Waffenstillstand vor meinem Auszug von zu Hause – mit neunzehn und fast ohne Qualifikationen irgendwelcher Art.

»Er war *Rechtsanwalt*?«

»Tu nicht so überrascht – er hätte alles sein können, was er wollte.« Sie sagte das, als sei es nicht weiter bemerkenswert, eine Tatsache, die stündlich bestätigt wurde. »Er hat das Recht gewählt. Hat ein Stipendium bekommen, sogar zwei Stipendien. Sein familiärer Hintergrund hat es ihm nicht leicht gemacht.« Sie beugte sich näher, ließ mich über den förderlichen familiären Hintergrund nachdenken, den ich vergeudet hatte, und sie sah mich an, den Wechselbalg, der ich geworden war. »Du hast es nie bemerkt, oder? Wie klug er ist.«

»Ich …« Es stimmte, ich hatte es nicht bemerkt. Aber wer hält seine Eltern schon für klug oder attraktiv oder andere Dinge, die man Fremden zuschreibt? Deine Eltern sind keine Menschen für dich, bis sie tot sind oder jedenfalls, bis es zu spät und das Kind in den Brunnen gefallen ist – das versteht doch jeder. »Ich habe nicht gedacht, dass er dumm ist … ich habe einfach nicht –«

»Ich weiß.«

»Aber ich kann mich nicht erinnern –«

»Strafrecht. Er war sehr talentiert, haben alle gesagt. Es hat bloß nicht zu ihm gepasst. War nicht gut für sein Herz. Hinterher gab es eine Entschädigung. Eine Pension. Nur mit meinem Gehalt würden wir nicht über die Runden kommen. Darüber hast du auch nie nachgedacht? Er trägt immer noch zu unserem Unterhalt bei.«

Aus ihren Worten konnte ich nicht entnehmen, ob die Pension die Entschädigung war oder ob meinem Vater irgendetwas zugestoßen war, ob die Justiz ihn verletzt hatte und es dann wiedergutmachen musste.

»Du solltest ihn nicht belasten. Niemand sollte ihn belasten. Niemand sollte es können.« Sie versuchte, mir bei diesen Worten direkt in die Augen zu sehen, also senkte ich den Kopf – sie richtig anzusehen, hätte sie bloß belastet. Und wahrscheinlich beschloss ich in diesem Moment, dass ich ihr und allen anderen aus dem Weg gehen sollte. Ich bin nicht ganz sicher, aber ich würde sagen, nach diesen Worten schien es viel notwendiger, mein Zuhause zu verlassen.

Und dann muss auch Simon gegangen sein, ich weiß nicht, wann genau, und jetzt bin ich hier in dem Haus, das er sich ohne unsere Eltern und ohne mich eingerichtet hat.

Ich lehne mich gegen eins seiner weichen Kissen. Ich nehme an, es ist auch Gillians Kissen. Und dies sind ihre frischen Laken, ihre gut gelüftete Bettdecke, passend blau und weiß gestreift, alles im Einklang mit der Ordnung und Sauberkeit des Zimmers – abgeschliffene Kieferndielen und taubenblaue Wände. Dafür haben sie sich Zeit genommen, damit es auf Gäste einladend wirkt. Sie haben bestimmt noch ein Schlafzimmer, das sie schon fürs Kind vorbereiten: mit Mobiles und möglichen Wandfarben und einem Grundstock an Spielzeug. Gute Planung und ein Auge fürs Detail, das braucht man, um aus einem Haus ein Zuhause zu machen. Die Theorie ist mir bekannt. Und der Gedanke daran lässt mich schließlich einschlafen – wenn ich Zuhause im Kopf habe, ertrage ich es nicht, wach zu sein.

Und doch schrecke ich wieder hoch, ich vermute, etwa fünf Minuten später, und lechze nach einer Zigarette. Das ist ungewöhnlich, denn eigentlich rauche ich nicht richtig. Wenn mir jemand eine anbietet, nehme ich sie, ich sage nicht Nein, das wäre ungesellig, aber ich bin eigentlich keine Raucherin. Es gibt zu viele andere, bessere Dinge, die man mit dem Mund tun kann.

Aber jetzt will ich unbedingt eine Kippe, und das in einem Haushalt, wo wahrscheinlich schon ein Alarm losgeht und das Drogendezernat verständigt, wenn man bloß das Wort *Tabak* ausspricht. Und ich habe einen Moment lang davon geträumt, jünger zu sein und kein Nachtlicht zu haben – hat das vielleicht meine Begierde ausgelöst, die alberne Verbindung Nachtlicht – Feuer – nächtliche Zigarette? oder die Erinnerung an Russells glückliche Pfeife? – was auch immer der Grund ist, ich bin nervös, denn in Wirklichkeit hatte ich *kein* Nachtlicht, und das war ungerecht, war *falsch*.

Meine Mutter – meistens meine Mutter, weil sie mutig war – kam des Nachts in mein Zimmer getappt, wenn ich ängstlich oder unruhig war, und redete mit mir, beruhigte mich, und dann sagte sie: »Mach dir keine Sorgen. Ich lasse die Tür einen Spalt offen, wenn ich gehe. Schlaf schön.«

Und das soll die Angst nehmen, aber in Wirklichkeit ist es schrecklich, eine minderschwere Form der Kindesmisshandlung. Wenn die Tür offen bleibt, können die schlimmen Dinge hereinkommen und dich holen. Mit etwas Schrecklichem in einem stockfinsteren Zimmer eingeschlossen zu sein, ist nicht sehr schön, aber wenn das Schreckliche sich still verhält und dich nicht umbringt, kannst du dich an seine Anwesenheit gewöhnen und vielleicht wieder einschlummern. Bei offener Tür ist die Zahl der Schrecken unbegrenzt. Und nicht nur das, du weißt auch, dass du sie kommen *sehen* wirst: sie entdecken, wie sie heranschleichen, ihren Schatten auf deiner Stirn spüren, das Flackern in ihren Augen sehen, bevor sie dich anspringen. Weil die Tür offen ist, liegst du die ganze Nacht wach, zu verängstigt, deine Eltern zu Hilfe zu rufen. Sie denken, du bist still, weil du schläfst. In Wirklichkeit bist du stumm vor Angst und fürchtest um dein Leben.

Das ist in meinem Alter nicht mehr von Belang. Außer dass die Schlafzimmertür einen Spalt offen ist, dass das Licht aus dem Flur gehässig hereinfällt und das Haus sich unruhig im Wind bewegt, dass von überall kleine Geräusche kommen, die ich nicht identifizieren kann. Lachhaft, so schwache Nerven zu haben. Ich kann mir fast nicht vorstellen, wieso.

Der Wecker sticht mit extrem roten Zahlen 01:52 ins Dämmerlicht, später, als ich gedacht hätte, und ziemlich ungünstig – noch Stunden des Wartens, bis ich rübergehen und Simon fragen kann, seit wann ich keine Angst mehr im Dunkeln hatte.

»Hallo. Hallo?«

»Fffmm … *A-ah?*«

»Bist du das? Robert?«

»Ich weiß nicht, wie spät ist es?« Sein Stimme klingt schläfrig kindlich, aber sonst tröstend und klar.

»Warum, bist du zu manchen Tageszeiten jemand anderes?«

»Ja. Du bist so leise, was ist los? Und wo bist du? Bist du in deiner Wohnung?« Robert beschließt, auch nach dem Aufwachen weiter kindlich zu klingen, den Ton anzuschlagen, der mich weich macht. Als wäre ich nicht schon weich genug. »Ich habe in deiner Wohnung angerufen, und ich dachte, du wärst nicht da. Hast du dich versteckt? Bloß weil … Du hast mich in Dublin allein gelassen. Warum hast du das gemacht?«

Es ist so angenehm, ihn zu hören, dass ich gar nicht richtig zuhöre – die dunkle Diele um mich herum wird kalt, aber die Bösartigkeit der dunkleren Schatten verzieht sich jetzt. Ich ziehe mir die Bettdecke, die ich mit herunter geschleift habe, wirkungsvoller um die Schultern und hocke mich auf den Boden, den Rücken an der Wand.

»Und? Was jetzt?« Der kleine Junge hat sein Pulver verschossen, jetzt nimmt er die Abwehrhaltung ein. »Du hast mich also geweckt, um nicht mit mir zu sprechen? Hannah, ich habe dir nichts getan.«

»Ich habe nicht gesagt, dass du mir was getan hast.«

»Nein, aber dieses Spiel habe ich in einem anderen Leben schon gespielt, in vielen anderen Leben – du musst es nicht sagen, ich soll es erraten. Und dann rate ich falsch, und wenn wir aufhören zu streiten, wissen wir gar nicht mehr, was richtig und falsch war, und es ist uns sowieso scheißegal.«

Aus irgendeinem Grund scheint es nie denkbar, dass Robert mit anderen Frauen zusammen war, dass er Spielchen mit ihnen spielen musste, die ihm nicht gefallen haben. Ich meine, er war sicherlich – ist immer noch – attraktiv und weist alle möglichen positiven Eigenschaften auf, auf die andere Frauen auch schon reagiert haben müssen, aber wir haben beide nie über frühere Partner gesprochen, die daher im Reich der Legenden geblieben sind. Und so ist es mir auch lieber.

»Hannah? Bitte tu das nicht. Sonst muss ich auflegen. Und ich will nicht auflegen. Wo bist du?«

Ich erinnere mich, dass ich sprechen muss. »Ich bin bei meinem Bruder. Darum flüstere ich so. Deshalb rufe ich an, um dir das zu sagen.«

»Aber warum flüsterst du? ... Du hast einen Bruder?«

»Ja. Du nicht?« Wenn wir beieinander sind, reden wir eigentlich nicht über andere – auch nicht über Verwandte.

»Nein. Ich bin Einzelkind.« Seine Verärgerung schwindet. »Warum bist du bei deinem Bruder? Hast du mich verlassen? Ich meine ...« Bis zu einem panischen Nuscheln bei den letzten Worten.

»Ich kann dich nicht verlassen. Ich lebe nicht mit dir zusammen.« Ich versuche, ihm mit einem Witz aus der Angst zu helfen.

Aber es funktioniert nicht. »Wolltest du denn gern? Hätte ich –«

»Robert, sei doch mal still.«

»Dann sag mir doch, was los ist! Was ist passiert?«

Und, Gott vergebe mir, ich bin sehr froh, dass er so aufgewühlt ist, weil er keinen Grund dazu hat, es also kein Risiko gibt, ich kann seine Sorge einfach genießen. »Ich bin krank, das ist alles. Es geht mir nicht gut.« Bevor ich das Missverständnis mit leichter Hand ausräume. »Weißt du noch, mein Kopf?« Es ist ja keinesfalls eine Katastrophe. »Wie er aussah?« Ich möchte nicht, dass er traurig ist, aber es ist schön zu wissen, dass er es meinetwegen sein kann. »Die Schwellung?«

»Ja, natürlich ... du warst riesengroß ... irgendwie grünlich. Ich wollte ja sagen, dass du zu einem Arzt gehen sollst, aber zuerst war es ziemlich lustig. Ich meine, ich war natürlich auch geschockt. Aber es sah schon lustig aus.«

»Davon bin ich überzeugt. Es wird langsam besser – danke der Nachfrage.«

»Ich wollte gerade fragen.« Die Panik flackert wieder auf.

Also werde ich wieder weicher und hoffe, mütterlich zu klingen. »Aber mein Hausarzt hat keine Ahnung, und mein Bruder … er ist gut, ich bin stolz darauf, wie gut er ist – aber er kann mich nicht behandeln, weil er mein Bruder ist, also hat er jemand anderen besorgt und Antibiotika und … ich bin noch nicht kerngesund, aber jedenfalls besser in Form.« Das ist geraten, weil ich schon eine Weile keinen Spiegel mehr zu Gesicht bekommen habe, aber es scheint plausibel.

»Dein Bruder ist Arzt?«

»Ja.«

»Ach so.« Jetzt klingt er trübsinnig, vielleicht ein bisschen verbittert.

»Was soll das heißen?«

»Ach … ich dachte bloß gerade … du warst nicht da, und ich wusste nicht, wo du hin bist, und – ich habe dich seit einer Woche nicht gesehen, weißt du.« Ich höre ihn herumgehen, während er das sagt, flatterige kleine Hintergrundgeräusche und ein Seufzen, als er sich hinsetzt. Ich würde ihn gerne sehen, wie er sich hinsetzt. Er schläft nackt und steht nackt auf, sieht wenig Grund, sich danach zu bedecken.

»Wirklich?«

»Praktisch eine Woche, ja, vor vier Tagen bin ich zurückgeflogen, dann die Entschuldigungen und der Widerwille in der Praxis, und dann tauchte diese Frau auf – eine neue Patientin, gerade aus irgendeiner überteuerten Londoner Privatpraxis gekommen, wo sie im Behandlungszimmer Musik spielen und Minikameras haben, damit du deine eigenen Zähne sehen kannst – wenn sie dir das Kabel durch den Arsch bis in den Rachen geschoben haben –, und dann kriegt man's mit der Hand besorgt, zur Ablenkung vor der ersten Betäubungsspritze, die man kriegt, damit man die zweite nicht merkt, Scheiße, ich meine –«

Ich weiß, dass ich ihn stoppen muss, wenn er mit seinen zahnärztlichen Abhandlungen anfängt – davon wird er bloß depressiv, und am Ende seufzt und flucht er nur noch, und ich weiß überhaupt nicht, ob die Geschichte zu Ende ist, das heißt, ich reagiere zu früh oder zu spät, und das dreht die Depressionsspirale weiter, bis sie alles verdunkelt, weil meine unsicheren Reaktionen bloß zeigen, dass sich niemand wirklich mit einem Zahnarzt identifizieren kann. »Ich komme nicht mehr mit, Liebster. War denn was Schlimmes an der Frau?«

»An der Frau …? *Ja.* Sie hatte eine schwuchtelige Scheißfüllung im Schneidezahn, vorne. *›Ach, wahrscheinlich finden Sie die gar nicht, sie ist farblich so gut eingepasst.‹* Ja, sicher, ich bin ja nur der Fensterputzer – ich kann eine Füllung nicht vom Zahn unterscheiden … ich bin bloß zufällig hier, bis jemand Qualifiziertes auftaucht.« Sein Grollen ebbt in einem langen Atemzug ab, genug Luft für zumindest den Anfang einer weiteren Tirade, also schiebe ich mich rasch dazwischen.

»Und die Frau …?«

»Ach, die Füllung war lose, weil sie Scheiße war – erst sechs Monate alt und klapperte schon wie … wie so ein Blechschild vor einem alten Landgasthaus, die wackelte schon beim Atmen … Ich habe sie also rausgenommen und eine neue reingemacht. Es war aber nicht mehr viel Zahn da – eine große

Füllung und bloß ein winziger, seitlicher Schneidezahn –, und ich hab an dich gedacht, was du wohl machst, und meine Hände waren nicht ganz bei der Sache, unruhig – der erste Zahn am Morgen, was kann man da erwarten …«

Sein Atemgeräusch wird verstärkt, durch ein Glas, wie ich höre. Er schluckt, ich schlucke auch. Natürlich. Meine Kehle zieht sich zusammen, trocknet aus vor Entbehrung. »Was trinkst du?«

»Mutters Ruin. Wenn du hier wärst, könntest du dich auch ruinieren …« Das Grummeln sinkt zu einem Schnurren.

»Das würde mir gefallen.« Der ölige Stich billigen Parfüms, den sein Gin ausdünstet, ist fast bei mir, ich kann ihn riechen, heiß, Fleisch geworden in meiner Vorstellung. »Das würde mir sehr gefallen.« Und nach Gin würde auch sein Mund schmecken, die Ahnung von Wacholder unter der Zunge und die Helligkeit des Alkohols, sein guter Schmerz.

»Das weiß ich.« Er schluckt wieder. »Mir würde es auch gefallen.«

»Aber Robert, Herrgott. Tu das jetzt nicht – nicht, wo ich so … was ist denn mit der Frau passiert?«

Sie interessiert mich natürlich nicht im Geringsten, und er nimmt natürlich noch einen Schluck, bevor er loslegt, und ich weiß natürlich genau um die Geschwindigkeit, die der Gin aufnimmt, als er seine Kehle liebkost, zwischen seine Schultern läuft, neben sein Herz rutscht. »Mit der?« Er atmet aus, dass mein Hals erzittert. »Ich habe ihr den Zahn gefüllt und sie weggeschickt, aber sie ist natürlich wiedergekommen. Heute Morgen. Ihr Zahn sei irgendwie nicht in Ordnung, hat sie gesagt. Jammerte furchtbar rum. Ich hab es mir angesehen und … ich hatte zu tief gebohrt. Das hätte jedem passieren können, es gab nicht viel Spielraum – ich hätte ihr gleich erzählen sollen, dass sie eine Krone braucht, aber ich wollte ihr die Kosten und Mühen ersparen. Ich habe mein Bestes getan für die alte Giftspritze. Aber ich habe eben zu tief gebohrt, hatte den Nerv freigelegt, und deshalb hatte es sich … es sah nicht gut aus, und da liegt sie also auf meinem Stuhl – du erinnerst dich an meinen Stuhl – sie liegt auf meinem Stuhl – ich erinnere mich auch noch dran, das lenkt ab – und sie hat Angst, und ich muss den ganzen Zahn ausputzen, den Nerv ziehen, den Wurzelkanal säubern und alles, und sie zuckt nervös – ich weiß, die Prozedur ist nicht gerade angenehm, aber das ist noch kein Grund, dass sie so eine Opernnummer abzieht. Und ich muss sie noch mindestens einmal behandeln, noch eine Wurzelbehandlung … und schon quäkt sie wegen der Rechnung und sagt, es sei alles bloß meine Schuld, und sie habe gar keine Zeit für so was … ich hätte sie einfach lächelnd wieder wegschicken sollen, einfach so tun sollen, als sei alles bestens, dann hätte sie den Abszess in Ruhe genießen können. Hätte gern gesehen, wie sie mit einem Gesicht voller Eiter zurechtkommt.« Ein beleidigtes Schlucken. »Die Sache ist die – ich hasse es, Nerven zu ziehen. Schon den *Gedanken* daran. Nerven wachsen nicht nach: Wenn man also einen entfernt hat – ist er *weg*. Man hat praktisch einen Teil des Gehirns entfernt. Man hat Hand an etwas gelegt, was *niemand berühren sollte*. Und die Patienten werden zittrig – liegt teilweise an dem Adrenalin im Betäubungsmittel, da denken ihre Reflexe, sie müssten Angst haben. Aber hauptsächlich? Ich weiß genau, woran es liegt, der Körper hat etwas verloren und begreift, dass er es nie ersetzen kann. Das ist ein kleines Stück Tod, und ich müsste es anfassen, es auf den Weg bringen … Augenblick … mehr Gin.« Wieder das Geräusch von Bewegung, schwere Schritte.

»Aber das ist dein Beruf, Liebling.«

»Und darum hasse ich meinen Beruf.«

»Hör mal, hör mal …« Meine Form ist nicht gut genug, Melancholie zu ertragen, und nichts ist trauriger als ein von Gin Betrunkener, mit denen hat es gar keinen Zweck zu reden, also muss ich Robert vor völliger Sättigung bewahren. »Wie wär's, wenn wir an …«, mein Schädel wiegt inzwischen ziemlich viel, »was Ablenkendes denken.«

Wir alle brauchen Ablenkung, sie bringt uns zum Lachen. Und das sind die Möglichkeiten, auf die sich das Leben letztlich reduziert: Lachen oder Weinen, Weinen oder Lachen. Ob rasch oder langsam, das spielt keine Rolle – irgendwann merkst du, was für ein schlechter und gar nicht komischer Witz du bist, wir alle sind. Dieser Zustand lässt sich nicht auflösen, ist unheilbar und dauerhaft, niemand hat je was daran ändern können, aber du musst trotzdem dableiben und dich beschäftigen. Also suchst du entweder Ablenkung, oder du machst dir Gedanken, bis du zu senil geworden bist, den Grund zu begreifen: Lachen oder Weinen.

»Radio Four.«

»Hm?« Rasch und munter füllt die nächste Dosis Gin Roberts Glas, zu weit weg. »Radio Four ist Scheiße.«

»Aber nicht der Seewetterbericht. Nicht dieses ganze ›Utsira Nord, Utsira Süd, wechselnde Richtungen, drei bis vier, *gut*‹. Und wenn du dieses *gut* hörst, weißt du genau, es ist *wirklich* absolut gut – das steckt in der Stimme.«

Und daran glaube ich tatsächlich – die aufbauende Wirkung des Seewetterberichts. Es ist spät, und du hast Angst und kein Glück, und alles könnte ganz schrecklich sein, ist es aber nicht, weil verantwortungsbewusste Menschen deine Küste bewachen, und auch weit außerhalb deiner Reichweite herrscht Ordnung, in diesem wundervollen, plätschernden Ring rundum, und es gibt immer noch »später im Westen Regen« und immer noch *Malin* und *Hebriden* und immer noch *Dogger*, *Fischer*, *Deutsche Bucht*. »Gib's zu, du findest es auch nett.«

»Sie haben es geändert – die Gebiete heißen jetzt alle anders. Ich weiß nicht, wie das geht, die Insel ist doch immer noch dieselbe. So machen sie das – alles ändern, bis es Scheiße ist, und keinen vorher fragen.«

»Na, dann eben so, wie es war: So wie du es in Erinnerung hast. Oder … da wäre noch …« Ich sehe im Augenblick nicht so viele Wegweiser zur sonnigen Seite vor meinem geistigen Auge, aber ich gebe mein Bestes. »Steve Martin beim Jonglieren … das ist doch … er sieht nie so aus, als ob er es wirklich könnte, weißt du? Seine Hände sehen zu langsam aus, seine Füße zu groß, du denkst, gleich stolpert er oder fällt irgendwie auseinander, er ist noch zu jung, so was Kompliziertes zu tun, aber dann ist alles in Ordnung, vollkommen in Ordnung – er ist sogar *verdammt großartig*. Er ist überhaupt nicht ungeschickt, und jung ist er auch nicht, nicht mehr – aber etwas in ihm wirkt irgendwie unberührt, so, wie du hoffst, dass es auch bei dir möglich sein könnte – und er sieht aus wie ein Vollidiot, aber das ist er auch nicht, erst recht nicht, also kannst du ganz optimistisch sein, weil du selbst wie ein Vollidiot aussiehst … ich meine … eigentlich alle, die lustig sind, die dir den Schmerz nehmen, man muss doch glücklich sein, dass sie da sind, dass sie existieren.« Eine Pause, in der er dumpf atmet, keine Reaktion. »Muss man doch, oder?«

»Und was ist mit den Komikern, die nicht lustig sind?«

»Wenn sie nicht lustig sind, sind sie keine Komiker. Bring mich nicht durcheinander. Ich meine die richtigen, die dich davon abbringen, dich töten zu wollen. Robert … ich meine … warum denkst du nicht an die guten, lustigen Menschen …?«

»Wenn du meinst.«

»Die sind eine gute Ablenkung. Ich meine *gut* im Sinne von Utsira Nord, Utsira Süd, gut.«

»Wenn du meinst.«

»Dann denk dir doch selber was aus. Ich bin total fertig.«

Und jetzt höre ich ihn lächeln, endlich, eindeutig das Geräusch eines Lächelns. »Na gut.« Ein leichterer Seufzer. »John Mills. Genau … der. Alles an ihm. Jeder beschissene reinrassige Zentimeter. Das ist mal ein Filmstar – John Mills.«

Und das ist offensichtlich wahr – und ich weiß, was er als Nächstes sagen wird, also komme ich ihm zuvor, um ihm Gesellschaft zu leisten. »Natürlich, John Mills – John Mills *und das Bier*.«

»*Ice Cold in Alex*, und wie er dieses Bier trinkt.«

»Oh ja.«

»Sand in den Schuhen, völlig verdreckt, und er glaubt nicht so recht an die Bar – vielleicht denkt er bloß so fest daran, dass sie plötzlich da ist –, aber direkt vor ihm steht dieses glatte, große, eiskalte, herrliche sexy Scheißglas Bier.«

»Carlsberg, glaube ich.«

»Carlsberg in Alexandria. Ach ja, die Wunder der modernen Welt. Sogar damals. Als Krieg war.«

»Und du weißt genau, er wäre noch mal so weit gelaufen, bis er blind geworden wäre, immer weiter, quer durch jede Wüste, die du ihm vorgesetzt hättest: Du weißt, er hat ein echtes Bedürfnis, das würde ihn überallhin tragen. All das zeigt er dir. Das ist echte Schauspielkunst.«

»Genial.«

»Genial.«

»Gott segne ihn und alle seine Lebenstage.«

Ich habe noch nie gehört, dass Robert jemanden gesegnet hat.

Und wir halten inne, in zwei verschiedenen Städten, stellen uns Mills in der schwarz-weißen Bar vor, still und schattig, mit den Deckenventilatoren und dem Barkeeper, der freundlich und dienstfertig ist und ganz sanft und tief und ganz genau versteht, was man braucht. Zusammen sehen wir den Augenblick, als Mills sein Bier trifft, die zärtliche Pause, bevor er mit dem Finger durch den Schweiß des Glases streicht.

»Genial.« Roberts Stimme klingt viel näher als vorher.

»Ja.«

»Du bist dran.«

»Oh … ein Drei-Minuten-Ei, wenn es jemand anders gekocht hat.«

»Wenn's denn sein muss.« Er klingt nicht sehr beeindruckt. »Und stellst du was Interessantes mit dem Ei an?«

»Das zeige ich dir das nächste Mal, wenn wir beide mit einem Ei im selben Zimmer sind.« Ich versuche, mir weitere Menschen ins Gedächtnis zu rufen, die ich mag und die einen aufmuntern können, aber mir fallen nur James Mason und Humphrey Bogart und Alastair Sim und noch ein paar andere ein, lauter Fremde, die ich in Filmen gesehen habe und die längst tot sind.

Das könnte bedeuten, dass ich keine Freunde habe. Obwohl ich das nicht glauben kann. Es ist nicht sehr wahrscheinlich.

»Es gibt noch etwas, was gut ist, sogar großartig.«

»Was?« Ich frage, obwohl die schöne Ernsthaftigkeit seiner Pause schon klar anzeigt, in welche Richtung wir uns bewegen. Ich stupse ihn weiter, wie es von mir erwartet wird. »Was ist gut?«

Es ist nicht nur der Sex – Robert ist mein Freund. Als ich ernsthaft darüber nachdenke, geht das wogende Gefühl hinter meinem Gesicht wieder los, es kitzelt etwas. Mir wird immer wärmer.

Und im Moment nippt er außerdem Gin und verzögert so seine Antwort. »Gut ist, wenn wir beide im selben Zimmer sind. Bei dir zu sein. Bei der Hornhaut an deinen Fersen und der ungeraden Stelle an deinen unteren Schneidezähnen und dem Muttermal an deiner Hüfte, gleich neben dem Hüftknochen, und dass du keine Ohrläppchen hast –«

»Ich sollte auf dem Jahrmarkt auftreten. Vielen Dank.«

»Nein.« Das Wort klingt leicht verwirrt und süß. »Nein. Das ist es doch, was ich mag, woran ich mich erinnere, wenn du nicht da bist. Warum bist du nicht da?«

»Hab ich dir doch gesagt.«

»Was hast du mir gesagt?«

»Dass es mir nicht gut geht.«

»Ja, aber du klingst schon besser. Du könntest wieder nach Hause kommen.«

»Ich habe nichts mehr zum Anziehen.«

»Dann könntest du erst recht nach Hause kommen.«

»Wenn wir noch länger über so was reden, kriegen wir Ärger.«

»Ich sollte dir also nicht erzählen, dass ich an deinen Brustwarzen saugen möchte und dass die linke ein klein bisschen niedlicher ist als die rechte, dass ich aber gerade jetzt zu beiden sehr liebevoll sein könnte. Ich könnte gerade jetzt deine Brüste küssen und sie dann beide auf Radio Moskau einstellen. Ich könnte gar nicht wieder aufhören mit –«

»Robert. Bitte.« Meine Schläfe zuckt, und die Vorstellung, halb angezogen beim Telefonsex unten in der Diele von meinem Bruder entdeckt zu werden oder gar – noch viel erfreulicher – von seiner Frau, ist wenig einladend, aber im Augenblick ist sie noch nicht wenig einladend genug. »Ich bin bloß krank – nicht tot. Wenn wir so anfangen, müssen wir es auch zu Ende bringen.«

»Dann komm her und bring es mit mir zu Ende.« Seine Kleine-Jungen-Stimme ist wieder da, die nackte Stimme, die einem bis in die Knochen klingt.

»Wenn ich mich nicht so scheiße fühlen würde und an meine Sachen und aus dem Haus käme … ich habe mein Auto nicht hier … es ist – pass auf, ich bin bald wieder da. Und in der Zwischenzeit können wir üben, so als Notbehelf … wo wir schon mal beide wach sind.«

»Keine Chance.«

»Was?«

»Keine Übungen, wenn du nicht hier bist.«

»Robert.«

»Zusätzliche Motivation – damit du schneller gesund wirst. Und ich muss bald wieder einschlafen – ich muss in … vier Stunden aufstehen. Obwohl ich ja schon aufgestanden bin.«

»Dabei könnte ich dir helfen.«

»Nein, nein. In einer Minute lege ich auf, und dann hole ich mir einen runter. Das könnte ich wirklich mal gebrauchen – mir lange, heftig und sorgfältig einen runterholen. An dich denken und mich quälen, bis ich komme … aber so was willst du dir sicher nicht anhören, weil du dich elend fühlst und zu weit weg bist. Schlaf also gut, ja?«

»Arsch.«

»Mm-hmm. Den kriegst du heute nicht mehr zu sehen. Schlaf gut, Liebste. Bis bald.«

»Robert?«

»Mm?«

Und mein Atem drängt sich dazwischen, bevor ich sagen kann: »Ich liebe dich.«

»Ich liebe dich auch. Aber ich lege trotzdem auf. Werde sehr gesund für mich. Bitte. Schlaf schön.«

Das leise Summen, das im Hörer klingt, nachdem er aufgelegt hat, hat etwas Selbstgefälliges und Puritanisches.

Da ich keine Alternativen habe, rappele ich mich auf und schlurfe in Simons Küche – wo sie, wie sich herausstellt, keinen Stoff aufbewahren. Auch nicht im Esszimmer oder im Badezimmer oder im, wie es scheint, gemeinsamen Arbeitszimmer. (Wie reizend: Selbst wenn sie zu Hause arbeiten, können sie sich nicht voneinander losreißen.) Die Kälte ist inzwischen gründlich in mich eingedrungen, und ich zittere heftig, was meinen Augen zu schaffen macht, aber das Wohnzimmer finde ich noch, und dann – meine Schutzengel sind großzügig – lungert in der Ecke die alte Hausbar herum, mit der ich in meiner Jugend so viel Zeit verbracht habe. Meine Eltern müssen sie ihrem praktisch abstinenten Sohn vermacht haben: vielleicht als Hochzeitsgeschenk, vielleicht, um ihn vor Abnutzung zu bewahren oder davor, jemals bei mir zu enden.

Einfache Eiche, angenehm zurückhaltend, von heiterem Glanz, den man auch sehen würde, wenn ich es riskieren könnte, das Licht anzumachen: unter dem Getränkefach ein kleiner Schrank für Untersetzer und Papierschirme, Servietten, Oliven, Nüsse, die ganzen zeitraubenden Unannehmlichkeiten, die Amateurtrinker brauchen; darüber eine Fläche zum Einschenken oder zum Abstellen eines Tabletts; darüber der Himmel, das heißt die Rolltür, die sich in Gesichtshöhe öffnet und den scharfen, dunklen, intelligenten Dunst kasernierten Alkohols freigibt. Die Scharniere knarren in Stereo, so laut wie eine Zugbrücke, so wie immer, und der Klang lässt in mir etwas hüpfen, es fliegt durch mein Blut – Freude. Nicht die schüchterne Freude, die Mr Russell hegte, oder die Art, für die ich erwachsen zu werden glaubte, sondern meine, *meine Freude*: die die Welt zurechtrückt und das Hirn bestimmt, die unmittelbar und im Glas zu haben ist.

Allerdings ist nichts da.

Scheiße.

Nein. Nichts.

Ich kann riechen, wo vorher etwas gewesen ist. Ich könnte mich hineinbeugen und am Holz lecken – aber ich würde nicht mehr als einen Sherryfleck erhaschen, wenn überhaupt. Das hier war alles, was ich brauchte, und sie haben es gestohlen.

Ich bin müde, mir ist kalt, ich zittere, und sobald die Angst im Haus bemerkt, dass ich keinen Alkohol finden werde, strömt sie um mich ins Zimmer, huscht in die Geräusche, die ich nicht entziffern kann, beschleunigt die Dunkelheit bis hart an meinen Rücken. Sie bewegt sich unter meinen Rippen, steigt und fällt, steigt und fällt, wie eine Spinne am Glas. Und lauter als alles andere ist die Drohung, trocken zu sein, trocken gefangen, allein hier, nur mit meinem unvollkommenen Ich.

»Hannah?«

Es ist ein Stück Erleichterung, ein Bündel Geräusche näher kommen und zur Gestalt Gillians gerinnen zu sehen – die zurückhaltende und weibliche Störung ihrer Ankunft, als sie hereinkommt, das Licht anknipst und dann näher tritt, um sich um mich zu kümmern. Sie arbeitet irgendwas beim Sozialdienst, es sichert also ihren Job, dass man sich um Leute wie mich kümmern muss. Ich erwarte allerdings nicht, dass sie sich dankbar zeigt.

»Haben wir etwas gesucht?«

Die ominöse Erste Person Plural. Und dieser fantastisch wissende Singsang, in dem die Frage vorgetragen wird. Ich frage mich, ob es wohl ihre Absicht ist, so gefährlich nervig zu klingen. »Hast du es gefunden? Ach Gott, kannst du ja gar nicht. Weil *der Schrank leer ist.*«

Ihre Klienten tun mir leid: sich mit so einem olympischen Intellekt auseinanderzusetzen, muss sie ständig deprimieren. Deren Leben muss wirklich von massiven Depressionen und schäumender Wut bestimmt sein. Und da steht sie nun wie eine

Bilderbuch-Matrone mit ihrem Nachthemd vom Kinn bis zu den Knöcheln und möchte mich glauben machen, dass sie die Flaschen versteckt hat, wo ich doch weiß, dass es Simon war. Wahrscheinlich hat er auch den Kaffee weggeschmissen – zu stimulierend. Ich könnte ja eine ganze Dose in mich hineinschütten, mit Messingpolitur runterspülen und dann Amok laufen.

»Was ist los, *Hannah*? Keine geistreichen Bemerkungen?«

Wenn ich Bemerkungen zu machen hätte, würde ich sie eher an ihre Katzen verschwenden. »Nein. Ich geh jetzt ins Bett.«

»Ach wirklich?« Sie atmet bloß von den Schultern aufwärts, wie ich sehe, alles sehr flach und hektisch: Es muss doch letztlich gesundheitsschädlich sein, sich so aufzuführen. »Ins Bett. Ist das wahr?« Das könnte versuchter Sarkasmus sein, schwer zu sagen, und mir ist es längst völlig egal.

»Muss … ins Bett. Nacht.« Denn sie kann über mich sagen, was sie will – ich muss nicht hier sein, sie aber, und ich will mich hinlegen und bewusstlos sein, und wenn ich so spät nachts die Augen schließe, wo ich so müde bin – ganz plötzlich so müde – schon von der Anstrengung des Zuhörens fängt meine Haut an zu kribbeln –, dann werde ich sicherlich schlafen. Es wäre mir viel lieber, wenn ich schliefe. Mitten in der Nacht kalt erwischt, allein und aufgerüttelt, ohne Verteidigung, das verdiene ich nicht. Mein einziger Ausweg ist Schlaf.

Ich schleppe mich an ihr vorbei, die Bettdecke schleift hinter mir her, ohne ein sichtbares Staubkörnchen aufzuwirbeln. Ich frage mich, ob sie diese Demonstration ihrer hervorragenden Haushaltsführung erfreut, und vielleicht sagt sie auch noch etwas in dieser Richtung, aber ich kann tatsächlich auch physisch kein Wort mehr hören.

Ich kann das nicht.

Kein Schlaf, praktisch überhaupt keine Ruhe, die ganze Nacht so ein Kribbeln, so ein Krabbeln bei dir, und irgendwelche schmutzigen Lappen, der Geschmack von Lappen, von Tod, und zuerst knallt der Morgen sein Licht auf dich herab, und jetzt grinst er durch die Autofenster, kommt, dich zu holen, nur ein Hauch von Glas hält ihn zurück, eine solche Menge Morgen umgibt dich von allen Seiten, weil Simon dich fährt, dich zum Flughafen bringt, egal, was du davon hältst.

Ich will nicht dahin.

Und er fängt wieder mit dem Geld an – von den Kosten, um deren Aufwendung du sie alle nicht gebeten hast –, und warum sie es sich eigentlich gerade nicht leisten können und das kommende Kind und seine Bedürfnisse und die Größe des allgemeinen Opfers. Du hast es nicht gewollt, du hast nichts davon gewusst, du hättest es ihnen ausgeredet, aber da ist es nun, nicht wieder rückgängig zu machen, eine monströse Summe, die ohne jede Gegenleistung ausgegeben wurde, denn sie haben eine Art Wette auf dich abgeschlossen, eine schwere Bürde, die du mit dir in diese Klinik schleppen musst, dieses Krankenhaus, dieses Kurbad, diese Ausnüchterungszelle, die du dir nicht ausmalen kannst, egal, wie sie heißt. Sie glauben, es könnte dir helfen, dorthin zu gehen, und sie hegen solche

Liebe für dich: ein hartes, unbewegliches Liebesgewicht, dass sie auf deine Atemwege herabsenken – Simon und Mrs Simon und deine Eltern und das ungeborene Kind –, alle fünf schicken dich fort, damit du ihre Wette gewinnst und dich erholst, ein anständiger und gesunder Mensch wirst, bis alle so tun können, als wärst du so gemacht.

Dann gehe ich eben nicht hin. Ich kann entscheiden.

Aber die Landschaft rast vor dem Auto dahin, schneller als die Windschutzscheibe, rücksichtslos saugt sie dich weiter voran, bis dir sehr schlecht ist, und die ganze Zeit stürzt du weiter auf den Punkt zu, wo die Wünsche deiner Familie dich verschwinden lassen werden.

Bitte.

Zum Ort mit dem Flugzeuggeruch – Kerosin und Kotze, Krankheiten und kalter Schweiß und so schnelles Reisen, dass die Seele nicht mitkommt. Der Duft all dieser zurückgelassenen, zerrissenen Seelen, den man beim Gehen aufwirbelt. Simon checkt dich ein wie ein Gepäckstück – du kannst dir nicht erklären, wo dein Gepäck herkommt –, und da sind Männer mit Gewehren, und das kann doch nur zu schlimmen Missverständnissen führen, und du solltest jetzt nach Hause gehen, es ist Zeit, aber dein Bruder sagt der Frau am Schalter, dass du nicht rauchen und am Gang sitzen wirst und dass du keinen Sprengstoff mitführst, und hier ist dein Ticket und deine Bordkarte und hier dein Pass, alles in Ordnung, obwohl er ein Foto enthält, das eigentlich nicht dich zeigt, wenn du dich selbst mit deinen Papieren vergleichst, ist die Fälschung furchtbar leicht zu erkennen. Die billige, langweilige Täuschung.

Aber Robert kennt mich – er weiß, dass ich echt bin, so, wie ich bin, dass ich stimme.

Aber es ist kein Robert bei dir, bloß Simon, der dir einen Kaffee nach dem anderen einflößt, der dich so mit Kaffee sättigt, dass deine kleineren Knochen zu vibrieren anfangen, und er hat dich dort angebunden, wo er dich im Auge behalten, dich einschätzen kann, bis zum allerletzten Augenblick, wo du freigelassen werden musst, weggehen darfst, irgendwohin, wo du ihn enttäuschen, alle Wetten aufheben, dir Schande machen und trinken kannst.

Er weicht deinem Blick aus, als du dich umdrehst und ihm zuwinkst, weil er schon sieht, dass du versagen wirst. Du bist zum Fenster rausgeworfenes Geld.

Am Metalldetektor vergisst du die Schlüssel in deiner Tasche – du hast dich so ans Eingesperrtsein gewöhnt, dass du sie ganz vergessen hast –, und die Leute in Uniform tasten dich ab und durchsuchen dich, lassen dich stirnrunzelnd durch, und du fragst, wo die ganzen Leute sind, die Reisenden, aber niemand sagt es dir, und hier klingst du sehr laut, weil in diesem ganzen Bereich nur genickt und geflüstert wird, was eigenartig ist. Du bist schon eigenartig, aber das ist noch eigenartiger, und vielleicht wirst du neben allem anderen auch noch taub.

Aus unerfindlichen Gründen rempeln dich sehr häufig andere Menschen an, obwohl es nur so wenige sind und so viel Platz ist. Nicht, dass es dir etwas ausmacht, denn jetzt gehst du endlich, dein Weg ist vorgezeichnet zwischen den Dingen, die du kaufen kannst: Wege, die Zeit zu messen und nicht wie ein Ungeheuer zu riechen, zu rauchen und die Hände zu glätten und die Augen zu verstecken, Wege, Geld auszugeben und sich glücklich zu machen, sich deswegen schmutzig zu fühlen, als würde man einen Porno durchblättern, als würden die Leute dich hier mit deinem eigenen Geld ficken.

Nein.

Fickt euch selbst. Scheiß drauf.

Das ist nicht fröhlich. Das ist traurig. Und es ist auch nicht wichtig, weil du gar nichts willst: Du suchst nur einen Freund. Robert wäre einer, wenn er hier wäre, und du wirst ihn auch bald anrufen, aber jetzt siehst du deine anderen Freunde, deine Lieblinge, deine süßen Träume.

Allerdings sind es so viele, dass du dich nicht entscheiden kannst, und die Regale ragen drohend vor dir auf, was nervöse Anspannung hervorruft.

Aber egal, du findest etwas, greifst dir etwas, hältst dich daran fest wie an einem Rettungsring, bis du es bezahlen kannst.

£ 11,75.

Die du gerade – anscheinend – verlegt hast – aber irgendwo hier – gleich hast du – du kannst versichern.

£ 11,75.

Sie haben dir deine Sachen wiedergegeben, dein Geld nicht. Aber du kannst versichern. Du siehst noch einmal nach. Es muss doch etwas da sein.

Simon, du Dreckskerl.

Die Ansage sagt deinen Flug an. Brieftasche. Die hast du. Kreditkarte – kein Geldautomat, keine Zeit –, aber vielleicht ist da noch Geld drauf, drin, in der Karte, vielleicht £ 11,75. Du musst es jedenfalls versuchen. Die Zeit verrinnt, als das Mädchen an der Kasse, eigentlich noch ein Kind, mit deinem Plastik herumspielt, die Nummer eintippen muss, und dann ist die Verbindung gestört oder unterbrochen oder verrottet, und dann noch ein langsamer Versuch, anschließend mechanische Geräusche, und die ganze Zeit hält sie deine Flasche fest, als gehöre sie noch nicht ganz dir, wo sie doch auf alle Fälle viel zu jung zum Trinken ist und nicht ein Stück von der Tiefe erwachsener und flüssiger Beziehungen begreifen kann.

£ 11,75.

Du wartest, dass der Papierstreifen sich hoch- und herausrollt, die zu unterschreibende Quittung, mit der die Möglichkeit des Erwerbs bestätigt wird. Du konzentrierst dich darauf, deine Unterschrift wie deine eigene aussehen zu lassen. Du lächelst mit vollster Redlichkeit und all deinem Charme.

£ 11,75.

JA.

Gott ist also mit dir – und wer kann es da nicht sein?

Ihr passt zueinander, du und Gott, ihr seid beide allein.

In der Halle Gemurmel, unscharfe Gesichter, zeitversetzt, Zeitungen in den Händen, starren wie Kühe, wie herumstehendes Fleisch.

Die Toilette ist zivilisierter und kleiner, niemand da, und dieser kühle, wahre Freund ist jetzt dein, und du kannst viel mehr sehen, viel mehr hören, noch bevor er offen ist, und zu rasch und, um ehrlich zu sein, nicht schnell genug, kommt die Schönheit des Schluckens, der Liebreiz, der scharfe Atem aus dem Flaschenhals, der attraktive erste Geschmack, er schreit geradezu, lässt die Wände erzittern.

Danach kannst du ihn anrufen – Robert. Du kannst es noch einmal mit der Karte versuchen, sie überreden, noch einen

Anruf zu ertragen. Der Anforderung bist du mehr als gewachsen.

»Kanada, fliege nach Kanada –« das erzählst du seiner Maschine, nicht Robert selbst, Robert ist nicht da – »Tut mir leid. Kanada –« seinem Anrufbeantworter, der nicht antwortet, bloß die Worte wiederholt, die er vor Monaten hinterlassen hat. »Kanada, das heißt … vier Wochen. Das heißt, ich weiß es nicht. Ich kann sofort zurückkommen.«

Aber bald wird es dir besser gehen. Sie haben so viel Geld ausgegeben, um sich glücklich zu machen, um dich glücklich zu machen, dann muss es doch bald wahr werden, und du wirst geheilt sein.

Du wirst dich stellen. Dir wird geholfen werden. Du bist eine Angewohnheit, die du dir nicht leisten kannst.

Das ist vernünftig, das ist ziemlich glaubwürdig.

Aber nicht so echt wie der Druck dieser Wette, das Gewicht der Erwartungen, das dich aufhält, während du zum Flugsteig rennst.

Aber beim Start bist du bereits schwerelos, niemandem mehr eine Last – deine Glieder sind vom Rauschen der Adern ausgehöhlt, dein Herz ist zur reinen Bewegung verdünnt, ein zarter Blutknoten, der sich verflüchtigt, in Flammen der Freude aufgeht. Und noch mehr Freude steckt im leisen Whiskyklappern zu deinen Füßen, den lebendigen, lebhaften 40 Prozent Vollkommenheit. Füge sie dir selbst hinzu, und es werden 100, garantiert.

Der Mann hinter dir tritt gegen deinen Sitz. Vielfaches Zucken und Flickern von sämtlichen kleinen Filmbildschirmen und Aufstehen und zur Toilette mit den Prozenten in der hübschen Tasche und zurück und Essen, das du nicht brauchst, und deine Augenlider reiben rau über die Augen und langsames Schlucken, und dieses Kind im Gang starrt direkt in dich hinein und zur Toilette mit den Prozenten in der hübschen Tasche und zurück, und über dich hinweg klettert deine Nachbarin, die nach Moos riecht, und noch mehr Prozente von der Flugbegleiterin, und der Mann hinter dir tritt gegen deinen Sitz und eine Art Schlaf und Sicherheit im leeren Mahlen der Motoren und halbes Licht und zur Toilette mit den Prozenten in der hübschen Tasche, aber sie diesmal dalassen, weil sie tot ist, leer, und das macht dich traurig, und dann auf deinem Sitz sitzen und zusehen, wie die Flugbegleiterin deine hübsche Tasche von der Toilette nimmt und sie anschaut und lacht und der Mann hinter dir tritt gegen deinen Sitz und

»*Was?*«

Du willst wissen, warum er dich hasst, warum er das tut – da sitzt und liest und dir das antut. Aber dann lenkt dich die Schlagzeile in seinem Schoß ab. Du willst danach fragen.

»Was?«

Es sind Militärfotos, womit du nicht gerechnet hast.

»Was …«

Er lacht, grinst, lässt sich nicht ablenken und wischt sich die Hände an den Ärmeln ab – er scheint irgendetwas abzusondern –, und dann zuckt ein Stoß durch das Flugwerk und

Du siehst wieder die Schlagzeilen.

»Äh, weil, wann ist denn das …«

Jetzt fragst du deine Nachbarin – der Mann hinter dir hasst dich und ist keine Hilfe –, also rufst du deiner Nachbarin zu:

*»Wir sind im **Krieg**?«*

Und du kannst dir nicht vorstellen, wie etwas so Großes sich unbemerkt ereignen konnte, ein ganzer Krieg ohne dein Wissen, und deine Nachbarin reicht dir ihre Zeitung, schaut dich an, als wärst du tot und leer, und du kannst die Schrift und die Bilder nicht sehen, weil sie sich bewegen, dich farbenblind, stockblind machen, und nichts in der Kabine ist mehr sicher, und alles riecht nach Bomben, und du gleitest in ein ruheloses Dunkel, wo du schwebend treibst, wo du nackt wie die Sünde bist, unter dir ist nichts als heiße, feuchte Erde, kein Zeichen menschlicher Vergangenheit außer diesem Schlachthausgestank, der dich einfängt, dich sinken lässt, dich hinüberzieht, bis du ihn berührst, bis du über klebrig glitschigen roten Schlamm rutschst, und hier und dort zuckt er unter dir, und das hat etwas zu bedeuten, du begreifst es – dass die Toten nach oben treten, dass sie sich deiner erinnern, dich hören, schmecken, dass du da bist. Sie wollen dich dort unten haben. Sie wollen dich bei sich begraben haben.

Es ist wie verliebt sein – du atmest ein und siehst niemanden: Du atmest aus, und da ist jemand, der ein Stück mehr von dir ist, eine lebenswichtige Erweiterung, dein Lebenserhalt. Die ganze Veränderung braucht nur einen halben Atemzug. Wenn man müde ist, wirklich sehr müde, ist es das Gleiche.

Das Blut kreist durch dich, deine Nägel wachsen, das Gehirn tickt vor sich hin, du planst und führst aus, du hältst dich an deine Agenda, hast alles im Griff, das Steuer in der Hand, du rechnest mit Eventualitäten und baust sie ein, du hast – soweit du dazu in der Lage bist – die Dinge unter Kontrolle. Und dann nicht mehr. Deine Eventualitäten verflüchtigen sich und bedeuten nichts mehr, Ereignisse tangieren dich nicht länger. Du atmest leise, denkst nichts, hältst an.

So müssen Engel sein – wie könnten sie es sonst ertragen?

An meinem ersten Tag in der Klinik – sie nennen es Klinik – fand ich keinen Frieden. Ich erwachte auf einem Teppich in einem verschwommenen Zimmer, das ich nicht kannte, und ich war in Laken verwickelt, in weiße Baumwolle, Anzeichen eines Bettes weit zu meiner Linken. Ich hatte wie üblich keinen Schimmer, wie ich dorthin gelangt war, und ekelhafte Schmerzen, als ich mich herumrollen und meine Lage einschätzen wollte.

Ich setzte mich trotzdem auf, und das Gefühl einer schweren Verletzung erreichte seinen Höhepunkt, bevor ich herausfand, dass ich bloß geronnenes Blut von meiner aufgeplatzten Lippe, von einigen Schürfwunden und von einem Schnitt über dem Auge weggerissen hatte – die verbunden worden waren, aber auch die Pflaster hatte ich in meiner wirren Phase entfernt –, und jetzt beugte ich mich über eine angedeutete Skizze meines Gesichts, rotbraun auf einem jungfräulichen Bettlaken, und – Wunden sind temperamentvoll – ich hatte schon hier und da einen neuen Strich in hellem Rot gesetzt. Und mein Mund hatte wieder ernsthaft zu bluten begonnen.

Ich zerrte das Bett wieder in eine Art von Ordnung und tupfte mit dem Ärmel dorthin, wo es wehtat, mit einem weißen Ärmel – sie hatten mir eine Art Pseudo-OP-Hemd angezogen, dünn und formlos und anscheinend sehr leicht knitternd. Auch darauf sah man frisches Blut überdeutlich, und ich grübelte über die Flecken und Tropfen, die sich anscheinend ohne mein Zutun ausbreiteten, und ich atmete ein, und ich war besorgt, bekümmert. Dann atmete ich aus, und meine Müdigkeit überkam mich. Ich war bewusstlos, stumm und nicht mehr ansprechbar, bevor ich noch die Bettdecke greifen konnte.

Alkoholiker sind exzessive Trinker, deren Abhängigkeit vom Alkohol entweder einen solchen Grad erreicht hat, dass sie wahrnehmbare mentale Störungen entwickelt oder jedenfalls eine Beeinträchtigung ihrer mentalen und körperlichen Gesundheit, ihrer zwischenmenschlichen Beziehungen und ihrer gesellschaftlichen und wirtschaftlichen Funktionsfähigkeit erlitten haben; oder die Prodromalsymptome einer solchen Entwicklung zeigen. Sie benötigen daher Behandlung.

Weltgesundheitsorganisation,
Expertenkommission zur geistigen Gesundheit
Unterausschuss Alkohol, Zweiter Bericht, 1952

Vielleicht bin ich überempfindlich, aber das klingt wie eine Drohung. »Sie benötigen daher Behandlung.« – Da mangelt es an Distanz und Feingefühl – das ist Einmischung und Beeinträchtigung. Außerdem scheint dieser Satz hier an jeder Tür angeschlagen zu sein: kein Badezimmer, Schlafzimmer, Aufenthaltsraum und sehr wahrscheinlich auch kein Sicherungskasten ist frei vom Einfluss des Unterausschusses Alkohol. Und wenn ich nun eine mentale Störung der wahrnehmbaren Art hätte? Die ständigen Erinnerungen an meine fehlende gesellschaftliche Funktionsfähigkeit könnten mich endgültig in den Wahnsinn treiben.

Nicht, dass ich im Moment nicht völlig entspannt wäre. Dies ist zweifellos ein sehr beruhigender Aufenthaltsort. Vernünftige, wenn auch etwas zu herzhafte Mahlzeiten, reichlich geschmacksarme Flüssigkeiten und Schlaf, kaum Verpflichtungen jenseits des Bettenmachens: Das Regiment in der Clear Spring Clinic ist aufreibend gesund. Um uns herum mag die Welt zuschanden gehen, uns geht es gut hier drinnen, wir wissen nichts davon – und Raten ist verboten.

Meine Verfassung ist also gut. Mir war nicht klar, dass man so viel Obst essen kann – das ganze Schälen und Entkernen schien mir viel zu zeitaufwendig, als ich noch andere Dinge zu erledigen hatte. Aber hier schlinge ich so viele Vitamine herunter, dass ich mir wie ein Orang-Utan vorkomme.

Das ist ein Zeichen meiner Kooperationsbereitschaft, ich bin nämlich kooperativ. Meine Einwilligung ist vollkommen. Ich bin aus freien Stücken zur Behandlung hergekommen. Ich bin eine Freiwillige.

Das Problem ist, dass die Behandlung auf sich warten lässt.

Nehmen wir zum Beispiel heute – mir bleibt gar nichts anderes übrig, wenn ich nach morgen gelangen will. Heute Morgen sitzen wir wieder im Kreis – das heißt, wir tun etwas, das uns zu besseren Menschen machen soll, von der Sorte Etwas, die uns statt Behandlung geboten wird. Es ist offensichtlich allgemein bekannt, dass sich noch niemand je von einem beklagenswerten Zustand erholt hat, wenn er nicht in einen widerwärtigen Kreis rosafarbener Kunstlederstühle mit Armlehnen gesetzt und gezwungen wurde, sein Privatleben mit einem Dutzend emotionaler Vampire zu bereden.

Jetzt gerade entlädt sich ein unangenehmer Jammerlappen

vor uns und für uns: »Was mich wirklich fertigmacht … die Sache mit meiner Tochter … ich wusste, wo sie ihr Sparbuch aufbewahrt, und ich habe es einfach genommen. Für mich.« Das ist Sam: Diese Information trägt er auf einem Anstecker, sonst hat er keine besonderen Kennzeichen außer seinem nasalen Genöle und seinem monumentalen Schuppenproblem: Schmierige Klumpen von dem Zeug hängen innen an seinen Brillengläsern. »Meine eigene Tochter. Ich habe ihr alles weggenommen.«

Scheint mir ganz in Ordnung – von wem soll die Tochter das Geld denn bekommen haben, wenn nicht von ihren Eltern? Und wofür kann sie es schon brauchen – doch bestimmt nichts Wichtiges?

Sam fährt sich alle dreißig Sekunden mit der Hand durchs Haar: so regelmäßig wie die Uhr über der Tür, aber unendlich unordentlicher. Ich atme bestimmt bei jeder Sitzung mindestens dreißig Gramm tote, sandfarbene Haut von seinem Kopf ein. Ich mache das jetzt seit fünf Tagen mit, und keinem von uns scheint es besser zu gehen – ihm sogar schlechter.

Gleich wird er weinen – er ist ein zwanghafter Heuler, unser Sam –, und das ist toll. Der Stuhlkreis ist begeistert, wenn jemand weint, und normalerweise gönnt man uns dann eine Pause, womöglich mit Keksen, denn auch die Betreuer sind schon von feuchten Augen angetan, von reuigen Tränen erst recht.

Unsere Gruppe hat zwei Pfleger. Pfleger Ogilvie (wir dürfen ihn Frank nennen) ist ein Schrank von sehr sauberem und gepflegtem Erscheinungsbild, mit winzigen dunklen Augen und einem kleinen, tiefen Mund, der in seinem mächtigen Gesicht hängt und dort offenbar nicht viel mehr zu tun hat, als ungeheuer beweglich und feucht zu wirken. Pfleger Forbes (wir dürfen ihn Pfleger Forbes nennen) ist größer und sehniger, lässt eine hinterhältige, drahtige Kraft ahnen. Manchmal – heute zum Beispiel – bekommen wir beide auf einmal.

Die wissen bestimmt, was Prodromal bedeutet. Ich nicht. Klingt wie ein Beruhigungsmittel. »Lassen Sie Ihre Sorgen mit Prodromal davonschwimmen. Eine größere Dosis führt zu Euphorie, gesellschaftlicher und wirtschaftlicher Funktionsfähigkeit und dem Gefühl ständiger ungeheurer Erlösung.«

Das wäre mal ein Beipackzettel, der Respekt verdient.

»Da war überall Blut. Ich wusste nicht, wessen Blut … das heißt, während ich den Filmriss hatte, hätte ich ja auch –«

Ja, ja, du hättest alles Mögliche anstellen können: hätten wir alle, wir hatten alle überall Blut – beeindruckt mich gar nicht. Das Leben ist unvorhersehbar: Irgendwann muss eben auch mal Blut ins Spiel kommen.

Es ist ja nicht so, dass ich nicht mitspielen will. Ich versuche es. Ich habe das echte Bedürfnis, ein anderer Mensch zu sein, mehr mit mir selbst im Reinen, wenn ich hier rauskomme. Die Lage hatte sich zugespitzt, sie bedurfte einer Korrektur, was bedeutet, dass ich mein schlechtes Benehmen bessern muss. Ich sehe, dass diese Veränderung nötig ist, und mir ist bewusst, dass ich daran mitarbeiten muss. Bei meiner ersten Beurteilung – die sie durchführten, als ich noch sehr empfindlich war, als ich meine Kopfschmerzen bis in die Fußsohlen spürte –, schon da achtete ich sehr darauf, dass mir alles bewusst und dass ich sehr für Veränderung und Mitarbeit war.

Trotzdem bin ich mit alldem hier nicht zufrieden. Die ersten drei Tage war ich in mein Zimmer gesperrt, habe zuerst gespuckt, dann nur noch gewürgt und geschwitzt, die Lippen aufgesprungen, das Haar steif und nach Erbrochenem riechend, was ziemlich störend ist, wenn man zu schlafen versucht. Aber das war ja zu erwarten – ebenso die Träume davon, dass dich jemand ertränkt, das Zähneklappern im Wachzustand –, das volle Programm. Habe ich alles schon erlebt. Aber nicht in einer Klinik, nicht in einer Pflegeumgebung, wo ich mit professioneller Unterstützung hätte rechnen können. Pfleger können einem doch Valium geben, sie können einen sanft runterkommen lassen, sie können unter Beweis stellen, dass sie verdammt noch mal Pfleger **sind** *und nicht bloß Sadisten in pastellfarbenen Uniformen, indem sie zum Beispiel ein bisschen mehr tun, als alle paar Stunden mal hereinschauen, mit sauberen Schüsseln und Orangennektar.*

Ah, und die Duschen – die Pflegerinnen helfen dir beim Duschen. Als ob du ausgerechnet das wolltest, als seien hektoliterweise Wasser und die daraus resultierende Atemnot und ein hallender Lärm, der eine Leiche taub machen könnte, genau das, was du dir ersehnst, wenn du im Halbdunkel zitternd auf deinem Bett liegst und die krabbelnde Decke anstarrst.

Das Problem dabei, beim Entzug ohne chemische Unterstützung, ist dein Kopf, der jeden Halt verliert. Du kannst nicht denken. Oder du denkst viel zu viel. Oder in viel zu vielen Dimensionen.

Warum zum Beispiel habe ich keine Großeltern? Die hätten mir gefallen, ich hätte sie Omama oder Opapa nennen können oder ihnen sonst welche albernen Namen gegeben, die ich mir mit zwei Jahren ausgedacht hätte. Das wäre sehr stabilisierend für mich gewesen.

Du wachst vor Morgengrauen auf, und noch mit geschlossenen Augen erinnerst du dich schon in allen Einzelheiten an ein Sandwich, das du in der Schule gegessen hast, mit der besten Freundin, die du seit zwanzig Jahren nicht gesehen hast, und sofort vermisst du sie so sehr, dass dir die Tränen kommen, und machst dir sofort Sorgen, dass sie tot sein könnte.

Die Eltern meiner Mutter sind tot – ein Wohnungsbrand noch vor meiner Geburt. Die Eltern meines Vaters hingegen wurden nie erwähnt – als hätte es sie nie gegeben. Das ist nicht normal. In einer ausgeglichenen Familie wäre ich informiert worden: Die An- und Abwesenheiten wären erklärt und in einem schönen alten Pappkarton verstaut worden, den meine Mutter in der Schublade ihrer Kommode aufbewahrt hätte. Wir hätten sie uns an regnerischen Sonntagen anschauen können – »Das ist deine Geburtsurkunde – 2:15 morgens, so eine Frühaufsteherin. Das ist Omama Luckraft neben ihrem Motorroller. Das Foto hat Opapa gemacht: Siehst du, sein Daumen ist auch drauf. Und das hier ist Opa McGovern in seiner Pionieruniform. Er war in Dünkirchen dabei. Er war großer Fan von Jimmy Jewel: Du hättest ihn bestimmt gemocht.«

So viele Geschichten fehlen mir. Und wer wird mich weitererzählen, wenn ich mal nicht mehr bin – Simon? Simons Kind? Ich werde diplomatisches Schweigen sein. Oder vielleicht wird man sich auch gar nicht an mich erinnern – als hätte es mich nie gegeben.

Sam schnüffelt still auf seinem Stuhl vor sich hin, eine Box mit Papiertüchern wird schrecklich zügig zu ihm weitergereicht, die ganze Gruppe versucht, von seiner Trauer bewegt zu wirken. Gestern wurde uns erzählt, Alkoholiker seien egoistisch, daher haben wir erkannt, dass demonstrative Sorge um unsere Mitpatienten – auch wenn wir nichts mit ihnen gemein haben – unserer endgültigen Diagnose nur förderlich sein kann. Alkoholiker: Wer will *das* schon in seiner Akte stehen haben? Und es hat auch gar keinen Zweck, normal zu sein, wenn es keiner sehen kann.

Diese Stühle haben die Farbe von Hoden, genau der richtige Ton: so dunkel-bräunlich-rosé. Ist das Absicht, und wenn ja, soll es uns mehr oder eher weniger Entspannung bescheren?

Seltsamerweise bekommen wir diesmal keine Pause – vielleicht, weil Sam so leicht zu heulen anfängt und das keine besondere Leistung darstellt. Wir beichten immer strikt der Reihe nach, im Uhrzeigersinn, weshalb leichte Anspannung durch den Kreis zittert, als uns klar wird, dass Gregory als Nächster dran ist. Wir haben alle unsere filmreifen Tiefpunkte und unsere Narben, aber Gregory ist etwas Besonderes.

»Mir chällk heuke nichs ein. Wirk'ich nich …« Sein Gesicht ist vollkommen, so rein wie Milch, beinahe schmerzhaft jung – sein Problem liegt unterm Kinn, wo das Messer eingedrungen ist: das Messer, das er selbst in der Hand hielt. Wir haben bei meiner ersten Gruppensitzung die Gelegenheit erhalten, die ganze Geschichte zu entziffern: Ich verschränkte meine zuckenden Finger, um Peinlichkeiten zu vermeiden, und erriet einen verstümmelten Konsonanten nach dem anderen, während Gregory gezwungen war, die Geschichte des Abends in Montreal hervorzustottern, von der Bar, dem belanglosen Streit, der Freundin, die mit dem hässlichen Geschäftsmann zu flirten anfing, und dann der plötzliche Zeitsprung, kein Mensch weiß, wie weit, bis Gregory über den Place Dupuis rennt und unglücklich hinfällt, im Krankenhaus wieder aufwacht, mit einem zerfransten Loch im Unterkiefer und einer viel kürzeren Zunge. Es verstört ihn, dass er die fehlende Spitze verschluckt haben muss.

Allerdings ist Gregory fest entschlossen, uns heute nicht mehr zu bieten. Als sein Schweigen sich zu verfestigen droht, greift Pfleger Forbes ein. Keine Seele bleibt in seiner Anwesenheit ungelüftet. »Wir können warten. Vielleicht möchtest du darüber reden, wie du die Klinik findest.« Gregory ist ein Neuankömmling wie ich. »Wo siehst du dich in der Gruppe? Gregory?«

Kein Mensch bei Verstand würde eine solche Frage auch nur zu beantworten versuchen, aber Gregory muss, denn so sind die Regeln, und keine Antwort ist die schlimmste vieler negativer und verräterischer Möglichkeiten.

Bringt das Mittagessen ran. Mehr Obst.

Und am Nachmittag dürfen wir dann, wenn wir keine Einzelgespräche haben, hinaus in die schwefelduftende Luft. Es gibt tatsächlich eine heiße Quelle in Clear Spring, deren Wasser umgeleitet und beharrlich in einem grün gefliesten Betonbecken gesammelt wird, wo diejenigen unter uns, die eine Erlaubnis und keine Selbstmordversuche hinter sich haben, in sepia-fleckige Badeanzüge schlüpfen und ins sprudelnde, stinkende Wasser tauchen können, bis uns von der Wärme die Augen brennen, unsere Haut seidenweich wird und wir dauerhaft mineralisch riechen. Wenigstens stellt einem im Becken niemand Fragen.

Und von der gewählten Unterwassersitzbank kann man den Berghang hinaufblinzeln, bis zum späten, flachen Schnee, der immer noch glänzt, denn wir sind hier schon ziemlich hoch und liegen im Schatten noch höherer, kühlerer Berge. Das silbrig verwitterte Holz der mittleren Villa hängt wie Rauch im Sonnenlicht und erinnert daran, wie viel dieser Ort die Stunde kostet, und an die Regeln, die vorschreiben, dass man seine Zeit mit anderen ausgetrockneten Trinkern verbringen und alle Eigenschaften, die als psychopathische Charakterzüge missverstanden werden könnten, vor dem sozialen Umfeld verbergen muss. Und kein Fernsehen, um die Spannung abzubauen: kein Empfang.

Am behaglichen Hang um die Villa verlaufen um sich selbst kreisende Pfade, stehen alte Bäume, einige davon knospend, und die sechs Schindelhäuser, in denen jeweils eine der sechs Gruppen wohnt, ihr Abendessen kocht, über die Putzpläne streitet und nachts schreit. Ich wohne im Haus Thoreau, daneben liegt Haus Milton.

»Dach ichk schierig. Ich weich nich … hier sching scho chiele Menchen, gie ich nichk kenne.« Gregory spricht mit dem Fußboden, die gesenkten Lider sind schwach bläulich, als würde ein kleiner Schmerz sie verletzen, und seine Wimpern sind dicht und feminin. »Ich genke, icholiert fühl ich mich.«

Wenn sie unsere Häuser schon nach Schriftstellern benennen mussten, warum haben sie dann nicht welche genommen, die wir mögen können? Hemingway, Fitzgerald, Thomas, Behan, Parker, Reese – Leute, die wir uns zum Vorbild nehmen könnten, leuchtende Beispiele. Oder Shakespeare: hat sich mit einem letzten Geburtstagsrausch ins Grab gebracht: Der Mann hatte Stil.

Hinter dem Haus Seneca liegt ein schmaler, mit Baumrinde bestreuter Pfad; den bin ich gestern entlangspaziert. Er führt in einen entfernteren, dichter bewachsenen Winkel unseres Tals, wo Espen stehen, die Rinde bleich und glatt wie Haut, in ihrer Mitte ein schmaler See. Als ich mich näherte, flatterte eine Reihe Enten über die Wasseroberfläche und hinauf in die Luft, die Hälse ins Nichts gereckt, die Flügel flackernd. Das Seeufer war weich, im Schlamm verlaufend, also hielt ich mich fern von den cremeweißen und blauen Lichtbrechungen, den seidenweichen Strahlen. Ich begann, den See zu umkreisen, hier und da knirschte Schnee unter meinen Füßen.

Und dann kam der Schwan. Er kämpfte sich am gegenüberliegenden Teichufer aus einem Schilfdickicht: Und mir wurde klar, dass ich noch nie einen gesehen hatte, nicht echt und lebendig, nicht über ungleichmäßig getautes Eis stampfend, den Hals wie eine Schlange gekrümmt, direkt auf mich zukommend, in rollendem Schwung, von einem Bein aufs andere, sein Hüftschwung wäre komisch gewesen, wenn er nicht so entschlossen gewirkt hätte. Denn jetzt war er ganz auf mich fixiert: beugte sich und sprang ins dunkle Wasser, stellte die Flügel drohend über dem Rücken auf, schob sich mit langen, kräftigen Fußstößen vorwärts, die das Wasser an seiner Brust aufschäumen ließen, der Kopf schwang von links nach rechts, sodass beide der schwarzen Augen mich zu sehen bekamen, die Federn sträubten sich, schwollen an der angespannten Peitsche seines Halses.

»Er kennt Sie nicht, das ist alles.«

Der Vogel hatte mich so überrascht, dass ich den grauen Mann nicht bemerkt hatte, der durch die Bäume streifte.

Mütze und Mantel aus Tweed, gepflegte Hose und Überschuhe mit Reißverschluss: Er hätte ein Bankier sein können, ein Geschäftsführer, der seine Pause im Park verbringt. »Ich bin Hitt.«

»Was?«

Eine undeutliche Stimme, die kaum weiter drang, als seine Hände reichten, während er auf mich zukam. »Ich bin Mr Hitt. Ich komme oft hierher.«

»Alles klar. Erspart mir die Frage.«

»Welche Frage?«

»Ob Sie oft hierherkommen.«

Er hörte nicht zu, sah ab und zu erschöpft an mir vorbei zum Schwan. Er hatte etwas Leichtes an sich, eine Klarheit im Blick, die ahnen ließ, dass seine Aufmerksamkeit zu empfindlich war, um sie teilen zu können.

»Ich bin Hannah. Hannah Luckraft.«

»Ach, ich bin Mr Hitt.« Sein Kopf zuckte zu mir zurück, so schnell wie der des Schwans, und er griff nach meiner Hand, schüttelte sie einmal, bevor er sie fallen ließ. Er trug gestrickte Handschuhe, rot, die Wolle so weich, dass es nur Kaschmir sein konnte. »Ich hatte einen Unfall.«

»Das tut mir leid.«

»Nein, ist schon in Ordnung.« Er beobachtete wieder den Schwan – er hatte am nächstliegenden Ufer haltgemacht und patrouillierte nun auf und ab, nippte gelegentlich am Wasser, starrte mich dann böse an und hustete blubbernd. »Der Unfall ist schon sehr lange her … Er kennt Sie nicht, also hat er Angst, und Sie erscheinen ihm sehr groß. Ein großer Schwan wäre gefährlich. So nimmt er uns wahr – als Schwäne.«

»Ich verstehe.«

»Sie sollten noch mal wiederkommen, damit Sie ihm vorgestellt werden. Ich bin jeden Tag um diese Zeit hier. Wir alle.« Dann ließ Hitt sich davontreiben, trottete freundlich in den Schlamm, hockte sich hin, ignorierte mich völlig und lächelte den Schwan an.

Trinken kann wirklich Schaden anrichten. Der arme Kerl schwimmt wahrscheinlich in Geld, aber trotzdem landet er hier. Mit einem Schwan.

»Hannah.«

Und ich lande hier mit Pfleger Ogilvie und Pfleger Forbes.

Ich starre an die kirschroten Wände des Sitzungsraumes und versuche, Unregelmäßigkeiten im Putz zu entdecken.

Von einem Schwan kriegt man komische Gefühle – jedenfalls von diesem Schwan. Man möchte, dass er einen mag, und zwar, weil man genau weiß, dass er einen nicht mögen wird.

»Hannah. Möchtest du das Sprechen heute verweigern?« Pfleger Ogilvie fragt mich das, und ich weiß, ich sollte antworten, aber ich bin heute Morgen ein wenig langsam, ich kann nicht recht aus meinem Tagtraum aus- und in den Tag einsteigen.

In Clear Spring gibt es kein menschliches Wesen, für das ich einen Pfifferling geben würde. Und Robert lassen sie mich nicht anrufen. Sie lassen mich niemanden anrufen.

Pfleger Forbes übernimmt das Ruder. »Hannah, du schaust schon wieder auf die Uhr. Heißt das, dass es dich langweilt, was die anderen aus der Gruppe mit uns geteilt haben? Glaubst du, dass du sie auch langweilen wirst?«

Neben mir stiert Debbie auf meinen Oberarm, als hätte ich

die ganze Zeit neben ihr gesessen, während sie tapfer, ehrlich und viel zu schnell ihr verdammtes Herz im erforderlichen Umfang ausgeschüttet hat, und hätte kein einziges Wort gehört, keinen Ton mehr, seit Gregory seinen Beitrag genuschelt hat. Und genauso verhält es sich auch.

»Ich … äh … ich habe an den Schwan gedacht.«

Warum sollte es mir zur Nüchternheit verhelfen, dass ich mich wie in der Grundschule fühle?

»Welchen Schwan?« Das kommt von Forbes, in der leicht erregten Tonlage, die er nur anschlägt, wenn etwas Freudianisches ins Blickfeld gleitet.

»Auf dem kleinen See ist einer.«

»Nein, da ist ein Schwanenpaar, Hannah.«

»Ich habe nur einen gesehen.«

»Das Männchen?«

»Weiß ich nicht … habe ich gedacht.« *Ich weiß genau, wo das hinführen soll.* »Jemand hat es gesagt … es war ein hübscher Schwan. Ich wollte hingehen –«

»Du hast angenommen, dass es ein Männchen ist.«

»Ich glaube ja.«

»Und warum hast du das angenommen?«

Und ich lache, weil das beweist, dass ich entspannt bin, dass ich nicht vorhabe, über mein Sexualleben zu sprechen, über Promiskuität, das Zerstören von Beziehungen, das bessere Verhältnis zu Männern als zu Frauen, gelegentliche perverse Anwandlungen – so etwas hat oder denkt jede Frau, und das richtet keinerlei Schaden an.

Und was zum Teufel hat das überhaupt mit Trinken zu tun?

»Warum lachst du?« Ogilvie linst mich an, als hätte ich

mich verletzt, sein ganzes Gesicht ein erstickender Klumpen Mitleid.

»Warum, Hannah? …« Jetzt ist Forbes wieder dran. »Und warum trägst du dein Namensschild verkehrt herum? Sollen wir nicht wissen, wer du bist? Oder meinst du, dass wir Witzfiguren sind?«

Scheiß auf dich. Ich weiß genau, worauf du hinauswillst. Meinst du, ich könnte deinen Job nicht übernehmen? Das könnte ich im Schlaf, verdammte Scheiße.

Aber im Zweifel immer entschuldigen.

»Es tut mir leid.«

»Was tut dir leid, Hannah?«

»Weiß ich nicht.«

»Doch, das weißt du, Hannah.«

ScheißaufdichaufeuchallestarrtmichnichtsoanwaswißtihrschoneinenScheißwißtihr

Scheiß auf euch

»Ich weiß es nicht.«

»Hannah.«

»Ich weiß es nicht.«

Alles unwiederbringlich versalzen.

Scheißaufeuch

Und selbst mir ist klar, dass die Gruppe jetzt hat, was sie wollte – heute bin ich dran –, den Kopf in die Hände, Luft einsaugen, nur noch Kindergeräusche herausbringen und weinen, weinen, weinen, bis ich nie gewesen bin.

Oder fast.

Scheißaufeuch

Unter der Zunge, wo ich mich selbst festhalte, da ist noch

etwas – denn so leicht kommt niemand davon. Und während die Gruppe sich auf ihre Kekse freut und die Pfleger weise lächeln, weil sie ihre Arbeit gut gemacht haben, während die Taschentuch-Box gegen meine Hand knallt, bin ich tief drinnen, in Mark und Bein, vollkommen überzeugt, dass ich sie gewähren lassen habe, dass sie nicht gewonnen haben. Ich bin nicht zerbrochen. Ich habe mich nicht verändert. Ich habe bloß erkannt, wie sie versuchen, mich fertigzumachen, und jetzt drehe ich den Spieß um.

VII

Das wird uns erlaubt – ein echtes Holzfeuer im großen Gemeinschaftsraum, bevor das Licht ausgemacht wird. Wir sind friedlich und behaglich gefangen, man kann nicht sagen, dass wir leiden. Abgesehen von der Schnüffelei bei Tageslicht, den Unterstellungen, dem unablässigen Wühlen im Dreck und der daraus erwachsenden Anspannung: unserem Bewusstsein für die Fehler, die jenseits der Tore warten, die zwar aufgeschobenen, aber letztlich unvermeidlichen Verletzungen.

Und noch andere Unbill wartet dort draußen: hungrige Drohungen, die größer sind als wir und unsere eigenen Beschwerden. Mit uns steht es nicht zum Besten, das lässt sich nicht leugnen – aber mit der Welt steht es noch viel schlimmer. Wir wissen beinahe noch, wie viel, aber wir sagen es nicht.

Stattdessen erfreuen wir uns an der Sicherheit, die jedes Gefängnis bietet: das Fehlen von Wahlmöglichkeiten oder Unordnung, unsere neuen Persönlichkeiten, vom Gewahrsam geklärt und gefestigt. Wir sind schon nachweisbar unterschieden von unserem alten Selbst, wenn auch vielleicht nicht grundlegend verändert, noch nicht.

Und wir haben unseren einladenden Kamin, der zu unserem Beistand entzündet wird. Er dient verschiedenen guten Zwecken und entspricht daher den ultrapuritanischen Grundsätzen von Clear Spring – »Spare in der Zeit, so hast du in der

Not, wenn der Teufel die beiden Fliegen isst, die du mit einer Klappe geschlagen hast.« Praktisch veranlagte und energiegeladene Patienten werden nach draußen geführt, um bis zur komatösen Erschöpfung zu fällen und zu hacken. Die Versorgung mit Brennstoff ist mit Bedacht arbeitsintensiv, denn noch nie wurde jemandem eine Kettensäge anvertraut – ich habe nachgefragt –, weshalb alles mit der Hand gehackt und gesägt werden muss. Im Augenblick wirken wir vielleicht wie ein recht apathischer Haufen, aber hin und wieder lassen einige von uns sich überzeugen, Scheite zu spalten und den Nervenkitzel einer offensichtlich tödlichen, wenn auch äußerst primitiven Waffe zu spüren. Doch die Hauptsache ist das Feuer selbst – da wir mit Gesellschaft nichts anzufangen wissen, können wir wenigstens in die Flammen starren, ohne dabei abgeschottet zu wirken. Es schenkt uns einen Schimmer Privatsphäre und macht unser Schweigen weniger unbehaglich.

»Inhalatoren gegen Verstopfung.«

Nicht, dass wir heute Abend schweigen würden: Tom, Eddie und ich haben das Kaminsofa gekapert, Gregory liest in einem Sessel, ist aber auch bei uns, hört zu, das merke ich. Und mir ist auch bewusst, dass ich wieder in männlicher Gesellschaft bin, ich habe sie allerdings nicht gesucht. Ich könnte mich genauso leicht mit Frauen zusammentun. Ich verfolge keinerlei sexuelle Pläne, was die Pfleger Forbes und Ogilvie auch sagen mögen.

»Was machst du mit den Inhalatoren?« Wir zählen Dinge auf, von denen wir gehört, die wir aber noch nie probiert haben. Inhalatoren sind mir neu.

»Du isst sie, was denn sonst? Du isst diesen schwammigen

Stoff, in dem das Medikament steckt – treibt einen total in den Wahnsinn.« Und das von Eddie – einem Mann, dessen Wahnsinn ohnehin schon, wie ich glaube, groteske Blüten getrieben hat. Natürlich kennt ihn eigentlich keiner von uns, wir haben nur zugehört, wie er sein Leben geschildert hat, so, wie er unseren Schilderungen gelauscht hat. Wir erwarten selbstverständlich, dass alle bei ihren Erinnerungen lügen – ob der Pfleger nun mitschreibt oder nicht –, aber diese Lügen sind doch ziemlich verräterisch, und Eddies Lügen lassen ihn völlig übergeschnappt erscheinen. Er ist also ein Fremder, aber ein vertrauter Fremder, so, wie wir einander alle vertraut sind – wenn man jeden Tag gruppenweise und öffentlich verhört wird, kann man hinterher nicht zum Small Talk zurückkehren. Ich habe wahrscheinlich einen ganz guten Überblick über Eddies größere Missetaten, seine Arten der Untreue, seine Kindheitsängste, aber seine zweite Frau scheint mir sehr wenig überzeugend, und nicht für Geld könnte ich auf seinen Nachnamen kommen.

Tom murmelt ebenfalls einen Beitrag, versucht, Eindruck zu schinden. »Schlagsahne.« Tom, der nach Talkum riecht, der noch keine erschreckenden Verbrechen zugegeben hat.

»Wozu das denn – für einen Cholesterinflash?« Ich mache mich nicht über ihn lustig, aber er will uns etwas Altbekanntes und Gewöhnliches unterjubeln.

»Nein, das Gas –«

Eddie ist auch nicht beeindruckt. »Ja, das Scheißgas, das Treibgas für die Dosensahne. Kenn ich. Aber wie viel kannst du davon einatmen, bevor du dir die Sahne ins Hirn pumpst … ich hasse diese Scheißsahne. Totaler Schwachsinn.« Man hat ihn aufgefordert, bei den Sitzungen auf Schimpfworte zu verzichten, aber außerhalb des Stuhlkreises achtet er nicht darauf – weil er sonst noch schlimmer schwitzt. Er hat Ringe um drei Finger tätowiert, eine Art Maori-Muster auf dem Arm, trägt immer nur T-Shirts, die immer sichtbar feucht sind. Ich habe darauf geachtet, nicht neben ihm zu sitzen, jetzt bewässert er also Tom.

»Na, ich habe wohl das Beste.« Und das stimmt auch. »Ich bin nicht ganz sicher, wie es funktioniert, aber es ist das Beste.«

»Ach ja? Dann raus damit.«

»Schaum.«

»Schaum? Was für'n Scheißschaum?«

»Schaum – Schaumstoff – wie in Sitzpolstern. Das Gas, das die Blasen in den Schaumstoff macht – das macht high.«

»Du kaust also den Schaumstoff?«

»Du kaust den Schaumstoff.«

»Das ist ja die krankste Scheiße, die ich je gehört habe. Wer denkt sich denn so einen Scheiß aus?«

Gregory lächelt in sein Buch. Er hat seit Stunden nicht umgeblättert. Wir haben aus offensichtlichen Gründen nicht viel geredet, aber er lauscht mit einer Art Wut – man spürt ihren Zugriff. Dann gleiten seine Mandelaugen in deine Richtung, ihre Berührung streift dich, bevor er wieder versinkt.

»Schaumstoff. Wenn ich es euch sage. Haut dich anscheinend völlig um. Und wie einfach das ist – wenn man sich die Kante geben will, isst man einfach seine Möbel –, man braucht noch nicht mal aus dem Haus. Na ja, irgendwann hätte man wohl alles durchgekaut, aber dann müsste man bloß bei einer Polsterei anrufen und Nachschub bestellen.«

»Brauch noch 'n paar Sitzkissen, Alter …« Eddie spielt leichtes Lallen. »Ich schmeiß 'ne *Paardiie* …« Das können wir inzwischen, unsere alten Stimmen auspacken und über sie lachen, unser altes Ich parodieren, als würde es nie wiederkehren.

Ich spiele mit, die beschränkte Trinkerin. »Hab heut Geburtstag, dachte, ich gönn mir 'nen Sessel.« Der fröhliche Trottel – die Nummer habe ich immer gespielt. Nicht, weil ich in Wirklichkeit nüchtern war: sondern weil ich nie auf die Art betrunken war. Ich war nicht liebenswert oder harmlos – ich wusste nur, was andere Leute gern sehen. »Ach nein … geben Sie mir gleich zwei Sessel … weiß ja nie, ob nich noch wer reinschaut. Nur zur Sicherheit … d'mit keiner enttäuscht ist. Und jetz, guter Mann, zeign Se mir noch ihre Klebstoffe, wo ich schomal da bin. Ham Sie welchen mit Himbeergeschmack?«

Ertragen zu werden, danach strebt man. Entschuldigendes Zucken und Sorge, vorbeugendes Lachen, berechnende kleine Ungeschicklichkeiten, um die Unfälle zu überspielen, die du nicht vermeiden kannst: die großen, schlaffen Hände, die dir am Ende des Abends gewachsen sind und die vor dir her schlenkern, um Ärger zu vermeiden.

Und ich verstehe, dass so eigentlich ein Mann trinkt und dass es für mich daher unpassend ist. Ich hätte zu Hause hinter meinem Vorhang sitzen sollen, mit meinem Gin, meiner Tia Maria und meinem Blue Curaçao. Hätte mir frühmorgens im Schnapsladen Schande machen sollen: verrutschtes Make-up, zittrige Hände, die in der Tasche nach dem schmuddeligen Portemonnaie wühlen und dann über die Ladentheke zucken, um das gepflegte Viertelliterfläschchen einzusacken, um das ich leise entschuldigend, sogar leicht überrascht gebeten habe, und dann zurück nach Hause, wo ich es mir heimlich in den Tee schütte – in die Tasse, nicht in die Kanne –, es sieht mich zwar keiner, aber weibliches Trinken ist Sünde und muss unsichtbar bleiben. Einen Schritt weiter bergab hätte ich regelmäßig das örtliche Taxiunternehmen anrufen können, damit sie mir meine Flaschen besorgen und ich mir den Gang erspare, die Extraprämie bezahlen, damit ich in meinem Versteck bleiben kann.

Und so wird man wirklich wahnsinnig. So stirbt man allein.

Also bleibe ich bei den Männern, weil ich dann nicht allein bin und weil die ihr Bestes tun, glücklich zu sein. Das ist die einzige vernünftige Wahl. Kein Abgang mit dem Kopf im Drei-Stufen-Grill, dem obligatorischen Pudel oder Pekinesen als Futter dienend. Kein Aufbrezeln im Minirock und Gequietsche bei Wodka mit Kaugummigeschmack, und anschließend Autofahrern die Titten zeigen. Ein klein wenig Würde, das ist doch nicht zu viel verlangt.

Und wie hätte ich wohl sonst Robert kennengelernt? Ich muss mich doch an die Jungs halten. Wie sollte ich sonst jemanden kennenlernen?

Das Feuer ist zu einem glühenden Kohlenbett heruntergebrannt, wie eine atmende Flüssigkeit voller dunkler und kirschroter Lichter und huschender Hitze. Es hat keinen Sinn, noch einen Scheit nachzulegen: Punkt zehn müssen wir in unseren jeweiligen Häusern im Bett sein. Und im Haus Thoreau ist heute Abend Urinprobe. Was für ein Spaß.

Ich verlasse meine Jungs sanft, wünsche ihnen *Gute Nacht.*

Das übliche Zuneigungsvokabular des Trinkers: auf den Arm klopfen, das Haar zerwühlen, auf den Rücken schlagen, die Hände drücken und geschwollene Küsse: das ist verebbt, nicht mehr gestattet. Wir haben gemerkt, dass wir es nicht mehr unter Kontrolle haben – es macht uns zu Karikaturen, zu reinen Zeichentrickfiguren. Gefühle überschatten und zermalmen uns dann wie fallende Tresore, Abgründe öffnen sich, Abhänge sausen vorüber, Dynamitstangen zischeln in jedem Kaninchenloch, in jedem Apfelkuchen, den die Pfleger ausfindig machen. Bei jeder Berührung strampeln unsere großen, runden Tierpfoten sinnlos auf der Stelle, den glatten Hang unserer Hirnschale hinauf, während die Welt Falltüren öffnet, die zu hinterhältig und zu verlockend sind, als dass man sie ertragen könnte, während Bulldoggen und Kojoten uns verfolgen, unsere Verteidigung ins Leere geht und wir uns schließlich mit krankem Grinsen dem einen oder anderen Horror gegenübersehen, während etwas Schlimmes weiter an unserer Haut kreischt. Dieses Chaos ist natürlich nur selten sichtbar.

Eine Frau – Belinda? – hat mich heute Morgen in die Arme geschlossen, als ich in der Gruppe weinte. Ich lehnte mich an sie, fast gelähmt von den Katastrophen, die sie hinter meinen Augen weckte, den Qualen meines animierten Inneren: der Sicherheit, dass Arschlöcher wie sie sich zum Leiden hingezogen fühlen, der gleichzeitigen öligen Welle ihrer möglichen Freundlichkeit, dem plötzlichen Gedanken an meine Mutter, der Klaustrophobie, der Angst und dem Bedürfnis, Robert zu umarmen, umarmt zu werden, dem Wunsch nach dem soliden Maßstab, an den man sich halten kann, wenn man einen Mann, und nur, wenn man einen Mann berührt.

Schließlich musste ich sie wegschieben und mich dann entschuldigen und es dann noch mal mit Gefühl vor der ganzen Gruppe tun. Als wäre nicht sie schuld an der ganzen Situation gewesen. Belinda – so hieß sie wirklich. Sie wird bestimmt nicht nüchtern bleiben. Hysterikerinnen wie sie kommen in der richtigen Welt nicht zurecht.

Ich hingegen kann das, ich habe mich an die Nüchternheit gewöhnt. Ich bin jetzt acht Tage hier, ohne irgendeinen Tropfen zu mir genommen zu haben. So lange bin ich seit der Schulzeit nicht mehr ohne zu trinken ausgekommen. Wenn ich acht Tage schaffe, schaffe ich auch für immer. Als ich durch den Schein der Lampen und der Schneeflecken zu Thoreau zurückschlendere, muss ich zugeben, dass der ganze Prozess weniger schlimm war, als ich gedacht hätte. Andere Insassen haben mir von luxuriösen Ausnüchterungsanstalten erzählt, wo besänftigende Wasserfälle rauschen, wo es Zimmerservice und Haarpflege gibt, und ich könnte mich über meinen Bruder ärgern, wenn ich mir überlege, wo ich gelandet bin: wenn ich mich im allgemeinen Lärm einer weiteren mächtigen, deftigen Mahlzeit niederlasse, wenn ich im Wäschekorb mit liegen gebliebenen Flughafentaschenbüchern wühle, der unsere Bibliothek darstellt, oder wenn ich unter dem kanariengelben Anstrich des Hauses Thoreau leide, aber ich akzeptiere, dass der spartanische Ansatz auch seine Vorzüge hat. Ich fühle mich zum Beispiel sauber hier: so sauber wie im Blut des Lammes gewaschen, so sauber, dass man von mir essen könnte. In meiner Seele geht etwas vor, das Gefühl – in ruhigen Momenten –, dass sie glänzt, dass sie in der Bergluft gedeiht.

Sogar meine Träume sind anders. Keine Untertöne von Salvador Dalí oder sprechenden Hunden, nichts davon mehr: nicht mal die typischen nervösen Angstzustände – nackt in der Vollversammlung der schottischen Protestanten oder so etwas in der Art –, jede Nacht empfange ich mit offenen Armen die gleiche Parabel: ohne Diplomatie, ohne Metaphern, einfach eine endgültige Warnung, ein laut hallender nächtlicher Ruf – *Hannah, tu so etwas nie wieder.*

Die Szene ist schwarz-weiß, etwas körnig, hier und da ein Kratzer in der Luft, der wie ein geisterhaftes Insekt wieder verschwindet. Ich bin in einem Film – tatsächlich im Zelluloid drin –, und die Flachheit erschreckt mich, das rasende Greifen der Zahnräder des Projektors auf beiden Seiten, die Gewissheit, dass ich hier nie herauskomme. Hinter mir ist ein voller Saloon, in dem zwar Schwaden von Leichenhausdämpfen treiben, sich aber dennoch die üblichen Dinge abspielen: die abgekarteten Pokerpartien, die tief ausgeschnittenen Huren, die Hüte, die Sporen, die Patronengürtel, der Pianist, der auf die Tasten eines Klaviers hämmert und bis zu den Handgelenken im Sand steckt. Er bringt außer mühseligem Atmen kein Geräusch hervor, doch aus dem Hintergrund ist schwach so etwas wie Musik zu hören: das traurige Zittern einer Bluegrass-Fiedel, aber vor allem eine Armeetrommel, die mit schwerem *Tap-Tap* den Takt hält.

Ich lehne an der Bar, einen Stiefel auf der Stange, und bin in Körper und Kleidung eines staubtrockenen Cowboys gehüllt. Wie alle anderen hier spiele ich meine Rolle. Ich lege meinen Stetson auf die Theke, lecke mir das getrocknete Salz um die Lippen ab, und während ich das tue, fällt mir auf, dass der ganze Saloon auf mich gewartet hat, dass ich einen Prozess in Gang gesetzt habe und etwas Grauenhaftes im Anmarsch ist.

Der Barkeeper schenkt, wie ich erwartet habe, ein kleines Glas mit dem perfekten Alkohol voll. Er gleitet süß und sanft wie Milch über die Lippen und lässt meinen Atem glitzern. Er ist die Wärme meines wahren Zuhauses, ein Willkommen daheim, dann der animalisch heiße, aus letzter Hoffnung geborene Fick um drei Uhr morgens, und dann sticht er mit der stillen, sauren Kühle des Todes. Der Geschmack ist jeder gute Geschmack, an den ich mich erinnern kann, und noch mehr, darüber hinaus, streift das unverdünnte Aroma des Paradieses und legt in jede Zelle, jeden Gedanken, jeden Wunsch den idealen Grad der Trunkenheit.

Schon als ich den nächsten nippe, weiß ich, dass dieser Drink unmöglich ist, dass die wache Welt mir nichts bieten kann, was so gut ist.

»Das ist die Wahrheit, oder? Das ist die Wahrheit.«

Neben mir lehnt die Andeutung eines Mannes. Wenn ich ihn direkt anstarre, zerfließt er, als würde er sich in geschmolzenem Metall, in unruhigem Öl spiegeln, doch aus den Augenwinkeln erkenne ich, dass auch er wie ein Cowboy ausstaffiert ist: staubiges Tuch, schwielige Hände, ein dunkler Hut, der sein Gesicht verschattet. Seine Finger trommeln auf der Theke im Takt der Musik, ein schweres *Tap-Tap*.

»Wo hast du sie begraben?« Seinen Akzent kann ich nicht einordnen, aber seine Stimme erkenne ich beinahe. »Wo ist die Leiche? Mir kannst du es sagen.«

Und das ist die schreckliche Nachricht, die ich vergessen hatte, das Finale, das zu erleben die Bar hierhergekommen ist.

Er hat ganz recht – ich habe jemanden umgebracht. Ich habe die letzte, unverzeihliche böse Tat begangen, und sie höhlt mich aus, ich bin nur noch eine grinsende Haut, über den Anbruch der Hölle gespannt. Es ist gerade noch genug von mir übrig, um entsetzt zu sein.

»Wo ist die Leiche?« Ich weiß nicht genau, ob er spricht oder mich seine Gedanken hören lässt. »Du kannst sie nicht ewig verstecken, das weißt du.«

Der Barkeeper schiebt mir noch ein Glas herüber, und ich stürze es hinunter, so schnell, wie es gekommen ist, in einem Schluck, der sich wie eine Faust durch meine Kehle rammt. Vielleicht wird das auch der letzte Tropfen sein, denn wir nähern uns dem Ende: Die Wände zerbröckeln neben mir, überall Auflösung und klappernder Zerfall.

Tap-Tap.

»Wo ist sie?«

Tap-Tap.

Ein Pochen an meinem Hals, wie das Zeichen eines neuen, bösartigen Organs.

Tap-Tap.

»Du weißt es doch.«

Und die Huren lachen über ein Geheimnis, das ich ihnen verraten habe, und der Klavierspieler ist weg, und ich wische mir übers Gesicht, um mich von einer plötzlichen, ungeheuren Hitze zu befreien, und ich hebe ein frisches Glas mit meinen Händen, die von Blut leuchten.

Tap-Tap.

Meine Ärmel sind damit verkrustet, schwer und steif, auf meiner Hemdbrust erblühen kleine Flecken, die anschwellen, zusammenfließen, an meinem Gürtel und an meiner schmutzigen Jeans haltmachen, die ganz normal wirkt, bis ich schließlich weitersuchen muss, so, wie es alle hier gewusst haben, bis ich endlich den Blick senke, um die Ursache dieses Geräuschs zu finden.

Tap-Tap.

Und sehe, wie mein Blut vom Hosensaum hinab auf meine Stiefel tropft, auf meine roten, roten Stiefel, in die Lache, die sich um sie gebildet hat, die tief leuchtende Verschwendung meines Lebens.

»Du musst es mir nur sagen. Verrat mir einfach, wo die Leiche ist.«

Es ist ein Wunder, dass ich mich bei solchen Vorstellungen Nacht für Nacht überhaupt erholen kann. Zu willkürlichen Zeiten sitze ich im Dunkel, tropfnass vor Nervenanspannung und Verlangen, steif vor Entbehrung. Und irgendwo in meinem Unterbewusstsein muss ich wirklich glauben, dass ich zu blöd bin, die Gefahren des Trinkens zu begreifen, wenn ich sie nicht mit Adrenalin von innen auf die Schädeldecke gepinselt kriege.

Ich glaube, Thoreau ist schuld.

Das schöne Thoreau.

Hinein durch die quietschende Tür – die nicht geölt wird, damit ungebetenes Eindringen sofort von allen und besonders vom wachhabenden Pfleger bemerkt wird –, und hier kommt der erste von vielen Fluren, mit hirnlosen Plakaten und Sprüchen geschmückt –

DENKEN, DENKEN, DENKEN.

WIE WICHTIG IST ES WIRKLICH?

WIR SIND ALLE GOTTES KINDER.

Kein Wunder, dass ich hin und wieder Übelkeitsanfälle bekomme – von den geistigen Infekten des Nachts ganz zu schweigen –, einfältiges Geschwafel ist ansteckend, das ist allgemein anerkannt. Darum gehe ich auch nicht wählen.

UNS SELBST SEHEN, WIE ANDERE UNS SEHEN.

DIE WELT IST SO, WIE ICH BIN.

TRUNKENHEIT STEIGERT DIE WUT DES NARREN, BIS ER SÜNDIGT: SIE SCHWÄCHT UND VERWUNDET.

ACHTE AUF DEINEN KOPF, ER IST DEIN SCHLIMMSTER FEIND.

Dieser letzte Satz allerdings ist offensichtlich wahr. Dein Kopf wartet, bis du bewusstlos bist, dann schlägt er los und verpasst dir eine Abreibung, der du nicht ausweichen kannst – Rache für den jahrelangen Katzenjammer, den du ihm eingebrockt hast.

Die Holztreppe hinauf komme ich noch an PROBLEM ERKANNT, PROBLEM GEBANNT vorbei, bevor ich Zimmer fünf erreiche, wo ich stehen bleibe.

DIES IST HANNAHS UND -------S ZIMMER.

Eigentlich soll niemand in den friedlichen Genuss eines Einzelzimmers kommen, aber im Augenblick sind nicht genug Mädchen da, um alle Zimmer zu füllen, also bin ich allein. Gewachster Dielenfußboden und ein Flickenteppich, ein schmales Fenster mit Kiefernrahmen, das auf die schmale Kiefernveranda hinausgeht, zwei schmale Kiefernbetten, zwei schmale Kiefernnachttische, eine schmale Kiefernkommode und ein schmaler Kiefernkleiderschrank (ach, was hätte ich mir für Charakter formende Messerstechereien über die Aufteilung dieser Möbel liefern können) und ein funktionelles Badezimmer mit Toilette, Waschbecken und Dusche, nichts davon schmal oder aus Kiefer. Dem Fenster gegenüber hängt ein schlecht gerahmtes Bild eines dünnen Mannes, der im Bett sitzt, zwei gesunde Männer sprechen freundlich mit ihm, und ein Lichtgespinst über ihnen deutet an, dass sich etwas Religiöses ereignet. Zwischen den Zimmerkontrollen drehe ich es zur Wand.

Jetzt jedoch sieht es mich an, da ich den Plastikkelch entgegennehme, den Pflegerin Chiselden mir gerade hereinreicht. Dann gehe ich ins Bad und versuche, auf Befehl eine Urinprobe zu produzieren.

Ich habe bestanden.

Das ist auch nicht weiter überraschend – es heißt, dass es im Umkreis von mehreren Hundert Kilometern keinen Schnaps irgendwelcher Art gibt. Man sagt uns, dass es nicht mal medizinischen Alkohol gibt, was ein schlechtes Licht auf ihre Gesundheitsvorsorge wirft. Außerdem durchsuchen die Pfleger uns mit unangenehmer Gründlichkeit, wenn wir ankommen, und da ich mich noch nie mit dem Aufkochen von Schuhcreme und ähnlichen Scherzen abgegeben habe, ist es mir nicht schwergefallen, meine Körperflüssigkeiten rein zu halten.

Doch selbst wenn ich in Versuchung käme, würde ich ihr widerstehen. Das kann ich versprechen.

»Ich würde nichts trinken, und wenn sie es mir in die Hand drückten.« Das sage ich zu Mr Hitt, was beinahe so ist, wie es niemandem zu sagen. Pfleger Forbes hat mir mit mahnender

Schadenfreude erklärt, dass Hitt am Korsakow-Syndrom leidet – alkoholisch bedingte Demenz – und daher zwar jeden Tag als er selbst beginnt, ihm jedoch wichtige Ereignisse und Schlüsselelemente fehlen. Diese Schwäche erzeugt einen eigenartigen, leichtgläubigen Wunsch, es allen recht zu machen. Er akzeptiert jede Erklärung für seinen jetzigen Zustand.

»Ich bin aus einem Heißluftballon gefallen.«

Die stammt von Eddie – das erkenne ich. Er muss sie ihm in groben Zügen beim Frühstück untergeschoben haben.

»Ich war auf einer Spritztour mit meiner Verlobten. Ihre Trauer über meine Verletzungen hat ihr Haar innerhalb eines Tages weiß werden lassen.«

Hitt und ich stehen nebeneinander am Teich, unsere Füße versinken in einer Mischung aus Schneematsch und aufgetürmtem Moos. Ich beobachte den patrouillierenden Schwan, dessen Gefährtin nervös im flachen Wasser am anderen Ufer bleibt, und ich lächle, kichere beinahe, wegen der Gewissheit, dass ich derzeit reiner bin, als irgendein Test zeigen kann. Dieser Ort, die langsame, grüne Luft, der Mantel aus Wasser: Ich könnte es nicht ertragen, wenn ich nicht sauber wäre. Nun passe ich jeden Tag besser hinein. Ich kann mich in der Natur wohlfühlen – sie erkennt mich an, nimmt mich gern wieder auf. Sogar die Schwäne sind weniger wachsam geworden, die Flügel des Männchens legen sich schließlich glatt auf den Rücken, seine Blicke werden neugieriger, nachdenklicher.

»Das ist doch schön, dass sie sich so um sie sorgt, Mr Hitt.« Die Lügen stören mich nicht – sie verleihen seinen Tagen einen Schuss Romantik, und morgen sind sie sowieso spurlos verschwunden. Natürlich wird er auch manchmal gequält:

Andere Insassen haben ihm von toten Kindern, Autounfällen, Vergewaltigungen erzählt – so ist die menschliche Natur. Aber heute Nachmittag ist er in guten Händen. Ich will ihm nichts Böses.

»Bestimmt kommt sie Sie besuchen, vielleicht am Freitag. Ist das nicht ihr Besuchstag?«

»Ja …« Mr Hitt wird probeweise rot und schaut auf seine Schuhe, dann ist er überzeugt. »Ja, ich nehme an, dass sie am Freitag wieder auftauchen könnte. Sie mag mich sehr gern.«

»Sie ist hoffnungslos verliebt.«

Hitt bohrt nach Einzelheiten, nach Ausschmückungen: Das beweist, dass ihm das Spiel gefällt. »Wenn es mir besser geht, können wir dann heiraten?«

»Sie fragt die Pfleger jede Woche danach.«

Er nickt, rasch zufriedengestellt. »Ich weiß.« Und setzt unseren Spaziergang fort. »Ich frage sie natürlich auch.«

»Natürlich.«

Was von Mr Hitt übrig ist, wird nie von hier wegkommen, und er wird nie in der Lage sein, sich etwas daraus zu machen. Sein Zustand ist beinahe verlockend – jeden Morgen eine neue Vergangenheit hingelegt zu bekommen wie einen frischen Anzug: kein Grund zur Reue, zur Sehnsucht, niemand, den man vermissen muss. Es sei denn, jemand leiht sie einem, und auch dann bleiben sie ja nur bis zum Abend.

»Sie und ich, wir kommen jeden Nachmittag hierher.«

Manchmal sagt Hitt Sachen, als würde er sich erinnern, aber er rät nur.

»Ja, das stimmt.«

»Wir sind alte Freunde … Ich kannte Ihren Vater.«

»Ja, genau. Sie haben zusammen an der Universität gearbeitet.« Er sieht aus, als würde er sich in einem efeubewachsenen Innenhof, in einem Arbeitszimmer zu Hause fühlen, warum also nicht? »Er führt ihre Forschungen weiter. Es geht gut voran.«

»Wirklich?« Hitt zupft an seinem Revers, wird mit jedem Schritt akademischer. »Das höre ich gern. Obwohl ich dachte …« Und vielleicht kommt von irgendwo ein Murmeln, wie er sein Geld tatsächlich verdient hat, eine Andeutung von Widerspruch. »Aber gut … Forschung …« Er ist nicht dogmatisch. So lange schon wissen es andere Menschen besser als er, dass er zufrieden ist, sich zu entspannen und auf jeden zu verlassen. »Nein, ist schon gut.«

Wir haben Hitts Stein erreicht. Hier wurde mir aufgetragen, mich hinter ihn zu ducken und mich still zu verhalten, während er in seiner guten, weichen Hose und seinem handgenähten Mantel hinaufklettert und sich im Schneidersitz auf den flechtenbewachsenen Stein hockt, Hände und Gesicht über die scharf abfallende Kante gebeugt, die ihr Ende unter Wasser verbirgt.

Hitt lehnt sich nach vorn und lässt ein hustendes Grunzen aus seiner Kehle ertönen. Der Schwan ist ohnehin schon unterwegs, zunächst in aufgebauschter Drohhaltung, dann langsamer gleitend. Die beiden haben sich längst aneinander gewöhnt, aber der Schwan muss – um meinetwillen oder aus Gründen der Ehre – zeigen, wem dieser Teich gehört. Danach hält er an, so glatt und ruhig wie ein Tuch, und reckt seinen Hals zu Hitt empor, der eine Tüte mit Brot aus der Tasche gezogen hat und den ersten *Willkommens*brocken in den geöffneten Schnabel des Vogels legt.

»Na, na … wir haben uns doch nur unterhalten. Tut mir leid, dass ich zu spät bin.« Der Schwan saugt etwas Wasser auf, um den Bissen hinunterzuspülen, und hustet zustimmend. Hitt murmelt mir über die Schulter zu, »Beißt mir jedes Mal in den Daumen, wenn er sich geärgert hat … natürlich nicht richtig … er wird nie unhöflich. So ist gut … so ist gut …«

Und Hand an Schnabel schwanken und glucksen und grummeln sie miteinander, der Schwan isst, und seine Frau gleitet zaghaft näher, pickt ein paar Krümel aus dem Wasser und murmelt leise.

»Ach, uns geht es aber gut, was? Morgen gibt's Salat. Zu viel Brot ist gar nicht gut, nicht wahr? Auch wenn es lecker ist.«

Vielleicht ist das die einzige neue Information, die hängen geblieben ist, seit er sich um den Verstand getrunken hat: das Vertrauen der Vögel, und wie man mit ihnen spricht.

»Das Weibchen sieht brütig aus, finden Sie nicht?«

»Mm?«

Das Männchen wirft mir einen Blick zu, die Halsfedern kräuseln sich, als er meine Einmischung bedenkt und dann für unwichtig erachtet. Ich halte mich dicht am Boden, obwohl mir der Blutstau in den Knien schmerzt.

»Das Weibchen. Sie scheint … nicht abgeneigt zu sein.«

Und dann erinnere ich mich an die Listen, die meine Mutter mir beigebracht hat: Vögel sind brütig, andere Tiere brünstig, und Wildschweine leben in Rotten, und ihre Ferkel heißen Frischlinge, die Füchsin heißt Fähe, der Hasenmann Rammler, die junge Kuh Färse. Die wollte sie mir schenken: die unnützen Schönheiten unter den Worten.

Und als ich diese Worte wiederentdecke, setzt der Schwan seine großen schwarzen Schwimmfüße in den Schlamm, richtet sich zu voller Höhe auf, wirkt eigenartig dünn und ist auf Augenhöhe mit Hitt, der Brot bricht und anbietet, bricht und anbietet. »Na, na, kein Grund zur Eile.« Hitt weicht respektvoll ein wenig zurück. »Sschhh.« Und der Schwan ist zufrieden, sinkt auf die Wasseroberfläche zurück und trinkt.

Ein Windstoß riffelt den See, und ich kriege den muffigen Geruch warmer Bettwäsche in die Nase, den der Vogel verströmt. Ich könnte ihn mögen, und er mich, und am Ende könnte ich selbst kommen und ihn füttern. Das würde mir mehr nützen als die endlosen Gruppensitzungen, die Vivisektionen. Die Fragen, die sie stellen, treffen nie ins Schwarze: Forbes und Ogilvie, Ogilvie und Forbes: kein Wort über Frischlinge oder über meine Seele.

Morgen früh soll ich mir von irgendeinem Berater den Schädel knacken lassen, ihn dort herumsuchen lassen, wo es ohnehin nichts mehr zu finden gibt. Ich werde hier jetzt seit mehr als einer Woche von professionellen Kräften befummelt: Jede Art von Spannung ist dahin. Ich werde ihm meinen Traum erzählen, und dann wird er mich nach Masturbation oder Fetischen ausfragen und mir das Gefühl zu geben versuchen, ich sei abnorm. Das hilft nicht bei Leuten wie mir – oder Hitt. Wir brauchen einen sanfteren Zugang.

Der Schwan steht wieder, diesmal weit draußen im Teich, streckt sich in die Höhe und breitet die Flügel aus, schüttelt und schlägt sie mit einem Geräusch wie schlagende Segel, stößt einen bellenden Ruf aus. Das Weibchen beäugt ihn nachsichtig, dann treiben sie zueinander, bis sie sich treffen, neigen die Köpfe still im Takt, durchstoßen die Wasseroberfläche und heben sie dann wieder, schütteln Lichttropfen ab.

Außerdem soll morgen früh jemand namens Martha Rocco in mein Zimmer ziehen. Ich werde also den Rest meiner Zeit hier neben einer Trinkerin schlafen und keine Gelegenheit mehr haben, etwas Privates zur Entspannung zu tun.

Clear Spring meint es nicht gut mit mir.

»Mr Hitt?«

»Aha?« Hitt ist vom Stein gestiegen und wischt sich die Krümel von den Händen, sieht leicht zerzaust aus – der Schuljunge, der unbedingt in seiner schönen neuen Uniform spielen musste. »Ja?« Er schaut noch einmal aufs Wasser, und die persönliche Zufriedenheit in seinem Blick lässt darauf schließen, dass er an seine wundervolle fiktive Verlobte denkt.

»Es hat gar keine Eile ...« Meine Lippen müssen jetzt mit den Silben kämpfen, sie werden schwer und glitschig, »Ganz und gar nicht ...«, und mein Atem hat den Rhythmus verloren. »Aber das Geld, das Sie mir schulden ... es wäre ganz gut, wenn Sie es mir wiedergeben könnten.«

»Ach, das ...« Das Trugbild ihrer Tränen bei der Trennung, ihres ersten Stelldicheins und wer weiß was noch verblasst, und Hitt wird auf ganz und gar anständige Weise besorgt. »Wissen Sie, ich vergesse so vieles, ich –«

»Ich weiß, das weiß ich doch auch. Das ist kein Problem.«

»Es tut mir schrecklich leid.«

»Nein, schon in Ordnung.« Ich könnte fast aufhören, nicht weiter fragen, es dabei belassen. »Es ist überhaupt kein Problem.«

»Aber natürlich ist es eins – wie denn nicht? Sie müssen mir sagen, wie viel es ist. Ich habe nur ein bisschen bei mir …«

Ich habe keinen Schimmer, was »ein bisschen« bei Mr Hitt heißt, und ich kann ihm keine Zahl, keine Summe nennen: Meine Kehle lässt mich nicht. Doch er fasst in seinen Mantel und zieht eine gepflegt glänzende, gesunde Brieftasche hervor. Daraus zieht er einen bunten Stapel kanadischer Banknoten – ich verstehe kaum, was sie bedeuten, und ich halte mich mit dem Hinstarren zurück.

»Vierhundert?« Er schaut mich höflich fragend an, und einen schwindelnden Moment lang weiß ich nicht, ob er prüft, wie viel ich brauchen, oder wie weit ich gehen werde. Will ich ihn wirklich berauben?

Nein, will ich nicht. Nicht im tatsächlichen Sinn, so dass er es merkt. Es wird ihn nicht eine Sekunde Schlaf kosten.

Und er ahnt auch nicht im Geringsten, dass etwas Ungehöriges passiert, ich interpretiere seine Miene einfach falsch.

»Fünf?«

Nicht, dass ich total blöd wäre – ich kann den moralischen Preis schon einschätzen. Wenn ich einen anderen Weg einschlagen könnte, würde ich ihn wählen. Ich muss nur einfach weg sein, bevor sie in mein Hirn und mein Schlafzimmer einbrechen und erwarten, dass ich dabei aufblühe. Das könnte ich nicht ertragen, jedenfalls nicht, ohne zu trinken. Und das war ja der Zweck meines Kommens – mich vom Trinken fernzuhalten. Ich muss gehen, um meinen Seelenfrieden zu bewahren, denn der ist jeden Preis wert.

Aber bald werde ich eine Summe nennen müssen.

Ich wische mir über den Mund.

Wie viel Geld werde ich benötigen?

Den ersten Teil der Strecke werde ich per Anhalter fahren, fahren müssen – das ist umsonst. Busfahrkarten? Zugfahrkarten? Das Flugticket umbuchen – oder ist es ein nicht gebundenes Ticket? Kann das sein? Ich habe nicht nachgesehen. Ich nehme die kleine Tasche, die Reisetasche, nur die, mehr brauche ich nicht.

»Nein, nein, fünfhundert waren es natürlich nicht. Also …?« Hitt zögert, mein Schweigen verunsichert ihn, die Leerstelle, die ich in sein Gehirn gelogen habe. Er weiß nicht, was er mir geben soll. Also hält er mir einfach das Geld hin und lässt mich so viel stehlen, wie ich mag, ohne dass ich ein Wort sagen muss.

Aber ich mag nicht – ich mag grundsätzlich nicht. Das ist alles so verabscheuungswürdig, aber was bleibt mir übrig? Ich muss hier weg, und niemand lässt mich gehen oder hilft mir. Jedes Mal, wenn ich davon angefangen habe, haben sie bloß gelacht und gescherzt, dass ich ja losziehen könnte, wann immer ich wollte, weil sie so sicher sind, dass wir hier weit genug weg sind von allem und dass ich in der Falle sitze, weil ich kein Geld habe.

Aber jetzt habe ich welches.

VIII

Wie es passiert, ist immer eine lange Geschichte.

Und manchmal fällt dir plötzlich die ganze, lange Erklärung ein, fällt auf dich herab, ungeduldig und ungeladen, und sie lässt deine Gelenke und deine Gedanken erzittern und stoppt unvermittelt deine Schritte.

Darum kann ich nicht mehr weiter auf diesem Bürgersteig gehen, der in der Nähe des Flughafens Heathrow, Terminal miregal liegt, und außerdem nicht weit von der grässlichen Herberge, in der die Anhänger der Zimmerschlüssel wie ein mutiertes Blatt geformt sind. Ich bin hilflos zwischen zwei mittelmäßigen Orten festgenagelt und versuche, das nicht auf meinen moralischen Zustand zu beziehen. Verkehr strömt auf der Straße vorbei, eine amerikanisch aussehende Frau – gebügelte Hose und übernatürlich weiße Schuhe – zerrt einen Koffer hinter sich her und blickt nervös in Richtung des furchtbaren Reigens von Motels, die sich hinter mir ducken. Ich kann ihr nicht helfen, kann nicht einmal nicken, als sie an mir vorbeirollt, eine kleine Wolke Besorgnis und abgestandenes *Anais Anais* hinter sich lassend.

Wenn ich gerade sprechen könnte, würde ich ihr sagen – *meiden Sie das nächste Hotel auf der linken Seite hinter dem Parkplatz: Es ist unverschämt sauber, und die Betten sind äußerst unangenehm: Letzte Nacht habe ich in einem davon einen widerwärtigen verheirateten Mann gefickt. Weiß auch nicht, was in mich gefahren ist – das heißt, ich kann es mir vorstellen, aber ich möchte es lieber nicht.*

Ja, tatsächlich, Lecken und Ficken (ich mag es, wenn meine Erniedrigungen sich reimen, jedenfalls beinahe) mit einem weißbäuchigen, rückgratlosen, zottelhaarigen Widerling – das ist anscheinend genau die Art von Zerstreuung, für die ich geboren wurde. Ich kann den nächsten Filmriss und die Überraschungen, die mein Glück für mich bereithalten wird, kaum erwarten, denn ich bin ganz sicher, die Schande wird in den grellsten und demütigendsten Farben geliefert: dichte Szenerien im Stile eines Edgar Allan Poe, aus denen man mit einem langen und sehr schmutzigen Schrei erwacht. Ach, was habe ich für einen Spaß – man könnte ihn von hier bis Dublin und wieder zurück ausrollen, ein ganzer Konvoi von Vergnügungen.

Aber in Wirklichkeit kann ich weder dies noch etwas anderes zu der traurigen Amerikanerin sagen. Ich bin zu sehr damit beschäftigt, mein Denken mit so vielen Erinnerungen zu füllen, wie hineinpassen, mit so vielen, dass es wehtut: der Schlüssel zu Zimmer 536 und die unbenutzten Unterhosen in meiner Reisetasche und der Flug von Kanada nach Heathrow *über Budapest* und der Versuch, den verheirateten (wer hätte das gedacht) Mr Zottel nicht zu küssen – womöglich hieß er Mr Stott –, diese seltsam elastischen Lippen und dieser Geruch, den er an sich hatte, und ich auch immer noch – oder sein Geschmack: jedenfalls irgendwas, was ich nicht wieder loswerde – und die Erinnerung daran, da gewesen zu sein, und nicht betrunken genug, ihn völlig auszulöschen, das verzweifelte Zucken seiner lauwarmen Lenden zu ignorieren und meinen Magen zu beruhigen und einfach *zu kommen* – wenigstens zu kommen –, und dann noch das volle englische Frühstück, das ich nicht gegessen habe, und die Rechnung, die ich nicht bezahlt habe, und das Geld, auf das ich kein Recht habe – Hitts Geld –, das in meiner Brieftasche neben der Kreditkarte eines M. H. Virginas schläft.

Das ist doch eine totale Katastrophe, oder?

Und außerdem gähne ich. Es ist wahrscheinlich mit ungeübtem Auge nicht zu erkennen, aber ich beginne, langsam und unerträglich von den Knöcheln aufwärts zu gähnen, die Wärme des Gähnens wallt durch meine Adern, und ich weiß, es wird seinen hinterhältigen Willen bekommen und sich zu dem brüllenden, unnatürlichen, fast orgasmischen Ganzkörperkrampf auswachsen, der anzeigt, dass ich gestern am frühen Morgen Benzodiazepin in irgendeiner Form genommen haben muss. Und das war sehr schlecht – nach vierundzwanzig Stunden beschert mir das Zeug garantiert lähmendes, anhaltendes, zügellos sabberndes Gähnen. Wegen solcher Probleme lasse ich immer, wenn ich es denn vermeiden kann, die Finger von Drogen.

Die sind jedoch im Moment nicht meine Hauptsorge, da grinsende und intime Details kiloschwer in mein Bewusstsein fallen wie die Ankerkette des Panzerkreuzers Potemkin: ein Kettenglied nach dem anderen. Jetzt drängt sich mein Abschied aus der Klinik ins Bild: die blau-goldene Morgendämmerung von British Columbia, zart und gedämpft, als ein Touristenpärchen im Geländewagen zuerst abbremste und dann wartete, dass ich hinterhertrabte, nach der Tür griff und sie zu den üblichen, fürchterlichen Freiheiten hin öffnete. Davor lag der Marsch vom Clear Spring umgebenden Zaun zur Straße, in der Gebirgskälte, fröhlich pfeifend und Geräusche machend, um die nächtlichen Bären zu beruhigen, die Reisetasche über die Schulter geschwungen, um das Gewicht besser tragen zu können, aber das war nicht allzu schlimm gewesen: vor allem das Hochgefühl, die Erregung, mich unter dem rostigen Maschendraht hindurchgezwängt zu haben, *ausgebrochen*, auf dem Weg zu sein, wieder in meine schmutzige, alte Haut zu schlüpfen. Davor war ich wie harmlos über den Rasen geschlichen, zwischen wachsamen Lichtquadraten und hellen Flecken hindurchgeglitten, hatte mich der therapeutischen Betreuung entzogen, hatte meine Schritte ausgedehnt und schließlich die Wege hinter mir gelassen, die zum Haus Thoreau zurückführten, zum Verandadach, von dem ich hinabgeklettert war, zum Fenster, das ich offen gelassen, dem Zimmer mit seinem schmalen Kiefernbett, das ich verlassen hatte.

Wo ich den halb wachen Gregory zurückgelassen hatte.

Er hätte mir nicht passieren müssen.

Mr Zottel hätte mir auch nicht passieren müssen, aber da war ich betrunken, deshalb zählt er nicht. Er war so, als würde man sich eine Grippe einfangen: Er hätte jedem passieren können.

Bei Gregory war ich nüchtern. Drei Nächte lang.

Aber nur, weil ich Robert liebe.

Nur, weil ich Robert *vermisst* habe, weil meine Muskeln und Sehnen gesundeten und wieder kommunizierten. Die Entgiftung funktionierte, mein Körper sprang vom Totenbett auf und war frisch, empfindsam, bedürftig – aber es war niemand da, der meiner bedurfte.

Außer Gregory mit dem Leuchten unter der Haut, mit seinen jungenhaften Küssen, lachende Küsse, die sich öffneten und dich zum Stummel seiner Zunge hinzogen. Und wie er im Liegen seinen Kopf neigte, um die Transplantate und die Zerstörung zu verbergen, die sein Messer verursacht hatte. Davon bekam er ein Doppelkinn, aber das störte mich nicht.

Armer Gregory.

Und arme Hannah – das erste, explosive Gähnen baut sich vom Steißbein her auf, ein weiteres startendes Flugzeug reißt den Morgen mit sich, ich schließe die Augen, denke an Robert und sehe Gregory, hell unter mir im schattigen Zimmer, wir beide glatt vom langen Einweichen im Thermalbad, und wir rutschen, schwitzen, zittern in dem winzigen Raum, den wir uns im Schweigen der Nachtruhe geschaffen haben: Wir spüren es um uns, es fesselt uns schmerzhaft aneinander, wir reiben uns, bis das Blut in unseren Ohren grollt, wir das Atmen aufgeben und mit zuckendem, melancholischem Brennen zum Ende kommen. Die Folge des wiederkehrenden Lebens, das wiederkehren musste.

Und dann sein Gesicht: Ein furchtsamer Schmerz lag darin, dazu das weiche Dunkel seines Blicks, und sein vertrauliches halbes Lächeln: ein bisschen für sich und etwas für mich – jedes Mal, jede Nacht dasselbe. Er war ganz Sanftheit und Ruhe, bis wir anfingen, bis wir uns bewegten, von seiner Größe bewegt wurden.

Aber er erinnerte mich an Robert.

Sonst hätte ich es nicht getan.

Und überhaupt, dass ich ein ganzes Zimmer für mich hatte: Was hatte sich die Klinik dabei gedacht? Das war total unverantwortlich. Selbst ein Kind hätte zu dem Fenster hinaufklettern können, es gab keine wirklichen Kontrollen, keine Sicherheitsvorkehrungen, die verhindert hätten, dass die Insassen sich aufeinander warfen, um die nächtlichen Schrecken zu überstehen, bis sie beide am Ende gedankenleer waren, bitter vom erhitzten Schwefel, friedlich und wund.

Oh Gott, das ***ist*** *wirklich eine totale Katastrophe.*

Und ich auch.

Mal wieder.

Und an dieser Stelle zuckt Heathrow um mich herum mit den Schultern, das Gähnen erblüht, mein Mund bewegt sich, dann auch der Rest meines Körpers, während mein Gehirn irgendwie kapituliert, weshalb ich nicht auf den nächsten Augenblick vorbereitet bin, als ich mich sehr, sehr heftig übergebe. Ich zucke wie eine Marionette, mir ist schlecht bis auf den Seelengrund. Allerdings schaffe ich es noch, meine Füße nicht zu treffen.

Aber das ist nicht allzu schlimm: Es hat sogar etwas Reinigendes, und Reinigung kann ich gebrauchen. Ich huste ein paarmal, spucke unauffällig – es gibt kaum einen stilloseren Anblick als eine spuckende Frau –, und dann steige ich über die Bescherung, als hätte sie ganz und gar nichts mit mir zu tun. Natürlich hat sie von diesem Moment an auch ganz und gar nichts mehr mit mir zu tun.

Dann muss ich lächerlich lange herumlaufen – unterbrochen von Gähnattacken und einer kurzen, aber unglaublich teuren Taxifahrt –, bis ich meinen Körper auf den Weg einer irgendwie dauerhafteren Erholung gebracht habe.

»Und eine Schachtel Streichhölzer, bitte.«

Ich finde einen anständigen Eckladen, der Waren für die üblichen urbanen Last-Minute-Bedürfnisse bereithält: Zeitungen, Domestos, Blättchen, Mülltüten, Katzenfutter, Süßigkeiten. In eine Ecke gedrängt sind die Weinregale und der Kühlschrank, der still vor sich hin glänzt und unter anderem drei Dosen Bier enthält. Die kaufe ich.

»Und eine Schachtel Streichhölzer, bitte.«

Ich muss die Schachtel Streichhölzer kaufen, weil es auf einer bestimmten Ebene gestört wirken könnte, wenn ich vormittags drei Dosen Bier erwerbe. Es könnte so aussehen, als würde ich von einem unerbittlichen Bedürfnis nach Alkohol beherrscht. Werde ich nicht. Ich komme gerade aus einer Klinik, da bin ich ganz sauber geworden, ich habe sehr viel aus meinen früheren Fehlern gelernt, Alkohol ist also das Letzte, was ich brauche – und außerdem mag ich gar kein Bier. Unglücklicherweise sind drei Dosen Bier das Einzige, womit ich die Tranquilizer ausgleichen kann, bis ihre Wirkung nachlässt. Ich kaufe also die magischen Streichhölzer und mache das Ganze zu einem respektablen Einkauf.

Drei morgendliche Dosen Bier = Peinlichkeit.

Drei morgendliche Dosen Bier plus eine Schachtel Streichhölzer = Einkauf.

Der ältere Verkäufer betrachtet mich weise und freundlich, und wir nicken einander zu, bevor ich gehe und mich entspannt neben eine Mülltonne stelle, um die Bierdosen zu leeren, eins-zwei-drei: Ich reiße sie auf – sehe die kleinen Dampfwölkchen, die jede Dose beim Öffnen ausatmet – und trinke sie aus und werfe sie weg und gähne natürlich die ganze Zeit dabei.

Über mir hat sich die Sonne für den Tag eingerichtet, süß und warm, und spontane Heilung setzt in vielen meiner Systeme ein. Bald werde ich stabil sein. Abgase und Gifte wirbeln durch die Luft, könnten irgendwann meiner Lunge schaden und so weiter, aber ich werde ihnen ausweichen, indem ich mich über die Straße schwinge und in den Untergrund stürze, wo ich mich bis King's Cross wühlen und dann auftauchen werde, um eine Fahrkarte nach Norden zu kaufen.

Heute wird es nichts mehr zu trinken für mich geben – ich werde nichts brauchen. Das ist so wahr wie die Schwerkraft, wie das Gewicht von Wasserstoff. Ich werde eine angenehme und ruhige Zugfahrt unternehmen, gefolgt von einer Busfahrt zu meiner Wohnung. Nichts Unvorhergesehenes oder Ungehöriges wird mir unterwegs zustoßen. Schließlich ist genug manchmal auch genug.

Wenn ich ankomme, werde ich ein Bad nehmen und die Wohnung ein bisschen in Schuss bringen, bevor ich ein langes, tiefes Schläfchen halte. Dann werde ich bereit sein, allen zu erzählen, dass ich gesund und wieder da bin.

Nur wenige Dinge sind schöner, finde ich, als erfrischt und bereit in seine Lieblingsbar, sein Stammlokal zu schlendern. Wie das Summen der Unterhaltung sich weitet, wenn du die Tür aufziehst, und wie dich dann eine gesellige Welle Pubgeruch einhüllt. Nachts wird der Pubgeruch durch verschüttete Drinks und Rauch noch verstärkt, aber am reinsten ist er in der Stille eines ruhigen Nachmittags – und jetzt ist ruhiger Nachmittag –, wenn er viel offensichtlicher mit der lang währenden Anwesenheit von Männern zu tun hat, mit Desinfektionsmitteln und Genuss, mit heimeliger, beruhigender Muffigkeit, mit Rast für Armesünder, mit sympathischem Schmutz. Dieser Geruch ist ein kompliziertes Phänomen, aber man kann ihn schrecklich vermissen, und ich würde ihn überall sofort erkennen.

Er heißt dich willkommen an dem Ort, der sich nie verändern wird: die Nischen und die Barhocker und die Bilder toter Golfspieler – und eines unerklärlichen Pferdes – und der leichte, fröhliche Schwung der Theke, der dein Auge höflich zum Spiegel und zu den Flaschenhaltern emporhebt. Ich weiß, dass manche Menschen sich zu Hause Bars in kleinem Maßstab einrichten und Flaschen aufhängen, aber das müsste verboten werden: Das ist eine schlimme Beleidigung aller Beteiligten. Der hoch aufragende Glanz geladenen Glases, die zwinkernden Reihen der Spirituosen, das herrliche Gewirr von Licht und Schatten und Etiketten, all das wirkt nur vollkommen in einem Pub, einer Bar, einer konzessionierten Schankwirtschaft. Man würde sich ja auch keinen Altar im Wohnzimmer aufstellen, warum sollte man es also mit einer Bar versuchen?

Hier jedoch ist jeder Milliliter ideal platziert, ich gleite hinein und grüße jeden Einzelnen, erfrischt von zwölf Stunden Schlaf und unversehrt von einer gänzlich nüchternen Fahrt. Meine Körperhälften arbeiten beide ganz, wie sie sollen, und ich habe keinen besonderen Drang zu gähnen. Ich bin die verlorene Tochter, die zurückkehrt, gewaschen und parfümiert, und mein Haarspray hält, und unter meinen lässigen Jeans und meinem femininen Pullover trage ich rosa Socken, einen frischen BH, eine brandneue Unterhose, und ich habe mir sogar die Zeit genommen, mein Schamhaar zu kämmen. Das habe ich noch nie gemacht, aber es war seltsam befriedigend, und es ist nicht ganz unwahrscheinlich, dass ich es wieder tun werde. Dezentes Make-up, aber meine Wimperntusche ist ungeheuer beeindruckend – all meine Wimpern sind so perfekt ausgerichtet, wie sie es normalerweise nie ganz hinbekommen.

Ich bestelle einen einfachen Orangensaft: Weil ich eine nicht alkoholische Wahl treffen kann, die mich nicht unter Druck setzt, kein Mangelgefühl hervorruft: Und ich wende mich nach rechts, wo die vertrauten Gesichter mich, wie ich weiß, schon beobachten. Ich wollte mich bisher nicht mit ihnen beschäftigen, ich musste meinen Auftritt hinter mich bringen, aber jetzt drehe ich entspannt den Kopf, um zu sehen, wer da ist.

Robert.

Er müsste arbeiten, wenn wir nicht Wochenende haben. Ich hätte herausfinden sollen, was für einen Tag wir haben, welches Datum – vielleicht der fünfte April? –, es fühlt sich an wie ein fünfter April. Ja, weil ich so eine Ahnung habe, dass gestern der vierte war. Zu anderen Zeiten hätte ich mir eine Zeitung gekauft, um mich zu orientieren, aber Zeitungen kann ich nicht mehr lesen. Sie sind zu schmerzhaft.

Ich bin also nicht darauf vorbereitet, auf Robert – ich hatte gedacht, dass er erst später auftauchen würde. Mit den anderen hatte ich gerechnet, aber die sind im Augenblick verschwommen und gedämpft: Ich kann sie anscheinend nicht akut wahrnehmen.

Robert.

Er ist besonders scharf und dreidimensional, lehnt an der

Rückwand einer Nische und widmet sich mit übertriebener Konzentration einer Tüte Kartoffelchips. Und schon hat er in meinem Magen die Feder des Interesses gespannt: Nerven, Zuneigung, Bloßstellung, Schuld: Dem wollte ich mich nicht in Gesellschaft aussetzen.

Bobby, der Pastor, Maurice und der Mann mit den tätowierten Händen: Sie beantworten mein Hallo im Chor und lassen Fragen und Bemerkungen folgen – *sehe ich nicht toll aus, hat sich doch sehr gebessert, die Pause muss mir gutgetan haben.*

Robert sagt nichts. Er isst mit stiller Bosheit einen Kartoffelchip. Die Jungs drehen sich in seine Richtung, öffnen eine Gasse, damit er sich einschalten kann, und als er es nicht tut, müssen wir alle in seine Richtung starren, während er kampflustig für sich bleibt, einen Schluck gelben Weins an die Lippen hebt, um seinen kleinen Bissen anzufeuchten. Als er den Kopf hebt, wirft er mir einen winzigen, unergründlichen Blick zu und betrachtet dann wieder seine Hände.

Ich überbrücke das folgende Schweigen mit »Hallo, Robert«.

Er bringt ein dumpfes »Hallo, Hannah« in Richtung des Fensters hervor, als würde er einen Vers deklamieren, den er nicht sprechen will. Ich tue so, als würde ich einen Schluck Orangensaft trinken, den ich, wie alles andere auch, höchst unbefriedigend finde.

Er hat kein Recht, verärgert zu sein. Er weiß von nichts, was ihn verärgern könnte.

Ich bleibe stehen, und die Jungs stehen ebenfalls auf, um mir Gesellschaft zu leisten. Am Tisch ist kein Platz für einen weiteren Hocker, und außerdem müssen sie mir die Hand schütteln, und natürlich wird der Pastor versuchen, mich zu küssen, Bobby ebenso, und ich muss ausweichen, ihnen aber hinterher zum Trost nett den Arm tätscheln. Robert steht als Letzter auf und bleibt stumm, als er sich an mir vorbeischiebt und grimmig entschlossen auf die Herrentoilette zusteuert. Der Körperkontakt ist unnötig, absichtlich, und der Geruch seiner Haut wirft mich aus dem Gleichgewicht. Er möchte gern, dass ich mich an ihn erinnere, ihn brauche, machtlos bin. Sein Wunsch geht in Erfüllung.

Maurice zischt verbissen über mich hinweg in Richtung Pastor: »Es sind zwölf.«

»Es sind vierzehn. Soll ich sie dir aufzählen? Mit den dazu passenden Meditationen? Wenn du dich streiten willst, Maurice, dann brauchst du ein Thema, über das sich streiten lässt. Im Moment hast du bloß unrecht.«

Da der Pastor wieder in seine vorherige Unterhaltung vertieft ist, muss ich mich nur Bobbys Avancen erwehren, während wir uns alle zur Theke bewegen und dort niederlassen.

»Es sind zwölf. So was werde ich doch nicht vergessen – *Gegrüßet seist du, Maria, voll der Gnade, gibt's denn zum Nachtisch Schokolade*: Wiederhole das, bis du dreizehn bist – das kann ich nicht vergessen.«

»Bitte, wenn du es nicht ernst nehmen willst.«

»Warum sollte ich – mich haben sie auch nie ernst genommen. Es sind zwölf … einmal *Jesus begegnet seiner Mutter* und dann die Heilige Veronika mit dem Schweißtuch und … drei Mal fällt er und zwei Schulterwürfe und ein Rebhuhn im Birnbaum … ist mir auch ganz egal, aber es sind zwölf.«

»Vierzehn.«

Niemanden scheint es zu interessieren, wo ich gewesen bin. Bobby umarmt einen Whisky, der Mann mit den tätowierten Händen ist einfach gegangen, und Maurice ist fest entschlossen, sich Ärger einzuhandeln. Niemand streitet je mit dem Pastor über Fragen der Religion: Darum heißt er ja der Pastor. Und Robert ist immer noch auf der Herrentoilette. Er hätte allerdings auch hinausschleichen können, während ich abgelenkt war, aber ich glaube doch, das hätte ich bemerkt. Und warum sollte er überhaupt hinausschleichen wollen? Warum sollte er so darauf bedacht sein, mir aus dem Weg zu gehen?

Von hier aus kann ich sehen, wenn die Tür aufgeht, keine Bewegung wird mir entgehen. Obwohl er eigentlich schon wieder bei uns sein müsste.

Er lässt mich bloß warten.

Wo ich doch dauernd an ihn gedacht habe und treu gewesen bin, meiner Liebe treu gewesen bin, auf jede Weise, die irgendwem etwas bedeuten könnte.

Verdammte Scheiße, ich habe jede Nacht mit Gregory über ihn geredet. Damit *haben wir genauso viel Zeit verbracht wie mit den anderen Dingen. Ich wollte, dass Gregory es weiß, dass er begreift, dass ich verliebt bin.*

Und ich habe ihm die Wahrheit gesagt. Ich bin verliebt.

Robert kommt heraus und sieht aus, als hätte er sich mehrmals das Gesicht gewaschen – gepflegt und erregt, beides gleichzeitig. Ein kurzes Zögern lang schwankt er auf dem Absatz und könnte auch zur Tür gehen, verschwinden, aber dann reibt er sich das Ohr und kommt auf uns zu, leicht unbehaglich. Er lässt Maurice und den Pastor zwischen uns beiden, scheint niemanden wahrzunehmen, als er beide Ellbogen auf die Theke stützt und ein Pint Stout bestellt. Bier trinkt er nur, wenn er gestresst ist.

Der Pastor ist ebenfalls gestresst. »Wie kommst du bloß auf zwölf? Bringst du ihn bloß auf den Kalvarienberg und lässt ihn da hängen? *Sterben* kann jeder – was danach kommt, ist das Entscheidende.«

Das Gezanke wird mir langsam zu viel. »Jetzt hört mal zu – ich habe Jetlag. Ich bin ziemlich lange weg gewesen. Ich wollte meine Freunde sehen, einen fröhlichen, friedlichen Nachmittag erleben. Und den Abend? Den wollte ich mit Leuten verbringen, die ich mag. Die mir etwas bedeuten.« Das ist natürlich nur für die Ohren eines der Anwesenden bestimmt – für denjenigen, der mich total schneidet. »Und bis jetzt war das eine beschissene Begrüßung, und ihr beide werft euch die ganze Zeit Zahlen an den Kopf.«

Der Pastor legt seine Sabbatstimme auf. »Stationen. Wir werfen uns Stationen des Kreuzwegs an den Kopf. Und wir werfen auch gar nicht.«

»Ist mir egal! Hört einfach auf! Du bist doch schließlich gar kein Pastor, oder? Wir nennen dich bloß so. Aus Höflichkeit.«

Der Pastor stellt sein Glas hin und versucht, mir einen besonders verletzten Gesichtsausdruck aufzuzwingen, dem ich ausweiche, indem ich Maurice anschaue. Aber das hilft auch nicht, denn Maurice scheint ebenso getroffen, vielleicht sogar noch mehr.

»Er war Priester.«

»Was?«

Maurice murmelt noch einmal in meine Richtung: »Er war

Priester.« Auf einmal tut er so, als sei der Pastor schon immer sein bester Kumpel, wo sie sich doch ständig beharken und dann beide schmollen.

»Er war *Priester*?«

Beinah berühren sich jetzt ihre Schultern, eine rührende Demonstration besorgter Zuneigung. Es würde mich nicht wundern, wenn sie gleich Händchen halten oder anfangen zu weinen. Männer – ständig müssen sie ihre Gefühle vorzeigen.

»Du warst wirklich …? mit allem …?«

Jetzt sind sie mir gegenüber ein Herz und eine Seele, alte Freunde: gespielter Edelmut und Kameradschaft unter Beschuss. Und ich bin die gehässige Ziege, die auf sie feuert.

»Du erzählst keinen Scheiß? Du warst also ehrlich …?«

Die beiden triefen geradezu vor verletztem Schweigen und zucken übertrieben zusammen.

»Na ja, das ist … deine Privatsache … Aber schön für dich. Tut mir leid, dass ich es nicht gewusst habe. Nicht, dass es was geändert … Schön für dich.«

Robert grinst über sein Bierglas.

Und das regt mich auf. Mehr noch als die Gewissheit, dass ich nachgeben muss: den ersten Schritt tun, auf ihn zugehen und mit ihm reden muss, weil er sonst einfach weitermacht, am Rand hängt wie eine nagende Seepocke. Und ich muss sowieso hier weg, hier sind alle viel zu leicht erregbar. »Ihr … Macht einfach weiter mit eurer Diskussion, okay? Wollte euch nicht unterbrechen.«

Ich schaffe es, entspannt zu schlendern, und versuche, noch einen Schluck Orangensaft zu nehmen, doch ich merke, dass er nach Galle schmeckt.

»Robert.«

»Hannah.«

»Du bist sehr still.«

»Du auch.«

Weit im Hintergrund hat der Pastor wieder angefangen, und die alte Margaret bittet jemanden um Feuer, bevor sie ihn nach einer Zigarette fragt, und Thomas der mürrische Barmann macht mit seinem anrüchigen Wischlappen mürrische Barmannsachen, und nichts davon ist wichtig. Explodierende Gebäude in anderen Ländern sind nicht wichtig: die Autofarbe der Saison und moralische Dilemmas, neue Krankheiten und Cartoonserien, sterbende Kinder und die Geschmacksrichtungen von Nudelsaucen und die Autorität des Gesetzes – sie sind alle nicht wichtig. Wir sind, worauf es ankommt. Wir sind das Höchste, woran ich denken kann.

»Ich bin wieder da.«

»Das sehe ich.« Er nuckelt an seinem Bier. »Ja. So ist es.«

»Es war nicht meine Schuld.«

»Ja. So ist es.«

Wir starren geradeaus, betrachten Thomas, als sei er eine Landkarte, und murmeln in die leere Luft wie Spione bei einem geheimen Treffen.

»Sie haben mich einfach weggeschickt, Robert, mich ins Flugzeug gepackt und abgeschickt – ich konnte nichts dagegen tun. Ich war krank.«

Darauf hinweisen, dass Robert selbst in Kanada war, mir vorher nichts davon gesagt und mich wochenlang im Ungewissen gelassen hat – das kann ich jetzt nicht tun, weil es wahr ist und deshalb als Beleidigung aufgefasst werden wird und zu weiteren Wahrheiten führen könnte, und nur sehr wenige davon würden uns nicht verletzen.

»Robert?«

Er stellt sein Glas hin. »Hab ich gesagt, dass du gehen kannst?«

»Das ist doch nicht –«

»Hab ich gesagt, dass du gehen kannst?«

Ich habe keine Ahnung, was er damit ausdrücken will. »Nein. Du hast nicht gesagt, dass ich gehen kann.« Bier und Wein, die unentschiedenen Getränke, da weiß man nie, wie sie einen Menschen beeinflussen, und Robert regen sie eindeutig auf.

»Also?«

»Robert, ich –«

»Was hast du mir also zu sagen?«

»Ich habe keinen Schimmer. *Was?*«

Beinahe bringt ihn das dazu, sich zu mir umzudrehen, die Verbindung herzustellen, und dieser Ausrutscher lässt ihn erröten. »Was hast du mir zu sagen?«

Ich kann mir nicht vorstellen, dass er irgendeinen ernsthaften Verdacht hat, also kann er kein Geständnis wollen. Ich habe ihm die Nachricht hinterlassen, dass ich in einer Klinik sei, zur Behandlung, unter medizinischer Aufsicht – nichts, was darauf schließen lässt, dass ich mit fremden Männern ficke.

Mit einem fremden Mann.

Nur einem, der zählt.

Aber darüber weiß Mr Robert Gardener nichts.

Aber Mr Robert Gardener könnte es erraten.

»Robert, was soll ich denn sagen?«

»Wenn du es nicht weißt ...« Er streckt sich, rollt den Kopf herum, schlägt mit beiden Handflächen auf die Theke. »Hör mal, ich muss hier wirklich raus.«

»Ja, klar, wir könnten –«

»Allein.« Dann hustet er, wartet, fummelt sinnlos in seinen Taschen herum, streicht sich das Haar glatt.

»Robert, es tut mir leid.«

»Was?« Seine Schultern fangen an, sich in meine Richtung zu drehen, und sein Hals folgt; seine gerunzelte Stirn: In allem liegt eine unbestimmte Anklage.

»Es tut mir leid.«

Er neigt den Kopf, erlaubt meinem Blick, seinen zu finden. »Was hast du gesagt?« Aus seinen Augen strahlt keine Hitze, nur Konzentration.

»Was tut es?« Noch ein paar Grad.

»Es tut mir leid.«

Der ernste Mund zuckt, flackert, deutet Weichheit an. »Aller guten Dinge sind drei.«

»Es. Tut. Mir. Leid.« Ich strecke die Linke aus und greife nach seinem rechten Zeigefinger, umhülle ihn mit meiner Faust, so fest und freudianisch, wie ich kann. »Und. *Du*. Bist. Ein. Totales. Arschloch.«

»Was hast du denn erwartet?«

Und das ist das Problem bei Menschen unseres Schlages – was wir erwarten. Als Trinker rechnen wir mit dem Schlimmsten, das ist Selbstschutz. Wir erlauben den kleinen Ängsten und Enttäuschungen, schon im Voraus an uns zu nagen; eine Impfung gegen den ausgewachsenen Kummer, der uns später heimsuchen wird. Die Folge ist, dass wir uns abnutzen, dass wir müde und vergesslich werden, und das heißt, dass es immer eine gewisse Zahl von Katastrophen gibt, die uns vollkommen überraschen. Und dann gibt es Momente, wo wir uns einfach entspannen und vertrauen, und wiederum werden wir von den Ereignissen überrollt.

Ich hatte mich daran gewöhnt, angenehme Zeiten mit Robert zu verbringen – ich hatte sie schon als garantiert betrachtet –, und das war eigentlich ein sicheres Zeichen, dass ich mit dem Ende dieser schönen Zeiten rechnen musste. Tat ich aber nicht. Denn es gibt noch andere Dinge in meinem Leben, die ich ebenfalls erwarte und genieße, und sie schwächen meine Deckung.

Ich will es so ausdrücken – ich bin Trinkerin, und Trinker sind durchlässig und saugfähig. Wenn ich also neben einem Mann mit (beispielsweise) Cockney-Akzent sitze, könnte es gut sein, dass ich seine Sprechweise imitiere, und wenn wir uns dann bekannt machen, könnte er mich fragen, wo ich herkomme, und sich vorstellen, dass ich Stepney oder Brick Lane oder ein anderes Londoner Viertel nenne, und dann könnte er ganz unnötig böse und verächtlich werden, wenn ich ihm sage, dass ich unweit von Aberdeen aufgewachsen bin. Er könnte reagieren, als hätte ich ihn getäuscht, auch wenn das gar nicht meine Absicht und mein Verhalten nicht weiter bemerkenswert war. Eine der wichtigsten Eigenschaften unserer Spezies ist es, uns anzupassen, egal, welche Sorte Mensch uns umgibt: Auf Flohmärkten randalieren wir, gegenüber Polizisten fangen wir an zu schleimen, im Behandlungsstuhl eines bestimmten Zahnarztes werden wir erregt. Und wenn wir uns dann die Mühe der Anpassung gemacht haben, warum sollen wir nicht die eine oder andere schicke Eigenart behalten? Es ist ja nicht so, dass wir stehlen – wir vergrößern nur die Menge unserer Attribute: Sie verbleiben beim ursprünglichen Besitzer, aber wir dürfen auch mit ihnen spielen. Zwei Arten meines Lachens gehören einem Sportlehrer, wie ich meine Reisetasche in Autos werfe, kommt aus einem Film, den ich mal gesehen habe, irgendwas mit Wüstenhighways. Wenn wir ehrlich sind, was gibt es sonst für einen Grund, sein Geld für Kinokarten rauszuwerfen? Wir gehen in Filme, um uns Eigenschaften abzugucken, um unsere Persönlichkeit zu verschönern, mit Flicken und Verkleidungen, die wir von der Leinwand geklaut haben.

Niemand ist vollständig – wir brauchen alle noch einen Schuss. Alkohol kann ein wenig dazutun, aber vor allem vergrößert er, was schon da ist. Umweltfaktoren, Traumata, Einkommen und Ausbildung, all das kann mich formen: Ich kann mir aussuchen, was ich nur leihe und was ich aufnehme. Für den Trinker aber gibt es noch bessere Möglichkeiten. Ich warte auf jene schönen und ungewöhnlichen Gelegenheiten, einen anderen Menschen wirklich zu erforschen und wirklich von ihnen erforscht zu werden, gemeinsam miteinander die Gestalten zu wechseln. Akzente und Lachen sind oberflächlich, unbefriedigend: Damit fängt der Vorgang erst an, bei dem du grinsend durch das Fleisch eines anderen Lebens sinkst. Ich habe gehört, Trinker seien gleichgültig, wir würden uns nicht binden, aber nichts liegt der Wahrheit ferner. Ich kann dir näherkommen – mehr *du* sein –, als jeder Abstinenzler es je vermöchte, und wenn sie dich nackt und unter Drogen einen Monat lang in ihrem Keller festhielten: und wenn sie dein Gehirn verspeisten.

Wenn du und ich *zusammen betrunken* wären, würde Osmose sich in Metamorphose wandeln, in immer dauerhaftere Veränderung. Wenn du und ich *oft zusammen betrunken* wären, könnte man uns womöglich gelegentlich nicht mehr auseinanderhalten, wie zwei Flüssigkeiten, zu einer vermischt. Wenn wir darüber hinaus einander noch *liebten* – na, wie das wäre, lässt sich leicht erraten. Zu viele Tage, an denen dein Partner deine Schuldgefühle schlucken muss, deine Vorlieben mögen, das Herz deiner Sätze für dich aussprechen muss: ohne Fragen verstehen muss, was ihr beide tun werdet, und wie ihr es tun werdet, und wie du dich die ganze Zeit dabei fühlen wirst; die Grenze zwischen eurer Haut, euren Träumen, eurer Wärme verlieren muss – so etwas kann dich glauben machen, du würdest nie wieder allein, nie wieder den üblichen Kräften und Naturgesetzen unterworfen sein. Du wirst annehmen, von solchen Dingen verschont zu sein, sicher zu sein in deinem eigenen kleinen Paradies. Du wirst dich irren, aber du wirst es trotzdem erwarten. Es wird trotzdem wehtun, wenn es verschwunden ist.

Der sehr durchschnittliche Kuss, den ich also mit Robert an jenem Nachmittag in der Bar tauschte, machte mir sofort Kopfschmerzen. Als unsere Lippen sich berührten, waren sie neutral: nichts als seine verschlossene Gegenwart, nicht einmal Feindschaft, nur fühllose Haut. Wir schmeckten nach meiner Vergangenheit, die weggerissen wurde, nach Verleugnung und Diebstahl.

Und das war ungerecht. In meinem Glas hatte ich keine

Gesellschaft, die mich aufheitern konnte, und ich versuchte, nüchtern zu bleiben, und er zerrte mich schrecklich nah an den Rand einer Depression. Ich hatte vorgehabt, dort zu bleiben, glücklich über meine Rückkehr zu sein, mich in einen entspannten Abend aufzulösen, in eine aktive, erinnerungslose Nacht, aber jetzt waren meine Pläne durchkreuzt. So blieb mir nur eine Möglichkeit: Robert einen noch ausdrucksloseren Kuss zu geben, als er ihn mir angeboten hatte, und dann nach Hause aufzubrechen – in mein eigentliches Zuhause, dahin, wo meine Eltern wohnen.

Es gab keine andere Wahl, nun nicht mehr. Mich überfiel jene besondere Traurigkeit, die das Bedürfnis nach Familie und Nostalgie mit dem Wissen verbindet, dass ein Nachgeben alles nur noch schlimmer machen wird.

Irgendwo in meinem Herzen wusste ich, dass *noch schlimmer* genau das war, was ich verdiente.

Mein Vater nahm mich einst mit in den Zirkus. Meine Mutter mochte das nicht, und Simon existierte noch nicht, also gingen nur wir beide an der verlassenen Konzertbühne vorbei zum hinteren Ende des Parks, wo ein Häufchen Wohnwagen und Strohhaufen und ein – selbst in meinen Augen – ziemlich kleines Zelt anzeigten, dass der Zirkus in der Stadt war.

Ich tue so, als könnte ich mich an eine vorausgegangene kleine Parade zuvor erinnern – ein Elefant, ein gemeiner Clown auf Stelzen, billig angemalte Lastwagen mit sauer stinkendem Auspuff –, aber in Wirklichkeit glaube ich nicht, dass so etwas stattgefunden hat, ich hatte nur ein Verlangen danach. Die Szenen sind zu unklar: Das Gleiten der Hufe über unser Straßenpflaster ist zu losgelöst von Bildern von Zebras.

Aber ich ging zur Vorstellung, und ich kann mir die schwere, schweißige Luft in Erinnerung rufen, die zwischen der Zeltleinwand und den kalten, eigenartigen Scheinwerfern hing, und die faszinierende Menge Sägespäne – mehr, als ich je in einem Fleischerladen gesehen hatte –, und hier waren die lebenden Tiere, die ihre angestrengten kleinen Kunststückchen vollführten, bevor vielleicht die Sägespäne ihr Opfer forderten und sie sich in Hackfleisch verwandelten. Aber das ist alles, woran ich mich erinnere.

Es war vor langer Zeit, und ich war sehr jung, aber das ist

nicht der Grund, warum ich mich so schlecht erinnere. Ich will mir den müden, langweiligen, echten Zirkus nicht ins Gedächtnis rufen, weil es das Bild jenes viel schöneren Zirkusses besudelt, den ich vielleicht immer im Kopf gehabt habe.

Natürlich macht jeder eine Zirkusphase durch: der herrliche Horror, Erwachsenen bei wahnsinnigen Handlungen zuzuschauen, die geheimnisvolle Bedeutung ihrer Kostüme, ihrer Haut, all die kombinierten Gefahren. Jeder kann sich die Liste der Reize selbst vor Augen führen: der Schrecken der Clowns, die beunruhigende Anziehungskraft der Peitschen und des Glitzerns, die Identifikation mit den bedrängten und doch überaus willigen Kreaturen, der Geschmack der unvernünftigen Zurschaustellung.

Als ich ein kleines Mädchen war, wurde diese Art von Perversion noch oft im Fernsehen ausgestrahlt, und dann gab es diesen Film mit James Stewart und Charlton Heston – sogar jede Menge Filme mit eifersüchtigen Liebhabern, hinterhältigen Zirkusdirektoren und menschelnden Schimpansen –, die Leute wussten, was Zirkusse sind – es gab sie. Und Kinder sollten sie mögen, und ich war ein Kind. Aber meinen Zirkus, den einzig wahren Zirkus, verriet ich nie; denn er hatte mit alldem nichts zu tun.

In meinem Zirkus spielt immer das Orchester: Banjos, zu tiefe Trompeten und schiefe Geigen, verdrehte Akkordeons, Harmoniums und schlechte Trommeln ohne Resonanzkörper: Sie leiern einen schleppenden Walzertakt und wirbeln die Luft durcheinander, die pikant nach Schweiß riecht, und ich stolpere an einen Ort, wo es nur Zirkusleute gibt, Jahrmarktsleute, meine Leute. Manchen fehlen Körperteile, andere haben unaussprechliche, raffinierte Extrateile. Sie haben keinerlei Anstand, stellen sich gern zur Schau, üben oft noch nach Feierabend. Sie haben wundervolle, erschütternde Fähigkeiten, die andernorts nicht von Nutzen sind, nur dort, wo es ein Publikum gibt. Ihre Vergangenheit und ihre Zukunft sind von Unglücken überzogen, mit einem erzwungenen Hunger nach Schmerz. Ihre feuchte, beengte, ewige Gegenwart verkrampft sich vor Blut und Verlangen. Sie können in fremden Menschen lesen, sie verfluchen, sie völlig hilflos machen. Sie sind Freaks. Sie sind Ungeheuer. Sie sind meine biologische Familie.

Auch in so jungen Jahren begriff ich das schon, und als ich Hand in Hand mit meinem Vater zurück nach Hause ging, wusste ich, dass ich nicht den wahren Zirkus gesehen hatte.

»War es in Ordnung?«

»Ja.« Ich lehnte mich gegen den Arm meines Vaters und spürte, wie er die Stirn runzelte. »Aber wir müssen nicht noch mal hingehen. Es wäre bloß das Gleiche.«

»Und das würde uns nicht gefallen.«

»Nein.«

»Schade, dass deine Mutter nicht mitgekommen ist.«

»Aber ihr würde es nicht gefallen.«

»Nein. Zu laut.« Er war bei jedem Peitschenhieb und jeder spielerischen Explosion neben mir zusammengezuckt.

Ich hatte ganz dicht neben ihm gesessen, um ihm beizustehen, und mich schuldig gefühlt, weil ich keine Angst hatte und weil ich nach Hinweisen auf mein anderes Zuhause suchte. »Laut. Ja. Können wir Milch trinken?« Die heiße Milch meines Vaters war die beste, er bereitete sie zu, als sei es ein Zaubertrick: Wenn sie endlich auf den Tisch kam, war der Geschmack fast schon nebensächlich, er war allerdings vorzüglich.

»Ist es nicht zu warm für Milch?«

»Jetzt nicht mehr.«

»Na, dann trinken wir Milch.« Wir waren am Ende des Parks angelangt. »Wir müssen ja nichts darüber erzählen – bloß, dass es gut war. Wir wollen doch nicht, dass deine Mutter sich über die Tiere und den Lärm aufregt. Ist das in Ordnung?«

Das war vollkommen in Ordnung, und der wahre Zirkus lockerte seinen Griff um meine Gedanken und ließ uns wieder in unser Haus, und Vater beschäftigte sich in der Küche mit seiner Kasserolle, fügte Zimt und Vanille hinzu und goss mir schließlich einen halben Becher Milch ein – falls ich ihn verschütten sollte – und trank seinen eigenen dann nicht, sondern setzte sich nur in seinen Sessel und hob das Kinn, als meine Mutter hereinkam und sich hinter ihn stellte. Das veranlasste sie dazu, mit den Händen über seine Stirn zu streichen, wieder und wieder und wieder. Als ich ausgetrunken hatte, ging ich nach oben, um mir die Zähne zu putzen, und ich ließ sie so beieinander: er mit geschlossenen Augen und lächelnd, und meine Mutter, die sein Haar zurückstrich.

Als ich danach im Bett lag, war ich erfüllt von Zirkusmusik und der Hoffnung, dass es unter den Ungeheuern einen Platz gäbe, der nur auf mich wartete.

Es dauerte natürlich noch viele Jahre, bis ich meine häusliche Familie verlassen und nach der Freak-Show suchen konnte, in die ich besser passen würde. Das war ein allmählicher Vorgang. Ich kann mich zum Beispiel nicht erinnern, ab wann ich nicht mehr an meine Eltern denken wollte – das heißt, wann sie nicht mehr zu ertragen waren. Als ich neunzehn oder zwanzig war, waren sie schon schwierig geworden – nicht länger die Menschen, die ich am längsten kenne, sondern lebende Beweise meiner Unannehmlichkeiten, der Verletzungen, die ich zugefügt, der vorhersehbaren Gnadenlosigkeit, die ich hatte walten lassen. Wenn wir uns jetzt sehen, sind wir keine Menschen: nur unglückselige Andenken, schlimme Beweisstücke. Das Geld, das sie immer wieder geliehen haben, das Geld, das ich genommen habe, das Einschlafen mit dem Gesicht im Sonntagsbraten, die endlose Spur der Lügen, der Zerstörung, der Flecken, des Schmutzes, der Feuchtigkeit, der namenlosen Krankheit meiner selbst, die sich in ihrem Haus breitmachten, mehr als unverhüllt, wenn sie mich ansahen, mehr als obszön, nach animalischer Begierde und Sägemehl stinkend.

Dabei fühle ich Reue für jede meiner Sünden. Innerlich bestehe ich fast nur aus Reue, aber dieses Gewicht erträgt niemand andauernd. Es muss weggesperrt werden, aus dem Sinn verbannt, sonst würde man ersticken, vielleicht zum Selbstmord getrieben. Die Gedanken an meinen Vater und an meine Mutter müssen also aus gesundheitlichen Gründen streng unter Kontrolle gehalten werden. Ich rufe kleine Kindheitsszenen auf, suche die sauberen, frühen Zeiten zusammen und träume nett mit ihnen dahin, aber darüber hinaus gehe ich keine Risiken ein.

Denn ein unaufmerksamer Moment könnte etwas Furchtbares wachrufen, wie den Anblick meiner Mutter, die sich bückt und winzige Splitter einer zerbrochenen Lampe aufsammelt, die feinen Locken ihres Haars. und wie sie manchmal einen

Pullover über der Schulter hängen hat, denn sie hat die Haltung, sogar damit reizend auszusehen, und sie bückt sich sogar weiblich und zart, und der einzige Grund, warum sie das tun muss, bin ich. Ich habe die Lampe zerbrochen, ich habe ein Glas danach geworfen, weil ich wütend war, weil ich betrunken war, weil ich etwas nach ihr werfen wollte – ein Glas nach ihr werfen –, und das löste eine solche Schwäche in mir aus, dass ich nach der Lampe zielte und sie mehr liebte und mehr hasste, und wenn sie nicht so zärtlich aussähe, würde ich weinen, wenn sie nicht so genau wie der Mensch aussehen würde, den ich vor den Tatorten meiner Verbrechen schützen sollte. Ich würde weinen, wenn sie mich nicht zu einem Ungeheuer machte.

Und das würde niemand sehen wollen, niemals: am wenigsten, wenn man wüsste, dass es wahr wäre.

Allerdings ist es inzwischen keine Frage der Wahl mehr – sind diese Dinge einmal geweckt, dann bleiben sie wach.

Jetzt gerade also konzentriere ich mich auf meine Mutter, halte mich daran fest, wie sie vor mir steht, auf ihrer Türschwelle, wo sie sich dazu bringt, erfreut zu sein, mich zu sehen. Ich hatte keinen Grund, zu vermuten, dass sie so etwas tun würde, und ringe daher unerwartet nach Atem, kämpfe gegen den Druck ihrer Freundlichkeit an. Sie schaut einen Moment zu lang auf die wunde Linie in meiner Augenbraue, die heilende Narbe von meiner Reise nach Clear Spring, und wirft mir dann kurze Blicke und gelegentliches eiliges Lächeln zu, als sie mich nach drinnen führt, und ihre Hand flüstert meinen Arm entlang, verzweifelt und zärtlich. Wenn sie so weitermacht, verwandle ich mich völlig in eine Zeichentrickfigur. Sie schiebt mich ins Wohnzimmer, wo jemand sitzt: eine Frau, die ich nicht kenne.

»Mrs Anderson, das ist meine Tochter – ein Überraschungsbesuch.« Meine Mutter sagt das, als sei es eine angenehme Überraschung, sogar beinahe ein besonderer Anlass: Sie übertreibt die ganze Situation mit einer gespenstischen Nervosität. Wieder lächelt sie mich an, mit der stummen, riesigen Bitte, dass ich mich zum Besseren gewendet habe und ihr keine Schande machen werde, dass ich mit ihr gemeinsam wunschdenken soll, bis ich wieder gehe. Es kann nicht wahr sein, dass weniger als vierzehn Tage in zweifelhafter Behandlung eine neue Tochter aus mir gemacht haben sollen, ein Mädchen, dem sie vertrauen kann. Aber so will sie es. Ich bekomme keine Gelegenheit, einen antwortenden Gesichtsausdruck aufzusetzen, denn schon eilt sie mit stark übertriebener Fröhlichkeit in die Küche.

Ich muss ihr folgen und laut sagen, dass ich zumindest versuchen werde, ein Mädchen zu sein, denn etwas anderes kann ich sowieso nicht sein, wenn ich mit ihr zusammen bin. Und es gefällt mir sogar, dieses unmittelbare Abfallen der Jahre, es ist nicht sehr oft vorgekommen, dass ich es lieber anders gehabt hätte.

Ich kann allerdings das Zimmer nicht verlassen. Ich muss in meines Vaters Sessel sitzen – er versteckt sich bestimmt im Gewächshaus – und mit der Besucherin sprechen, der er aus dem Weg geht.

»Also …« Mrs Anderson hatte nicht mit mir gerechnet. Sie ist auf eine Art schockiert, die mich vermuten lässt, dass sie nicht einmal von meiner Existenz gewusst hat.

»Ja, ich dachte, ich schaue mal herein. Ich war weg. Aber jetzt nicht mehr … Und Sie sind …«

»Ich bin vor Kurzem gegenüber eingezogen. Ihre Mutter hat mir am ersten Tag Blumen gebracht. So eine nette Geste.«

Als ich jetzt grinse, meine ich es ernst. Meine Mutter hat ihr Blumen gebracht, weil sie manchmal welche abschneiden muss und stolz auf ihr Aussehen ist – das hatte nichts mit Mrs Anderson zu tun. Nicht, dass meine Mutter nicht auch nachbarschaftliches Benehmen kennt. Aber ihre nette Geste hätte eine zurückhaltende Bekanntschaft einleiten sollen, nicht die Last einer Besucherin im Haus, die den Frieden stört, den sie hier mit meinem Vater genießt. Meine Mutter besucht andere Leute, wenn sie muss – sie will nicht, dass andere Leute sie besuchen. So ist sie eben.

Mir fällt auf, dass ich das Schweigen zu lange ausgedehnt habe und dass Mrs Anderson an ihrem Keks nur unzureichende Ablenkung findet.

»Sorry, Mrs …. ähm … Anderson, ich bin ein bisschen übermüdet. Ich war in Kanada. Und noch hier und da.«

»Ach, wirklich?« Sie tut, was sich gehört – sie informiert sich über Menschen, die mit einer Frau verbunden sind, die sie als zukünftige Freundin betrachtet. Sie möchte dazugehören.

»Ja. Geschäftlich. Ein bisschen. Geldangelegenheiten: Geld beschaffen.« Das erzähle ich, bevor ich merke, dass ich mich wie ein Drogendealer anhöre und dass sie jetzt fragen muss

»Was arbeiten Sie denn?«

Worauf ich schlecht antworten kann, »Ach, ein bisschen Diebstahl, Ungeheuerlichkeiten, Kreditkartenbetrug, und zu meinen Hobbys gehört es, im Zustand annähernder Bewusstlosigkeit unangenehmen Männern einen zu blasen. Außerdem trinke ich eine Menge.«

Aber meine Mutter kehrt zurück und rettet mich mit »Sie hat früher in Pappe gemacht, aber inzwischen hat sie sich verändert.«

Und wenn »Sie hat früher in Pappe gemacht« auch die Art von Absurdität ist, die ihr nur unter Druck herausrutscht, klingt »aber inzwischen hat sie sich verändert« doch mit wild entschlossenem Glauben und Zärtlichkeit unterfüttert und geht Mrs Anderson nichts an.

Mutter beugt sich tief herab, als sie meine Teetasse neben mir auf den Tisch stellt, und mir ist klar, dass sie meinen Atem auf Anzeichen von Verrat prüft. Als sie keine feststellt, wirft sie mir einen Blick voller Hoffnung zu, der mir den Magen umdreht. Ich würde gern gestehen, dass ich erst vor Kurzem tagelang Tee in halb gefüllten Tassen bekommen habe – falls ich ihn verschütten sollte –, weil Flüssigkeiten schwierig werden, wenn man das Zittern kriegt.

Sie richtet sich auf, legt ihre Hand neben meinen Hals und streichelt meine Wange. Ich hatte vergessen, dass sie das immer tat, ich hatte die Erinnerung daran verloren, wie wundervoll es war, dass sie das immer tat, und an den Geruch ihrer Hände, den Geruch von Weichheit und Weiblichkeit und ihrem Parfüm: das Sandelholz und das frische Gras, die Sicherheit und der Trost, der darin lag – und der Sprung, den es mich jetzt machen lässt, zurück ins Alter von fünf Jahren, als wir zusammen beim Friseur standen, beide frisch frisiert, und uns im großen Spiegel anschauten und der Rest der Welt viel kleiner und uninteressanter hinter uns lag, und wir sagten, so leicht wie *Bitte* oder *Herzlichen Glückwunsch*, »Wir lieben einander sehr.«

Zwei oder drei Sekunden fürchte ich, dass einer von uns beiden das jetzt sagen könnte.

Mrs Anderson vergleicht uns als Mutter und Tochter und findet es rührend. »War sie lange weg?«

»Ja.« In dem einen Wort liegt ein ganzer langer Satz, den ich zu hören glaube, er lautet: »Ja, meine Tochter war sehr lange weg, zu lange, aber jetzt ist sie zurückgekommen, und vielleicht bin ich jetzt davon befreit, wie sie früher war.«

Und ich möchte, dass sie frei ist. Ich habe heute nicht getrunken, und gestern eigentlich auch nicht, und dann gab es vor einiger Zeit noch mehrere nüchterne Tage, das könnte etwas Positives sein, was sie erfreuen könnte. Aber es *fühlt* sich nicht positiv an. Es *fühlt* sich nicht so an, als sei das Trinken das Problem gewesen – eher so, als sei *ich* es gewesen und werde es bald wieder sein.

Aber dabei muss ich mich nicht aufhalten. Ich werde mir die Gewissheit meiner Mutter borgen, solange der Raum sich vor Optimismus zusammenzieht, obwohl niemand das Recht hat, meinetwegen optimistisch zu sein.

Mutter und ihr Gast plaudern jetzt ungezwungener, lassen mich entspannen und ab und zu nicken, wenn es angemessen erscheint. Mrs Anderson würde mir gern ein paar Fragen stellen, aber sie wird routiniert abgelenkt und dazu gebracht, über ihren Mann zu sprechen, über seinen Tod, ihren Umzug hierher – dies in Form einer Geschichte, die sie schon oft erzählt hat, aber sie arbeitet noch in ihr –, irgendetwas an der ihr zugedachten Rolle darin kann sie noch nicht recht glauben.

Ich nehme an, bald wird es Tränen geben, und ich weiß nicht, was wir dann tun.

Ich wünsche mir eine Uhr mit Glockenschlag, einen Hund, einen Hagelschauer – irgendeine begründete Ablenkung. Doch dann fängt meine Mutter von Veränderung an, und die beiden beruhigen sich, und darauf konzentriere ich mich, bis meine Mutter ohne Vorwarnung sagt, dass sie in einem Monat in Rente gehen wird.

Und sofort bin ich diejenige, die es nicht glauben kann.

Ich weiß, dass es soweit ist, das begreife ich natürlich, solche Eventualitäten kommen auf jeden zu – aber nicht auf meine Mutter. Nicht so. Das ist irgendwie inakzeptabel. Nichts Unvermeidliches sollte ihr auch nur nahe kommen, sie sollte immer die Wahl haben.

So, wie sie in diesem Wohnzimmer ist, an diesem Abend, in stille Blumen gekleidet: das Muster ihrer Bluse, die Brosche an ihrer Kehle: Ihre Hände sind ein wenig älter, vielleicht auch ihr Gesicht, und ihr Haar ist heller, aber sie ist nicht *alt*. Nicht richtig. Nicht so, dass es dich vom Arbeitsplatz vertreibt, dir die Gesundheit und schließlich dich selbst raubt. Sie hätte also die Pensionierung nicht erwähnen sollen, solange ich da bin. Sie wird schuld sein, wenn ich meine Tasse fallen lasse oder schwitze oder unter unvollständigen Erklärungen gehen muss.

Ich wische über die Oberlippe und weiß, dass sie es bemerkt hat. Wir erinnern uns beide, dass ich das tue, wenn ich betrunken bin, und obwohl ich nüchtern bin, werde ich rot.

In Rente – meine Mutter wiederholt die Worte, und ich warte, dass sie sich wieder zu mir wendet: Ich höre auf zu zwinkern, ich halte still, damit sie mein Gesicht erforschen kann, und ich grinse mich ehrlich, ich grinse und grinse, denn einfach ehrlich *sein* genügt nicht, das wird sie nicht sehen, und ich will doch das Mädchen sein, dem sie vertrauen kann. Ich möchte, dass sie sicher ist.

Mrs Anderson, die gute Nachbarin, unterbricht. »Das wird eine Veränderung.«

»Eine Veränderung. Ganz bestimmt.«

»Natürlich.«

»Aber man gewöhnt sich daran, stimmt's? Und es hat Vorzüge.«

»Ja.« Mrs Anderson, die gute Witwe, tut ihr Möglichstes, nicht trauernd zu klingen.

Ich beobachte meine Mutter und denke, dass ich vielleicht überzeugend aussah, denn mitten in ihrem Satz hat sie, ganz unpassend, einem richtigen Seufzer gestattet, sich zwischen *hat* und *Vorzüge* zu schieben, und sie streicht über ihren Rock, und ich habe Angst, denn sie wirkt glücklich, und wenn ich sie glücklich machen kann, dann kann ich sie auch wieder traurig machen.

Und was noch schlimmer ist, so waren wir einmal: verbunden. Über das Trinken hinaus, vor dem Trinken, waren wir geboren, einander zu ergänzen, ohne weitere Hilfe. Sie ist mein ganzer erster Gedanke: die Erinnerung an Dunkelheit, und nichts war falsch, ich zog nur nachts süße Wärme aus ihr, verlor mich darin, schlief wieder ein, umgeben von der Richtigkeit aller Dinge, geliebt über jede Vernunft.

Oder in der Badezimmertür stehen und meinem Vater beim Rasieren zuschauen: diese ungewohnte Sicherheit, die flüssigen Handbewegungen: der Schwung des Handgelenks am Ende eines jeden Strichs, das Eintauchen des Rasierers, das Ausschütteln im Waschbecken und wieder hoch, um sich selbst zu reinigen, seine Unschuld zu vertiefen, sich in ein großes Kind zu verwandeln, mit hellen Seifenstreifen an den Koteletten und unter der Nase, und dann das Abwaschen, dann das Handtuch und dann seine außerordentliche Neuheit.

Ich sah ihm oft zu, bevor ich mich eines Morgens – ich weiß nicht, wieso – umdrehte und meine Mutter hinter mir an der Wand lehnen sah, die ihn genau wie ich beobachtete, sanft und erfreut. Er lächelte, denn er wusste, dass wir da waren, aber er konnte so tun, als seien wir nicht da, konnte vergessen, dass er schüchtern war, und für uns gut aussehen. Das war Liebe. Hier war Raum genug, dass alle lieben konnten und niemand zu Schaden kam.

Als Simon geboren wurde, liebte ich ihn auch – wir gehörten alle einander, und ich lernte, wie die Stimme meiner Mutter klang, wenn sie *Täubchen* sagte, denn das war mein Name, und ich kann mich an das Wort nicht erinnern, ohne sie im Kopf zu hören: Und ihre anderen Worte, wie sie fluchte, ohne zu fluchen, weil ich ein Kind war – *verflixt und zugenäht* oder *Ach, Scheibenkleister* –, Worte, die sie heute noch benutzt, weil sie von Natur aus höflich ist, und weil sie jetzt zu uns gehören, weil sie sind, wie wir waren. Sie ist die einzige Frau, für die mir je meine Zeit nicht zu schade war.

Darum trinke ich meinen Tee aus und stelle die Tasse sorgfältig wieder auf die Untertasse und sehe zu, wie das Sonnenlicht über den Teppich kriecht, und ich bringe keine Entschuldigung vor, um mich im Bad zu verstecken oder in irgendeinem Schlafzimmer, denn dort habe ich getrunken. Und darum gehe ich nicht in den Garten, um meinen Vater zu finden, weil ihn das stören könnte, und meine Mutter will nicht, dass er gestört wird. Aber darum muss ich auch bald wieder gehen.

»Du musst schon gehen?« Der Schmerz meiner Mutter zuckt durchs Zimmer. Mrs Anderson wird es nicht bemerken, aber ich sehe es an ihren Händen, die wie meine Hände sind, nur anmutig, und im Licht ihrer Augen, die wie meine Augen sind, nur nicht schuldig, und auf ihren Lippen, die wie meine Lippen sind, nur sauber, ihr ganzes Leben sauber. »Musst du wirklich? Gehen?«

»Ich komme wieder.« Das meine ich ernst. »Ich war auf dem Weg anderswohin.« Das ist eine Lüge, und so unbeholfen kommt es auch heraus. »Ich bin einfach müde. Ich hatte nicht erwartet, dass ich immer noch so müde sein würde.« Wenn sie mir sagte, dass ich mich hier ausruhen könnte, würde ich in mein Zimmer hinaufgehen und genesen, reinen Schlaf finden. Später würde ich aufwachen und auf dem Wohnzimmerfußboden sitzen, den Kopf an ihrem Knie. »Aber ich komme wieder.« Wenn wir Jahre jünger und andere Menschen wären. Wenn Gott einfach alles erlaubte.

»Bist du sicher?«

Nun habe ich es also geschafft, ich habe ihr die Freude genommen. Und ich möchte das nicht zu Ende spielen, wenn mich eine Fremde beobachtet, aber anders geht es nicht – allein mit ihr würde ich ihr Angst einjagen und keinen besseren Eindruck machen –, ich würde zittern und heulen und sie zugrunde richten, ihre Hoffnung verschlingen.

Es muss so gemacht werden. Es muss so geschehen, dass ich mich vorsichtig auf die Füße stelle und zu meiner Mutter gehe, sie aufstehen und sich an mich lehnen lasse, sie umarme, festhalte, wie schön sie ist und aus einem Stoff gemacht, der nicht aushalten könnte, wie ich lebe, und ihre Wange küsse und ihr Ohr und ihr Haar und nicht weine, das drinnen behalte, und stolz bin, dass ich das Mrs Anderson zeigen kann, die uns nicht kennt und die nichts versteht, aber die sicher Liebe erkennen wird, wenn sie Liebe sieht.

Als ich nach Hause komme, bin ich tatsächlich müde, betäubend müde, und ich taumele durchs Ausziehen und falle ins Bett, als hätte ich einen langen, harten Abend von der üblichen Sorte hinter mir.

Als ich aufwache – ohne Kater, ohne irgendetwas Bestimmtes zu bereuen –, sind die Vorhänge offen, so, wie ich sie gelassen hatte, und der stählerne Glanz eines feuchten Morgengrauens trommelt durchs Zimmer, bis ich mich aufrichte und meine Sinne in den Griff bekomme, feststelle, dass das Licht schweigt und der Lärm aus meinem Flur kommt.

Entweder hat ein vorbeikommender Idiot tiefen Hass auf meine Eingangstür entwickelt, oder Robert steht davor und möchte dahinter sein. In beiden Fällen will ich nur ungern reagieren.

»Hannah.« Das reduziert die Auswahl auf den zweiten Fall. »Hannah, *komm.*« Diese Reduktion kränkt mich eine Zeit lang. »Bitte.«

Dann steige ich in meine Jeans und meinen Pullover, denn ein Bademantel wäre nicht angemessen, nicht, wenn man streng sein muss, und ich lasse ihn herein. Der Pubgeruch hängt dick an ihm, und er taumelt schwer vom Trinken, vom allein Trinken, nach der Polizeistunde, wenn der Alkohol sich gegen dich wendet, dir Angst vor dir selbst macht, dich zum ungebetenen Gast im eigenen Kopf werden lässt.

Er folgt mir ins Zimmer, küsst mich ginhaltig auf die Wange, während er an mir vorbeischlenkert, um sich aufs Bett zu setzen. »Entschuldigung.«

Ich setze mich auf meinen Stuhl und beobachte ihn. Ich habe seinen Zustand schon gesehen, ihn *selbst* erlebt – man hat das Gefühl, aus einem umgedrehten Kegel klettern zu müssen, einer abstoßend geometrischen tiefen Grube mit Wänden aus Marmor oder Metall oder Porzellan oder sonst einem Material, das nicht nachgibt, nicht warm wird, keinen Halt gewährt. Man dreht sich und rutscht ab, man reckt sich hoch und stiert nach den Dingen, die man gern tun würde, während die Stimmungen in sinnlosen Mustern durch einen hindurchrauschen. In diesem Zustand kann man unter seiner Haut verschwinden, verloren gehen, das Schlimmste tun und es augenblicklich vergessen.

Aber Robert ist momentan milde gestimmt. »Wirklich leid … vorhin … ich war ein Arsch.«

»Ja, warst du.«

Er reibt sich die Augen, als würden sie dadurch klarer. »Sag so was nicht.«

»Du hast es doch zuerst gesagt.« Ich hoffe, dass er sich dumm getrunken hat und so bleiben wird.

»Habich, richtig. Stimmt. Habich. Tschuldigung.« Er starrt auf den Boden, seine Miene verfinstert sich, hellt sich dann wieder auf, er zieht sich sorgfältig die Jacke aus und beginnt dann schmerzhaft ungeschickt mit dem Hemd.

Ich bin völlig nüchtern, weshalb wir verschiedene Sprachen sprechen, in verschiedenen Ländern leben. »Was tust du da, Robert?«

»Zeit zum Ausziehen.« Er strahlt, als sei das eine wundervolle und originelle Idee, zwinkert mir zu und wird unsicher, als ich das Zwinkern nicht erwidere. Als Nächstes schüttelt er den Kopf wie ein unglücklicher Säugling und schaukelt auf der Tagesdecke hin und her. »Nein, will sie nicht, Robert. Du bist zu stinkbesoffen. Weiß ich, weiß ich, weiß ich, weiß ich. Zu betrunken. Weiß ich.« Aber dann macht er sich wieder über seine Hemdknöpfe her, seine Bedenken sind verflogen. »Wenn ich mich 'n bisschen hinlege.« Und er lässt sich tatsächlich auf den Rücken fallen, die Füße immer noch fest auf dem Boden, die Finger noch unbeholfener an der Brust, verwirrt. »Meine Güte.«

Ich stehe auf und stelle mich vor ihn hin, runzele die Stirn über die verworrenen Haare auf seiner Stirn, über das Gewicht seiner Hände, die von jedem schlaftrunkenen Atemzug angehoben werden, das Kind, das er wieder geworden ist, seine Hilflosigkeit. Unter dem Pubgeruch liegt die Note seiner Haut, seines ganzen Selbst, des Robert Gardener, den ich wochenlang vermisst habe. Ich kann ihn also nicht anschreien. Ich kann nicht nachhaltig verärgert sein, dass er mir seine Entschuldigung tief im Gin versteckt überbracht hat, wo er nicht verantwortlich, nicht einmal ausfindig gemacht werden kann. Ich kann mich nur hinknien und seine Schuhe, seine Socken ausziehen.

»Ws machs …? Oh. Dasss nett. Wirklich. Dange.«

Ich wuchte seine Beine hoch, sodass er flach auf meinem

Bett liegt, sehe dann zu, wie er sich zur Seite dreht und zusammenrollt, den Rücken zu mir. Und ich schmiege mich von hinten an ihn und küsse sein Haar, wonach er sich kurz regt, und ich versuche zu schlafen, während ich ihn festhalte, das Trinken in ihm festhalte, es in seinem Schlaf zucken und funkeln spüre.

Nicht, dass es uns lange zur Ruhe kommen lässt.

»Hannah.«

Ich treibe halb dahin, meine, vor einem hohen Holzzaun zu stehen, gegen den von innen Tiere treten. Ich muss sehen, was es für welche sind.

»Hannah.«

Ich glaube, eins von ihnen spricht zu mir.

»Hannah.«

Robert dreht sich in einem Gewirr von Bettdecke und losen Kleidern zu mir. Die Bilder von Peitschenschnur und Streifen lebendiger Bewegung lösen sich auf, verblassen, und ich schlage die Augen zu ihm auf. »Es ist noch keine Zeit zum Aufstehen. Heute ist Sonntag.«

»Will dir was sagen.« Jetzt ist er auf die weiche, düstere Art betrunken, die dich zum Reden zwingt. Sie spielt Verhör, und du sagst alles, denn du weißt, dass es dich sonst auffressen wird, dass du für immer verschwinden, nie freikommen wirst. »Will dir was erzählen.«

»Okay, okay. Was denn? Ich bin wach. Was?«

»Aber ich kann nicht.« Und er lässt den Arm um mich fallen, zieht sich fest heran. »Ich will nicht.«

Ich fühle mich etwas klaustrophobisch, seine Angst engt mich ein. »Es ist gut. Wir sind beide hier, wie sind beide in

Ordnung. Wir sind zusammen. Du kannst mir was erzählen. Es macht mir nichts. Du kennst mich doch: Morgen früh erinnere ich mich sowieso nicht mehr. Und du auch nicht.« Zumindest die Hälfte davon ist wahr.

»Ich liebe dich wirklich.« Als sei das eine Verletzung, die er mir lieber nicht zufügen will.

Ich bin nicht in der Stimmung für Verletzungen. »Und ich liebe dich auch. Also erzähl es mir.«

Ich tätschele seinen Arm, und er lockert sich ein wenig, entspannt sich so weit, dass er seinen Mund neben meine Wange drücken kann, und schiebt den Kopf dann weiter hinab, sodass er als lebendige, warme Last auf meiner Schulter, unter meinem Kinn liegt. Fast dasselbe habe ich auch schon oft getan, mit anderen Menschen – wenn man sich so versteckt, können sie einen nicht richtig ansehen.

»Robert, was ist los?«

»Ich kann dich nicht mit zu meinen Eltern nehmen.«

»Was?«

»Ich kann dich nicht mit zu meinen Eltern nehmen.«

Das entspricht im positiven Sinne nicht meinen Erwartungen. »Das ist ... okay. Das macht mir nichts. Ich hatte gar nicht –«

»Nein, nein.« Er drängt seinen Kopf noch dichter, und ich streiche ihm mit der Hand von der Schläfe bis zum Hals. Ich halte seine Stimme in der Hand. »Ich bin Einzelkind.«

»Das stimmt.«

»Nein, du verstehst das nicht.« Er atmet, legt seine Hand auf meine, und endlich bin ich sicher, dass er mir etwas erzählen wird, was ich nicht wissen will. Ein alter Schmerz rührt sich in ihm, ich kann fast hören, wie er sich Platz schafft, sich zwischen das weiche, nachgiebige Gewebe und die harmlosen Gedanken schiebt, sodass ich ihn nicht fassen und wegnehmen kann.

»Ich bin Einzelkind. Ich habe meinen Vater nicht mehr gesehen, seit ich siebzehn war. Ich habe auch meine Mutter nicht mehr gesehen, seit ich siebzehn war.« Seine Handfläche ist kalt, sein Daumen reibt über meine Fingerknöchel: hin und her, hin und her. »Ich bin frühmorgens aufgewacht. Ich hatte mir Sorgen über meine Abschlussprüfungen gemacht, die ich für die Uni brauchte. Ich wollte Zahnarzt werden, aber in Mathe war ich nicht so gut, und deshalb fielen mir auch Chemie und Physik schwer. Die brauchte ich aber. Mathe brauchte ich auch – und ich brauchte überall Bestnoten, weil alle sagten, das würde erwartet, und ich dachte, das sei wichtig. Und ich rede jetzt schon vom Sommer – ich hatte noch ungefähr drei Wochen, um mir alles einzupauken, und ich war früh aufgestanden, um zu lernen –, das wollte ich den ganzen Tag tun, bei meinen Büchern sitzen. Weil ich mir nämlich Mühe gab, ich war ein guter Schüler, mit gutem Betragen.

An dem Morgen war unten Lärm, der mich ablenkte – und zwar nicht der normale Lärm. Leute, die leise redeten und herumliefen, jede Menge Herumgelaufe.«

Sein Daumen bewegt sich weiter hin und her, ich kann ihn nicht anhalten, es nicht mal versuchen. Ich beuge mich vor und küsse sein Haar, doch er bemerkt es nicht.

»Und ich habe mich gefragt, warum wir Besuch haben, und ich habe so dies und das im Kopf durchgespielt, und dann bin ich ins Badezimmer pinkeln gegangen, und ich weiß noch, wie ich gedacht habe: *Nein. Da stimmt etwas nicht. Jetzt ist es schließlich doch schiefgegangen.* Und dann wurde mir klar, dies war der eine Tag, den ich nie vergessen würde – dies war der Augenblick, der mich erklärte, an dem ich wusste, dass es mit mir vorbei war –, und ein Teil dieser Erinnerung war immer, vor dem Klo zu stehen und zu pinkeln. So musste es einfach sein, oder? Sonst wäre mein Leben eine Tragödie und kein Witz, und das würde Gott nicht zulassen – oder das Glück, oder das Schicksal, oder wie ich eben gemacht bin, verdammt. Ganz egal, wer dafür verantwortlich ist, ich muss ein Witz sein.

Ich habe mir lange das Gesicht gewaschen, meine Haare gekämmt, und dann bin ich wieder in mein Zimmer und habe mich angezogen. Als ich wieder herauskam, stand da eine Polizistin und wartete auf mich. Sie muss wirklich sehr leise gewesen sein, ich hatte sie nicht auf der Treppe gehört. Was sie gesagt hat … irgendeine Reihe von Worten, die nichts bedeuteten, und sie war viel zu höflich. Niemand ist höflich zu dir, wenn du siebzehn bist, es sei denn, unten ist ein Zimmer, in das du nicht gehen kannst, und dein Vater hat neben der Eingangstür auf dem Dielenfußboden gekniet, aber jetzt hilft ihm ein Polizist auf und betrachtet ihn, als sei er … etwas Seltsames, Ansteckendes. Dann schaut der Polizist dich an, und du bist auch ansteckend. Dabei hast du nichts getan, als in diesem Haus aufzuwachen und sein Sohn zu sein.

Ich habe das Gesicht meines Vaters gesehen, als er aufstand, aber er selbst war nicht darin, nicht mal in der Nähe. Dann brachten sie ihn nach draußen. Meine Mutter habe ich nicht gesehen. Ich habe sie nie mehr zu sehen bekommen. Sie haben mich nicht gelassen. Am Abend vorher bin ich ins Bett gegangen, und am Morgen war sie weg.

Obwohl das nicht stimmt, das war nicht die Erklärung. Ich wusste, was er getan hatte.«

Dann war Robert still, und fast dachte ich, dass er schliefe, aber als ich mich bewegte und seinen Arm streichelte, fing er wieder an: »Ich konnte ihnen nicht viel erzählen. Aber er hat alles gestanden, deswegen brauchten sie mich im Grunde nicht. Ich weiß noch, dass ich im Gericht war, aber nicht mehr, wieso. Ich habe das Gefühl, dass ich nicht von Bedeutung war.

Sie wussten nicht genau, was sie mit mir anstellen sollten – weder damals im Haus noch später irgendwo. Niemand wusste, wo man mich hinstecken sollte … also wurde ich herumgereicht. Aber ich lernte weiter. Das war in Ordnung. Alles wie vorher. Die Schule sagte, ich brauchte nicht, aber ich habe alle Prüfungen zum vorgesehenen Zeitpunkt gemacht. Ich habe sehr gut abgeschnitten. Ich war ein guter Junge, ein guter Schüler. Und dann konnte ich weggehen und Student werden, noch mehr lernen. Das habe ich also gemacht. Ich hatte eine Menge Geld. Geerbt.«

Er rutschte weiter hinab, bis sein Gesicht auf meiner Brust lag, bis ich ihn wiegen konnte, meine Hände hinter seinem Kopf falten, meine Beine um seine schlingen und ihn auffangen, vor dem Absturz bewahren konnte.

Als er weitersprach, klang er jünger, und seine Konsonanten verschwammen. »Er wollte, dass ich ihn im Gefängnis besuche. Ich weigerte mich. Eine Weile schrieb er, und ich antwortete nicht, und dann hörte er auf. Die Leute sagten, Mangel an Vergebung würde mir schließlich selbst schaden – ich habe nichts dazu gesagt, aber ich hab mir gedacht, sie könnten sich alle ins Knie ficken, genau das hab ich gedacht. Inzwischen ist er natürlich wieder draußen. Aber er kann mich nicht finden. Ich habe meinen Namen geändert – Robert Gardener, den hab ich mir ausgesucht.«

Ich wiege ihn und sage ihm, »Den hab ich mir auch ausgesucht.« Und ich höre, dass es unwichtig klingt.

»Ich bin ein guter Junge.«

»Das stimmt.« Wir murmeln beide, weil wir gerne schlafen wollen, in einem Traum sein, wo uns dies alles heimsuchen und beunruhigen, aber dann verschwinden wird.

»Ich muss dir das sagen.«

»Das stimmt.« Wenn wir ausgeruht haben, werden wir uns lieben. Das wird uns helfen, alldem zu entfliehen, manchmal ist es gerade dazu gut. »Das stimmt.« Wir werden zusammen sein. Und er wird nicht mehr reden.

»Nein.« Ein Ansatz von Bewegung seinerseits. »Ich muss dir was sagen.«

»Was denn sagen?«

»Ich habe eine Frau. Sie wohnt bei meiner Tochter. Ich habe eine Frau.«

»Ist das ein Problem?«

Ein Weile ist er still, aber das Schweigen ist nachdenklich, nicht angespannt. »Nein. Das ist kein Problem.«

»Dann ist es in Ordnung.«

»Nein, ich glaube, das ist kein Problem.«

»Gut.«

»Aber ich dachte, du solltest es wissen.«

»Und jetzt weiß ich es. Das ist also in Ordnung.«

Und weil es zwar in Ordnung ist, aber wir auch ganz dringend hier wegwollen, genug haben, sofort aufbrechen müssen – werden wir uns gegenseitig wach machen, uns bis zur Ablenkung entkleiden, wir werden Hände und Zungen und Sex sein, werden uns mit Salz bedecken. Wir werden uns stoßen und beißen, bis sein rundes Scheuern in mir, mein Ziehen, das ihn umfängt, uns auslöschen kann, uns namenlos erscheinen lässt.

IX

Einen Job finden – letztlich ist es unvermeidlich. Du hast es versäumt, Sparrücklagen anzusparen, was staatliche Unterstützung angeht, ist dein Status unklar, keine heimlichen Großtanten haben dir ihre chilenischen Weingüter und Plantagen vermacht, also gibt es keine andere Wahl: Du musst arbeiten.

Und dich an den langen, traurigen Blick gewöhnen, den du mit siebzehn entdeckt hast, frisch aus der Schule, mit einem noch jungen Durst, der versorgt sein will. Der Blick zieht sich kalt und hart über dir zusammen, wenn du die Kleinanzeigen im Schaufenster des Tabakladens studierst und die Spalten ungesunder und außerdem völlig unerreichbarer Aussichten, die in Zeitungen unter der Überschrift *Stellenangebote* versammelt werden, und die ordentlichen, deprimierenden Kärtchen in den billigen Agenturen und den ständig beschönigend neu bezeichneten Ämtern, die ich nie anders nennen werde als Arbeitsvermittlung, weil sich das nach Würde anhört und nach Stellen aus ›Jane Eyre‹ oder britischen Filmkomödien oder sogar Henry James, die womöglich zu Abenteuern und romantischen Erlebnissen führen können oder zumindest zu Aufregungen und okkultem Schrecken.

Nicht, dass du je wirklich glaubst, Glück zu haben und einen Job zu finden – und sobald du dir das auch nur im Ansatz eingestehst, verändert sich dein Gesicht, du fängst an, arbeitslos auszusehen: nicht vermittelbar: für lange Zeit. Die Verwandlung ist vollkommen, wenn deine Augen zur angebotenen Bezahlung gekrochen und wieder zurückgezuckt sind. Dann zählst du noch einmal die angegebenen Arbeitsstunden zusammen und denkst, dass du nicht vierzig Stunden die Woche oder fünfunddreißig die Woche oder Nach-Absprache-plus-Überstunden pro Woche oder überhaupt irgendwelche Zeit mit einer widerwärtigen Tätigkeit verbringen willst, die dir von Fremden abverlangt wird. Du besitzt keinerlei verwertbare Fähigkeiten, aber du weißt, was du dir nicht bieten lässt.

Was noch schlimmer ist: Das steht in keinem Verhältnis zu den Ambitionen, die du einst gewählt hast, zu denen du immer noch bereit bist – es bedeutet, dass du nie Goldwäscherin, Lehrerin oder Archäologin werden, nie als Clown im wahren Zirkus deines Herzens auftreten wirst. Deine Zukunft ist unwiederbringlich, denn die Laufbahnen, die dir gefallen würden, erfordern Qualifikationen, Ausbildung, eine Entscheidung deinerseits, verantwortlich und erwachsen zu handeln. Die einzigen freien Stellen, die du ausfüllen kannst, demonstrieren bloß Tag für Tag deine Nutzlosigkeit.

Jetzt gehst du auf die vierzig zu und hast schon viel zu viel Zeit damit verbracht, in einem Theater Unterwäsche zu waschen, Regale zu füllen, ausleihbare Elektrowerkzeuge zu reinigen – die übrigens, könnte ich anmerken, oft in unbeschreiblichem Zustand zurückgebracht werden. Du hast Gitter von zweifelhaftem Zweck zusammengefügt, du hast Gratis-Strick- und/oder Nähanleitungen in Frauenzeitschriften eingelegt, du hast Kartoffeln sortiert (drei groteske Stunden lang), du hast Telefonbesitzer angerufen, um ihnen etwas über ihre Telefone zu erzählen, und du hast ein extrem langes Wochenende in der Konferenzsuite eines Hotels verbracht, wo du Menschen gefragt hast, was ihnen an einer Tüte Chips am besten gefallen hat. Jede bisherige Erfahrung beweist es – du hast keinen Zweck.

Immerhin konnte ich am Ende des Chips-Jobs ein paar Packungen mit nach Hause nehmen. Pappe verkaufen jedoch war ein Gottesgeschenk: flexibel und befriedigend, kein Druck von irgendwelchen Seiten, denn – mal ehrlich – welcher normale Mensch macht sich schon Gedanken darüber, wer wie viele Kartons welcher Sorte kaufen könnte. Der Job war tatsächlich noch belangloser als ich selbst, und das ließ einen Hauch von Zen über meine besseren Tage schimmern und machte es mir möglich, ständig zu Werbezwecken das Blaue vom Himmel herunterzulügen, ohne dass sich unappetitliche Nebenwirkungen eingestellt hätten.

Im Moment jedoch läuft nichts: jedenfalls nicht in Pappe. Niemand braucht mich mehr, doch aus den üblichen Gründen brauche ich weiterhin Bargeld. An einem triefnassen Dienstagmittag, muss ich also zugeben, habe ich mich zum häufigsten Trinkerfehler hinreißen lassen. Ich habe angefangen, in einer Bar zu arbeiten.

»… und einen Pfirsichschnaps … und habt ihr Erdnüsse?«

»Wir haben trocken geröstete, gesalzene und *Biernüsse*. Oder Cashewnüsse.« Ich weiß genau, er hat nicht die Klasse, Cashewnüsse zu kaufen.

Ich weiß außerdem, dass wir beide, mein Gast und ich,

keine Ahnung haben, was Biernüsse eigentlich sind. Wir haben sie probiert, sind deshalb ziemlich überzeugt, dass sie mit Antiseptikum behandelt sind, aber wir haben nicht weiter über sie nachgedacht. Nicht bis zu dieser Woche jedenfalls, als ich feststellen musste, dass es zu meinem Job gehört, ständig an *Biernüsse* und ähnliche Schrecken zu denken. Außerdem muss ich so ein gelbes T-Shirt tragen und ein jaulendes Lächeln im Gesicht, und ich muss in der Lage sein, das Wort *Biernüsse* auszusprechen, als sei es nicht an sich schon eine Beleidigung, und ich muss eine Bestellung ertragen, in der ein Bacardi Breezer Wassermelone, zwei Ginger Ale und ganze sechs Packungen *Biernüsse* vorkommen, und ich muss diese mehr als armselige Runde austeilen, ohne erst mal einen Aschenbecher zur Hand zu nehmen und dem stolzen Käufer damit den Schädel einzuschlagen, weil er so erfolgreich unser aller Zeit verschwendet.

»Danke.« Er schiebt mir mit seiner schmuddeligen, irgendwie studentischen Hand einen schmuddeligen, irgendwie studentischen Zehner über die Theke.

»Mm.« Ich greife in meine spezielle Dose und gebe ihm warmes, feuchtes Wechselgeld zurück, das er beinahe fallen lässt. Dann karrt er seine Ingwerbrause und die Nusspäckchen zu seinen klumpigen Freunden, die einander fröhlich zunicken und Grimassen schneiden.

Ich höre nur auf, sie zu hassen, weil ich einem Geschäftsmann einen doppelten Scotch einschenken muss. Irgendwas an dem Mann mit seinem übertrieben jungenhaften Ziegenbärtchen und der verzweifelt komischen Krawatte (die mit einem dunklen, kränklichen Anzug kontrastiert) deutet stark darauf hin, dass er geschieden ist und das zuerst für eine tolle Idee hielt, aber jetzt den größten Teil seiner Mittagspausen damit verbringt, an öffentlichen Orten zu lesen vorzugeben und zu hoffen, dass er Frauen abschleppen kann. Ich spüre, dass er mich eine Weile inspiziert, als ich mich umdrehe und seinen Drink einschenke, seine haltlosen kleinen Blicke gleiten hierhin und dorthin, während ich den Duft seines Whiskys einatme und diesen Whisky so liebe, wie er es verdient.

»Noch etwas?« Ich sage das mit Bedacht so, dass der unausgesprochen folgende Satzteil lautet *bevor ich dir den Kehlkopf einschlage* und nicht *du attraktiver Schlingel, du – ich habe um fünf Feierabend.*

Ich habe tatsächlich um fünf Feierabend, und das heißt, dass ich ihn nicht mehr ertragen muss, wenn er nach der Arbeit wieder hereinhuscht und eine Frau zu treffen hofft, die besoffen genug ist, mit ihm zu vögeln.

Der Geschäftsmann geht mir an sich gar nicht so auf die Nerven, auch die anderen Gäste nicht – ich verabscheue nur die Bar. Das hier war mal eine Bank, und die gemischte Atmosphäre von Nervosität und zermürbender finanzieller Besonnenheit hängt immer noch in der Luft – irgendwo kümmert man sich immer noch ums Kleingeld, während das große Geld sich selbst genug ist. Die Einrichtung ist zu modern, die Lichter sind zu hell, und jeder Anflug von Geselligkeit verpufft sofort in Richtung der hohen Decke, wo er von überflüssigen Ventilatoren zerhackt wird. Die Gäste gackern oder wiehern oder zeigen einander elektronische Spielzeuge, die sie gerade erworben haben, oder schreien irgendwas über Stripteasetänzerinnen oder ihre Pläne, eine Sonnenterrasse in den

Innenhof zu bauen. Wenn zwei oder drei Handgranaten vorbeirollten, würde ich mit Freuden die Sicherung ziehen, nur, um zu verhindern, dass sich die Arschlöcher vermehren.

Aber auch das ist nicht direkt das Problem. Es ist eher so, dass die meisten meiner Kunden nicht richtig trinken, sie versuchen es nicht einmal. Andererseits trinken die meisten sogar eine ganze Menge. Ich hingegen, weil es gut für mich ist und weil ich es mir versprochen habe und weil ich es anderen Leuten versprochen habe und weil Robert mich unterstützt, ich selbst trinke im Grunde nicht. Das heißt, ich nehme zwar Flüssigkeiten zu mir, aber sie enthalten keinen Alkohol. *Würde* ich trinken, könnte ich ihnen zeigen, wie man es macht.

Aber ich trinke nicht.

Deshalb kennen sie mich nicht.

Ich werde von allen Seiten unterschätzt. Und das geht mir auf die Nerven – so ginge es jedem.

»Was ist los?«

Ich starre auf Roberts Oberarm.

»Hannah? Was ist los?«

Dort werden Männer zuerst alt. Graue Haare sind egal, Falten um die Augen – solche kleinen Veränderungen können sogar hilfreich sein, den Eindruck verbessern, aber bei den Armen ist nichts zu machen. Von der Schulter bis zum Ellbogen schleicht sich langsam und unmerklich eine Schwäche in die Haut, eine winzige Lockerung über den Muskeln, ein Verlust an Spannkraft. Wenn das erst mal da ist, verlässt es ihn nicht wieder.

Ich wollte es nicht bemerken. »Nichts ist los, mir geht es

gut.« Und es geht mir *wirklich* gut: Ich denke bloß an verschiedene Arten, wie er abtreten könnte, verschiedene Gründe, und die meisten erschrecken mich nicht, ich kann ihnen ausweichen, ich kann woanders hinschauen – aber Zeit und Alter sind einfach ein erstklassiges Beispiel für Gottes Hang zum Slapstick: der Körper, den man gerade lieb gewinnt, als er verfällt, die Liebe, die du nicht halten kannst, der Plumps auf den Hosenboden, der dein Ende bedeutet, nach dem du aus dem Staub hinaufblinzelst und deine eigene Sterblichkeit siehst.

In letzter Zeit habe ich immer öfter an Sterblichkeit gedacht – noch eine erfreuliche Nebenwirkung der Abstinenz. Und dass jetzt auch Robert davon verdüstert wird, ist das Letzte, was ich brauchen kann.

Er streckt sich – anscheinend glücklich und entspannt –, schüttelt sich, reibt mit den Fingern durchs nasse Haar, bis es sich furcht und absteht. »Es geht dir nicht gut. Das sehe ich – ich bin Zahnarzt.« Momentan baden wir gern zusammen, noch öfter schauen wir einander beim Baden zu, seifen uns gegenseitig den Rücken ein, bewundern die saubere, kindliche Hitze des anderen, wenn er aus der Wanne auf die Fliesen steigt, wie Robert es gerade getan hat. Ich hülle ihn in ein Handtuch, wir spielen immer noch Badetag, ich stehe hinter ihm und umarme meinen Jungen, lecke ihm die Wassertropfen aus dem Ohr.

Ich schließe die Augen und verscheuche die Zeit. »Ich bin ein bisschen … ich fühle mich ein bisschen grau. Ohne Grund.«

Wir sind in seiner Wohnung. Vor seinem Geständnis hatte ich sie nie von innen gesehen – jetzt habe ich einen Platz in seinem Badezimmerschrank und eine Schublade für meine

Kleider, wenn ich über Nacht bleibe. Robert ist hergezogen, als er seine Frau verlassen hat oder als sie ihn zum Gehen aufgefordert hat, und es sieht immer noch ein bisschen nach Flucht aus: Die Regale und Wandschränke sind größtenteils leer – trotz meiner zusätzlichen Einlagen –, in einem Küchenschrank steht ein Häuflein einsamer Konservendosen, und es herrscht Mangel an Dekorationen. Alles schmeckt nach Neubeginn, Neuerschaffung, den kraftvollen Freiheiten eines Roadmovies, die wir erst noch erforschen müssen. Hier können wir uns aussuchen, wer wir sein wollen, aber wir wählen nie jemand anderen, nur uns selbst, zusammen. Das muss wohl bedeuten, dass wir das Beste sind, was wir uns vorstellen können. Ich müsste mich hier ganz selbstverständlich wohlfühlen, und oft tue ich es auch.

»Na, wenn du dich grau fühlst …« Er lässt das Handtuch fallen und zwinkert, seiner selbst sicher, beruhigend, immer noch ganz gut in Form, und hüllt sich dann in einen Bademantel, der noch neu genug ist, einen leichten Hotelreiz, eine attraktive Neutralität auszustrahlen. »Könnten wir ja übers Fernsehen lachen.« Wir könnten überall sein, alles Mögliche planen.

Tatsächlich aber tun wir, was er vorgeschlagen hat, schlendern in sein Wohnzimmer, wo er eine dreiteilige, mit weißem Leder bezogene Sitzgruppe stehen hat (heruntergesetzt wegen Kratzspuren und kleinerer Flecke), dazu den seltsamen großen Fernseher, der vom Fußboden heraufleuchtet, als wir ihn wecken – Robert vergisst immer, einen Fernsehschrank zu kaufen, und besitzt noch keinen Tisch. Sofort quäkt und heult unser Kanal los, der uns vor Nachrichten und anderen unerwünschten Eindringlingen schützt.

»Wir haben hier Leute wie Äh-Mozart und Äh-Rachmaninow, Äh-Chopin – unverbindliche Preisempfehlung £ 120, aber das erste Gebot ist ein Pfund.« Eine Frau, gekleidet wie ein unbedeutender Teeniestar, hält aufgefächerte CDs in die Kamera, sodass man alle erkennen kann, während eine andere Frau, die wie eine ältere, erfahrene Prostituierte aufgemacht ist, hinter ihr zu ›An der schönen blauen Donau‹ Walzer tanzt und gleichzeitig einen kompliziert aussehenden, leeren Kinderwagen schiebt. »Über sechsundvierzig Stunden Meisterwerke der Klassik. Schauen Sie sich das an – Äh-Schumann, Äh-Beethoven, und alles ab ein Pfund aufwärts, ist das zu toppen?« Die Kinderwagenprostituierte lächelt und hopst in ihrem zu engen Anzug, während Teeniestars ungehaltene Brüste ihr T-Shirt auf eine harte Probe stellen und uns demonstriert wird, dass der Kinderwagen funktionstüchtige Bremsen und echte, sich drehende Räder besitzt, und das alles in einer Atmosphäre gebannter Hysterie.

Das heitert uns eigentlich immer auf – Verkaufen und Leiden und hoffnungsloser Schrott, Freaks, die baren Unsinn reden, ihr Gehirn abgegeben haben, und jetzt andere Freaks, Wahnsinnige, Trostlose, Langzeitarbeitslose dazu bringen wollen, für 75 Pence die Minute anzurufen und vielleicht aus einer Laune heraus Küchengeräte zu kaufen, die keinerlei irdischen Zweck haben können, oder sehr große Schmuckstücke aus dem Pfandleihhaus. Es ist hässlich, wahnsinnig und eine Schande, und es erinnert uns an das Leben.

»Guck dir die an – zart wie ein achtzehnjähriger Pfirsich.«

»Würdest du dafür ein Pfund ausgeben?« Robert tippt mich an und genießt seine Lieblingsfrage.

»Oh, ich würde zwei … sogar zwei Pfund fünfzig bezahlen. Da ist Äh-Brahms drauf und alles.«

»Sechsundvierzig Stunden …«

»Meisterwerke der Klassik.«

»Ob sie wohl jemals aufhören dürfen?«

Natürlich machen sie keinerlei Anstalten aufzuhören. »Pete ist mit dreißig Pfund dabei, Carol mit fünfunddreißig.« Sie nennen die Freaks beim Vornamen, damit sie sich nicht so allein fühlen. »Ihr alle, die ihr fünfundzwanzig Pfund geboten habt, ihr seid draußen. Für vierzig Pfund wäre es euer … zum Dritten bei achtundzwanzig … noch ist der Hammer nicht gefallen … dreißig Pfund, zweiunddreißig … ich mache Schluss …«

Bevor ein Mann in einem Kunststoffanzug versucht, eine winzige, batteriebetriebene Kettensäge zu erläutern. Das Blatt ragt gerade weit genug vor, um Bindfäden, kleinere Zweige oder vielleicht Kinderfinger abzutrennen. Die Frisur des Mannes, wie auch die aller anderen Teilnehmer an diesem Fegefeuer des Plunders, erweckt den Eindruck, als sei er erst kürzlich auf dem Scheiterhaufen verbrannt worden.

»Und wenn Sie sie nicht wollen, wie wäre es mit Ihrer Oma oder dem Tantchen oder Ihrer Frau Mama? … für nur fünfzehn Pfund. Keine Anstrengung mehr, kein Kraftaufwand für die schwachen Arme.« Draußen in der Welt rufen die Freaks an und bieten mit, vielleicht aus Liebe zu ihren Omas und Tantchen und Mamas, und das erwärmt einem das Herz.

Wir lehnen uns aneinander, uns ist ohnehin warm, und Robert nippt an einem bescheidenen Glas Roten. Das macht mich gar nicht nervös, denn er verdient es: fast den ganzen

Tag in gestressten Mündern bohren und kratzen, das macht durstig. Zahnarzt: noch ein Job, den ich nicht geschenkt haben möchte.

»Immer noch grau?«

»Nein, eigentlich nicht.« Mein Kopf lehnt an seinem Schlüsselbein, und ich höre den Wein in ihm, wie er seinen Herzschlag hervorhebt, ihn heller klingen lässt. Neben seinem beruhigenden Glanz könnte ich beinahe einschlafen, wenn nicht das Zucken und Nagen der nüchternen Gedanken wäre: das ganze offensichtliche Elend in allen Dingen. Wenn man eine herabsetzende Schlagzeile liest, wenn einem das Radio den jüngsten Tod aufdrängt, den neusten schrecklichen Unfall, ein junges Leben zerstört, gotteslästerliches Leid, wenn einem bloß irgendjemand irgendwas *unbedingt erzählen muss* – dabei soll einem das Trinken helfen.

Ich bin zart besaitet, und die Welt ist unglaublich schlecht, ist unvorstellbar, ich bin dagegen nicht gefeit, gewappnet, gerüstet. Ich werde damit nicht fertig. Wenn es etwas Sinnvolles zu tun gäbe, täte ich es – gibt es aber nicht. Also trinke ich.

Also *habe* ich getrunken.

An allen anderen Abenden also ist der Alkohol hereingeschlendert und hat die Sorgen gemildert, die inneren Litaneien unangenehmer Tatsachen weggewischt, meine Einstellung um die entscheidenden paar Grad angehoben, die einen daran hindern, seine Vergangenheit mit sich herumzuschleifen wie eine Leiche, während man durch selbstmörderischen Nebel vorwärts tappt.

Jetzt kann ich nur auf die nachtragende Chemie meines eigenen Körpers zurückgreifen, wenn ich mich in der Spur halten will, und das reicht nicht, also sitze ich zwischen Robert und den Fernseher geklemmt und muss mich anstrengen, einen von beiden über den Lärm in meinem Kopf hinweg hören zu können.

Er lebt nicht mit seiner Frau zusammen, aber er ist noch verheiratet.

Was bedeutet das?

Es ist gut, dass er davon erzählt hat, aber wie er davon erzählt hat, klang es so, als sei die Sache nicht abgeschlossen. Es war einfach nicht klar – gab er bloß zu, dass er mir etwas nicht erzählt hatte, und jetzt weiß ich es, und das war's, oder gab er auch halb zu, dass er noch nicht alles zugegeben hatte, und weiß ich die eine entscheidende Sache immer noch nicht?

So hätte ich es nämlich gemacht – es halb zugegeben. Man fühlt sich besser, der andere Mensch entspannt sich. Ich hätte es jedenfalls versucht.

Aber bei Robert habe ich es noch nicht versucht – würde ich auch nicht.

Ich habe gar nichts zugegeben. Liegt da das Problem? Hat er erraten, dass Dinge geschehen sind, die ich aussprechen sollte? Ich habe ihm von niemandem irgendwas erzählt. Aber das ist ja auch alles unwichtiges Zeug. Und ich bin nicht verheiratet, noch nie gewesen.

Wenn es ihn dazu bringen würde, mich zu verlassen.

Dann wäre er nicht hier.

Wenn er mit einer anderen verheiratet ist, kann ich ihn nicht heiraten.

Das bleibt mir also verwehrt.

Das bleibt mir erspart.

Denn die Nummer mit verheirateten Männern kenne ich schon: die ernsten Beziehungen mit verheirateten Männern, mit allem, was dazugehört: Anrufe zu seltsamen Tageszeiten, Sex in der Mittagspause, seiner Frau offiziell vorgestellt werden (damit du sie kennenlernst, damit du dich auch schlecht fühlen kannst – tust du aber nicht, du bist ja nicht verheiratet, das ist sein Problem), nicht oft bei Tageslicht miteinander ausgehen, mehr von ihm haben wollen, dieser Hunger, der dich fast zerstört, wenn ihr euch endlich berührt – die ganze riesige, eingesperrte, peinigende, paranoide Fantasie. Hab ich schon erlebt. Aber selbst wenn du an der Geheimniskrämerei und dem Verlangen erstickst, wenn die Wellen der Machtlosigkeit in den verwehrten Nächten an dir nagen, sogar wenn du sicher bist, dass er dich vollkommen machen, dich heilen, dich womöglich – warum nicht? – retten könnte, ist immer noch ein kleiner, kalter Teil von dir froh darüber, dass er dich nicht um Kompromisse oder Veränderungen oder Risiken bitten wird – denn er ist ja verheiratet, das ist sein Problem.

Ich habe mich sogar schon gefragt, ob die verheirateten Männer mit Affären nicht zu der Sorte gehören, die du sowieso geheim halten möchtest – Partner, denen du lieber nur beschränkten Einfluss zugestehst. Bei ihnen ist nie ganz klar, wer zweitklassiger oder verabscheuenswerter, wer den vollen Einsatz nicht wert ist. Er ist der hauptsächliche Betrüger – du hast niemanden zum Betrügen. Wenn du dich mit ihm vergleichst, bist du immer einen Bruchteil sauberer.

Aber wenn er dich wegen seiner Frau verlässt, dann ist sie besser, als du es warst, muss sie Qualitäten haben, die du nicht besitzt.

Aber wenn *du* ihn verlässt, hast du ebendiese Qualitäten anderswo gefunden.

Meistens aber verlässt du ihn, weil nichts immer noch besser ist als er – nichts oder noch weniger als nichts, nach meiner Erfahrung. Lieber niemanden und seinen Frieden haben.

Und das ist alles, was du lernst – dass du niedriger stehst als die Ehefrau und höher als der Ehemann und dass Menschen immer begehren, was sie nicht begehren sollen.

Aber Robert: Er ist wie nichts, das ich schon kenne. Er ist neu, ganz neu.

Ich höre auf zu denken, bin heruntergebrannt, und ich merke, dass Robert mich beobachtet: »Stört es dich, dass ich Wein trinke?«

»Nein.«

»Was stört dich dann? Hannah? Wenn du es mir nicht erzählst, kaufe ich dir eine Kettensäge – und was machst du dann?«

Und nachdem ich beschlossen habe, ihm nichts zu erzählen und die heitere Stimmung nicht zu zerstören, höre ich mich das denkbar Ungeeignetste sagen. »Ach … ich dachte bloß, es gibt eine Menge Dinge, die wir nicht wissen.«

»Worüber – das Gewicht des Universums? Ob es im Jenseits Wale gibt und ob sie Flügel haben?«

Er spielt auf Zeit, hat gemerkt, worauf ich hinauswill, und er sieht dabei so sanft aus, seine Lippen formen die Worte so, dass sie mich an seinen Geschmack erinnern, an die starrsinnige kleine Mauer seiner Zähne, wie gern sie zwicken und täuschen und mich dann hereinlassen, ganz und vollständig herein. Daran denke ich eigentlich, aber mein Selbstzerstörungstrieb scheint wild entschlossen. »Nein. Ich meine Dinge, die wir über einander nicht wissen.«

Er versucht es mit einer weiteren Ablenkung. »Also, ich habe dir alles über mich erzählt, alles, was es zu erzählen gibt. Außer vielleicht ein paar Dummheiten mit Doheny, an die ich mich nicht erinnere – er erinnert sich bestimmt, aber ich möchte lieber nicht. Nichts allzu Schlimmes … Doheny geht übrigens auch in die Bar – wo du jetzt arbeitest –, irgendwann werdet ihr euch kennenlernen. Er wird dir gefallen.«

»Wirklich?« Ich will mich nicht ablenken lassen. »Du kennst mich doch gar nicht.«

Er schiebt eine Hand in meinen Bademantel, nimmt den langsamen Weg vom Knie hinauf und herum, bis er meine Hüfte umfasst. »Was sollte ich denn über dich wissen …« Damit schlägt er natürlich meine Frotteehülle auf, fast bis zur Taille, und das irritiert mich. »… was ich nicht schon weiß.« In seinen Worten liegt eine Spur Ungeduld, die mich schließlich bereuen lässt, dass ich uns hierhergeführt habe.

Ich sehe ihm lieber nicht ins Gesicht, falls er streng aussehen sollte. Ich spüre, wie seine Hand sich um die Rundung des Knochens teilt, zwischen Zeige- und Mittelfinger.

»Meinst du, wenn du betrunken bist? Meinst du die Art von …?« Das küsst er mir ins Ohr. »Wenn du betrunken bist, bist du nicht du selbst. Und was du dann tust: das bist nicht du.«

»Aber mit dir –« Meine Kehle zieht sich zusammen, und was ich sage, klingt dünn. Ich schlucke und versuche es noch einmal. »Wenn ich mit dir zusammen bin, dann bin ich es. Wenn ich betrunken bin – auch wenn ich sehr betrunken bin – das bin immer noch ich – wenn ich bei dir bin. Und nüchtern. Dann auch. Dann bin ich es auch. Ich habe noch nie –«

»Ich weiß. Ich auch nicht.« Wieder küsst er. »Das ist okay. Wir sind wir. Es gibt nichts zu erzählen.«

Ich drehe mich um und küsse ihn auch: die aufsteigenden Stoppeln, der Hauch von Lavendelseife, das Lächeln – die Orte, die ich mit geschlossenen Augen finde, weil ich sie dann besser verstehe.

Er entknotet die Kordel meines Bademantels. »Reingelegt.«

»Hm?«

»Kann doch nicht zulassen, dass du grau und bekümmert wirst.«

»Und was soll mich dran hindern, grau und bekümmert zu sein?«

»Nichts zu erzählen zu haben.«

Mein Bauch spürt, wie sich sein Atem weich entrollt. »Das stimmt.« Und das ist besser, als jede Sünde zu beichten, das ist viel sinnvoller.

Denn dies ist ehrlich, muss es sein. Hier ist kein Platz für eine Lüge. Wenn jemand dich nackt betrachtet, mit den Händen deine Brüste zusammendrückt, damit er an beiden Brustwarzen lecken kann, schnell, schnell: innehält, wenn er weiß, dass er dich hat, aufsieht, während du dich dem ersten Ziehen hingibst, »Nichts zu erzählen.«– Wenn du dich für ihn, für seine Finger auf den Rücken rollst, damit er deine Naht auftrennen, dich teilen und hineingleiten kann, beide Wege finden kann, die du ihm bietest, und sie dann erhellen kann, knöcheltief, dich bis zur Zunge hinauf entzünden kann.

»Nichts.« Wenn du dich zu ihm aufrichtest, ihn nimmst, und langsam, langsam bist, wenn ihr murmelt und kichert wie die Kinder, dann muss das bedeuten, dass ihr keine echten Geheimnisse haben könnt.

Und dann seid ihr fertig, und der Fernseher schnattert von Anhängern und Zwölf-Karat-Ketten, und du hast den Geschmack des Weins aus seinem Mund genommen, bis ihr beide gleich schmeckt, und ihr setzt euch auf, Schenkel an Schenkel, genießt es, dass ihr immer noch nackt füreinander seid, die Reibung eures Atems, die daher rührt.

»Wie viele Gläser hast du getrunken?«

»Zwei, drei – weiß nicht mehr genau …« Mit dem Fingerrücken fährt er deine Brust hinab.

»Lass die Finger davon.« Im Gegenzug streifst du mit dem Daumen seinen Schwanz, bis er deine Hand wegnimmt. »Du hast doch angefangen … Wie viele Gläser?«

»Keine Ahnung. Wieso?«

»Ich will mich nicht beschweren – es ist schön, dass du Wein trinkst. Ich hab mich bloß gefragt, wie weit du gekommen bist.«

»Ach so … Süßtrunken. Weiter nicht. Süßtrunken.« Er lässt seinen Arm weit unten auf meinem Rücken zur Ruhe kommen.

Süßtrunken ist herrlich, vielleicht der beste der normalen Zustände. Es ist genau, wie es sich anhört – warm und nachgiebig und freundlich und fast ohne Zugabe von Alkohol. An manchen Abenden bin ich direkt am geselligen Punkt vorbei- und in heftigen Ärger hineingerauscht, bloß weil ich auf mehr Süße gehofft habe. Süßtrunken zu sein, heißt, wieder sechs zu sein und Eiscreme zu essen, aber wenn man weitertrinkt, geht es fast immer wieder weg. Robert ist davon erfüllt, er leuchtet fast. »Das ist was Feines, süßtrunken. Steht dir gut.«

»Ja, nicht wahr. Obwohl ich gerade vorhatte, demnächst schokoladentrunken zu werden.«

»Wozu brauchst du das denn?«

»Na, könnte doch lustig sein ...« Und er greift nach seinem Wein, nimmt einen Schluck, lässt ihn hinabrutschen, lässt mich das Grinsen hinter seinen Augen sehen.

Schokoladentrunken ist komisch – manche Trinker erreichen den Zustand nie, manche unweigerlich. Wenn man so weit ist und man wäre aus Schokolade, würde man sich selbst aufessen. Man ist hocherfreut, dass man selbst so unwiderstehlich ist, und andere Meinungen zählen nicht. Das führt oft zu Komplikationen.

»Nein, du findest dich sowieso schon toll genug. Wie wäre es mit katzentrunken?«

»Kenn ich gar nicht.« Er zieht einen Bademantel über unsere Lenden, weil wir abkühlen.

Unsere Liste haben wir über Monate vervollständigt, sind sie aber in letzter Zeit nicht mehr durchgegangen – seit wir selbst nicht mehr trinken. »Katzentrunken – wenn man jemandem so über die Schulter schaut, als würde ein Wahnsinniger mit einer Axt hinter ihnen stehen. So, wie Katzen es machen.«

»Aah ... so wie geistertrunken.«

»Ja, aber wenn du geistertrunken bist, siehst du alles mögliche – und du huschst dauernd hin und her.«

»Wegen der Geister.«

»Genau.«

Wir haben offizielle Definitionen für großtrunken, kleintrunken und feuertrunken aufgestellt – alles ganz naheliegend, aber nützlich. Dann gibt es die feinen Unterschiede in der Bewegungsfähigkeit – sandtrunken: wenn man nur noch wie über weichen Sand laufen kann – fesseltrunken: wenn man sich nur krampfhaft zwischen zwei Lähmungsattacken bewegen kann – auferstehungstrunken: als sei man unbeholfen aus dem Grab auferstanden – und wassertrunken, eine von Roberts Erfindungen: »Wenn sich die Luft ohne Vorwarnung in Flüssigkeit verwandelt, was dazu führt, dass man unnatürlich langsam zu Boden fällt.«

Taubtrunken ist eher unwillkommen, davon wird man kampflustig – und ist natürlich furchtbar nervig, wenn man zufällig in einer Bar arbeitet.

»Na gut, wenn ich nicht Schokolade werden kann –«

»Ich sage doch, du *bist schon* Schokolade.«

»Na, dann durchsichtig. Ich will durchsichtigtrunken werden.«

»Hast du denn dafür genug Wein? Und überhaupt – *wieso?*« Nicht, dass ich schon mal jemanden getroffen hätte, der willentlich durchsichtig werden konnte – dieser Zustand überkommt einen, wenn man keinen bösen Wunsch im Herzen trägt, und führt einen dann auf Abwege, weil man sich für unsichtbar hält. »Hm? Willst du schlimme Dinge tun?« Er ist der Beweis dafür, dass Alkohol und Gott die gleiche Art von Humor besitzen.

»Nein. Ich möchte *sehr* schlimme Dinge tun.« Er schenkt mir das hinterhältige Jungsgrinsen, faul vom Wein und so gerissen, dass es schon wieder ehrlich wirkt. »Sehr schlimme Dinge mit dir tun.«

»Werde ich sie auch schlimm finden?«

»Du findest nichts schlimm.«

Und ich lache, aber zum Teil auch, um den Moment zu überbrücken, in dem ich mich frage, was für eine Frau ich für ihn bin und ob seine Frau wohl schlimme Dinge nicht gestatten würde.

Aber wenn wir gemeinsam genießen, was wir genießen, wo liegt dann das Problem?

Er fährt mit dem Finger über meine Unterlippe. Seine Hand riecht nach Sex, und wir verstehen, dass wir beide das wissen und es genießen.

Er schaut mich an, als ich seine Handfläche küsse. »Ich könnte pfingsttrunken werden.«

»In Zungen reden? – Dazu könnte ich dich auch so bringen.«

»Jetzt prahlst du wieder.«

Was mir aber wirklich gefallen würde, wenn wir beide zusammen segenstrunken, kindertrunken werden könnten: uns selbst übertreffen, an jenen Ort der Unschuld und des Lichts eilen, wo uns nichts etwas anhaben kann, wo es keinen Schmerz gibt, wo wir so machtlos und verloren sind, dass wir heilig werden, dass unser Schöpfer sich unser annehmen muss.

Die gesegneten Kinder sieht man ständig, sie taumeln über befahrene Straßen, die jeden Nüchternen zermalmen würden, sie lachen über Wunden, die tödlich sein könnten – denn sie sind völlig sicher. Ein Matrose der *Titanic*, er hieß Joughin –

ich glaube, so war sein Name –, war der ultimative Segenstrunkene, völlig weggetreten, als alle in die Rettungsboote strömten und die Lichter ausgingen, als das Orchester den Armen und den Millionären zu ihrem Tod aufspielte. Aber Joughin starb nicht. Er ging zum Heck, wie es niemand bei klarem Verstand getan hätte, und sank damit bis hinab ins Meer, dann schwamm er davon. Und er wurde nicht mit dem Wrack hinabgezogen, erfror nicht im gnadenlos kalten Wasser, überlebte sogar die Weigerung eines Bootes, einen so völlig Betrunkenen an Bord zu nehmen. Er wurde gerettet und lebend an Land gebracht, natürlich lebend.

Das Problem ist, dass man diesen Zustand nie selbst erleben kann, weil er einen noch tief greifender als jede andere Trunkenheit verschwinden lässt. Ich nehme an, der Segen entspringt vor allem dieser Abwesenheit des Selbst – die Trunkenheit verbrennt dich ganz und gar und schenkt dir die Gnade eines vorübergehenden Todes, während sie es sich in deiner Seele bequem macht. Ich könnte also nicht versuchen, mit Robert dorthin zu gelangen – wir wären beide nicht da.

Und ich trinke nicht.

Andererseits bin ich sehr müde. Seit Tagen und Wochen – über einen Monat lang – bin ich schon müde. Diese Angstzustände, meine neu entdeckte Fähigkeit, immer das Wertvollste durch Misstrauen und vergiftete Erinnerungen zu zerstören, die Weigerung meines Kopfes, den Mund zu halten, das Elend meines Jobs, die wachsende Armee der Schrecken, die jeden Schlaf angreift – ich habe es satt.

So sollte mein Leben nicht sein. So sollte niemandes Leben sein.

Wenn ich noch einen Arzt hätte, würde er mir Medizin verschreiben.

»Robert?«

»Mm?« Er wickelt den Finger in das Haar an meiner Schläfe, kämmt es durch. »Was los?«

»Kannst was für mich tun?«

»Sicher.«

Er kämmt weiter – ein nettes Kitzeln in meinen Augenwinkeln. »Hast du die Flasche ausgetrunken?«

»Gerade eben. Ja.«

»Hol eine neue, ja? Und bring mir ein Glas mit.«

»Sicher.« Er küsst mich auf die Stirn. »Jetzt bist du so weit. Alles bereit. Ich wusste, dass du mit dem Aufhören klarkommst.« Er küsst mich auf beide Wangen, so leicht, wie es meine Mutter tun würde. »Und ich wusste auch, dass du mit dem Wiederanfangen klarkommst.« Er küsst mich auf den Mund, lässt mich seine süßtrunkene Zunge zwischen die Zähne nehmen, zuckt und drückt, zieht sich zurück. »Willkommen daheim.« Er zupft den Bademantel wieder beiseite.

»Noch bin ich nicht wieder da. Geh, hol die Flasche. Und mein Glas.«

X

Ich bin wieder im schwarzen Haus. Es bewegt sich um mich, es atmet. Das tut es immer.

Diesmal schaue ich die Dunkelheit an und begreife ihre Gestalt: die Kiste aus Wänden um mich herum, der Dachfirst, der über mir zusammenläuft, eine Dachschräge lehnt steil an der anderen – aus mehr besteht das schwarze Haus nicht. Es ist schlicht wie die Zeichnung eines Vierjährigen, und drinnen ist nichts außer mir.

Das Schütteln des Lärms schwillt an, stöhnt, und der ungesehene, unsichtbare Fußboden unter mir fängt an, zu bocken und dann zu schwimmen. Eine Strömung zerrt an ihm, zieht ihn mir unter den Füßen weg, bevor sie ihn wieder zurückschiebt, als ginge ich am Meeresufer entlang, als triebe ich auf hoher See.

Und jetzt spannt sich das ganze Haus wie ein Segel und brandet vor neuer Bewegung, von der ich weiß, dass sie schrecklich und doch ein Geschenk des Himmels ist, und die Nahtstellen der Wände teilen sich in helle Spalten, das Dach hebt sich hinweg, durch schmale Risse blutet weißes Licht herein – ein Strafgericht, das nach mir sucht, das zu mir durchbricht. Und mir ist kalt, ich war schon einmal hier und werde wieder hier sein, werde immer wiederkommen, bis das Haus zerstört ist und mich mit ins Verderben reißt, bis ich hinaufstürze in die brennende Abwesenheit, die, wie ich fürchte, das Herz Gottes ist.

Der Fuß der Wand zu meiner Linken beginnt zu zucken. Sie klafft auf.

»Hannah.«

»Mmm?«

Gott weiß schon meinen Namen, Gott liegt auf der Lauer, zeigt Interesse, das ich nicht will.

»Hannah. Na los. Wir sind beinahe da.«

Ich schlucke und lecke mir die Lippen. »Tut mir leid.«

Und ich schmecke nicht nach dem schlimmen Ende, das es mit mir nehmen wird: keine Spur des schwarzen Hauses oder des Paradieses, das um es herum heult, des ständigen Brüllens des Lichtes. »Wirklich. Tut mir leid.«

Ich scheine noch nicht mal tot zu sein.

»Wirklich.«

Aber ich erinnere mich, dass ich vor Kurzem in großer Eile war und dann in einem Taxi, und als ich eine kleine Bestandsaufnahme mache, mich umsehe, stelle ich fest, dass ich immer noch in einem Taxi bin, im selben Taxi. Es ist Tag, Tageslicht: lange, säuerliche Girlanden aus Tageslicht zu beiden Seiten und gehetzte Fußgänger mit nervösen Haaren und grässliche Backsteingebäude, die über schicken Türen aufragen, und ein eingezäunter Platz mit Eisentoren, der Bäume enthält, die Sorte Bäume mit riesigen Blättern und glatten, bleichen Stämmen, mit einer gemusterten Rinde, die nach Reptilien aussieht, zu lebendig.

Robert drückt mich an sich, drückt spielerisch meine rechte Brust. »Bist du wieder bei uns, ja?« Was erheiternd sein könnte, wenn nicht jedes Rucken des Taxis mein Denken schmerzen würde.

»Lass das.«

Die Luft, die durchs halb geöffnete Fenster dringt, ist mit Stress getränkt und hinterlässt einen Nachgeschmack von Scheiße. Autos knirschen und sausen schadenfroh um uns herum, während unser Taxi selbst einige verbrecherische Manöver vollführt und der Fahrer, während wir dahinschleudern, einen Kaffee im Pappbecher trinkt, an roten Ampeln gemütlich seine Zeitung liest.

Wir sind also in London.

Ja, natürlich, wir sind in London. Das wusste ich. Wir machen einen Ausflug über ein verlängertes Wochenende, und dies haben wir als Ziel gewählt. Das wusste ich. Ich wusste, dass wir unsere wertvolle Freizeit in der abartig teuersten und unfreundlichsten Hauptstadt der Welt verbringen.

»Hat mir jemand was in die Augen gesprüht?«

»Sschhh.« Wieder zwickt er mich. »Du bist einfach ein bisschen empfindlich.« Er versucht, die Brustwarze ausfindig zu machen, aber sie hat keine Lust, sich für ihn aufzurichten. »Dir macht langsam das Tempo zu schaffen.«

»Und dir etwa nicht?«

»Oh nein.« Er reicht mir eine Dose Kohlensäure und Koffein. »Hab vier von denen getrunken. Ist Ochsengalle drin. Steht drauf.«

»Großartig.« Meine Stimme klingt pelzig, sauer.

»Nimm auch eine, wird dich aufmuntern. Was sollen wir schlafen, wenn wir nicht müssen – wir haben doch bloß noch … zweiundvierzigeinhalb Stunden.«

Und vor neunundzwanzigeinhalb Stunden schien das auch noch eine gute Idee – einfach die ganze Zeit wach zu bleiben. Wir hatten das Gefühl, das würde den Unterhaltungs- und Bildungswert unseres Ausflugs erheblich steigern, aber die Pillen, die wir in einer Bar am Westbourne Grove kauften – ich weiß nicht mehr, wann –, haben dazu geführt, dass meine Haut nicht mehr richtig sitzt und meine Augenlider heftig scheuern, und die Muskeln meiner Unterarme waren so lange angespannt, dass ich kein Gefühl mehr und kaum noch Kraft in den Daumen habe, und das – es lässt sich nicht leugnen – hält mich zwar unweigerlich wach, ist aber auch sehr unangenehm.

»Was war in diesen Dingern?«

»Welchen Dingern?« Robert zieht den Kopf ein, um nicht sehr unauffällig anzudeuten, dass unser Fahrer die geradezu teuflische Fähigkeit besitzt, jedes Gespräch mitzuhören.

»Den Wachhaltedingern.« Nicht, dass unser Fahrer sonderlich an uns interessiert wäre – er rast über Fahrbahnschwellen und schreit dabei etwas über Teppiche –, ich hoffe doch, in ein Telefon.

Robert flüstert, »Ich weiß nicht. Aber sie wirken, oder? Es waren Wachhaltedinger, und sie halten uns wach ... Ich glaube, ich habe nicht gefragt, was es war ... Jedenfalls hat er es nicht gesagt.«

»Ich brauche was zu trinken.«

»Wir trinken gleich was.«

»Ich brauche jetzt was zu trinken.«

»Wir duschen erst mal, und dann gehen wir einen trinken.«

»Ich brauche keine Dusche, ich brauche was zu trinken.«

In unserem winzigen Hotelzimmer höre ich Robert beim Duschen zu und betrachte die Blumen: Lampenschirme mit Blumen, Kissen mit Blumen, gerahmte Drucke mit Blumen. Die Tapete quillt vor Blütenblättern über – riesige, raubtierhafte Orchideen lauern über den mit Tulpen verhängten Möbelstücken, bedrohen die Ranken der Vorhänge, kriechen auf den Teppich zu, der ein Schlachtfeld aus Knospen ist. Auch wenn ich wollte, könnte ich hier nicht schlafen.

Dennoch lege ich mich aufs Bett. Es ist von vorherigen Aktivitäten zerwühlt, aber das ist gut, weil die nackten Laken, die wir liegen gelassen haben, weiß sind: nur einfaches, leeres, gottloses, ordinäres Weiß.

Ich schwanke auf eine überwiegend beruhigende Weise und fange an, mich auszuziehen, denn ich merke, dass meine Gelenke steifer sind, als sie sein sollten, dass sie jucken und dass ich womöglich herausfinden sollte, wieso. Als ich meine Arme reibe, meine Jeans ausziehe, sehe ich zarten Staub aufsteigen, ein pulvriger Schleier im Inneren meiner blauen Bluse. Auch auf meiner Unterwäsche – meine Haut schält sich ab. Ich werfe eine ganze Schicht meiner selbst ab, und vielleicht kommt noch mehr, wer weiß.

Diese Entdeckung verschlimmert das Jucken, obwohl ich besser nicht kratzen sollte, damit ich mich nicht ganz wegschabe.

Aber es juckt schlimm.

Also reibe ich mit den Fingerspitzen vorsichtig über die Schienbeine und sehe, wie ein weiterer Schauer Hannah Luckraft auf das pflanzliche Gewimmel am Boden rieselt.

»Chah, ich dachte, du wolltest was trinken.« Robert steht am Fuß des Bettes, die Glieder noch leicht feucht, die Zeigefinger in den Bund seiner Boxershorts gesteckt. »Aber wir können ja noch warten.« Eine Hand taucht vorhersehbar hinab, holt seinen steifen Schwanz heraus und erlaubt sich ein nachdenkliches Onanieren.

Das heißt Whisky – wir müssen Whisky getrunken haben, wenn er so ist. In Sekundenschnelle hart oder kaum noch atmend: Es kann in beide Richtungen gehen – in diesem Fall sehr hart und sehr stolz darauf. Breitbeinig streckt er den Bauch heraus und hält sein liebstes Teil auf der ganzen Welt in der Hand: der größte Zweijährige, den es gibt. »Lust drauf?« Der Whisky macht die Frage rhetorisch und drückt ihn neben mir aufs Bett, wo er sich immer noch halb automatisch einen runterholt. Mit der freien Hand greift er nach mir, öffnet mich mit dem Daumen wie ein Buch, ein bisschen ungelenk. »Oder willst du trinken? Ein bisschen Robert trinken, bevor wir gehen? *Afore ye go*?« Er kichert, und ich spüre seinen Fingernagel, als er das Schloss zu knacken versucht.

Aber ich bin trocken. Egal, ob das Verlangen sich zuckend zur Stelle meldet – meine Zunge, meine Haut, meine Augäpfel, ich bin *überall* trocken.

»Wasdennlos?« Er drückt in einem anderen Winkel, reibt mit dem Daumen.

Das kommt vom Speed, oder was er mir da eingeworfen hat – davon werde ich immer wie eine Eidechse auf dem Bratrost. Vielleicht bin ich morgen wieder halbwegs normal, wenn überhaupt.

Er arbeitet ein bisschen leidenschaftlicher an seinem Schwanz und betrachtet mein Gesicht, als sei ich weit weg und vielleicht unbekannt. »Hm?«

»Das kommt von den Pillen.«

Aber Robert hat inzwischen sowohl die Frage als auch die Antwort vergessen und stemmt sich einfach auf die Knie, runzelt die Stirn, wird rot. Sein Atem geht im Takt mit seiner Faust. Und ich will es: den kleinen, schmerzlichen Augenblick, wenn er kommt, wenn es warm wird auf meinem Bauch, eine leichte Berührung an meiner Flanke, sein Überfluss. Und ich will seine Hand, noch wärmer, mit gespreizten Fingern, die es über die Hüfte und noch weiter hinab reibt, über meine Brüste schmiert, den letzten Rest unter die Haare in meinem Genick wischt. Und ich will diesen seinen Fleck auf mir, zusammengezogen, silbrig, etwas Unanständiges, das meine schmerzende Haut erfreut, und ich lächle ihn an, als wir uns ungeschickt in unsere Kleider stottern, uns an unseren Durst erinnern, und auch er lächelt mich an, aber jetzt habe ich mir seinen Abstand eingefangen, mich angesteckt, sodass er vor mir zurückzuweichen, das Zimmer sich auszudehnen scheint, bis wir uns beide nicht mehr erreichen können.

»Na.« Seine Stimme klingt in der dehnbaren Luft leicht verzerrt. »Du hast gesagt, du brauchst einen Drink. Gehen wir jetzt und nehmen einen?«

»Ja.«

Aus irgendeinem Grund habe ich mich das nicht richtig sagen hören, also versuche ich es noch einmal. »Ja.« Ein Drink ist genau das Richtige, um uns zu versorgen, um uns wieder zu 100 Prozent zu machen, uns in die richtige Dimension zu rücken. »Ja.« Tequila, glaube ich. Tequila wird mir helfen.

Oder weißer Rum. Ein einziger Absinth, wenn es welchen gibt, um dem Abend ein bisschen Klasse zu verleihen. »Wir sollten jetzt gehen und einen Drink nehmen.« Und dann begnüge ich mich mit etwas Sanftem, dem milden Fluss des Weins.

Für einen gepflegten Abend braucht man vor allem ein gutes Gespür für die Zusammenstellung: Wann man gleichmäßig mit einem Lagavulin, einem Longrow, einem Balvenie aufsteigen muss, wann man überzeugenden Gehalt braucht, wann man nur das Level hält, sagen wir, mit einem Merlot, und wann man etwas Exotisches riskieren kann: einen Gammel Dansk, einen Karpi, einen Rawhide, ein Zwetschgenwasser, eine alte Coca-Cola-Flasche voll farbloser Blindheit und Freude. Um einen Abend aufzubauen, braucht man ein Händchen.

Robert gibt es auf, sich die Schnürsenkel zu binden, und kommt zu mir, nimmt mich am Arm und drängt sich von hinten an mich, wiegt seine Hand in meinem Nacken. »Bist du bereit? Bist du bereit, mit mir auszugehen? Ich möchte, dass du mit mir ausgehst. Damit du an der Bar stehen kannst, wenn ich meinen ersten Schluck nehme, und ich dich ansehe, dich direkt anschaue, und wir wissen beide, dass du überall mein Sperma kleben hast – den ersten Schluck nehmen und herunterschlucken, und wir wissen es beide. Wir trinken beide, und wir wissen es beide.«

Ich lehne mich an ihn und konzentriere mich. »Okay.« Zuerst spüre ich nichts als Echos und kalten, ängstlichen Mangel. »Das tun wir.« Und dann sticht das Richtige mir im Leib und lässt mich die Augen schließen. »Ja. Das werden wir.« Heute Abend werden wir trinken, wie wir immer trinken sollten.

»Damit du dich an das Gute erinnerst, das ich für dich tue.

Damit du es siehst. Es gibt nichts, was ich nicht für dich tun würde. Ich werde dich jeden Arsch außer mir selbst vergessen lassen.« Er schaut auf die Uhr. »Noch einundvierzig Stunden und dreizehn Minuten.«

Unseren ersten Schluck nehmen wir gleich um die Ecke in der Marylebone High Street, und er küsst unser Blut, er erleuchtet – gerade zur guten Zeit, bevor der Abend anfängt, wenn der Himmel sich draußen in die Dämmerung faltet und uns gemütlich umfängt, und hier haben wir Raum (die richtige Menge Raum) und Ruhe, um uns vom süßen Ansturm der Spirituosen erheben, unsere Herzen beschleunigen zu lassen. Wir stehen an der Theke und schauen auf die Flaschen, nebeneinander, ohne uns zu berühren, und wir könnten uns die Lungen wund schreien, wir könnten jede dieser Flaschen zerbrechen und das Glas essen, wir könnten nach draußen rennen und immer weiterrennen, und keine wie auch immer beschaffene Macht könnte uns einfangen, wir könnten nackt auf der Theke ficken, bis das Holz durchschmort und unsere Schönheit den Barkeeper in den Wahnsinn treibt – wir könnten alles tun, aber wir drehen uns nur um und sehen einander, sehen unsere Liebe und nehmen den zweiten Schluck.

Der führt in die Goodge Street, wo es überhaupt keinen Platz mehr gibt. Noch einen Tequila. So eng, dass man schreien muss, alle schreien. Kleines Arschloch mit einer billigen Zigarre brennt mir ein Loch in den Ärmel. Kleines Arschloch. Robert ist es egal. Er ist rottrunken – das würde jeder so nennen –, blutrottrunken, leuchtend. Man könnte bei seinem Licht lesen. Wenn man ein Buch hätte. Ich habe kein

Buch. Er hat auch kein Buch. Ich küsse seine Hand, weil er tolle Hände hat und nach Möse und Bier schmeckt. Ich würde gern auch seine andere Hand küssen, aber er lässt mich nicht. Kleines Arschloch.

Frith Street, Shaftesbury Avenue, eine Straße zurück, noch eine, der Laden, wo wir vorher drin waren, dann der andere Laden, Frith Street.

Das nett. Wirklich. Glaube ich. Glaubich.

Wir sollten eim Club beitreten, dann wärs einfach, würden einfach ganze Zeit im Club bleiben und trinken, weil ich nichso gern so weit laufe, weißtu? Ist nicht gut.

Die Leute hier, die sind so scheißhässlich. Scheißhässlich. Scheißhässlich. Kann ich die ganze Nacht sagen. Kannst mich nich dran hindern. Scheißhässlich. Scheißßlich. Scheißßlich. Du – du bist am scheißhässlichsten. Besoffner Arsch.

Staystreet. Staceystreet. Du bist doch stinkbsoffen. Verträgst wohlnix. Traurig.

Traurig

Traurig

Traurig

Stinkbesoffen im Thekenspiegel. Eigene Mutter würdmichnich erkennen. Traurig.

Ich liebe meine eigene Mutter.

Robert. Schön in den Arm nehmen, wärgut. Herrlich. Schwitzt wien Schwein, liebe ich. Salz. Scheißchatder schöne Haare. Fantastische Haare. Bisschen grau genug grau gerade richtig kannjederhörn tolle Haare. DiessHaus? Richtch? Party? Gut. Schönes Haar. Zum Heuln schön. Toll.

»Ich habe nichts gesagt, nichts getan.«

»Du hast ihm einen gelutscht.«

»Was?«

»Hättest du beinahe.«

»Was? *Ich?* Ich hab mich danebenbenommen? Was hast du denn für einen Scheiß gemacht?«

»Hast 'ne Stunde mit ihm Fußpetting gemacht. Scheiße, wer war der Kerl eigentlich, weißt du das überhaupt?«

»Hat man *mich* etwa rausgeschmissen?«

»Du bist doch … du bist doch bloß …«

»Hat mich, hat etwa, hat man *mich* etwa rausgeschmissen?«

»Lass mich in Ruhe.«

»Hat man *mich* etwa –«

»Verpiss dich.«

»*Mich* nicht.«

»Verpiss dich!«

HinterausgangchinesischesRestaurant – fettige Gasse, überall Fett und so ein dicker Geschmack, chemisch, ich versuche, zu pissen und nicht hinzufallen, mich nicht schmutzig zu machen, und ich weiß nicht, was los ist, was nass wird. Jeans sindn Problem.

Irgendwo singt so ein Arschficker, die gleichen vier Noten, immer wieder, immer die gleichen vier, auf mich gezielt, will mich umbringen, will mich tot sehen, Scheiße.

Robert soll Schmiere stehn. Tut er aber nicht, steht nicht Schmiere, pisst selber, gegen einen Müllcontainer, er steht also nicht Schmiere, und ich kann jetzt nicht aufstehen, nicht verstecken, kann – kann jeder vorbeilaufen. Jeder.

»Arsch.«
»Du hast ihn beinah abgeleckt.«
»Du bist doch nicht ganz dicht.«
»Ich hätte dich einfach bei ihm lassen sollen.«
»Immer das Gleiche.«
»Ja. Mit dir.«

Kehrmaschinen fahren über Kopfstein, schleifen dunkle Schmierstreifen hinter sich her und zwei Linien Sauberkeit. Griesiges Licht. Bedfordbury. Ein neuer Tag beginnt, sehr aufdringlich, dabei sind wir noch nicht ganz mit dem letzten fertig.

Großer, stiller Schmerz, über dem Klappern leerer Mülleimer, Schwindel unter den Füßen. Die Stadt starrt dich an – am Morgen erwischt sie dich, sieht zu viel, deshalb sollte man drin bleiben.

Wir sitzen auf den Stufen von St. Martin's.

Wir sind nur müde. Wir haben Betten, in die wir in kurzer Zeit gehen werden. Die Männer da drüben, die haben keine Betten. Sie sind bedauernswert.

Wir würden von ihnen keinen Drink annehmen, wenn sie uns einen anböten. Wir schätzen helles Bier nicht besonders, und sie haben nichts anderes. Wir sind nicht das Gleiche wie sie. Wir würden gern darauf hinweisen, dass es sich bei unserem äußeren Eindruck um ein völliges Missverständnis handelt.

»Das ist schon besser.«

»Nein, ist es nicht.«

Das Naturkundemuseum verschwimmt um mich und

kommt dann zum Stillstand, materialisiert sich, klebrig vor Kindern, und pulsiert im Takt meines Herzschlags. Das war Roberts Vorschlag – eine Pause machen, ein bisschen Kultur einschieben. Aber die Eingangshalle hat uns beide schon erschreckt, die schreiende Höhe drinnen, und die bedrohlichen Treppen, der endlose, fragende Lärm von Füßen und Lippen und streitenden Familien. Wir haben uns also hier bei den ausgestopften Vögeln versteckt, weil sie unpopulär und still sind.

Aber Robert mag Museen und möchte gern Enthusiasmus zeigen, mitmachen. »Das ist …« Er starrt nachdenklich auf einen hohen, breiten Busch, der mit winzigen Kadavern übersät und hinter Glas gefangen ist. Gott weiß, wie viele künstliche Augen ihn anschauen, ohne zu blinzeln. »Das ist …« und er sucht nach einem Wort, das sie beschreiben könnte.

»Tot. Das ist … alles tot. Alles hier drinnen ist tot.«

Gehässiger Schlaf hat uns im Hotel überfallen, und jetzt sind es nur noch einundzwanzig Stunden und acht Minuten – mehr oder weniger –, bis wir heimfahren.

Robert zischt einen Seufzer durch die Zähne, und wir ziehen weiter. Vor uns ist ein Kasten mit Schwänen – Mutter, Vater, Kinder, klumpig konserviert –, tote Zeugen eines grauenhaften Unfalls. »Oh Gott, guck dir das an!« Oder vielleicht auch nur einer Massenschlachtung, schadenfroh ausgestellt.

»*Was denn?*« Robert erhitzt sich willentlich. »*Na?*« Seine Gesichtsfarbe verdunkelt sich, die Lippen werden schmal, wollen Streit anfangen.

»Die Schwäne.« Das versuche ich, sanft zu sagen, als sei es bloß eine Bemerkung, weil ich einen Kater habe, der mich langsam macht, und deshalb zu spät bemerkt habe, dass er einen Kater hat, der ihn wütend macht.

»Und was soll jetzt mit ihnen sein? Herrgott, ich wollte doch bloß ein bisschen Ruhe. Seit wir reingekommen sind, tust du nichts als nörgeln und meckern.«

»Mir macht es nichts aus, hier zu sein.«

»Aha, großartig – vielen Dank für deine uneingeschränkte Unterstützung. Mal wieder. Und gestern Abend …« Er kann sich genauso wenig an gestern Abend erinnern wie ich.

»Ich dachte, gestern Abend war es ganz nett.« Ich spreche leise, damit auch er leise sprechen kann.

Aber das klappt nicht. »Das sieht dir ähnlich.« Er ist nicht mehr aufzuhalten. »Ganz nett …« Er hat nichts an sich, was ich umlenken, mit dem ich auch nur diskutieren könnte. Der beste Teil seines Kopfes schläft noch oder ist noch besoffen, und mir bleibt das hier – ein wütender Niemand. *»Ganz nett.«* Er lässt den Kopf hängen und zuckt, baut dann seinen finsteren Blick auf, hofft, dass ich ihn erwidere, will sich selbst damit verletzen.

»Robert, was zum Teufel ist los mit dir?« Und jetzt spreche ich nicht mehr leise, weil es keinen Zweck hat und weil er das Thema wechselt, in eine Richtung, die keinen Sinn ergibt.

»Du willst mir erzählen, es lag an den Pillen …« Jetzt wird er alles sagen, was ihm in den Sinn kommt, Hauptsache, es tut weh.

»Die Pillen?«

Damit es ihm leichter fällt, dicht an mich heranzutreten und es herauszuknirschen: »Du hast in deinem ganzen Leben noch keine trockene Fotze gehabt. Aber jetzt mit mir«, bevor er sich wieder wegduckt, in den nächsten Raum geht, die Füße bei jedem Schritt leicht erstaunt.

Ich habe vor, ihm zu folgen, zu schreien und ihn zu beschämen, aber er hat mich zuerst beschämt, er hat mich mit seinem Unsinn verängstigt, meinen Magen erschreckt. Ich muss zum Eingang zurückkehren, die Toilette finden und mich übergeben.

Als ich das Museum verlasse, gehe ich ohne Eile nach Norden: Ich will gar nicht so gern wieder im Hotel sein, noch nicht – da ist zu viel Robert. Der Wind ist nicht unfreundlich und folgt mir, stupst mich in den Rücken, als ich in Richtung Hyde Park gehe, zu dem seltsam nackten Rasen, dem flachen Abbild einer beinah ländlichen Gegend, die beinah nach Frühling riecht. Ich halte mich von den Wegen fern und wünsche mir das Gras unregelmäßiger, spüre das Fehlen von Sträuchern und Steinen. Unten am Teich betteln Schwäne in Grüppchen, ihrem tierischen Selbst entfremdet, würdelos.

Hinterm Zaun steuern zwei gepanzerte Wagen auf Marble Arch zu. Sie sind grau gestrichen, PRESSE ist in Großbuchstaben auf die Seiten gepinselt, und sie riechen nach weit weg und Tod – sie passen nicht hierher. Sie gehören zum falschen Krieg für London: Sie sollten offen sein und beige, voll mit jungen Männern in Helmen und Mänteln, die zu schnell fahren und Arm in Arm schlendernde uniformierte Frauen angrinsen oder Sandsäcke oder witzige Kreidesprüche, die die Moral heben sollen. Sie sollten von dem Ort kommen, über den Simon und ich etwas gelernt haben: dem Ort, der uns zeigte, für welche guten Taten wir geboren waren. Der Ort in *The Wooden Horse* und 633 *Squadron* und *The Desert Rats* und all den anderen Träumen, wo richtige Menschen beschäftigt und aufrecht und tapfer waren und wo es vielleicht ein bisschen Traurigkeit gab, aber am Ende alles in Ordnung kam, weil wir richtig lagen, weil wir im Recht waren. Den Krieg liebten wir.

Auch wenn Liebe nicht gerade meine Stärke ist. Und auf die Gedanken an Simon könnte ich auch gut verzichten oder an Krieg, an Bomben, an Bunker, an jeden Arsch außer mir selbst.

Ich selbst. Das versteht niemand. Niemand spürt es. Ich reiche aus, dass mir elend wird. Ich bin nicht zu ertragen. Andere Leute bekommen Hilfe, sie werden unterstützt, sie haben offensichtliche Verletzungen. Andere Leute müssen nicht ich sein.

Und manchmal bin ich unvermeidlich, und dann muss ich meinen Blutzuckerspiegel heben, meinen Magen polstern und mich zusammenreißen. Denn ich muss zugeben, dass ich oft kein Mitleid brauche, sondern bloß ein bisschen grundlegende Wartung und danach chemische Eingriffe.

Wieder von der Stadt verschluckt, suche ich mir ein Café, setze mich und schaue einem Mädchen zu, das mir ein schales Hühnersandwich zubereitet, es mit einem Espresso und einer Halbliterflasche Wasser serviert und dafür den Preis eines Drei-Gänge-Menüs berechnet. Auf dem Wasser steht, dass es mindestens bis 2027 haltbar ist. Ich trinke nicht gern Sachen, die sich so lange halten.

Aber ich gleiche damit meinen Flüssigkeitshaushalt aus, muntere mich mit dem Kaffee auf und würge das Huhn herunter, während die offensichtlich unter Drogen stehende Kellnerin winzige, medizinisch aussehende Tabletts mit schrecklichen Dingen belegt, die Tapas darstellen und allen Gästen einen Hauch iberischer Romantik suggerieren sollen. Über dem Tapasbereich hängt ein müdes Neonschild, das eigentlich

KÖNNEN WIR
IHNEN HELFEN?

fragen soll, aber tatsächlich nur noch sagt:

KÖNNEN
HELFEN

Ich zahle der Kellnerin mehr Geld, als wir beide wert sind, und mache mich auf den Weg.

Wie ich die Kirche finde, weiß ich nicht genau. Es ist nach zwei, und in Lancaster Gate war ich durstig und in der Baker Street noch einmal, und im ersten Pub war jemand mit Roberts Schultern und jemand mit seinen Haaren im nächsten und Männer, die irgendeine seiner Eigenheiten hatten, die Art zu gehen, ein ähnliches Hemd: Seit Stunden nun ermüden sie mich und haben mich hier hereingetrieben, in eine Kapelle mit schmaler Fassade, die sich tief und düster im Bogen der Straße öffnet.

Ich hatte Ruhe erwartet, und diese letzten Bänke sind auch leer und ungestört, aber vor dem Altar steht eine murmelnde Schar Schuluniformen und Musikinstrumente. Langsam schleppt sich eine Art Melodie, unmöglich zu erkennen, aus dem Kreis der kleinen Musiker, während drei erwachsene Frauen – Lehrerinnen, nehme ich an – inmitten der restlichen Kindergemeinde stehen und mit beispielhafter Emphase unerklärliche Handlungen pantomimisch darstellen. Ihre Schutzbefohlenen ahmen sie nach: Sie wiegen, flechten, gravieren, erdolchen, blasen Glas: Und die ganze Zeit singen sie etwas, was mich kaum erreicht, ein schwebendes, sich auflösendes Lied.

Eine Strophe klappt nicht gut und wird offenbar zweimal wiederholt, während ich dem Drang widerstehe, mich hinzuknien, mich hinsinken zu lassen und mich aus dem Blickfeld aller anderen zu krümmen, die Hände zu verschränken, als könne ich noch beten.

Jetzt bauen die Kinder sich neu auf, sehr ernst, und tragen abwechselnd kurze Lesungen am Pult vor. Den Inhalt kann ich bis auf gelegentliche Worte nicht verstehen – *Brot, Wein, Garten, verraten, verlassen, der Kleider beraubt.*

Ich habe das auch einst getan. Ich habe gelesen. Ich bin in der Schulaula nach vorn gegangen und habe mich in die kleine Schlange eingereiht, habe mein Rückgrat gestreckt, bis es kitzelte, damit ich groß genug war, die Heiligkeit zu halten, die ich in mich strömen spürte. »*Euer Herz erschrecke nicht: Glaubet an Gott und glaubet an mich.*« Und meine Stimme schwebte süß aus meiner Kehle. »*In meines Vaters Haus sind viele Wohnungen. Wenn's nicht so wäre, so wollte ich's zu euch sagen. Ich gehe hin, die Stätte zu bereiten. Ich will wiederkommen und euch zu mir nehmen, auf dass ihr seid, wo ich bin.*« Die Komplikationen, die Melodie und die Bedeutung des Gesagten konnte ich nicht erfassen, außer dass es so gut war, so leuchtend, solch ein Trost. »*Und wo ich hingehe, das wisset ihr, und den Weg wisset ihr auch.*«

Simon beobachtete mich mit riesigen Augen und voller Stolz, weil ich es zu ihm sprach – den guten, leuchtenden Trost –, dass wir nie verloren sind, dass unser Tod uns immer ruft, dass wir den Weg kennen.

Zwischen den Rezitationen üben ein paar Jungen und Mädchen ihre illustrierende Pantomime. Pilatus, dessen Krawatte schief sitzt, sieht verwirrt aus. Maria ist traurig. Soldaten zeigen mit den Fingern und lachen lautlos. Sie zerren an den Ärmeln von Jesus' Pullover, drücken ihm eine Krone aus Nichts auf den Kopf und peitschen ihn wild mit Luft aus. Jemand reicht ihm ein unsichtbares Gewicht, und er umfasst es falsch, lässt es dann wie ein angeschossener Detektiv fallen, wie ein Stuntman, der einen Hieb einfängt. Also schleppt jemand anderes das Gewicht ohne ihn weiter, beugt sich unter seiner unbestimmten Länge. Dann wird Jesus allein gelassen, ist unbeholfen, und die anderen Kinder werden zappelig, weil wir uns dem Ende nähern, bevor er die Arme in den Raum streckt, balancierend im Gedanken, wer er ist, und still wird: einen Moment lang alles still macht.

Danach räumen sie zusammen: gut erzogen, vielversprechend, keine Störungen außer Flüstern und Trappeln, und dann gehen sie im Gänsemarsch an mir vorbei nach draußen.

Ich hebe meinen Kopf nicht zu ihnen, zeige ihnen nicht mein Gesicht, denn sie würden es nicht verstehen, und ich könnte sie beunruhigen. Ich merke, wie eine der Lehrerinnen kurz neben mir innehält, vielleicht, um zu sehen, ob ich eine Gefahr bin, um sich als Schild zwischen ihren Schülern und einer zweifelhaften Fremden aufzubauen: dem leisen, scharfen Atem eines fehlgeleiteten Lebens. Aber ich tue ihnen nichts, ich zähle nicht: Sie werden am Karfreitag wieder hier sein oder Ostersonntag, wann auch immer sie ihre Künste zeigen wollen, und sie werden nicht mal an mich denken.

Weit zur Linken, auf der anderen Seite des Gangs, bewegt sich etwas unter den Bänken: ein dunkles Huschen, eher eine Spinne als eine Maus. Als der Raum sich geleert hat, seufzt die dicke Tür sich wieder in den Rahmen und schließt mich ein.

Von unserem Urlaub sind noch sechs, vielleicht fünf Stunden übrig, als Robert mich weckt. Das Hotelzimmer zuckt vom bleichen Fernsehlicht: Eine Frau im T-Shirt an einem perfekten Strand sagt etwas über Trinkgelder: dass die Einheimischen nicht zu viel erwarten.

Robert brennt, ist nass von einem Tag Trinken, dicht und schwer davon, seine Hände versengen, wo sie einen berühren.

»Tut mir leid.« Die Worte, die wir in so vielen Sprachen lernen, die einzigen, die wir unbedingt brauchen. »Es tut mir leid. Wirklich. Hannah?«

»Gut. Es tut dir leid.« Ich bin fast nüchtern, der Schmerz setzt ein, wo der Alkohol mich verlässt. »Ich versuche zu schlafen.«

Er steht vom Bett auf, kämpft sich aus dem Mantel und setzt sich wieder. »Seinich so.« Eine glatte, saubere Oberfläche wird gegen meine Hand gedrückt. »Siehst du.« Ich höre das leichte Schwappen von Flüssigkeit in Glas. »Für uns.« Er küsst mich aufs Ohr. »Für dich.«

»Was?«

»Wodka.« Und plötzlich schlingt er mich an sich, hält mich mit einer Intensität, die sich wie Verzweiflung anfühlt. »Ich liebe dich.« Schließt mich in den süßen Duft, den er an sich hat, die süße, süße Haut.

Robert Gardener: Sein Anblick zersplitterte den ganzen Tag rings um mich: Sein Geist bog um eine Ecke, winkte nach einem Taxi, trieb über eine unbestimmte Anzahl völlig unbedeutender Männer.

Robert Gardener ist jetzt bei mir, sogar noch mehr, wenn ich die Augen geschlossen halte, wenn ich spüre, wie er lächelt.

»Hannah? Ich liebe dich. Entschuldige.«

»Ist gut.« Ich küsse sein Ohr. »Wo warst du?«

»Nirgendwo.« Seine Arme entspannen sich. »Ich habe Wodka mitgebracht. Den können wir jetzt trinken.«

»Das stimmt. Den können wir jetzt trinken.«

Eine unberührte Flasche und der Mann, der mich liebt, den ich liebe.

Ich schneide Zitronenscheiben: dünne Halbkreise mit einem Schlitz, damit sie auf den Glasrand passen. Niemand mag diese Arbeit, denn es brennt. Man glaubt, man sei intakt, nicht mal ein winziger Schnitt, aber der Zitronensaft findet immer irgendeine Wunde, stiehlt sich hinein und beißt.

Wenn ich mir in der Bar Wohlwollen sichern muss, melde ich mich freiwillig zum Schneiden. Ich muss mir meistens Wohlwollen sichern, weil ich nicht gerade die ideale Mitarbeiterin bin.

»Viel los, was?« Robert ist zu Besuch und heute Abend auf Wasser gesetzt. Außerdem ist er vollgestopft mit Obst und Gemüse, sagt er, um gesund zu werden. »Mm-hmm … Menge Leute da.« Ich hatte gar nicht gemerkt, dass er krank war, aber nach seinen Angaben fühlt er sich schon seit einiger Zeit nicht in Form, und diese Woche hat er jeden Morgen Vitamine und eine kleine Tasse grüner Flüssigkeit geschluckt, die nach Pferden riecht und ihn zusammenzucken lässt. »Sehr viel los für mittwochs …« Dieser neue Ernährungsplan lässt seine Konversation nicht unbedingt spritziger werden.

»Warte mal noch eine Stunde – dann ist richtig was los.«

»Weiß nicht, wie du das aushältst.«

»Ich auch nicht. Tu so, als würden wir nicht miteinander reden – die Chefin ist heute da.«

»Alles klar.« Er dreht sich halb um und schaut der Länge nach die Theke hinunter: die vorgebeugte, zuckende, Zeichen gebende Reihe der Möchtegerntrinker. »Noch ein Wasser wäre nett.«

»Nein, wäre es nicht.«

»Nein, wäre es nicht. Aber es wäre nass. Und du könntest ein bisschen Zitrone hineintun.« Er wirkt müde und mürrisch.

»Dein Wunsch ist mir Befehl.«

Ich unterbreche das Scheibenschneiden und schenke ihm ein Glas Nass ein, klatsche eine Zitrone und ein wenig Eis hinein. »Bitte sehr.« Und dann nehme ich seine zwei Pfund entgegen, fast ohne zu lachen. Abstinenz muss bestraft werden: Zwei Pfund für ein Wasser, zwei fünfzig für einen Orangensaft – bei uns fühlen sich die Arschlöcher nicht lange überlegen. »Wie wär's mit der Atkins-Diät? – könntest du doch mal ausprobieren.«

Er ist kaum zu hören. »Nein, danke.« Es kann anstrengend sein, sich mit Obst und Gemüse vollzustopfen.

»Ein Rind am Tag, gebraten, auf einem Bett aus Rindern, gefüllt mit Rinderscheiben und obendrauf ein schieres Pfund Käse – wer kann da Nein sagen?«

»Nein, danke.« Morgen werde ich ihm ein bisschen Speck braten – zu seinem eigenen Besten. Und einen schönen Irish Coffee zum Frühstück.

»Also, ich muss jetzt ein bisschen bedienen. Aber dann komme ich wieder her und schneide.« Ich spreche mit seinem Profil, als würden wir uns nicht kennen, uns nicht begegnen. »Was wir nicht mehr brauchen, schmeißen wir in den Kühlschrank. Da drin liegen zwölf Jahre alte Zitronenscheiben –

eine ganze Zitronenkultur: Schulen, Galerien, …« Sein Gesicht versucht, ein wenig amüsiert auszusehen, aber seine Augen sind nicht glücklich.

»Dann würde ich gern ein Wort mit dir wechseln.«

»Ist gut. Du kannst eins haben. Wenn ich wiederkomme.« Ich fahre mit dem Daumen über seine Finger. Das freut uns, denn es sieht nach nichts aus, ein kleiner Zufall, aber es bedeutet, wir sind zusammen, wir sind wir.

Der Höhepunkt des Abends flacht ab, beginnt, sich zu entspannen. Ich taumele durch eine Handvoll Runden, versuche, in der Bewegung Roberts Blick zu erhaschen, aber er hockt immer noch in der Ecke: den Rücken zur Wand, die Seite an der Theke, in seinem Gesicht etwas sehr Sanftes, Weiches. Eine weitere Gelegenheit, zu bemerken, wie gut er aussehen kann.

Dann schiebe ich mich wieder hinter mein Schneidebrett und greife nach dem Messer. »Welches besondere Wort wolltest du denn haben? Wir haben heute *Molybdän* im Angebot.«

»Ach, ich weiß nicht …« Er verschränkt die Arme, lässt den Kopf sinken. »Vielleicht ist jetzt nicht …«

Nur eins kann ihn so mitnehmen: ein schlimmer Arbeitstag: ein unerwarteter Beißer, ein gezogener Zahn ohne ausreichende Betäubung, irgendjemand mit dümmlichen Beschwerden.

»Na komm. Mir kannst du es erzählen – ich gebe dir sogar das Stichwort. Was macht ein netter Zahnarzt wie du in so einem Laden?«

»Gehen.«

»Ja, es ist wirklich ein bisschen viel. Mir müssten sie was bezahlen, damit ich hierbleibe. Tun sie sogar, aber nicht annähernd genug.«

»Nein, ich meine Weggehen.«

Womit er natürlich nicht Weggehen meint. »Was?«

»Ich muss gehen.«

Ich kann seine Augen nicht sehen. »Kommst du heute Abend vorbei?«

»Mach es nicht kompliziert.«

»Mach es – Was?« Ich kann seine Augen nicht sehen.

»Ich gehe. Ich muss Schluss machen.«

»Das kannst du nicht.« Wenn ich seine Augen sehen könnte, wäre alles anders.

»Das war's, Hannah. Tut mir leid.«

»Wohin?« Fragen sind gut, sie zwingen Menschen zur Antwort, dann müssen sie bleiben. »Wo gehst du hin?«

Er reibt sich den Nacken, immer noch da.

»Wohin, Robert?«

»Nein.« Er presst die Handballen auf die Augenlider. »Nein. Ich gehe weg. Ich habe … die Tochter, meine Tochter. Ich meine. Ich weiß nicht.«

»Und deshalb bist du auf dem Gesundheitstrip? Um dich von mir zu erholen?«

»Nein. Nein, ich habe einfach …«

»Warum bist du hierhergekommen, um mir das zu sagen?« Meine Stimme ist lauter, als sie sollte, trotz des Lärms um uns herum, des Geschreis, des Wollenwirbaldficken-Lachens. »Robert? Hätte ich nicht ein bisschen Privatsphäre verdient?«

»Hättest du. Hast du. Es tut mir leid. Wirklich.« Und jetzt

lässt er mich sein Gesicht sehen, jetzt, da ich es nicht mehr sehen will, da ich Angst davor habe: vor der Leere darin, den furchtsamen Augen, dem verlöschenden Licht. »Ich wollte nicht …« Er greift über die breite Theke, packt mein Handgelenk, küsst mich auf die Wange und zieht sich zurück, bevor ich ihn auch berühren kann. Dann geht er aus dem Pub, unsicheren Schrittes, trotz des ganzen Wassers. Einen Augenblick lang verliere ich ihn im Gewühl, aber als er die Tür erreicht, ist er wieder klar zu sehen, ich kann ihm zuschauen, wie er sie öffnet, hindurchgeht.

Als ich den Kopf drehe, beobachtet mich die Geschäftsführerin, und ich fühle, wie ich ein verwirrtes Lächeln aufsetze, damit sie mich in Ruhe lässt. Und in kurzer Zeit werde ich trinken: so heftig und so offensichtlich schlucken, dass es mich den Job kostet, und dann werde ich nach Hause gehen und weitertrinken, bis ich mir ganze Tage zerstört habe, eine Woche, und irgendwann, ich weiß nicht mehr, wann, werde ich zu seiner Wohnung gehen und feststellen, dass ein neues Schloss angebracht wurde, keine Vorhänge mehr, nackter Fußboden hinterm Briefschlitz, alles leer geräumt und keiner mehr da, und ich werde trinken, bis die Spinne in meinen Mund krabbelt, ich werde trinken, bis keiner mehr da ist, ich werde trinken, bis ich mich verlasse, bis ich mich in Ruhe lasse.

Aber jetzt schneide ich Zitronenscheiben: dünne Halbkreise mit einem Schlitz, damit sie auf den Glasrand passen. Niemand mag diese Arbeit, denn es brennt. Man glaubt, man sei intakt, nicht mal ein winziger Schnitt, aber der Zitronensaft findet immer irgendeine Wunde, stiehlt sich hinein und beißt.

Der Wind treibt Sand über die Dünen, hebt ihn wie Rauch und legt eine Schicht wie einen Schatten darüber, eine zweite Uferlinie flackert über dem Boden, der zu einer graubraunen Haut abgescheuert wurde.

Mein Kopf schmerzt vor Kälte, ich schwanke leicht, und das Tosen des Meeres nimmt jedes Geräusch. Wasserlicht und seltsame Blickwinkel schlagen auf uns ein, rasen davon, bis wir alle unerreichbar sind, als Silhouetten weiterzittern, uns krümmen und gegen Böen lehnen oder neben ihnen laufen, uns die gesamte Länge des Strandes entlangkämpfen.

Und dies ist der Hour Long Beach: der stundenlange Strand, zum dem ich fuhr, als eine Stunde endlos sein konnte, als das Peitschen der Luft, die unbesiegbare Unruhe mich umfing, mich laufen ließ, bis ich hinfiel, mich schwindelig, trunken machte.

Ich stellte mir immer vor, es sei Our Long Beach: unser langer Strand, denn so fühlte es sich an. Aber er gehörte uns nicht, war nur ein Ort, an dem wir eine Stunde lang spazieren gingen, wohin wir unsere Familienausflüge machten: immer zu kalt und zu böig für ein gutes Picknick, selbst mit dem Windschutz, selbst im Juli – immer der kleine Schock des Sandes in allem, was man aß: den Brötchen, den Hühnerbeinen, in Alufolie gewickelt, den eingedrückten Erdbeertörtchen – den Zeichen elterlicher Sorge und Vorsorge zu meinem Nutzen. Der Liebe, die sie für Simon und mich empfanden.

Heute gibt es allerdings kein Picknick, und Simon ist auch nicht bei uns, denn er glaubt nicht an mich. Er glaubt, mit mir wird es nie besser, nur noch schlimmer werden. Er glaubt, dass es keine Hoffnung gibt. Er ist überzeugend. Aber wir sind dennoch hergekommen: Meine Mutter und mein Vater haben mich hergebracht, haben wieder elterliche Fürsorge und Umsicht zu meinem Besten gezeigt.

Sie wissen nichts mehr mit mir anzufangen, und ich kann ihnen nicht helfen. Also bieten sie mir Vorschulessen und fröhliche Zeitschriften und machen lustige Ausflüge mit mir, die mir vor dreißig Jahren gefallen haben. Hier lassen sie mich ein paar Meter vorangehen und folgen Arm in Arm. Meine Mutter trägt eine kleine Einkaufstasche voll mit Sandwiches, die wir nicht essen werden, und einer sinnlosen Thermosflasche. Mein Vater trägt eine Mütze, die ich noch nie gesehen habe – seine freie Hand fliegt ab und zu nach oben, um sie festzuhalten. Eine Zeit lang drehe ich mich um und gehe rückwärts, damit ich sie sehen kann, sie mich sehen können und wir alle füreinander glücklich scheinen können.

Aber ich verstöre sie. Bloß, weil ich hier bin, und weil ich bin, wie ich bin, schade ich ihnen.

Wenn ich es also vermeiden könnte, würde ich nicht bei ihnen sein, aber es ging mir in letzter Zeit nicht gut, wirklich nicht gut. Eines Nachmittags erwachte ich in einem Krankenhausbett und stellte fest, dass ich Probleme mit meinem Gehirn gehabt hatte. Ich musste eine Krankenschwester rufen und nach dem fragen, an das zu denken ich mich erinnerte, nach dem Verrücktsein – denn alles, was ich in der vorherigen Woche geglaubt hatte, schien plötzlich komplett verrückt, hatte sich eindeutig in Nichts verwandelt, in den Schrecken des Nichts, der Verblödung.

Die Schwester ging in ihr Stationszimmer zurück und ließ mich mit mir selbst und einer Station voller alter Männer zurück, die starrten, vor persönlichen Bedrohungen zurückzuckten, ihre Betten besudelten. Doch schon bald darauf ließen mich die Ärzte wieder gehen – nachdem ich beweisen konnte, dass ich meinen Kopf wieder selbst bewohnte – oder vollständig ausgezogen war, jedenfalls nicht mehr tagelang von innen an meinem Schädel kratzte.

Danach war ich sehr müde und dünn – mein Vater sagte, ich sähe dünn aus –, also kehrte ich nach Hause zurück: heim zu ihm und meiner Mutter, und es machte ihnen nichts aus. Das war mir vorher nicht klar gewesen: Wenn du zu krank und erschöpft bist, zu manipulieren oder zu lügen, wenn du weißt, dass du von niemandem mehr etwas bekommen wirst, wenn die Leute, die dich lieben, schließlich doch damit aufgehört haben – dann scheint dir das alles eine letzte Chance zu bieten, gerade dann, wenn es dir völlig egal ist und du nur auf den Tod wartest. Du musst noch nicht mal darum bitten, du stehst einfach da, und die Menschen, die dich geliebt haben, lieben dich wieder. Sie ergeben sich und lassen dich wieder ein.

Außer Simon.

Mit ihm ist es aus.

Aber meine Eltern haben nicht aufgegeben. Sie haben mich gefüttert, mich schlafen lassen, und jetzt sind wir am Meer, in

Mänteln und Handschuhen, ein bitterkalter Mainachmittag, der uns Regen bringen wird, aber das ist ganz egal – ich bin hier, das Peitschen der Luft, die unbesiegbare Unruhe umfängt mich, lässt mich laufen, und ich falle nicht hin, ich bin nicht trunken, nur mein Herz kommt zur Ruhe, zum ersten Mal seit einem Monat, es leert sich in das Rasen der Umgebung.

Ich steuere aufs Wasser zu, über immer härteren Sand, über die Rippen, die von den Gezeiten stammen, und ich drücke mich gegen die Platten und Schrägen des Windes, bis ich an ein flaches, zweideutiges Stück Strand komme, wo ein dünner Wasserfilm zu Füßen den Himmel flach unter mir ausrollt. Hier könnte ein See sein, niedrig und glatt, jenseits der Reichweite der letzten Brecher. Und draußen an dieser Grenze, aber weit voraus, zittern ein oder zwei Figuren dunkel vor einem Streifen Sonne. Ein paar weitere folgen, schwer zu sagen, wie viele – deutlich zu sehen ist nur die optische Täuschung des hellen Wassers, das unsere Füße trägt, das sanfte Blau, auf dem wir gehen.

Ich bemerke, dass ich außer Atem bin: Mein Puls ist zu lebendig, stößt mich an, lässt meine Arme zittern. Mir fällt ein, nach meinen Eltern zu sehen, den verdoppelten Gestalten, die sie sein könnten, und dann winke ich, als sei alles gut, die Geste ruckt über meinen Kopf, zuckt ihren Bogen im Takt meines Blutes. Sie winken zurück, und ich arbeite mich auf die niedrige Landspitze zu, wo sich die Küste krümmt und einrollt.

Sogar auf festerem Untergrund habe ich die volle Stunde gebraucht, um bis hierher zu kommen – vielleicht sogar mehr, ich weiß nicht, wann wir losgegangen sind. Ich bin auch müde: noch nicht sehr, meine Anstrengung wird noch von etwas überdeckt, das ich nicht identifizieren kann. Und jetzt bin ich allein, niemand sonst ist so weit gekommen.

Hier verändert sich der Sand, verfestigt sich zu einer Kruste, die immer öfter unter deinem Fuß bricht, bis du bei jedem Schritt bis zum Knöchel einsinkst. Aber du quälst dich den letzten Anstieg hinauf und findest, mit einem letzten Kraftaufwand, den stillen Platz: das Meer in einer kleinen runden Bucht, plätschernd wie ein sommerlicher Pool, der Duft von Seegras, die Luft, die vor deinem Gesicht träumt, reglos und erfüllt vom metallenen Glanz der Flüssigkeit. Du hockst dich an den Rand des Wassers und möchtest es berühren, berührst es, siehst deine Hand in etwas Wirkliches eintauchen und spürst es.

Du hebst den Kopf und siehst, ein paar Meter weiter, einen Seehund: seinen Schimmer, sein Gesicht, das dich über die kleinen Wellen hinweg forschend betrachtet. Und du bist nicht ganz sicher, ob er wahrhaftig oder ob er einer deiner Gedanken ist, eine Art, dich zu erschrecken, also stehst du rasch auf und trocknest dir die Finger am Mantel, und als du wieder hinschaust, ist kein Seehund mehr da, keine Spur von irgendwas.

XI

Es regnet: nicht allzu stark, nur ein grauer Schleier, der sich herabsenkt und den Bürgersteig glänzen lässt. Eine Mutter hilft ihrer Tochter aus dem Auto, schließt vorsichtig die Tür, und dann gehen sie beide los, beide gut für das Wetter gerüstet, mit langen Plastikregenmänteln – rot die Mutter, gelb das Mädchen, das die Arme schwingt und an der Krempe ihres passenden Südwesters zupft. Selbst von hinten kann man leicht sehen, dass sie einander mögen und die Freude ihrer gegenseitigen Gesellschaft genießen. Vielleicht sind sie auch auf dem Weg zu einem besonderen Ereignis, aber der Regen und sie selbst in ihren Regenmänteln sind sich schon genug.

Um die Ecke biegt ein dünner Mann in einem billigen blauen Blazer, einem cremefarbenen Hemd, einer alten braunen Hose, ungeputzten schlechten Schuhen. Zuerst sieht es so aus, als müsste er die Frau und das Kind kennen, denn als er sie sieht, wirft er die Hände hoch – in einer hält er einen kleinen Regenschirm – und lacht. Er stolziert über den Bürgersteig, leichtfüßig, aber absichtlich langsam, schwingt von einer Seite zur anderen, während der Schirm im Wind zerrt und wühlt und sein graues Haar – ohnehin zerzaust – nass wird, und sein Blazer auch. Er lächelt das Mädchen ausladend an und schafft so etwas wie eine Pirouette. Als er näher kommt, wird klar, dass er beinahe singt – er formt keine

Worte, die ein Zuhörer erkennen könnte, aber er hofft auf etwas in der Richtung, und ganz offensichtlich hat er das Gefühl, etwas Schönes und Musikalisches hervorzubringen. Da es so ist, können sein seltsamer Zickzackkurs und seine Ausfallschritte, sein hüpfender Regenschirm als Teil einer Vorstellung durchgehen, als Beweis, dass er sich für einen Tänzer hält. Er ist gefangen in dem Wunsch nach *singing and dancing in the rain*, seine Vorstellung türmt sich um ihn und baut das glückliche Gefängnis, das ihn vor seinem Alltag bewahrt.

Mit huschenden Schritten zieht er an dem Paar vorbei, und als er weitertaumelt, drehen sie sich um, sie kichern. Sie sehen ihn nicht als Bedrohung: Sie zwinkern einander zu, weil er ihnen einen Kontrast geliefert hat, vor dem sie noch besonderer, noch vernünftiger, noch sicherer wirken.

Als er uns erreicht, sind mein Vater und ich stehen geblieben, und der Mann tänzelt-stolpert-schreitet an uns vorbei, schert dann auf den Bordstein zu und stürzt über die Straße, ohne unsere Anwesenheit überhaupt zur Kenntnis zu nehmen. Er kommt auf der anderen Straßenseite an und geht eine Weile im Rinnstein, bevor mein Vater meine Hand nimmt und drückt, meine Aufmerksamkeit erhascht.

»Wir kaufen bloß noch ein bisschen Brot. Und mal sehen, was sie für Obst haben. Um diese Jahreszeit ist es nie besonders gut. Das Obst.« Er hat angefangen, Wildlederschuhe zu tragen: Seine Schritte werden davon flach und wehrlos.

Ich habe keine solche Ausrede. »Nein. Wahrscheinlich nicht.« Ich balanciere neben ihm, auf einem Untergrund, dem ich nicht trauen kann, sehr langsam, denn alles andere würde meine Nerven überfordern.

Wir erwähnen den Mann nicht, den Alkohol in ihm, seine Schande, meine Schande.

»Wir können ein Stück am Fluss entlanggehen, wenn du möchtest.« Mein Vater lässt meine Hand los, aber zärtlich und widerstrebend.

Wenn er mich wieder berührte, würde ich verschwinden. »Müssen wir nicht.«

»Oder wir könnten einen Kaffee trinken.«

»Ist schon in Ordnung.«

»Man kann hier Kaffee trinken. Im Buchladen zum Beispiel ist es ruhig.«

Er sieht es mir also an – dass ich Ruhe endlich genauso sehr brauche wie er.

»Nein, ist schon in Ordnung.«

»Aber ich hätte vielleicht gern einen.« Sein Gesicht wendet sich einem Schaufenster zu, die Stimme klingt farblos.

»Dann gehen wir.«

»Nicht, wenn *du* nicht willst.«

»Aber ich *will* doch. Bitte, lade mich zum Kaffee ein.«

Und das heißt, dass wir im ersten Stock im trockenen Licht des Buchladens sitzen und uns über öligen Kaffee ärgern, an der Theke lehnen und auf die Fremden unter uns starren müssen, die zwischen den Regalen lungern und stöbern, die ganze Szenerie absurd friedlich und genügsam. Manche Gesichter verlocken mich zu einem zweiten Blick – weil ich sie in so vielen Jahren sicher irgendwo getroffen habe, weil sie in meine Pubs gekommen sind, weil ich nach so vielen Jahren, die ich vor meinem Weggang hier gelebt habe, alle möglichen Leute gesehen haben muss, die Stadt ist so klein, so klein wie mein

Herz, weil ich am Ende nicht weggekommen bin, weil sie mich zurückgezerrt hat. Und in den Eingängen, den verstreuten Menschenmengen, an der Schwelle, besteht immer die Chance auf Robert, die flüchtigen Eindrücke von Ähnlichkeiten und Irrtümern, die Verschwendung meines Wartens auf ihn.

Direkt unter uns sind die Kinderbücher, und mein Vater betrachtet sie mit einer Entschlossenheit, die ich gern ignorieren würde. Er versucht, einen glaubhaften Anfang für seinen nächsten Satz zu konstruieren. Aber ich weiß schon, was er mir erzählen will: Ich habe es erraten.

»Tja … *davon* werden wir jetzt wohl eine Menge kaufen.«

»Was? Bücher?« Ich will es ihm nicht leicht machen.

»*Kinder*bücher.«

»Warum? Sind sie so gut?«

»Nein …« Er verliert sich einen Augenblick, gibt seiner Zufriedenheit nach, der tollen Neuigkeit, die ich ihm nicht überbracht habe. »Ich weiß jedenfalls nicht mehr, wie sie sind. Aber bald werde ich es wissen.«

»Warum?«

»Wegen Simon.«

»Wegen Simon.« Es ist ja nicht so, dass ich ihnen nicht alles Gute wünsche – meinem Vater, meiner Mutter und Simon und sogar Simons fruchtbarer, viel schlechterer Hälfte –, aber es gibt so wenig Glück heutzutage, und was da ist, brauche ich alles für mich selbst.

Mein Vater reibt mir über den Unterarm und streichelt mir den Rücken. »Sie haben einen Jungen.«

»Mm-hmm.«

»Sie haben einen Jungen, Hannah. Sieben Pfund noch was

und gesund und … noch kein Name. Sie haben einen Jungen. Ich meine … ich bin Großvater.« Das sagt er, als hätte er eine neue Nationalität entdeckt, ein prachtvolles Land jenseits aller Träume.

»Er lässt mich bestimmt nicht zu Besuch kommen, oder? Oder *sie* lässt mich nicht.« Sie haben einen Jungen – also wird er wie Simon aussehen – so, wie Simon aussah, als wir beide noch unversehrt waren.

»Irgendwann glaube ich besti-«

»Aber im Moment bin ich nicht erwünscht – ich darf das Baby nicht sehen.« Nicht, dass ich es tatsächlich ertragen könnte. »Ich werde meinen Neffen nicht sehen können.«

»Nicht im Augenblick. Aber irgen-«

»Ist schon gut, ich hätte es genauso gemacht.«

»Aber er –«

»Ich hätte es genauso gemacht.«

Gott, mein persönlicher Gott – du kannst jede Art von Gott haben, die du möchtest, aber dieser ist meiner –, manchmal schiebt Er Seinen Hut ins Genick und saugt roten Rauch aus Seiner festen tabakfreien Zigarre – die bloß Effekthascherei ist, Er mag gar keine Zigarren, Er möchte bloß das Wunder Seines Atems für dich unterstreichen –, und Er sucht in den Taschen Seines alten Leinenanzugs nach etwas, das Er verlegt hat, und dann überlegt Er, stößt einen milchweißen und azurblauen Seufzer aus, bedenkt die gesamte Schöpfung, schickt – nur einen Moment lang – einen gebirgsgroßen Gedanken in deine Richtung, bevor Er weiterschlendert, immer noch in Seinen Taschen suchend, und nun ist ein Beweis Seines Interesses zu dir unterwegs: Seiner entsetzlichen Liebe.

Du wirst den Beweis erkennen, wenn er eintrifft, denn du kennst natürlich Seinen Stil.

Ich auch.

Und das heißt, als ich den Buchladen verlasse, spüre ich die ersten Anzeichen Seines Geschenks. Es fängt mit einer neuen Wärme an, hinten in meiner Kehle, und ein Zittern von Ihm liegt in den stärkeren Farben, eine greifbare Störung im Gewebe der Straße, als Seine Absicht sich formt, Gestalt annimmt.

Ich beschäftige mich, während sie sich verfestigt, laufe neben meinem redenden Vater her und gehe meine persönliche Arithmetik durch.

Hannah Luckraft =

(Wegen erzwungener Abwesenheit von Alkohol.) Kein Trinken mehr.

(Wegen erzwungener Abwesenheit von Robert.) Kein Sex mehr.

Und umgekehrt.

Daher.

Kein Trinken, kein Sex, keine Liebe, kein Robert, keine Freude.

Daher.

Kein Alles.

Plus.

(Wegen erzwungener Abwesenheit von allem.) Keine Kinder. Kein Kind.

Daher.

Hannah Luckraft =

Nichts.

Es ist schon schlimm genug, das im Kopf zu haben, ohne zu wissen, dass mein Bruder mich gerade wieder an meine völlige Untauglichkeit erinnert hat, daran, dass meine Hände zittern, wenn das Telefon klingelt, und dass ich am Ende von Quizshows weine – weil irgendjemand irgendwo gewonnen hat – und dass ich kein Geld verdiene und *dass ich bei Mama und Papa wohne.*

An dieser Stelle biege ich mit meinem Vater nach links ab, in eine schmuddelige Straße, wo ein halber Häuserblock von Gerüsten und Müll überwuchert ist, wo es nach nassem Putz riecht und Zement in eimergroßen Ringen und Flecken auf dem Bürgersteig blüht, wo ein provisorischer Zaun aus Sperrholzplatten steht, die an Pfähle genagelt sind. Dies ist kein Glück bringender Ort, denn jetzt kann ich Gott tatsächlich schmecken, ich spüre, wie er seinen Daumen in meinen Nacken drückt, was auch kommen mag, es wird also bald kommen, aber ich gehe weiter, als sei ich normal und alles gut. Ich schleppe mich durch den grauen Schlamm und Müllfetzen und über eine Holzplatte, die jemand vom Zaun gerissen und hierher in meinen Weg gelegt hat.

Ich sollte es besser wissen, aber ich weiß es nicht besser.

Ich darf also das eigenartig verlangsamte Senken meines Fußes spüren, als der Nagel glatt durch die Gummisohle meines Baseballschuhs gleitet und auf beinahe interessante Weise aufsteigt, als mein Fuß sich niedersenkt, und sich durch meine Haut bohrt.

Ich könnte etwas dagegen tun – hinfallen, sodass mein Gewicht vom Fuß genommen wird, auf den anderen Fuß steigen, den schädlichen Druck auf alle möglichen wirkungsvollen, wenn auch peinlichen Arten beenden –, aber ich tue nichts dergleichen. Ich bleibe sehr still und beende meinen Schritt, zwinge ihn ganz bis zum Boden, und hebe dann, etwas langsamer als sonst, meinen Fuß wieder an, ziehe ihn von dem haftenden Metall, bis er wieder frei ist.

In diesem Moment setzt der Schmerz ein. Ein riesiger, wütender Stich der Qual.

Ich sage nichts zu meinem Vater und beiße mich durch, meinen normalen Schritt zu halten.

Aber ich habe immer noch Möglichkeiten: Auch wenn es ein wenig seltsam schiene, könnte ich meine Verletzung auch jetzt noch melden, die Aufmerksamkeit rückblickend darauf lenken: zwei, drei, fünf Schritte nach dem Ereignis.

Aber jetzt wahrscheinlich nicht mehr – nicht, wenn die Platte außer Sicht ist und die Straße auch, und wir um die nächste Ecke gebogen sind, wo es voller wird – eine Menge Leute, die mich anrempeln oder auf meine Wunde treten könnten – und meine Beschwerden ziemlich heftig werden, meine Socke sich nass anfühlt, tatsächlich so hin und her rutscht und am Fuß klebt, dass mir übel wird, und vielleicht ist hinter mir schon ein Klecks, ein Blutfleck, der bei jedem Schritt aus meinem Schuh tritt, den mein Vater bemerken könnte.

Und der Nagel war sicher nicht sauber. Er muss sogar richtig dreckig gewesen sein – eine Brutstätte für Infektionen aller Art, die bis hinauf in meinen Spann getrieben wurde, bis hin zur Spitze der klassischen tiefen, schmalen Wunde, die in Sekundenschnelle Tetanus verursacht.

Heute Abend könnte ich tot sein.

Und jetzt, da so viele Minuten vergangen sind, habe ich keine Chance mehr, es meinem Vater zu erzählen.

Und jetzt, da so viele Minuten vergangen sind, kommt die dunkle, steife Freude des Erkennens – des Wieder-Einmal-Erkennens –, dass es zwei ganz verschiedene Dinge sind: sterben zu wollen und es plötzlich für wahrscheinlich zu halten, dass ich sterben werde.

Und jetzt, nach so vielen Zeichen, kommt ein weiteres: mein rostiger Hinweis auf Gottes innigste Anteilnahme und – direkt durch meine Fußsohle gerammt – ein unverzeihlicher Witz.

»Hannah? Was ist denn los?«

»Hm?«

»Du lächelst. Was ist los?«

»Nichts.«

»Bist du sicher?«

»Mm-hmm. Könnten wir mit dem Bus nach Hause fahren?«

»Jetzt?«

»Ja, ich glaube schon. Ja, jetzt.«

Im Haus meiner Eltern ziehe ich meine Schuhe aus, werfe beide Socken weg und schleiche dann barfuß in den Garten; an exzentrische Einfälle haben sie sich bei mir gewöhnen müssen. Das feuchte Gras schmerzt unter meinen Sohlen, zart und kühl. Es öffnet die Wunde wieder, lässt das Blut fließen. Nun komme ich also wieder herein, darf endlich humpeln und sage, dass ich gerade auf etwas Scharfes getreten bin.

Meine Mutter fährt mich ins Krankenhaus, ungeduldig wegen des Abendessens, und wartet, während eine große Krankenschwester meine Wunde säubert und verbindet und mir dann eine Impfung in den nicht entspannten Oberschenkel haut – den anderen Oberschenkel –, sodass ich, als ich wieder herauskomme, auf beiden Seiten humpele. Eine weitere Erinnerung, dass man sich nie darauf verlassen sollte, wenn man sagt, dass man genug hat.

Als wir wegfuhren, konnte meine Mutter nicht begreifen, wieso ich lachte.

Danach wiederholten wir uns – meine Jugendjahre noch mal von vorn –, sie kümmerten sich um mich, stärkten mich mit Nahrung, hielten mich mit freundlicher Überwachung sauber und mussten mich dann ziehen lassen.

»Du wirst Hilfe brauchen, um deine Wohnung aufzuräumen.« Meine Mutter, ganz vernünftig, stellte sich das Trümmerfeld aus Flaschen und Versuchungen vor, die Unordnung.

Aber ich konnte nicht zulassen, dass sie es sieht. »Das geht schon.«

»Du rufst mich an.«

»Ich rufe an, sowie ich reinkomme, und dann noch mal, wenn ich fertig bin.«

»Oder vorher.«

»Oder vorher, wenn es lange dauert.« Ich raube ihre Hoffnung, nehme sie mit ins Taxi, für das sie mir Geld gegeben hat, zusätzlich zu dem Geld, das sie mir am Abend vorher gegeben hat, denn wenn ich schon aus der Gnade falle, wenn ich schon böse Dinge kaufe, dann soll ich mich wenigstens ekeln: Die Scheine sollen meine Finger verbrennen, wenn ich sie missbrauche.

Mein Vater sieht aus dem Schlafzimmerfenster zu, winkt einmal, als ich anfange, ihn zu verlassen.

Und dann bin ich wieder allein mit mir. Was nie ganz toll ist, aber mir immerhin mehr Raum lässt, als ich in letzter Zeit gewohnt war.

Die Wohnung ist nicht gut, als ich die Tür öffne. Rote Rechnungen im Flur, ein komischer Geruch, und dann, als ich die Türen aufdrücke, keine Spur von mir. Kein Leergut, keine unglücklichen Kleider, keine Flecken, kein Schrecken in der Küche: Das Bett ist abstoßend, denn es stinkt nach Trauer, aber hat sonst keine Probleme – es ist tadellos gemacht, mit einer Decke darüber, die ich nicht kenne. Jemand war hier und hat aufgeräumt.

Robert. Er ist der Einzige, der einen Schlüssel hat. Robert. Er ist zurückgekommen.

Und ich renne noch einmal herum – Wohnzimmer, Küche, Bad, Flur –, und tatsächlich, es ist nicht mal staubig – bei mir war es immer staubig –, bloß so eine schreckliche, nachgemachte Zitronen-Kieferduft-Atmosphäre, und überall Sauberkeit.

Und wie schön, dass er das für mich getan hat. Er muss sich gedacht haben, dass ich sehr müde sein werde. Eine reizende Entschuldigung.

Meine Mutter hat mir zwei Tragetaschen mitgegeben – eine mit Reinigungsmitteln, die ich heute nicht mehr brauchen werde, und eine schwer von frischem Essen: Tupperdosen voller Eintopf, fertig gekochte Gerichte, Kartoffeln, Milch, Brot. Aber als ich in den Kühlschrank schaue, ist er klinisch sauber und schon mit Margarine, Eiern, Käse und einer Nachricht gefüllt. Robert hätte gewusst, dass der sicherste Platz dafür der Kühlschrank ist – wo ich sicher herumsuchen würde, aus mehr oder weniger unschuldigen Gründen. Ich stelle fest, dass er keinen Alkohol hineingestellt hat. Er muss etwas gehört haben.

LIEBE HANNAH,

ERZÄHLE NIEMANDEM, WAS ICH GEMACHT HABE. WENN DU ES ERZÄHLST, WERDE ICH ES ABSTREITEN. MUTTER SAGTE, DASS DU NACH HAUSE KOMMST, UND ICH DACHTE, DU HAST WAS BESSERES VERDIENT ALS DEN ZUSTAND, IN DEM DU SIE SICHER VERLASSEN HAST. ENTSCHULDIGE, DASS ICH MIR EINEN SCHLÜSSEL HABE NACHMACHEN LASSEN. ICH DACHTE, ICH WÜRDE IHN AM ENDE BRAUCHEN. UM DICH FINDEN ZU KÖNNEN, WENN ES ZU ENDE GEHT.
LASS ES NICHT SO WEIT KOMMEN.
SIE HABEN DIR SICHER ERZÄHLT, DASS WIR EINEN SOHN HABEN. ICH BIN SEHR GLÜCKLICH. BITTE LASS MICH GLÜCKLICH BLEIBEN.

Das hat er sicher nicht von der Sprechstundenhilfe tippen lassen – ich bin eine ganz private Schande. Das wird er selbst geschrieben haben. Darum ist es auch so kurz.

Simon, das Arschloch. Simon, der Arsch.

Mein neues, nüchternes Leben entfaltet sich also um mich herum und enthüllt eine schöne, saubere, leere Mondlandschaft. Meine neue Wirklichkeit. Ihr einziger Zweck ist, dass ich mich beschissen fühle, gerade jetzt, da meine einzige Stütze amputiert, ausgebrannt worden ist. Anderen Menschen gelingt das, eine unverdünnte Existenz: Sie sind glücklich, und obwohl sie ihnen beim Aufwachen entgegenheult, ihnen auf die Brust sabbert, scheren sie sich nicht darum, sie gefällt ihnen, sie können es gar nicht erwarten, dass sie ihnen jeden Morgen wieder die Krallen in den Leib schlägt.

Aber andere Leute sind nicht wie ich – sie werden schon betäubt geboren. Simons Sohn wird genauso werden. Sein Vater wird zusehen, wie er in sich selbst hineinwächst, seine besondere Persönlichkeit entwickelt, und wenn die dann da ist, zärtlich, frisch und warm aus Gottes Händen, wird sie berauschend sein. Die beste Trunkenheit seines Lebens – mindestens zwölf Monate lang wird er taumeln und mit dem Finger zeigen, eine Freude, so hoch und weit wie das Dach, und dann erstickende Wut. Er wird den Kreislauf seiner Körpersäfte, seiner Substanzen genießen. Er wird schlagen und schreien, sogar seine Zähne herausdrücken, damit er beißen kann, er wird nach den Brüsten seiner Mutter grapschen und dann lachen wie ein gichtiger Oberst, er wird durch jeden Haushalt stolpern und schwanken, auf unlogischen Missionen, die ihn in große Gefahr bringen.

Er wird der vollkommene Trinker sein: dreifach gesegnet, dreifach geschützt: betrunken, aus sich herausgetreten und ein Kind. Ich habe es bei Simon schon beobachtet. Bei ihm konnte ich die Engel riechen, die ihn umsorgten. Und als es vorbei war, als er seine Dosis genommen hatte, war er ein ganz normales, ausgeglichenes Kind. Mehr hat er eigentlich nie gebraucht.

Ich bin anders gemacht, ich muss meine kleinen Engel mit Gewalt zu mir herunterzerren, und deshalb füge ich meinen vielen Freuden noch einen freiwilligen Gang zum Zahnarzt hinzu. Zu einem bestimmten Zahnarzt. Ich weiß, wo er arbeitet.

Ich sollte hier nicht einfach auftauchen: das ist mir klar – es ist falsch und unangenehm, und ich sollte es nicht tun, auf keinen Fall. Aber ich werde es tun, denn falsch und unangenehm ist besser als von den Knöcheln aufwärts tot – und weil mein derzeitiger Horizont eine vollständige Umdrehung bleigrauen Staubs bietet: dreihundertsechzig Grad pures Nichts, aufgelockert durch ein paar herzerwärmende Aussichten – um einen Job betteln, Brot von gestern kaufen, nicht masturbieren können, weil meine Haut immer noch jemand anderen erwartet.

Ich habe Flugblätter gelesen, ich habe strenge, aber gerechte Unterweisungen von Fachkräften erhalten, und ich stimme ihnen zu: Ich lechze nach Stimmungswechseln: das ist mein Problem, das akzeptiere ich: Meine natürliche Stimmung ist von der Sorte »muss geändert werden«.

Und ich habe nichts mehr, womit ich sie ändern könnte.

Da also keine anderen Lösungen zur Hand sind: falsch und unangenehm, los geht's.

Hinaus ins verdreckte Auto, das wunderbarerweise beim ersten Versuch anspringt, und geradewegs über Land zu der Straße mit der weiß gekalkten Wand und der schwarzen Tür und dem schwarzen Fensterrahmen, in dem Henry, der Kriegsverbrecher-Zahnarzt, immer noch mit seiner Bürste droht, was mich optimistisch stimmt – wenn Henry zu Hause ist …

»Ich habe einen … ich kam gerade vorbei, und ich habe … rätselhafte Schmerzen. Geht das? Nehmen Sie neue Patienten auf?« Ich bin in diesem Flur nackt gewesen, auf diesem billigen Holzlaminatboden. »Ich weiß nicht … es ist hinten, ein Backenzahn … ich bin im Auto unterwegs. Und das lenkt ab. Nicht verkehrssicher.« In der Luft hängt Roberts Wärme. »Das ist … ich kann – ja, fülle ich gerne aus, und … in dreißig Minuten? Wunderbar.«

Ich bin wach. Es ist lange her, dass ich so wach war.

Ich gehe mit den Formularen ins Wartezimmer und blättere sie durch, leichter Schweiß an meinen Fingerspitzen drückt Beulen ins Papier. Ich gebe mir einen falschen Namen, ein richtiges Alter, eine nicht korrekte Adresse und eine Allergie gegen Schalentiere – die wollte ich schon immer mal haben.

Robert und ich haben auch hier drin Dinge getan. Ich hätte nicht erwartet, mich so deutlich daran zu erinnern – ein Augenblick, der sich plötzlich mit der Schärfe einer Ohrfeige einstellt –, drüben auf der Bank, als er langsamer wurde und an meiner Brustwarze saugte, seinen Samen ableckte.

»Danke.« Ich händige der Empfangsdame ihre kleine Ernte erdachter Fakten aus. »Also … heute eine Untersuchung und das andere später?«

Sie nickt mir zu, als würden Dämonen es von ihr verlangen, und hält den Kopf in geneigter Position an, als würde sie den Terminkalender mit übernatürlichen Kräften studieren.

»Ähm … bin ich bei Gardener?«

»Adams.« Sie starrt die Datenreihen finster an. »Martin Adams. Wir haben die Namensschilder an den Türen noch nicht ausgetauscht. Sie haben uns hängenlassen.«

»Was?«

»Die Schilderleute. Haben uns hängenlassen.«

»Ja, das ist typisch.« Jedes Wort wie Kalk unter meiner Zunge.

Natürlich kann ich nicht einfach hinausmarschieren, das würde eigenartig aussehen. Also willige ich ein, im Stuhl zurückgeneigt zu werden, in unserem Stuhl, und Martin Adams (der nach Cornflakes riecht) kramt in meinem Mund herum, als sei er eine Besteckschublade, und teilt mir mit, dass ich vier Füllungen brauche und ein Zahn gezogen werden muss. Es überrascht ihn nicht, dass ich rätselhafte Schmerzen verspürt habe, und wahrscheinlich habe ich auch gar nicht gelogen, ich habe im Allgemeinen Zahnschmerzen – wie die meisten Menschen, nehme ich an –, die Sache ist die, dass ich nicht der Zähne wegen hier bin. Sie gehen mich nichts an. Wenn es mir darum ginge, hätte ich sie schon bei meinem ersten Besuch kontrollieren lassen. Dann hätte ich meine Kleider anbehalten. Oder vielleicht auch nicht.

Wo zum Teufel ist er also?

»Geht es ihnen gut? Sind die Schmerzen schlimm?«

»Nein … Ja.« Die Schwester, die Assistentin, die Zahnhostess, wie immer das heißt, ragt in ihrem hygienischen rosa Kittel über mir auf, voller Anteilnahme. Martin Adams hat sich davongemacht, um ein weiteres Formular zu holen, offensichtlich hocherfreut, dass ich so teuer sein werde.

»Sind Sie sicher?« Sie macht den Eindruck einer Zwölfjährigen, aber ich halte es für wahrscheinlicher, dass sie knapp unter zwanzig ist. »Er kann Ihnen Antibiotika verschreiben – aber damit ist er geizig. Sie müssten danach fragen.« Sie scheint freundlich.

Und wenn sie auch freundlich *ist*, »Ja. Ich meine, es geht mir gut«, kann ich es ebenso gut riskieren, wenn ich schon mal hier bin. Warum sollte es mir was ausmachen, eine traurige alte Schlampe zu sein, wenn es doch niemand merkt. »Hören Sie mal, eigentlich … der Zahnarzt, der früher hier war.« Meine Lippen scheinen überdehnt zu sein.

»Ja.« Sie setzt die Art Lächeln auf, die für hoffnungslose Tiere und traurige Ungeheuer wie mich bestimmt ist.

»Haben Sie für ihn gearbeitet?«

»Bobby G?« Der flotte Spitzname ist ironisch, eine Art interner Scherz. »*Den* kannte doch jeder. Ich glaube, er hat immer noch eine Rechnung im *Duke of Buccleugh* offen.«

Ich bin sowohl an seiner Stelle beleidigt als auch froh, dass sie ihn nicht mochte, dass er sie nicht gemocht haben kann. »Wissen Sie, wo er hin ist?« Meine Hände liegen feucht auf den Stuhllehnen.

Sie ist verwirrt, fragt sich, was er angestellt haben mag, ob er mir auch Geld schuldet. »Wo er hin ist?«

»Ja … Ja.« Das ist nicht genug, beeindruckt sie nicht. »Es ist schon in Ordnung, ich will nichts von ihm.« So, wie ich mich anhöre, ist das offensichtlich unwahr. »Also eigentlich schon.« Und jetzt ist sie beunruhigt, runzelt die Stirn, tritt zurück. »Nichts Schlimmes. Wenn ich wüsste, wo er hin ist … ich werde nichts …«

Ich sehe sie nicht mehr, weil sie sich hinter den Stuhl gestellt hat, und es ist zu spät, sich aufzurichten und zu ihr umzudrehen, weil sich schon Schritte der Sprechzimmertür nähern, und ich vermassele es, habe es vermasselt. »Ich liebe ihn.« Ich versuche, es wie ein Indiz für den Mann klingen zu lassen, den sie nicht kannte, für die Sachen, die sie an ihm nie erraten oder verstanden hat. »Ich liebe ihn.« Aber ich sage es leise, damit ich es nicht hören muss, und sie vielleicht auch nicht, als der falsche Zahnarzt wieder hereinplatzt und mir die Gelegenheit gibt, ein paar Lügen mehr aufzuschreiben.

Und das Geld meiner Mutter liegt, wie sie womöglich erwartet hat, unbehaglich in meiner Hand, als ich damit für eine Kontrolle und einen Kostenvoranschlag bezahle, für eine Behandlung, die ich nie bekommen werde, vorgesehen für eine Frau namens Heather, die keine Garnelen essen kann.

»Entschuldigen Sie. Miss … Winter.« Meine Hand zieht bereits die Tür auf, als die kleine Assistentin herantrottet. »Das haben Sie vergessen.« Und sie drückt mir einen Umschlag in die Hand, während sie mein Gesicht betrachtet, als sei ich unbegreiflich, krank.

»Aber ich habe doch gar –«

»Doch, haben Sie.« Sie dreht sich um und huscht wieder den Flur zurück. »Viel Glück.« Sie klingt leicht gedämpft und unehrlich.

Ich warte, bis ich im Auto bin, bevor ich den Umschlag öffne, damit ich meine Enttäuschung für mich behalten kann, damit es mir egal sein kann, wenn meine Hände zittern. Darin steckt ein Zettel mit der Überschrift *RGs Privatadresse*. Ich bin nicht sicher, ob sie das als Bestrafung oder als Geschenk betrachtet hat.

Roberts Tochter sieht nicht ohne aus. Ich erkenne sie, weil sie seine Augen hat, was nicht gerade ihr Glück ist: Sie sind zu auffällig, um weiblich zu wirken, zu schwer, zu dunkel. Außerdem weiß ich, wer sie ist, weil sie im Haus 14 Millbank Lane aus und ein geht, und das ist RGs Privatadresse. Der Rock ihrer Schuluniform ist übertrieben kurz, die Röcke, die sie am Wochenende trägt, noch kürzer. Ihr Gang ist auf Teenagerart abweisend: geschmeidig, fit und kampfbereit, und nur unabsichtlich sexy.

Ich sitze hier manchmal in meinem Auto und beobachte sie, zähle nach, was sie alles von Robert hat. Bisher sind es eine Drehung des Kopfes, eine Haltung der Schultern, ihre Art, zu stehen. Von all seinen Geistern ist sie die überzeugendste.

Ich bin natürlich nicht immer hier, nicht einmal jeden Tag. Ich habe inzwischen einen neuen Job, das Resultat schamloser Bettelei bei Thomas in meiner alten Bar, meinem Stammlokal, wahrscheinlich dem einzigen Pub, das mich einstellen würde. Die Truppe jubelte an meinem ersten Arbeitstag und entdeckte dann im Laufe des Abends, dass ich nicht anschreiben ließ, keine Schecks einlöste, keine Sonderpreise für billigen Whisky mit schlechten Etiketten machte, keine heimlichen Extraportionen ausschenkte, keine Drinks gegen Schmuck oder Versprechungen von Elektrogeräten ausgab, auf keinen der im Lauf des Lebens erworbenen Tricks hereinfiel, die ich früher selbst bei neuen Barleuten ausprobiert hätte. Sie nerven immer noch gelegentlich, aber sie wissen, dass ich ein Judas bin – sie kriegen mich nicht mal betrunken.

Das Geld hält mich am Laufen und reicht für das Benzin, um hier rauszufahren. Wo ich dann geduckt auf dem Rücksitz hocke, während Mrs Gardener ihre Fenster putzt, den Müll rausbringt, einkaufen geht, zurückkommt. Sie scheint auf Marks & Spencer's zu stehen, so teure Fertiggerichte – da kann man auch gleich beim Imbiss bestellen, dann ist es wenigstens schon warm.

Ich versuche, ich bemühe mich herauszufinden, ob wir einander ähneln. Aber wenn Robert irgendein Muster vor Augen hatte, als er uns beide ausgesucht hat, kann ich es nicht entdecken. Sie ist größer als ich, hat ordentlicheres Haar mit einem Schimmer Rot darin, breitere Hüften. Für praktische Arbeiten kleidet sie sich wie ein Junge, sieht auch viel jünger aus und wirkt selbstsicher. Für den Einkauf und vielleicht auch zur Arbeit, vielleicht auch zum Treffen mit ihren Bekannten, sieht sie eher elegant, sogar chic aus.

Vielleicht war ich einfach eine Abwechslung für ihn. So was wie eine Erholungspause. Vielleicht war ich ein Unfall. Vielleicht sollte ich auch nicht erwarten, dass es irgendeinen Sinn gibt.

Ich stelle mir niemals vor, wie sie Sex haben.

Und ich entdecke keine Spur von Robert dort. Er steht nicht an den Fenstern, er kommt oder geht nicht, er fährt seine Tochter nicht morgens zur Schule, seine Frau ruft seinen Namen nicht, wenn sie die Tür aufschließt.

Er hat mich nicht ihretwegen verlassen. Er hat mich einfach verlassen.

Ich lege meine Füße auf den Rücksitz und lehne den Kopf ans Seitenfenster. Ich starre auf den Asphalt, die leichte Wölbung der Straße. Ein starker Geruch nach Kaffee und Besessenheit hängt im Wagen.

Dann hänge ich kopfüber.

»Was tun Sie hier?«

Ich weiß nicht, was ich hier tue. Ich hänge kopfüber.

»Ich habe gefragt, was Sie hier machen.« Eine kalte Stimme, empört und ihre Empörung genießend. »Ich habe Sie was gefragt.«

Meine Hände hängen in der Gosse, zwischen schlimmen Sachen, mein Rücken schmerzt, und ich versuche, mich aufzurichten. »Ich bin … ich …« Aber dann kehre ich ihr wieder den Rücken zu, und sie könnte mich schlagen. »Ich …« Ich weiß, wer sie ist.

»Steigen Sie aus.«

Roberts Frau, so froh, dass ich zerknautscht bin, mir Gott weiß was von den Fingern an die Jeans wische, mich in die Vertikale strampele, trotzdem kleiner bin als sie, trotzdem noch ein Witz bin. »Es tut mir leid.« Ich mag sie nicht. Ich würde sie unter keinen Umständen mögen.

»Gail hat gesagt, dass jemand das Haus observiert, aber ich habe ihr nicht geglaubt. Dann habe ich Sie selbst bemerkt. Was zum Teufel tun Sie hier?«

»Ich habe bloß …« Kälte dreht sich in meinem Kopf, und *ich* müsste wütend, *ich* müsste empört sein – nicht sie. »Sie haben mir wehgetan.« Ich knalle die Autotür zu, aber das nützt nicht viel – erschreckt nur mich selbst.

Sehr leise, sehr würdevoll: »*Ich* habe *Ihnen* wehgetan.«

Und jetzt höre ich mich wie ein Kind an, »Ich habe nur versucht«, als hätte sie die Autorität einer Erwachsenen über mich, als seien wir nicht gleichberechtigt.

»Er ist nicht hier. Ich nehme an, er war eine Zeit lang mit ihnen zusammen. Er hat so was erwähnt. Wissen Sie, wie oft er schon verschwunden ist? Wissen Sie, wie egal es uns inzwischen ist? Sehr egal. Aber Sie werden aufhören, dieses Haus zu beobachten.«

»Nein, ich …«

»Sie werden weder mir noch meiner Tochter zu nahe kommen.«

»Ich –«

»Sonst rufe ich die Polizei. Wenn Sie nicht so offensichtlich … dann hätte ich sie schon gerufen.«

So offensichtlich was?

»Es tut mir leid.«

»Verschwinden Sie einfach.«

Sie hat kein Recht, mich als irgendwas zu bezeichnen. »Es tut mir leid.« Sie hat kein Recht, da zu stehen, bis ich einknicke, weggehe.

»Wenn Sie wissen wollen, wo er ist, versuchen Sie es bei Doheny.« Als sei das ein ganz toller Witz.

»Ich kenne Doheny nicht.«

»Oder in Kanada. Davon hat er dauernd geredet, als er das letzte Mal anrief. ›So eine großartige Einrichtung, um gesund zu werden‹ – er musste bloß genug Geld leihen, um nach Kanada zu kommen. Wenn wir nicht –«

Und hier unterbricht sie sich, weil ich nicht wert bin, es erzählt zu bekommen, weil ich nicht mehr über ihr Leben wissen soll. Ich soll nur ihren stechenden, kratzenden Wunsch spüren, dass ich verschwinden möge, als ich auf den Fahrersitz steige und den Wagen anlasse, so ungeschickt aus der Parklücke rangiere, wie sie es bestimmt vermutet hat. Als ich in den Rückspiegel schaue, steht sie immer noch da, schiebt mich mit ihrer Verachtung die Straße entlang.

Auf dem Heimweg fahre ich so, wie sie es gewollt hat, wie eine schlampige Ehebrecherin. Ich bremse zu spät und wechsele die Spuren, als wollte ich sterben, ich bringe beinahe einen Radfahrer um, als ich nach rechts abbiege. Wer mich gesehen hat, muss gewusst haben, dass ich am Ende etwas kaputt machen werde.

Arrogante Kuh. Ich hätte was sagen sollen. Ich hätte ihr zeigen sollen, wer ich bin.

Ich habe ihr gezeigt, wer ich bin.

Schließlich fahre ich in Richtung Fluss und halte an. Es ist Flut, das Wasser unter dem Bogen der Eisenbahnbrücke ist von trübem, abgestoßenem Blau. Ich konzentriere mich darauf, wie kühl es sein muss, wie dicht. Mein wütender Herzschlag dämpft und entspannt sich. Leichter Wind stößt ans Auto.

Dumme Kuh.

Ich kurbele das Fenster herunter, um einen Hauch von Salz hereinzulassen und den regelmäßigen, flüssigen Atem der Flussmündung zu hören.

Dumme Scheißkuh.

Ich weiß nicht genau, wie viel Zeit vergangen ist, seit ich Millbank Lane verlassen habe – vielleicht eine halbe Stunde, vielleicht länger. Es dauert also eine halbe Stunde, vielleicht länger, bis ich den Beginn eines guten alten Gefühls erkenne. Zunächst eine Leichtigkeit, die Ahnung verfliegender Traurigkeiten, und dann ein warmes Pochen, fast wie vor einer Flasche.

Die dumme Scheißkuh hat Kanada gesagt.

Reise, und du verlässt dich selbst, entkommst deiner Seele,

drückst deine Haut gegen das große, taube Verschwimmen der Bewegung, das alles einschläfert.

Kanada.

Reise und entwirf dich neu, diesmal ohne Fehler.

Kanada, und ich weiß auch, wo.

Die Frage ist nur, wie du loskommst.

XII

Ich bin nicht betrunken, bloß außer Kontrolle – das ist ein Unterschied. »Dieses holländische Zeug –«

»Wie meinen?«

»Kann ich nicht ausstehen. Ich meine das richtige holländische Zeug, nicht das britisch-holländische oder amerikanisch-holländische Zeug – die Dinger, die bloß so tun, als wären sie holländisch – *Komm in Holland*, *Heiße Höschen aus Holland*, *Halt mal den Holländer*, oder was sie sich so für wahnsinnig witzige Namen ausdenken für diese *nachgemachten* europäischen Sachen. *Die* nicht. Die kann ich auch nicht ausstehen, aber davon rede ich nicht – ich rede von den *echten* holländischen Sachen, mit *echten* Holländern: glückliche, gut trainierte, unglaublich attraktive Holländer und Holländerinnen, die in gegenseitigem Einvernehmen sportlichen und fröhlichen Sex in reizender Umgebung haben – *das* Zeug –, *das* kann ich nicht ausstehen.«

Ich will gar nicht über so etwas reden.

»Nicht, dass ich schon viele gesehen hätte. Einen Film … ein paar Szenen aus einem anderen … vielleicht sind ja nicht alle … Wir waren bei so einem Typen in Amsterdam in der Wohnung.«

Jedes vorstellbare Thema wäre besser. Dieses passt nicht zum Moment und vor allem nicht zum Ort.

»So was will doch kein Mensch sehen. Man will doch nicht so halb in Stimmung sein, ein bisschen überdreht vielleicht, und dann sieht man da solche glänzenden, modellierten und hochzufriedenen Leute, die Spaß miteinander haben, und zwar hätten sie den genauso, ganz sicher, wenn die Kamera nicht zuschauen würde – also, das glaubt man wirklich –, man glaubt, dass sie kein bisschen ausgebeutet werden – weil sie alle so *scheißglücklich* sind – es sieht also mehr nach *Sport* aus, wie eine Vorführung, ein *gesundes Hobby* –, und dabei soll es doch erregen, aber das kann niemanden erregen, weil kein Körper so glänzt und so hochzufrieden ist, weil man mit ihnen sowieso nicht mithalten könnte. Das ist doch ganz falsch. Dass sie einen zwingen, sich so zu fühlen. Das ist … das hat etwas Unmoralisches.«

Obwohl ich meine diesbezüglichen Fähigkeiten nie bezweifelt, mir nie groß Gedanken darüber gemacht habe, sieht es so aus, als müsste ich das heute tun. Es scheint sogar so, als müsse ich unbedingt meine sexuellen Ängste öffentlich ausbreiten, obwohl ich doch bloß hier hereingekommen bin, weil mir kalt war und ich Jetlag hatte. Ich würde lieber in meinem Hotel liegen, aber das ganze Zimmer dort hat geheult, und die Luft war so eigenartig, so kratzig in der Kehle, und die Lichter so ermüdend, so ein gehässiges grelles Leuchten, und die Frau am Empfang mochte mich nicht, weil so offensichtlich war, dass ich mir kein anderes Hotel leisten konnte und kein Französisch sprach, und sie glaubte auch nicht, dass oben in meinem Zimmer so ein schreckliches, wirklich durchdringendes Heulen zu hören sei, also musste ich nach draußen in die lange, graue Röhre der Straße, aber in diesem Teil von Montreal gibt es nichts als Sexshops, Seemannsmissionen und Militaria-Läden, das ganze Viertel ist ein großer Fehler, also ging ich bergauf, gegen den Regen, und suchte eine scheinbar akzeptable Zuflucht auf, ein anständiges Pub – wenn ich müde bin, lässt meine Urteilskraft nach –, aber jetzt, da ich drin bin und die Lage richtig einschätzen kann, ist es eindeutig eine üble Spelunke, und ich bin Stunden neben der Spur und jammere über holländische Pornografie – keine Ahnung, wieso –, liegt wahrscheinlich an den Sexshops vorhin oder am Alkohol, am unerwarteten Alkohol, der von allen Seiten glänzt und strahlt wie giftiges Metall, wie Schlangen in Flaschen, und das macht mich sehr nervös, auch weil der Laden so fremd und unangenehm ist und weil ich irgendwie befürchte, angegriffen zu werden, und deshalb lade ich extra laut dazu ein, sozusagen ein doppelter Bluff.

»Pornografie sollte nicht deprimierend wirken. Das ist doch kontraproduktiv.«

Wenn ich trinken, mit den Schlangen spielen würde, dann wäre alles gut: Dann würde ich perfekt modulieren, wachsam, aber grundsätzlich sicher sein. Nüchtern habe ich keinen Schimmer, was ich tue. Mein Rückgrat knirscht richtig vor Unbehagen, als ich mich reden höre. »Das ist doch ekelhaft. Heute würde ich mir keinen mehr anschauen, nicht mal gegen Bezahlung.« Ja, ich höre mich tatsächlich die heitere Möglichkeit in den Raum stellen, dass man mich dafür bezahlt, holländischen Menschen beim Sex zuzuschauen. Der Mann neben mir an der Theke nimmt sein Bier in die Hand, schüttet den letzten Rest rasch hinunter. Er sieht mich an, und ich setze eine, wie ich glaube, ernste und unbeteiligte Miene auf.

Er runzelt die Stirn. »Ja. Na denn. Ja, ja.« Er schüttelt leicht den Kopf, als er sich vom Barhocker schwingt und zur Tür stakst, sich nach draußen drückt.

Die Sehnen meiner Beine entspannen sich, und ich ziehe einen kleinen Schluck Orangensaft durch den Strohhalm. (Nicht-alkoholische Getränke trinke ich gern durch einen Strohhalm, dann scheinen sie noch weiter von Alkohol entfernt. Und ich sollte mich sehr weit vom Alkohol fernhalten.)

Gnädigerweise ist sonst niemand mehr zum Unterhalten da. Wir sind überhaupt bloß zu viert: der Barmann, der irgendwo unter den Flaschen lauert und ein zerfleddertes Taschenbuch liest, eine große, nach Motorradfahrer aussehende Gestalt, die mit dem Rücken zu mir auf einem Stuhl kauert, und ein magerer, schmuddeliger Typ, der in seinem Rollstuhl in der Nähe einer der Nischen sitzt und seine ganze Energie darauf verwendet, Grimassen in Richtung Tür zu schneiden: Aus einem seiner schmierigen Hosenbeine ragt das Ende eines Urinbeutels hervor, prall und bernsteinfarben. Ich scheine mein Niveau perfekt getroffen zu haben.

Aber der Reiseplan ist angerollt: Er atmet und pulst unter dem abgewetzten Linoleum, er leuchtet in meinem Hirn, längst akklimatisiert, heiß, ungeduldig und wach. Und da wir zusammen schon so weit gekommen sind, kann ich sicher auch noch die Greenwich-Zeit abschütteln und ihn zu Ende bringen. Ich habe obsessiv-zwanghafte Neigungen – sie gehören zu den Eigenschaften, die ich an mir mag, sie sorgen dafür, dass ich schon am Verfolgen und Vorstellen von Zielen Freude habe, bevor ich diese überhaupt erreiche. Sie verleihen mir die Entschlossenheit, die ich dringend brauche.

Denn es war nicht leicht. Ich habe meine Möbel verkauft, meinen Kühlschrank und meinen Herd – der streng genommen nicht mir gehörte –, ich habe eine Monatsmiete im Voraus bezahlt, einen ganzen Nachmittag mit Bitten und Versprechungen bei meiner Mutter zugebracht – und nicht gelogen, kein richtiges Unrecht begangen –, habe einfach nur ihren guten Glauben ausgenutzt und ihr geschworen, dass ich wieder nach Clear Spring will, und dahin reise ich auch.

Wegen Robert.

Ich werde dorthin gehen und ihn finden, weil er ohne Zweifel dort ist. Und das wiederum wird mich vollkommen gesunden lassen. Daher gehe ich also nach Clear Spring, um vollkommen zu gesunden, und für meine Mutter ist es das Beste, das zu glauben. Ich habe ihr also erlaubt, das beste zu glauben, und mich auf den Weg gemacht, mit dem Gegenwert meiner sämtlichen Besitztümer in der Tasche, dazu mit dem Geld für ihre Cloisonné-Vase, die winzige mit der Drachenskulptur, die sich um sie herumschlingt, lauter Schnörkel und Klauen, die Vase, die ich so geliebt habe, die sie behalten hat aus jener geheimen Zeit, als sie umworben wurde und ich noch nicht geboren war, die Vase, die sie kürzlich hat versteigern lassen, um Geld für mich zu beschaffen.

Das verursacht mir kein Wohlbehagen und keinen Stolz, aber es folgt den Grundzügen des Plans: Es steckt gewissermaßen eine reine Absicht dahinter.

Quebec gehört auch zum Plan – nicht grundsätzlich, nicht im Idealfall, aber der günstigste Flug nach Kanada, den ich bekommen konnte, ging nach Montreal. Ich habe es über den Atlantik geschafft, aber ich muss immer noch den größten Teil von Kanada durchqueren, und das erfordert strikte Disziplin. Es ist so schrecklich, schrecklich leicht, vom rechten Weg abzukommen, wenn du dich schon abnorm fühlst und eine weitere kleine Abnormität, vielleicht ein kleiner chemischer Stoß, dich wieder geraderücken könnte, wenn deine Geldmittel tatsächlich deine Mittel sind, wertvoll und begrenzt, wenn sie aber gleichzeitig bedeutungslos geworden sind, nachdem du sie in hübsche und bunte ausländische Währung übersetzt hast – wenn es den Anschein hat, als könntest du den ganzen Haufen in ein paar Minuten verbraten und nichts davon merken.

Zeit, zu gehen.

Der Abend hat sich vollständig eingerichtet, als ich mich wieder auf die Straße schiebe, zu atmen und auszuschreiten anfange, atmen und ausschreiten, denn so bleibt meine Absicht klar.

Robert.

Ich weiß, dass ich meinem gewohnten Ich näherkomme, wenn die zwei Pulsschläge seines Namens eine Wunde reißen, die dunkle, alte Zärtlichkeit offenlegen, den schönen Schmerz. Im Gedanken an ihn liegt keine Panik mehr, keine Einsamkeit, weil ich nach Clear Spring gehen und ihn dort finden werde, und wir werden nebeneinander im mineralischen Wasser gewaschen werden, und wir werden erstarken.

Oder vielleicht nicht direkt nebeneinander – sie nehmen mich nur nach Zahlung weiterer Gebühren wieder auf (meine Mutter hat sie heruntergehandelt, weil sie mir ja eigentlich noch drei Wochen *schulden*) und nach der strikten Übereinkunft, dass ich von den Männern ferngehalten werde und unter ständiger Beobachtung stehe. Wofür sie eine Extragebühr verlangen.

Aber wir werden am selben Ort sein, Robert und ich, und wir werden schon einen Weg finden, denn wir sind findig. Wir *waren zusammen betrunken* – es gibt keine tiefere Gemeinsamkeit, und wenn wir beide trocken sein müssen, dann können wir es gemeinsam tun und so erträglich machen. Außerdem, das muss ich zugeben, obwohl es empörend ist, bedeutet es, dass wir wohl länger leben werden und unsere Nerven und Körper besser reagieren, genauer das tun können, was wir von ihnen verlangen. Ich habe den Unterschied schon bemerkt, und in sympathischer Gesellschaft könnte er ganz gut sein.

Das behalte ich fest im Kopf, als ich im Dunkeln durch mein Hotelzimmer stolpere, aus Angst vor den bösartigen Glühbirnen, und im übermüdeten Schmerz liege, das Bett zuckend unter mir, und die Wände ringsherum heulend.

Am nächsten Morgen sind meine Reisemöglichkeiten begrenzt. Der Bus wäre zwar billig, aber langsam, und würde bedeuten, dass ich entweder unterwegs Zimmer bezahlen oder drei, vier Tage ohne Schlaf auskommen muss. Aufgrund harter Erfahrung weiß ich, dass mir das nicht bekommen würde. Der Zug wäre teurer, genauso langsam und würde daher weitere Kosten für Übernachtungen bedeuten. Ich könnte ein Auto mieten und darin schlafen, aber ich bin nicht so sicher, ob ich ohne einen großzügigen Vorrat ernst zu nehmender flüssiger Unterstützung Tausende Kilometer auf der falschen Straßenseite fahren könnte. Und nach meiner letzten problematischen Phase hat das Gericht meinen Führerschein eingezogen, was das Mieten erschweren könnte. Wenn ich ein Flugzeug nähme, wäre ich pleite und es würde mich auch nur bis Edmonton bringen, ansonsten müsste ich einen unmöglich teuren Todesflug mit einem Wasserflugzeug buchen, irgendwo ins Niemandsland, und selbst dann wäre ich noch nicht endgültig da und müsste per Anhalter weiterfahren. Oder ich könnte versuchen, den ganzen Weg per Anhalter zurückzulegen – ausgerechnet jetzt, da mir tödlich und nüchtern bewusst ist, welches Risiko ein unbekannter Autofahrer darstellt. Die Sadisten und Perversen, die durch die Wildnis gondeln, wären ja schon schlimm genug, aber sie würden noch übertroffen von den Trinkern im Endstadium und den durchgeknallten Suchtkranken, die auf die Klinik zusteuern, die genau in meine Richtung fahren.

Dennoch bin ich guten Mutes, als ich das Hotel verlasse. An den toten Grünpflanzen und dem keuchenden Aufzug vorbei trage ich meine treue Reisetasche und schlenkere sie dann neben mir durch fremdartige Straßen, ein Anker, der mich an einer Art Zuhause festhält, als ich mich auf den langen Fußmarsch zum Bahnhof mache. Ich habe mich entschieden, es mit dem Zug zu versuchen.

Und nach einer halben Stunde bin ich sicher, dass ich ganz in der Nähe sein muss. Der sommerliche Tag hat mich erschöpft, mich unterm Hemd klebrig gemacht, und ich bin diesen Häuserblock schon mindestens zehnmal abgegangen – diesen Block, wo laut Stadtplan der Bahnhof sein soll. Ich bin einem Schild gefolgt, das nach Eisenbahn aussah, und in ein Einkaufszentrum und dann wieder hinaus geleitet worden.

Ich habe Büros, Wolkenkratzer, Geschäfte, eine Statue und eine katholische Wohnanlage untersucht. Ich habe nach Zügen geschaut. Nach Zügen gehorcht. Nichts.

Man kann doch keinen ganzen Bahnhof verstecken.

Und warum sollte man?

Auf der anderen Straßenseite ist ein Hotelturm mit Bogenfenstern wie zahllose schläfrige Augen. Die Sorte sauberer und umsorgender Gastlichkeit, die ich mir nie leisten könnte – die ein ganz leichtes Schamgefühl hervorruft, wenn man vorübergeht. Im Eingang steht ein Mann mit einem lachhaften Hut, dem reich verzierten Tropenhelm eines Vizegouverneurs, und er schleppt Gepäck und öffnet Türen, als sei es haargenau das, was er gerne tun möchte. Offensichtliche berufliche Befriedigung, jede Art von Befriedigung ist attraktiv, und ich bin müde, und kein Gebäude dürfte ein Schamgefühl hervorrufen, also überquere ich die Straße zu den Eingangsstufen und steige hinauf, weil der behelmte Mann mich dann vielleicht anlächelt, als würde er mich mögen, als sei ich ein ordentlicher ankommender Gast.

»*Bon matin*. Guten Morgen. Kommen Sie gerade an?«

Aber ich hatte nicht erwartet, so beim Wort genommen zu werden. »Nein, ich, äh, … ich treffe mich … mit einem Freund.«

Er betrachtet meine Schweißperlen, meine unpassende Reisetasche, und fast würde ich sein Misstrauen begrüßen, denn es wäre weniger erniedrigend als das, was er mir bietet – das väterliche Lächeln, das er den ungefährlichen und traurigen Fällen angedeihen lässt.

»Okay. Die Bar ist hier entlang auf der linken Seite, ich mache Ihnen die Tür auf.«

Das heißt, ich kann nicht im Foyer warten, sondern muss in die Bar gehen, an einen dämmrigen, in Leder gekleideten, teuren Ort, wo ich mich hinter einem Sodawasser mit Limone verschanze, um Atem zu schöpfen. Aber es ist in Ordnung, hier zu sein, weil der Vorschlag nicht von mir kam und ich nicht trinken will, also auch nicht trinken werde. Außerdem glaube ich, dass es das Herz gegen Versuchungen immun macht, wenn man ab und zu in das eine oder andere Wasserloch dieser Art schaut. Und zusätzlich ist es ein schwacher, unschuldiger Trost, zu wissen, dass Alkohol immer noch erhältlich ist, dass er auch ohne mich ein aktives und erfülltes Leben führt.

»Hätten Sie was dagegen, wenn ich mich zu Ihnen setze und mit Ihnen rede?«

Die Antwort auf diese Frage lautet immer, »Ja, ich habe sehr viel dagegen, und noch dazu habe ich eine ansteckende Krankheit.«

Aber dann erinnert er mich an mich – etwas Schreckliches schaut mich an, direkt unter der Oberfläche seiner Augen, eine ungeheure Unzulänglichkeit, die ihn ängstigt.

»Hätten Sie was dagegen? Ich kann auch wieder gehen …« Seine Stimme ist dumpf, er ist fleischig und ordentlich, auf wohlhabende/zwanglose/nordamerikanische Art.

»Nein, ich habe nichts dagegen. Setzen Sie sich – ich würde Ihnen einen Drink ausgeben, aber ich habe kein Geld.« Das setze ich hinzu, weil mein Mitleid Grenzen hat.

»Das macht nichts. Ich habe eine Menge … Geld.« Das verkündet er, als sei es die schlechteste Nachricht der Welt. »Ich kann bezahlen.« Und darin liegt eine Schärfe, die mir verrät, dass jemand kürzlich sein Herz gebrochen hat und dies jeden weltlichen Besitz vorübergehend entbehrlich macht.

Was mir recht ist. »Ich lasse Sie wissen, wenn ich noch ein Sodawasser brauche.« Als ich noch trank, habe ich natürlich nie so jemanden getroffen – der willig war zu zahlen. »Wie heißt sie?«

»Ach, Herrgott.« Dabei lässt er sich in den Sessel gegenüber fallen, als hätte ich ihm eins mit dem Tablett übergezogen. Sein Seufzer wird begleitet vom Aroma mindestens zweier elender Morgenwhiskys, und ich wünsche mir von ganzem Herzen, ich hätte früher bemerkt, dass er so verwundet ist, bevor er mein Leben erschwert. Es ist ja nicht so, als würde nicht jeder Mensch verlassen werden, niedergestreckt von den grässlichen Ausgeburten seiner Zuwendung – wenn wir alle so ein Theater machten, wäre die Welt ein einziges Chaos, niemand würde je etwas geschafft bekommen. »Oh *Gott.*«

»Ihn würde ich da nicht mit hineinziehen. Es könnte Ihm missfallen.«

Der Mann kneift die Augen zusammen. Ich könnte genauso gut Japanisch sprechen. »Dorothy.« Seine Unterlippe zittert. »So heißt sie.«

»Okay. So heißt sie.« Ich vermeide es, ihren Namen zu wiederholen – er ist zu muskulös, als dass man seine Wut kontrollieren könnte. »Möchten Sie mir erzählen, was sie getan hat? – Oder Sie können sie beschimpfen, und ich werde Ihnen beipflichten.«

»Das will ich nicht.« Natürlich nicht, noch nicht. Morgen bestimmt, aber heute noch nicht. »Sie hat nichts Unrechtes getan.«

Wenn wir beide Whisky trinken würden – obwohl es kaum zehn Uhr morgens ist –, würde ich ihn tröstend umarmen. »Das ist aber sehr unwahrscheinlich, glaube ich.« Ich würde seinen Arm reiben und seine Hand halten, und in einer halben Stunde würden wir ficken. »Es sei denn, Sie sind ein schlechter Mensch.« Danach wären wir uns einig, dass es genau das war, was wir brauchten. » … Mörder, Gewalttäter, Hundeschänder, Verbrecher, welchenfalls …«

»Bin ich.«

»Was?« Den Witz habe ich nur gemacht, weil ich dachte, es *sei* ein Witz. »Sie sind ein schlechter Mensch?«

»Ja.«

»So sehen Sie gar nicht aus.«

»Ich stehle.«

»Sie *stehlen.*« Ich versuche, nicht zu erleichtert zu klingen. »Na, es könnte doch schlimmer sein, oder?«

»Nein!«

Seine runde rosarote Faust schlägt zwischen uns auf die Tischplatte, und die auf Hochglanz polierte Stille der Bar verdichtet sich, beobachtet uns. Er hustet, schluckt, und wieder droht seine Unterlippe, ihn im Stich zu lassen. »Ich meine … tut mir leid. Ich wollte sagen, ich habe ihr erklärt, was ich tue, weil sie davon wusste. Aber sie hat es nicht *verstanden*, und dabei wollten wir … wir wollten doch –«

»Ich weiß.« Ich unterbreche ihn ziemlich rüde, damit er sich gar nicht erst die strahlenden Kinder und die Golfbälle mit Monogramm und die leichteren Infektionen des Harntrakts vorstellt, die sie um ein Haar bis in alle Ewigkeit miteinander geteilt hätten. »Ich weiß … Sie dachten, Sie hätten gut zusammengepasst.« Das scheint ihm einen Schlag unter den Rippenbogen zu versetzen, also spreche ich weiter, um ihm aus weiterer Verzweiflung zu helfen. »Aber manche Dinge …« Dann bremse ich mich, bevor ich noch *sollen einfach nicht sein* sage.

Er greift auf unerotische Art nach meiner Hand, wie ein Ertrinkender. »Es liegt an meinem Job.«

Ich schaue in seine eindringlichen kleinen Augen und enthalte mich der Frage, »Was ist denn Ihr Scheißjob – *Stehlen* etwa? Toller Job. Bestimmt ein regelmäßiges Einkommen, keine Steuern. Warum bestellen Sie sich nicht eine Frau von den Philippinen oder sonst wo, richten sich gemütlich ein und lassen mich in Ruhe.«

»Ich arbeite in der Versicherungsbranche. Ich reguliere Schäden.«

Was mein verbliebenes Mitgefühl in einem Atemzug ausradiert. Denn, wie er jetzt in ausschweifenden, selbstmitleidigen Sätzen erzählt, reguliert er nicht die Schäden der Kunden. Er verteidigt seine Gesellschaft. Er lehnt Ansprüche ab. Das bewahrt eine unfassbar reiche Institution davor, auch nur einen Teil des Geldes wieder auszahlen zu müssen, das die Versicherten zuvor eingezahlt haben. Wenn er einen Versicherungsanspruch ablehnt, verlieren Menschen ihre Farmen, ihre Autos, ihre Häuser, sie bleiben ohne medizinische Behandlung, sie müssen zusehen, wie ihre kranken Verwandten ständige Schmerzen leiden, sie sterben an unbehandelten Krebstumoren, an Berufskrankheiten, an schleichenden Erkrankungen. Er ist ein Arschloch.

»Wie heißen Sie?«

»Ähm … Matt. Ich heiße Matt Duchamps.«

Matt Duchamps ist ein Arschloch.

Auch wenn ich einmal Schadensersatz für einen Teppich mit Brandschaden bekommen habe, obwohl es keinen Brand und auch gar keinen Teppich gegeben hatte. Allerdings hätte ich den winzigen, fast nicht der Rede werten Versicherungsscheck sicher nicht erhalten, wenn ich es mit Menschen wie ihm zu tun gehabt hätte. »Matt – ich bin übrigens Hannah –, hör mal, Matt …«

Er murmelt weiter, ignoriert mich und tut so, als teile er den Abscheu seiner früheren Verlobten für seine Branche. Er sagt, er hätte ohnehin kündigen wollen, sei bereit gewesen, sich aus moralischen Gründen zu verändern.

»*Matt.*«

Er verstummt und zeigt mir die Miene eines im Wald verirrten Kleinkinds, die Dorothy vollends überzeugt hätte, dass sie das Richtige tut.

»Matt, ihr wart nicht füreinander bestimmt.«

Seine Lippe steht wieder kurz vorm Zusammenbruch.

»Ihr ging es nur ums Geld – sie mochte Sie, weil Sie Geld hatten. Kaum hat sie gemerkt, dass Sie einen anderen Job suchen wollen, hat sie das Weite gesucht. Sie war eine Schlampe.«

Matt fängt so erbärmlich zu schluchzen an, dass eine Rezeptionistin zu unserem Tisch kommt, um nachzuschauen, ob alles in Ordnung ist. Ich tätschele also seine Hand und mache einen tröstenden Eindruck. Die Rezeptionistin nickt, denkt positiv von mir und entschwebt zufrieden.

»*Matt*? Matt, es wird schrecklich werden und sehr einsam, aber Sie müssen nach vorn schauen. Sie können sich nicht so auf eine Frau fixieren – Menschen verlassen einen. Verlassen *Sie*. Aber es wird andere geben.« Matt wimmert. »Andere, die Sie *nicht* verlassen werden. Die Sie um Ihrer selbst willen lieben.« Eine Serie gequälter Seufzer deutet an, dass er das ebenso wenig plausibel findet wie ich. »Es wird alles gut.«

»Hannah, darf ich …« Er krallt sich mit bemerkenswertem Druck um meine Finger, und ich muss mir einfach Dorothy vorstellen, die jede Nacht auf dem Rücken lag, während er an ihr herumstocherte und tatschte wie ein teilweise betäubter Bär.

»Sie müssen gar nichts tun.« Das betone ich mit vollkommener Aufrichtigkeit. »Es war mir eine Freude.«

»Nein, nein … Sie waren da. Sie haben zugehört. Niemand sonst hätte mir wohl zugehört. Und darum muss ich Ihnen etwas geben.«

Na, wenn du darauf bestehst – Geld ist immer willkommen.

»Nein, wirklich, das war doch nicht der Rede wert.«

Geld könnte ich akzeptieren – im Namen aller Versicherungsnehmer auf der ganzen Welt. Du würdest es doch kaum vermissen, oder, Matt? Guter alter Matt.

Er zwängt die ganze Breite seines freien Handgelenks in die Innentasche seines Sakkos und zieht eine wenig eindrucksvolle, dünn gefaltete Karte heraus. »Hier.«

Ich starre sie mit wahrscheinlich offener Verachtung an.

»Ich wollte sie überraschen. Wir wollten … schauen Sie …« Er nimmt sein Geschenk wieder an sich, klappt es auf und breitet den Inhalt aus. »Sehen Sie, wir wollten …« Er schluckt feucht. »Es sollte eine Überraschung sein. Für sie. Wir wollten heute Nachmittag den Zug nach Toronto nehmen und dort in den Trans-Canada-Express nach Vancouver steigen – die ganze Strecke. Ich habe Schlafwagen gebucht. Sie – sie – sie haben besondere Angebote für Paare. Es gibt eine Panoramaplattform.«

Und ich küsse Matt.

»Oh, äh, … gern geschehen. Wir, ich, wir hatten auch eine Unterkunft in Vancouver –«

»Das ist nicht nötig.«

»Das *Pacific Palisades*. Weil es sich so gut anhörte. *Pacific Palisades* … Waren Sie schon mal in Vancouver?«

»Nein. Das heißt ja. Aber ich erinnere mich nicht daran. Kaum. Ich war auf dem Weg woandershin.«

»Wollen Sie die Gutscheine? Für das Hotel?« Er versucht, mir noch mehr Dankbarkeit zu entlocken, aber ich habe keine mehr, weil ich jetzt in Eile bin.

»Nein. Nein, will ich nicht.« Ich gehe, bevor er versuchen kann, sich mit mir anzufreunden, Adressen auszutauschen, mir das Versprechen von Postkarten von unterwegs zu entlocken. Und ich rausche ab, bevor er es sich anders überlegen oder seinerseits verschwinden kann: bevor sich die Fahrkarten in Wasser oder Staub auflösen. Denn dies ist mehr Glück, als mir sonst in einem Jahrzehnt zustößt.

Danke, Gott.
Das meine ich ernst.
Ich kann nach Clear Spring.
Ich ***fahre*** *nach Clear Spring.*
Ich breche heute auf.
Und ich werde gesund werden.

Und ich werde mich gut benehmen.
Jetzt, da du so gut gewesen bist.
Da du das für mich getan hast.
Das hättest du nicht tun müssen.
Jetzt, da du mir geholfen hast.
Jetzt werde ich gut sein.

Er lag unterirdisch – der Bahnhof von Montreal. Nach weiteren zwanzig Minuten hatte ich ihn ausgemacht und stellte mich in die Schlange für den Zug nach Toronto: wo der Bahnhof ebenfalls unter der Stadt begraben liegt. Dann einen Nachmittag zum See hinunter spazieren, in die belebende Sonne, zu den entzückenden Wasservögeln, ein Hinweis auf das einfache und gleichmäßige Leben, das vor mir lag, gefolgt von einer Nacht in einer spartanischen Herbergskaserne mit drei herzhaften Rucksackmädels, gerade aus Neuseeland eingetroffen. Das mochte ich nicht als Hinweis auf irgendetwas betrachten.

Und es machte auch gar nichts. Es war nur eine winzige Leerstelle im Verlauf des Plans, der mich dann glatt durch einen silbrigen und rosenroten Morgen ins wunderschöne schmuddelige Niemandsland der Bahnhofskorridore und Wartesäle geführt hatte, zu Kaffee und Rolltreppen und dem harten Rückgrat des Bahnsteigs und dann die herrlichen Metallstufen des Zuges hinauf, der mich fast den ganzen Weg nach Clear Spring tragen wird.

Ich sitze in meinem kleinen Abteil und erfreue mich an den Anklängen an Schiffskabinen: mysteriöse Haken und Borde und Flanschen, an die ich mich gewöhnen muss, Metallverbindungen und Schottwände in den üblichen Abteilfarben: vergilbtes Blau und staubiges Grün. Hier werde ich zu Hause sein, ordentlich eingepackt hinter meiner etwas dürftig wirkenden Tür.

Die, kaum dass wir den Bahnhof verlassen haben, von fröhlich gewaltsamem Klopfen erzittert. Ich öffne und erblicke einen bewusst munteren Schlafwagenschaffner. »Na dann einen *guten* Morgen …« Er schaut sich um und ist plötzlich auf dem falschen Fuß, wenn nicht gar verstört. »Duchamps? Oder Burnaby?«

»Ähm, ja.« Ich war nicht sicher, ob die Fahrkarten übertragbar waren, also habe ich mich entschlossen, zur Erholung und für die Zeit der Fahrt Burnaby zu sein. »Das bin ich, Burnaby. Dorothy.« Ich bemühe mich, den Eindruck würdevoller Enttäuschung zu erwecken.

»Kein Duchamps?« Er wartet, auf der Schwelle zwischen aufgeweckter Dienstbarkeit und taktvollem Rückzug.

»Hat nicht geklappt. Hab ich eben umso mehr Platz.« Und ich setze ein entschlossenes Grinsen auf.

»Nun ja. Sieht so aus, was?«

»Ja.« Mit dem Unterton wehmütiger Ergebenheit. »Umso mehr Platz für mich.«

»O-*kay* … Ich heiße Charles, wenn sie *irgend*was brauchen, fragen Sie mich einfach. Ich *bin* zuständig für diesen Wagen?« Charles hat eindeutig zu viele Ansagen machen müssen, das hat seine Betonung dauerhaft gestört. »Weiter vorn gibt es *Früh*stücksmuffins und alles Mögliche, Kaffee und Säfte, im *unteren* Bereich des Pa-no-rama*wagens*. Warmes Frühstück wird *hinten* im Speise*wagen* serviert. Alles da, wenn Sie wollen.«

Ich habe das Gefühl, dass Burnaby nicht wollen würde, nicht, solange sie noch trauert: »Danke, aber im Moment nicht.« Und dann wende ich den Kopf zum sonnenbestäubten Fenster, als grübelte ich über andere Frühstücke nach, die voller männlicher Versprechungen waren.

»Ganz, wie *Sie* wünschen. Einen *guten* Morgen.« Und die Tür wird höflich geschlossen. Durch die Trennwand höre ich im Nachbarabteil die streitenden Stimmen zweier kleiner alter Damen und die dumpfen Schläge umgeräumter Gepäckstücke.

Und das wird das einzige Problem der Reise werden – in meiner kleinen Zelle kann ich ganz ruhig sein: Ich habe meine eigene Aussicht, meine eigene Toilette, mein eigenes Waschbecken – aber draußen sind andere Leute –, ein ganzer Zug voll mit anderen Leuten. Ich sitze auf einem der beiden Plätze, die für Duchamps und Burnaby vorgesehen waren, während ihre Fenster Vorstädte und Einkaufszentren zeigen, die sich in Holzhandlungen und Landmaschinenhäuser verwandeln, dann in Birken, das nackte Gerüst eines Holzhauses dunkel auf einem Hügelkamm, die Zivilisation spult sich ab, und ich überlege mir, dass ich vor allem andere Leute nicht leiden kann – mit der überwältigenden Mehrheit von ihnen kann ich nichts anfangen. Mit einer ganzen Zugladung von ihnen drei Tage lang eingepfercht zu sein, ist in keiner Weise verlockend. Selbst sturzbetrunken würde es mir nicht gefallen.

Das ist genau die Sorte Geschenk, die man von einem Schadensregulierer erwarten darf. Matt Duchamps – ein absolutes Arschloch.

Natürlich locken sie einen mit dem Gedanken ans Essen aus der Abgeschiedenheit – »Einen *schönen* Nachmittag. Der letzte Durchgang des *Mittagessens* wird jetzt im Speise*wagen* serviert. *Bitte* begeben Sie sich jetzt in den Speise*wagen*. Letzter *Durchgang*. Vielen *Dank*.«

Ich ziehe also los – ich muss meine Kräfte beisammenhalten, gut in Form sein für die Klinik und für Robert.

Den ganzen Zug hindurch geht ein muskelbepackter Schaffner vor mir her – er wälzt sich ruhig voran, während ich hin und her schwanke. Sein breiter Schädel verschwindet direkt in seinen Schultern, und der massige Block seiner Uniform füllt den Gang mit erstaunlicher Passgenauigkeit. Er könnte so gezüchtet worden sein, dass er hier hineinpasst. Schließlich springt er zur Seite und verschwindet augenzwinkernd in seinem Abteil, nehme ich an, und ich muss mich alleine zum Speise*wagen* weiterkämpfen. Seen, Flüsse und Blätter wirbeln draußen in malerischem Taumel an mir vorbei, während ich von einem Ellbogen gegen den anderen geschleudert werde, bis mir beide wehtun. Ich halte mich mit der Hoffnung aufrecht, dass der letzte Durchgang dünn besetzt und ruhig sein wird, wie die Bezeichnung vermuten lassen könnte.

Ich bin jedoch nicht im Geringsten schockiert, als sich meine Hoffnungen als falsch erweisen und ich in einen aufdringlich rosafarbenen Wagen stolpere, der von Essern überquillt, die alle zu mir hochschauen, als sei ich eine zusätzliche Vorspeise. Ein grinsender Kellner führt mich – mit umständlicher, leicht spöttischer Unterwürfigkeit – zum letzten freien Platz, womit ich den Tisch für Außenseiter und Einzelgänger komplettiere. Ich geselle mich zu einem schweigenden Rentner, der nur trockenes Brot isst, einer Frau mittleren Alters mit zitternden Händen und einem hageren, schlecht rasierten

Eisenbahnenthusiasten. »Hier sind alle gleich, he? Im Zug? Ganz egal, wer man ist, wenn man erst mal drinsitzt. Hier sind wir alle gleich, he? Man kann im Zug mit jedem reden. Mit absolut jedem.«

Und absolut jedem muss man anscheinend zuhören, ohne dabei völlig den Appetit zu verlieren oder ihn umzubringen. In wenigen Augenblicken habe ich ganz gegen meinen Willen erfahren, dass er Marty Kershaw heißt, dass er früher für die Canadian Pacific gearbeitet hat und dass er nicht annähernd bald genug einem tödlichen Herzinfarkt erliegen kann.

Ich beruhige mich und halte mich zurück, indem ich die Blätter betrachte, die draußen vorbeiziehen, aber ich merke, dass meine Mitinsassen anstatt ihrer Fenster mich beäugen. Ich sehe sie im Glas gespiegelt, wie sie mir heimlich Blicke zuwerfen: die von mondäugigen Teenagern umgebene Mutter, die ihr Essen in kleine Mäusebissen zerteilt und außerordentlich sorgfältig kaut und die so groß ist wie eine ausgewachsene Seekuh; der Mann mit dem Quäkerbart und den monströsen Augenbrauen, der ständig über seine Oberschenkel reibt; seine Begleiterin, die unbekümmert eine dicke hölzerne Halskette trägt, an der eine Gliederpuppe baumelt. Um ehrlich zu sein, befindet sich nicht ein einziger Fahrgast darunter, vor dem ein vernünftiges Kind nicht auf Anhieb davonlaufen würde. Jeder Einzelne würde ausreichen, das Zugfahren in Verruf zu bringen.

Aber ich muss nur ein paar Stunden jeden Tag hier sein, und ich habe ja schließlich auch mein bisheriges Leben unter Versehrten und Verdrehten verbracht. Ich kann nicht glaubhaft begründen, warum ich in meinen Bisonwürsten mit Landgemüse herumstochere und genau weiß, dass ich sie nicht essen kann, weil meine Kehle sich gegen meinen Willen schließt, weil ich irgendwie bedroht werde.

Unterhaltungen und Maschinenlärm branden friedlich um mich her, Reisegeschichten und Familienanekdoten werden ausgetauscht. Besteck klappert und kratzt, der Zug grollt dahin, die Kellner kellnern, nichts ist greifbar aus den Fugen. Was mein Gefühl der Bedrohung nur verschlimmert – wenn nur ich es bemerkt, es gedacht habe, wird es auch mich bemerken und bedenken, es wird mich aussuchen.

Ich frage mich, ob das wohl die nächste Phase meiner Nüchternheit ist – Attacken grundloser Angst. Oder vielleicht erkenne ich auch nur endlich die Schrecken, die ich ein Leben lang ignoriert habe: die großen Anhäufungen des wartenden Todes: des nuklearen, chemischen, allgemein industriellen Todes, des Todes zum Spaß und für den Profit: die verrottende Atmosphäre, die sterbenden Bäume, die klagend verbrannten Orang-Utans, die vermeidbaren Hungersnöte und die Unruhen, die willkürliche Ungerechtigkeit, absichtliche Grausamkeit, die ganz neuen und sehr alten Krankheiten, die frechen und scheuen Vernichtungen, die an uns nagen, uns schubsen, uns angrinsen, durch unsere Abwehr sickern, unseren Widerstand brechen, uns hinwegraffen.

Die Wirklichkeit – nichts als Schrecken steckt darin.

Aber dies ist etwas anderes. Ein persönliches Problem. Ich spüre, wie es mir übers Haar streicht.

Dies ist für mich gedacht.

Ein Plan, den ich nicht gefasst habe, der nur für mich gemacht ist.

Und dann zwinkert es mir zu: erlaubt mir einen kurzen Blick, eine rasche Enthüllung der dunklen Vorgänge, die sich im Waggon abspielen. Wann immer ich jemanden anschaue, dreht der Betreffende sich weg, bedeckt die Augen, unterbricht sein Gespräch – jeder Einzelne – jedes Mal –, als hätten sie es geprobt, seien insgeheim im Bunde. Und sie scheinen auch die Kellner zu gut zu kennen.

Und das ist verrückt. Ein bisschen Paranoia mag ja gesund sein, aber das ist verrückt. Ich muss meinen Obstsalat aufessen und hier verschwinden. Den Kaffee auslassen, mich schlafen legen. Den Kaffee auslassen, das wenig überzeugende Schloss der Abteiltür umlegen und mich schlafen legen. Den Kaffee auslassen, das Abteil durchsuchen, weil man es nicht von außen abschließen kann, das wenig überzeugende Schloss umlegen und mich schlafen legen. Den Kaffee auslassen, das Abteil nach jemandem durchsuchen, der sich dort versteckt haben könnte, jemand Gefährliches, das wenig überzeugende Schloss umlegen, mich ausziehen, ins Bett legen, das Fenster anstarren und schlafen.

Mein Bett ist noch nicht gemacht, noch nicht heruntergeklappt. Ich muss also Charles bitten, es herunterzuklappen – das ist gut. Zu zweit ist man sicherer. Dann das Schloss, dann das Starren, dann der Schlaf.

Und ich werde erfrischt aufwachen, und dieser Zustand wird sich verflüchtigt haben, es wird alles nicht mehr wahr sein.

Sudbury. Ich schaue das hässliche Sudbury an: die riesige, ausgewaschene Ödnis der Stadt: Staub und Stein und Metall, der Abdruck unkontrollierter Bedürfnisse: Und das ist beleidigend, es müsste mich ärgern, aber mein Kopf fällt angenehm zur Seite, und ich werde ruhiger, nicht mehr gehetzt, schwer auf dem Kissen, ich sinke ein.

Bis die weiche Hand des Nichts mein Gesicht umfasst, mich wegzieht.

Aber die kleinen alten Damen nebenan rühren sich. Zuerst nur ein Gemurmel am Rand des Bewusstseins, ein zusätzlicher Trost, der mich hinwegspült. Aber dann ein dumpfer Aufprall, der mich fast wieder zurückholt. Dann wieder Stille, das süße Lied der Lokomotive und der Beginn der Träume.

Dann ein kurzes, hartes, metallisches Klacken neben meinem Ohr. Es reißt mich hoch, ich sitze aufrecht, bevor ich noch die Augen öffnen kann. Ein zweites Mal knallt es – etwas Fieses passiert hinter der Trennwand. Rasch aufeinander folgendes Klappern.

Nach meiner Uhr habe ich fünfzehn Minuten geschlafen, wenn überhaupt.

Und ich will mich gerade anziehen, nach draußen gehen und ein ernstes Wort mit den kleinen alten Damen reden, wer sie auch sein mögen, als sich die Geräusche völlig verändern. Ich höre Kichern, eilige Schritte, wieder Kichern – und natürlich sollten ältere Mitbürger ihren Spaß haben: Sie sind immer noch heilfroh, dass sie den Zweiten Weltkrieg lebend überstanden haben – aber es gibt doch Grenzen. Zwei solche Tage, und ich werfe sie beide auf die Gleise.

Aber wieder ändert sich der Klang, teilt sich in ein härteres Knurren und eine Art Miauen, dichte Pausen und dann die regelmäßigen, ausgiebigen Zusammenstöße des Sex. Es gibt nichts sonst, was so klingt, keinen anderen Takt. Sie ficken. Wahrscheinlich Alte Dame Eins mit Alter Dame Zwei – knallen einander ohne Gnade am helllichten Nachmittag. Womöglich, ohne die Jalousien herunterzulassen. Jedenfalls nur Zentimeter von mir entfernt.

Ich weiß natürlich, dass es Lesben gibt – kann es zwar nicht nachvollziehen, aber jede nach ihrer Façon –, und auch Seniorensex kommt natürlich vor. Ich möchte bloß nicht dabei zuhören. Es ist, als ertappte ich sie, und gleichzeitig, als machten sie sich über mich lustig oder gäben zumindest an, und das ziemt sich für niemanden, der über fünfzehn ist.

Ich steige also in meine Kleider und mache mich auf einen schwankenden Spaziergang an einen weniger obszönen Ort. Nur sehe ich leider, als ich meine Abteiltür öffne, jemanden lauschend an der Abteiltür der alten Damen stehen. Es ist die Frau mit der hölzernen Halskette, die sich vorbeugt, mit den Händen an den Wänden abstützt, grinst. Sie wendet sich zu mir und zwinkert, und ihre Gliederpuppe schwingt in der Luft – zusammengefügte Arme und Beine, lange weiße Socken auf die Beine gemalt, bis hinauf zum Oberschenkel, lange weiße Handschuhe, ein weißes Lätzchen über der Brust und bis zum weißen Hals, ein weißes Gesicht mit schwarz glänzendem Haar, ein blutroter Kussmund, braune Augen. Angezogen würde sie wie ein Manierismus, eine mädchenhafte Schrulle wirken. So allerdings sehen die unbemalten Holzteile sehr nackt aus, und das Ganze wirkt gewollt erotisch.

Aus der geschlossenen Kabine ertönt ein Schrei: freudlos, eher von Schmerz herrührend. Die Frau leckt sich über die Lippen und drückt langsam und mit Bedacht das Ohr platt an die Tür der alten Damen, und ihre Puppe wirkt immer mehr wie ein Angebot oder ein Befehl, wie ein schmutziger Witz, den sie machen muss. Ich dränge mich an ihr vorbei und eile weiter, ignoriere ihren kehligen Seufzer, ihr Erschauern, als unsere Schultern sich berühren.

So etwas erwartet man nicht gerade.

Nein, so etwas erwartet man nicht gerade.

In einem schönen, sauberen Zug auf einer normalen Strecke.

So etwas erwartet man nicht gerade.

Ich gehe jetzt in Richtung hinteres Zugende, wo ich bisher noch nicht gewesen bin. Vor dem Panoramawagen öffnet sich ein dunklerer Raum, der Boden eine Spur tiefer als der des Ganges. Er ist im Art-déco-Stil eingerichtet: Chrom und Ledersitze, künstlerische Lampen, die einen warmen rosafarbenen Schimmer über das irgendwie lokomotivenartige Design der Theke werfen.

»Was kann ich Ihnen servieren?« Der Barkeeper – der einzige Bedienstete mit normaler Sprachmelodie, den ich bisher in diesem Zug angetroffen habe. »Was immer Sie wünschen.« Seine Uniformknöpfe glitzern, sein Haar ist zu einem glänzenden Fell zurückgekämmt, sein Blick ist mild und geduldig.

»Äh … ein Ginger Ale.«

»Ein Ginger Ale. Nicht vielleicht einen Kaffee? Ich habe gerade frischen gemacht.«

»Nein, ich versuche zu schlafen. Aber vielen Dank.«

»Jawohl.« Als ich nach unten schaue, kann ich mich nicht an sein Gesicht erinnern. Obwohl es vornehm, unverwechselbar, sogar fein ist: Es scheint unmöglich, es festzuhalten.

»Nichts Stärkeres?« Er trägt schwarze Plüschhandschuhe – das habe ich bei einem Barkeeper noch nie gesehen. Elegant, denke ich, zeugt von Klasse. »Abstinent der Gesundheit wegen?« Das ist eine freundliche Vermutung, ein verständnisvoller Einblick, sonst ist niemand hier – keine Freaks, keine Abartigen –, nur der hervorragende Barmann und ich.

»Ja. Ich bin abstinent. Der Gesundheit wegen.« Aus einem mir unbegreiflichen Grund klingt die Lok gedämpft, und unsere Stimmen leise, aber vollkommen hörbar, entspannt und gut akzentuiert.

»Gesundheit kann man nie überschätzen.« Seine Handschuhe krabbeln gewandt über die Theke und finden ein Glas, ohne dass er seinen Blick eine Sekunde von mir wendet. »Ein Ginger Ale für die Dame.« Mit einer so warmen und wohlklingenden Stimme könnte er im Radio arbeiten.

»Für Hannah.«

Aber seine natürliche Umgebung ist eine Bar, die Sicherheit dieser Bar. »Hannah?« Er lächelt still, nickt, legt mit der Zange Eis in mein Glas und hält inne. Er versteht, dass ich im Begriff bin, mich zu verbessern, und dass ich meine Lüge so offenkundig machen werde, dass niemand Anstoß nehmen kann. »Ist das wahr.« Er versteht alles.

»Ich meine Burnaby. Ich heiße Burnaby.«

»Burnaby.« Wieder ein Nicken. »Das ist mal ein Name. Wirklich.« Er lässt das Ginger Ale ins Glas schießen, fügt geschickt eine Zitrone hinzu, legt den Untersetzer hin. »Da haben Sie sich einen guten ausgesucht, Hannah.«

Ich nehme das Glas entgegen, das runde, eisige Gewicht. Ich nicke und schenke ihm mein schönstes Lächeln, denn wir werden Freunde sein. Ich habe den einzigen Ort in diesem Zug gefunden, wo ich zu Hause bin. Ich setze den Glasrand an die Lippen.

Dann stelle ich fest, dass ich mich in meiner Schlafkoje umdrehe und mit der Stirn an der Trennwand entlangschabe.

Nach meiner Uhr habe ich mehr als vier Stunden durchgeschlafen.

Kein Aufwachen.

Kein komisches Treiben alter Damen.

Keine verrückte Kuh im Gang.

Keine Bar – was mich eine Zeit lang erschüttert. Es hatte den Anschein gemacht, als sei es eine besonders gute Bar.

Zur Abendessenszeit bin ich zu Tode gelangweilt und hungrig. Ich habe schon genug von den friedlichen Panoramen, die durch die Bäume leuchten: von Seen, von Felsen, von erstickendem Grün, das zu mir hereinscheint, abstoßend und berstend vor Leben. Langsam verstehe ich Sudbury: Warum man das alles bis zum Nichts abscheuern, abschleifen und von Grund auf neu beginnen muss. Ich habe jetzt genug Dinge gesehen – ich bin satt. Und nebenan benehmen sich die alten Damen tadellos, wiederholen die informativen Zugansagen, gurren sie nach, als seien es Gedichte.

»*Nun*. Meine *Damen* und Herren. Mes-*dameset* Me-ssieurs. Zu Ihrer Linken – gauche – das friedliche Panorama dort *drüben* … Dort sehen Sie *den* berühmten Brass Lake.«

»Brass Lake.«

»Das ist der Brass Lake.«

»Ja, der Brass Lake.«

»Brass Lake.«

»Vousvoy *ezla*, le Lac du Cui-vre Jaune. C'est un lac très, très tox-*ique*. Plusieurs vo-ya-gers ont été assassinés *par* ce lac.

Deux cent, *on* pense, peu tetreplus. Und den Brass-Lake-Friedhof sehen *Sie* gleich da unten, sur votre *droit*.«

»Das ist der Friedhof.«

»Das ist der Friedhof.«

»Der Brass-Lake-Friedhof.«

Ich versuche, mich einer hysterischen Taubheit zu überlassen, aber das zeigt keine Wirkung, außer dass ich hysterisch werde. Der Zug schleppt uns voran, und ich versuche, mir nicht vorzustellen, dass ich in einem Albtraumkino gefangen bin: Der endlose Film läuft seitwärts ab, die Geschichte wird von einem Irren aus dem Off erzählt, und das Publikum redet und redet und redet. Ich bin tatsächlich froh, als zum Essen gerufen wird, als ich den letzten Durchgang komplettieren kann.

Und die bekannte Truppe ist schon versammelt, als ich eintreffe. Obwohl ich aus meiner Zelle gerast bin, sobald ich das Signal gehört habe, obwohl es eine Weile gedauert haben muss, bis sich der vorherige Durchgang zerstreut hat, und obwohl es doch ein wenig Wartezeit gegeben haben muss, bevor die neuen Essensgäste sich setzen konnten – Tischtücher wechseln oder abbürsten, Flecken beseitigen –, dennoch haben es alle vor mir geschafft. Nicht nur das, sie kauen auch schon an Brötchen und plaudern, nippen an einführenden Drinks, wie Menschen, die schon seit einer halben Stunde oder mehr an ihren Tischen verweilen. Mutter Seekuh starrt schon ihre Suppe an. Niemand außer mir ist außer Atem, erhitzt oder verstört.

Obwohl ich bei näherem Hinsehen erfreut zur Kenntnis

nehme, dass am Außenseitertisch der Rentner fehlt. Er ist noch später als ich. Oder vielleicht verdaut er auch immer noch die fünfzig Gramm ungebuttertes Brot, die er sich zum Mittag so unvorsichtig einverleibt hat. Er sah wirklich aus wie jemand, der gewöhnlich nur einmal die Woche isst. Wahrscheinlich hat er sich in einer Toilette eingeschlossen, trinkt seinen eigenen Urin und schluckt Rasierklingen, bloß weil er es kann. Selbstgefälliger Sack. Oder er ist ausgestiegen und rennt jetzt nackt durch den Wald, peitscht sich mit echten Birkenruten. Was er auch tun mag, als die Minuten verstreichen und Frau Zitternde Hand ihre Serviette mühsam über ihren Schoß schlackert, wird allen klar, dass er heute nicht zum Abendessen erscheinen wird.

»Ja, das gute alte Stahlross. Fünfzehn Jahre bin ich darauf gefahren.« Eisenbahntrantüte ist furchtbarerweise immer noch bei uns. »Sie glauben nicht, was ich für Geschichten erlebt habe. Ich könnte Ihnen Sachen erzählen.«

Ja, und ich könnte dir meinen jüngsten Tagtraum schildern – heiße, abgedrehte Greisennummern –, da würden dir die Haare zu Berge stehen, Freundchen. Wenn du noch welche hättest.

Quäkerbart trommelt mit den Fingern auf den Tisch und gabelt Kartoffelbrei in sich hinein, während seine Begleiterin/Geliebte/Ehefrau ihr Fleisch zerteilt, die verdammte Puppe hängt auch noch an ihrem Platz und bringt einen hübschen Anklang von Galgen an den Esstisch. Kein Wunder, dass ich davon geträumt habe – das ist ziemlich krank –, als würde man sich eine Voodoo-Prostituierte um den Hals hängen.

»Sehr interessant, nicht wahr?« Es ist das erste Mal, dass

Frau Zitterhand das Wort an mich oder an sonst jemanden am Tisch gerichtet hat. »Ja, sehr interessant.«

Ich bin nicht sicher, ob ich antworten soll oder nicht. Ihr Zittern könnte zahllose Gründe haben, aber ihre traurige Kinderstimme, ihre benommenen Augen, der schwach leuchtende Schmerz, der sie umgibt – all das deutet auf ein apokalyptisches Trauma in ihrer Vergangenheit hin, ein Leben nach dem Schock. Es scheint, als würde jeder weitere Eingriff unheilbares Unbehagen hervorrufen. Aber sie scheint Kontakt zu suchen und lässt scheue Blicke in meine Richtung kriechen, kleine Konzentrationspfeile huschen über ihr Gesicht.

Ich murmele, so ausdruckslos ich kann, »Interessant?«

»Die Puppe.« Das hat etwas von Kinderspielplatz: der Annäherungsversuch des tolpatschigen Mädchens, das keiner leiden kann, die Gefahr, dass sie deine Freundin zu werden versucht. »Sie haben sie angeschaut. Wie auch schon beim Mittagessen.« Heute Abend trägt sie ein weißes Sweatshirt, aus dem der Kragen einer rosafarbenen Bluse ragt, ordentliche Jeans und weiße Turnschuhe, auf denen je ein Paar applizierte Kirschen rot leuchten. Jemand wie sie sollte diese Puppe nicht einmal bemerken.

»Ich habe einfach in die Gegend geschaut – die Puppe hat sich dazwischengedrängt.«

»Ich finde sie interessant.«

»Sie ist … jedenfalls bemerkenswert.«

»Woher kommen Sie ursprünglich?« Das sprudelt sie hervor, als hätte sie den Satz aus einem Lehrbuch gelernt.

»Schottland.«

»Das Schottland in England?«

»Das Schottland gleich neben England.«

»Oh, entschuldigen Sie.«

Ihr Kinn klappt nach unten, sie lässt den Kopf sinken, und ich vermute, dass sie leicht zu weinen anfängt. »Tut mir leid.«

»Kein Problem. Ich habe meistens auch keine Ahnung, wo ich bin … Sie waren dicht dran … Alles in Ordnung … Ich bin nicht beleidigt.«

Aber sie hat sich völlig zurückgezogen, starrt ernst auf ihren Teller und seufzt vor sich hin, bis er abgeräumt wird.

Wieder einmal riskiere ich Verdauungsstörungen, indem ich mein Essen hinunterschlinge, damit ich so schnell wie möglich zurück in meine Kabine stolpern, für mich sein, die Tür verschließen kann. Allerdings verschließe ich sie nur, um meine Ruhe zu haben – das Gefühl schicksalhafter Bedrohung von heute Nachmittag hat sich aufgelöst, sich vielleicht nur zum Spaß in Frau Zitterhand niedergelassen. Ich bin ausgeruht, gesund und nur noch zwei Nächte von Clear Spring entfernt, und ich habe nicht mehr das Gefühl, dass andere, dunkle Pläne geschmiedet werden. Meine Mitreisenden sind exzentrisch, nicht ganz in der Spur, aber sie führen nichts Böses im Schilde.

Auf dem Weg zu meinem Wagen komme ich an den kleinen Sitzgruppen vorbei, wo Fahrgäste zu schlafen versuchen. In einem der Sitze ordnet Mutter Seekuh Kissen und Imbisstüten hin und her, wobei ihre Kinder sie anstarren. Hinter ihr schwingen die Vorhänge vor den Liegen am Gang und lassen das Leuchten weißer Laken ahnen.

Daheim in meiner Zelle rumpeln und rütteln die Gleise dann unter mir, ich schalte die Lampe über dem Bett aus und decke mich unter der Nacht zu. Vor dem nackten Fenster hängt eine tiefe, große Dunkelheit, eine Art Decke zwischen mir und den Sternen.

»Guten Morgen, meine Dame, Gott segne Sie.«

Ich versuche, mein Croissant mit Butter zu bestreichen, während der Wagen schwankt und mein Pappteller sich bedrohlich biegt.

»Gott segne Sie.«

Ich stehe, weil nirgendwo mehr Platz zum Sitzen ist.

»Gott segne Sie.«

Es ist nirgendwo Platz zum Sitzen, weil der ganze Panoramawagen – weiß der Henker, warum sie das Frühstück hier aufbauen – voller Christen ist. Christen mit Fischaugen, Christen mit Haarschnitten aus der Irrenanstalt, Christen mit verschieden langen Beinen, Christen mit mittelalterlichen Köpfen, Christen, die nach starken Arzneien, Katzen und Kunstfasern riechen.

»Gott segne Sie.«

Christen, die zweifellos noch viel verstörendere Dinge zu Hause gelassen haben, wo sie im Kartoffelkeller herumhüpfen und Psalmen singen. »Gott segne Sie, meine Dame.«

»Ich möchte lieber nicht, vielen Dank.«

»Verzeihung?« Dieser hat Zähne, die in alle Richtungen stehen, drei davon lugen über die Unterlippe, wenn er sich aufregt. Im Moment regt er sich auf.

»Ich möchte lieber nicht gesegnet werden.« Ich nehme einen unnötig großen Bissen von meinem Croissant und kämpfe mit dem Hustenreiz, als es sich in meinem Mund in harte, trockene Teigblätter auflöst. Ich schlucke knirschend und mit feuchten Augen, während der Christ mich beobachtet. »Jawohl, ich möchte lieber nicht. Ich möchte nicht, dass Er weiß, wo ich mich im Moment befinde, in Ordnung?«

»Verzeihung?« Der unheilvolle Morgen strömt von allen Seiten auf uns ein, denn dies ist ja der Panoramawagen, mit kilometergroßen Fenstern, durch die das Panorama zu sehen ist – im oberen Teil noch größere, wenn man will –, weshalb die Missbildungen des Christen um so deutlicher hervortreten: die Pickel, die Hängebacken, diese unglaublichen Zähne.

»Ich verzeihe Ihnen – ich verzeihe Ihnen voll und ganz. Aber mit mir ist alles in Ordnung, also lenken Sie nicht leichtfertig die Aufmerksamkeit auf mich. Ich habe einen Plan. Mehr brauche ich nicht. Vielen Dank.« Und ich ziehe mich zurück, ohne auch nur nach meinem Glas Orangensaft zu greifen oder nach meinem Plastikbecher wässrigen Kaffees.

Ich tappe relativ entspannt den Gang entlang – im Moment fahren wir ziemlich langsam –, und bald schon passiere ich den dunklen, stillen Eingang zur Bar. Auf dem Hinweg habe ich ihn kaum bemerkt.

»Treten Sie ein.«

Ich *war* noch nie drinnen, außer im Traum, aber die Stimme, die nach mir ruft, klingt nicht unerwartet, und mir ist schon vor meinem Eintreten klar, dass sie dem Barkeeper gehört, der allein auf einem der Barhocker an seiner Theke sitzt. Auch die Bar ist nicht überraschend – sie ist so, wie ich sie mir vorgestellt habe. Genau so. »Ähm, war ich gestern hier?«

»Ob Sie gestern im Zug waren?« Ungefragt schenkt er mir einen Kaffee aus der Thermosflasche ein, die er neben sich stehen hat. Auch Tasse und Untertasse standen schon bereit, exakt die gleichen, die er benutzt. »Oder gestern hier in der Bar?«

»Ich war gestern im Zug.«

»Aber waren Sie gestern auch in der Bar?« Er schaut mich nicht an, sondern in seine Tasse, als warte er, dass darin etwas auftaucht.

»Ja. Ich meine, war ich?«

Er schiebt meinen Kaffee zu mir, als ich mich neben ihn setze und mich auf seine Theke stütze. »Glauben *Sie*, dass sie hier waren?«

»Ich habe es geträumt.« Der Kaffee schmeckt fantastisch. »Aber es sah so aus … wie es aussieht. Genau so. Alles. Dabei bin ich noch nie hier gewesen …« Mein Satz verebbt – das liegt am Kaffee, der lenkt zu sehr ab, ist einfach zu herrlich.

»Sie müssen eine Broschüre gesehen haben oder eins unserer Plakate – die Bar wird häufig abgebildet.« Er trinkt. »Schmeckt Ihnen mein Kaffee?«

»Ah … ja. Er ist erstaunlich gut. So, wie ich ihn mir als Kind vorgestellt habe – Sie wissen schon, bevor man ihn dann pro biert und merkt, dass er wie Farbe schmeckt.«

»Er schmeckt wahrscheinlich immer noch so – aber Ihr Mund hat sich daran gewöhnt. Ihr Mund gewöhnt sich an alles.« Um diese Bemerkung zu unterstreichen, nimmt er einen Schluck, etwas demonstrativer als nötig. »Ich glaube nicht, dass Sie gestern hier waren. Ich würde mich an Sie erinnern.«

»*Ich* erinnere mich an *Sie*. Das heißt, wenn ich *Sie* anschaue … sonst sind Sie schwer *vor Augen zu rufen* … Aber ich erkenne Sie.«

»Ich werde häufig abgebildet.« Er lächelt vor sich hin und dann mich an. »Möchten Sie noch einen?«

»Hm?« Ich habe tatsächlich meine Tasse ausgetrunken. »Danke, sehr gerne, das ist … das ist großartiger Kaffee.«

»Vielen Dank.« Er schenkt elegant nach: kein Zucken, kein Tropfen verschüttet. »Es ist schön, anerkannt zu werden.«

»Sogar der Geruch, das Aroma. Großartig …«

»Und Sie haben ziemlichen Durst. Einen gesunden Durst.« Das ist ein Kompliment, von ganzem Herzen, aber zurückhaltend.

»Nun ja.« Ich kann nicht anders, als mit Schüchternheit reagieren. »Ab und zu bin ich ein bisschen durstig.«

»Ah ja.« Er nippt. »Sind wir das nicht alle.« Dann betrachtet er mich, erfasst mich irgendwie in vollem Umfang: testet und erforscht mich – mit einer Kraft, die sich einen heißen Moment lang entfaltet und dann verschwunden ist. »Sie waren noch nie hier, Hannah. Ich habe Sie hereingerufen, damit Sie sich ausruhen können. Und damit Sie jenen dort hinten entfliehen können.« Er beugt sich verschwörerisch zu mir. »Wenn wir uns der Prärie nähern, kommt das immer – diese Art von Religion.«

»Ja, die sind …« Der Kaffee ist unglaublich, wird immer besser. »Sie sind …« Er grenzt ans Wundersame.

»Ein Ansporn für den Teufel?« Er tupft sich mit einem Taschentuch die Lippen. »Sind Sie schon gesegnet worden?«

»Oh ja.«

»Mm. Ich bin auch schon sehr häufig gesegnet worden – lebenslange Segnungen …« Seine Augen leuchten. »Ich muss inzwischen sehr heilig sein.« Er streicht sich das Haar glatt, richtet sich etwas auf, macht den Eindruck, als habe er etwas entschieden, eine angenehme Wahl getroffen. »Wir haben natürlich im Moment noch geschlossen. Bis elf.«

»Oh, Entschuldigung. Sollte ich gar nicht hier sein?«

»Sie sollten hier sein – ich habe Sie hereingebeten. Sie sind willkommen.« Und das sagt er freundlich, aber gleichzeitig wie als Schlusspunkt unserer Unterhaltung, denn danach greift er über die Theke, zieht eine gefaltete Zeitung hervor und breitet sie aus, beginnt zu lesen. »Es wird eine Menge gestorben.« Seine Stimme ist jetzt weicher, abgewandter.

»Hm?«

»Draußen in der Welt.«

»Ah. Ich habe gar nicht … Ich weiß … nicht mehr.«

»Und Grausamkeiten. Immer gibt es Grausamkeiten. Sie können nicht anders.« Er saugt Luft durch die Zähne. »Die Menschen können nicht anders.«

Ich trinke meinen Kaffee aus und möchte mehr. Ich stehe auf und zögere, als wollte ich andeuten, dass eine weitere geschenkte Tasse mich aufhalten könnte. »Na, ich gehe dann mal, wenn –«

»Okay.« Er schaut nicht hoch. »Ich sehe Sie dann später wieder.«

Und ich habe das Gefühl, dass er die Zeitung überfliegt, um mir auszuweichen, um sich den Anblick meines plötzlichen Verlangens zu ersparen, meiner Erniedrigung, meiner aufflackernden Schande.

»Dann komme ich wieder.« Obwohl ich nichts verbrochen habe.

»Ja, da bin ich ganz sicher.«

»Das –« Der zähe Ekel schwappt wieder bis an meine Zähne, und ich muss ihn herunterschlucken, noch einmal schlucken. »Das stimmt.« Ich muss gehen, um Raum zu gewinnen.

Er leckt seinen Finger an, blättert eine Seite um. »Auf Wiedersehen, Hannah.«

Meine Füße sind dumm und unwillig geworden. Es dauert einen Moment, bis ich einen nach vorn geschoben habe, mich bewege. Dann fällt mir etwas ein. »Es gibt einen Unterschied.« Ich stütze mich an der Wand ab. »Es gibt einen Unterschied zwischen dem hier und meinem Traum. Im Traum hatten Sie Handschuhe an.«

»Aber vielleicht habe ich sie heute ausgezogen.« Er liest mit gleichmäßigem Gesicht weiter, ich rieche seine Freundlichkeit, die mich hinausschiebt, die mir weitere Peinlichkeiten zu ersparen sucht.

Ich folge seinem Wink und gehe.

Draußen ist der Gang seltsam fest, schmerzhaft still – wir haben gehalten. Die Aussicht im Fenster zuckt immer wieder, ich erwarte Bewegung, wo keine mehr ist. Sioux Lookout hat neben dem Zug festgemacht, und die Luft von draußen steigt ruhig die tiefen Stufen des Waggons hinauf, während ich darüber nachdenke, auf den Bahnsteig herunterzugehen. Fahrgäste, die ich nicht erkenne, bummeln auf dem Bahnsteig herum, rauchen, starren die unscheinbaren Holzhäuser an, den Spirituosenladen, fotografieren nichts Besonderes.

Und ich bin Burnaby, Dorothy Burnaby, auf freiem Fuß mit ihren unbegrenzten Möglichkeiten. Ich könnte davonrennen und Brände legen, einen wiedergeborenen Christen niederschlagen, ich könnte diesen Namen in den Dreck ziehen – es ist nicht mein eigener. Doch stattdessen bin ich vorsichtig und blinzele am Waggon entlang und sehe Charles, der zurückblinzelt, auf der untersten Stufe wartet, eine Tür weiter. Er scheint mir sagen zu wollen, dass ich den Zug nicht verlassen soll, dass es dumm wäre, es zu versuchen. Also atme ich nur, probiere die große, dunkle Luft eines Kontinents und drehe mich dann um, gehe zu meinem Abteil, mit dem leicht verspannten Humpeln eines Menschen, der sich an ständiges Schaukeln und Schütteln gewöhnt hat. Ich schließe mich ein.

Ich stehe am Fensterglas, ganz dicht am Draußen. Und nach einer Weile leert sich der Bahnsteig, die Lok erzittert zu voller Kraft, und wir sind wieder verloren, verschwommen, wühlen uns nach Westen.

Ich erwarte nicht, ihn zu sehen: Robert.

Ich erwarte nicht, seine Gestalt zu erhaschen, so, wie er manchmal huscht, den bleichen Glanz seiner Haut zwischen stämmigen Bäumen. Diesen hellen, kurzen Lichtstrahl.

Natürlich ist er es nicht. Kann es nicht sein. Denn Robert ist schon woanders.

Und morgen werde ich da sein. Morgen Abend werde ich am Kamin sitzen und wissen, dass er auch ihn wärmt. So hoch in den Bergen werden sie jetzt das Kaminfeuer noch brauchen, seine Behaglichkeit.

Er ist ohne mich dorthin gegangen, und dann habe ich es auch getan, und es hat nicht funktioniert. Wir sind beide nicht gesund geworden. Wir müssen beide dort sein, zusammen – das brauchen wir, um gesund zu werden.

Auch wenn sie es uns nicht erlauben werden, wenn sie uns

eine Zeit lang nicht zusammen sein lassen werden, nicht so, wie wir es wollen. Aber am Ende – am Ende wird alles gut werden.

Letzte Nacht bin ich so dicht an seinem Geschmack aufgewacht – als hätten wir uns, während ich schlief, geküsst.

Farlane, Redditt, Minaki, Ottermere – es gibt wirklich scheißviele Bäume hier draußen. Die langweilige, dreieckige, fichtenartige Sorte. Malachi, Copeman's Landing – und die kleinen alten Damen spielen bei jedem Halt Echo, und immer noch mehr Scheißbäume. Und nur Gott kann einen machen, und sie sind unsere großen grünen Freunde, und ohne sie hätten wir keine Luft zum Atmen mehr, aber sie sind *scheißlangweilig.*

Außerdem hat sich inzwischen mein Wohlwollen gegenüber meiner Zelle in leidenschaftlichen Hass gewandelt. Als ich frühstückte, hat Charles – wie es seine Pflicht ist – hereingeschaut und mein Bett weggeklappt, dafür die beiden Sitze aufgefaltet, die er darunter verstaut hatte, und jetzt verbreiten sie ein Gefühl von Mangel – denn ich bin nur ein Mensch, aber ich habe zwei Plätze für den Tag und könnte zwei Nachtkojen haben, ich könnte Spaß dabei haben, meine beiden Nachtkojen zu benutzen oder auch nicht zu benutzen, wenn ich nicht nur ein Mensch wäre – bin ich aber. Die Hälfte der Borde und Haken und Simse sind für den Begleiter gedacht, den ich nicht habe. Diese Kabine ist für Duchamps und Burnaby gedacht, für ein Paar – genug Platz für Robert und mich, genug Platz, um seine Abwesenheit sichtbar zu machen.

Es wäre dumm zu glauben, dass er nicht erfreut sein wird, wenn ich ankomme.

Das hieße Nerven zeigen.

Ich bin ganz dicht an einer Depression, als plötzlich, wahrscheinlich geradewegs den endlosen Wäldern und den Härten der Wildnis entronnen, eine Monsterspinne innen an meinem Fenster entlangrast, glänzend und mit langen Beinen. Sie schießt auf mich zu, dann – während ich hochzucke und mich, verständlicherweise erschrocken, ans Waschbecken klammere – unter meinen Sitz. Ich bin sicher, dass ich ihren massigen Körper schließlich in einer der Spalten verschwinden sehe, die den Umriss meines hochgeklappten Bettes bezeichnen. Das heißt, sie versteckt sich in meinem Bett. Sie trampelt auf meinen Laken herum. Sie sitzt da drin und lauert.

Und das erzähle ich dann auch Charles, als ich ihn im Gang finde, wo er mit dem Arm um eine Blondine posiert, während ihr vermutlicher Freund die beiden fotografiert.

»Sollten *Sie* nicht *die beiden* fotografieren?«

»Ach, das haben *wir* schon erledigt. Kann ich *Ihnen* irgendwie behilflich sein, Miss Burnaby?« Er sieht wie immer gepflegt aus, die Mütze keck aufs Ohr gesetzt.

»Eine Spinne.«

»Eine *Spin*-ne?«

»Ich habe eine sehr große Spinne – ich glaube, sie ist in mein Bett gekrabbelt.« Als ich es sage, klingt es so unwahrscheinlich. »Sie versteckt sich. Vorm Licht.« So sehr nach einer jämmerlichen Anmache oder einer weiblichen Panikattacke. »Sie könnte giftig sein.« Dass ich rot werde und dann noch röter, weil ich rot werde.

Charles zupft männlich und geschäftsmäßig an seiner Uniformweste. Ich merke, dass er überlegt, ob er mich *Herzchen* oder *Missy* oder etwas ähnlich Groteskes nennen soll. »Aber, *aber* … Miss. Na, dann will ich gleich mal kommen *und* mich darum kümmern?«

Ich lege Wert darauf, ihn allein in mein Abteil gehen zu lassen und draußen zu warten – immerhin eine weitere kostbare Gelegenheit, Bäume anzuschauen. Und vom Gang aus kann ich die Bäume zur Linken der Gleise sehen – aus meinem Zellenfenster nur die zur Rechten. Blondine und ihr Vermutlicher sind von den Bäumen linker Hand ganz verzückt, machen Oooh und Aaah und schießen, da bin ich sicher, völlig verwischte Fotos durch die schmuddeligen Scheiben. Ich wünsche, ich könnte ihren Enthusiasmus teilen.

Nein.

Nein, wünsche ich nicht. Das stimmt einfach nicht.

Aus meiner Kabine höre ich Klappern und dann ein Stampfen. Ich will gerade nachsehen, als ich ganz eindeutig eine weiße Gestalt im Wald sehe. Wir bewegen uns, aber sie bewegt sich auch – ich glaube, sie rennt –, eine bleiche Figur auf der Flucht, kurz darauf vom Vorhang grellen Grüns ausgelöscht.

Aber sie war da.

Blondine und Vermutlicher scheinen sie nicht bemerkt zu haben.

Aber sie war da.

Als habe meine Liebe sich von mir gelöst und suche draußen im Wald, nackt und verloren.

»Das wär's *dann*. Alles geregelt?«

Ich fahre herum und sehe Charles, der groß in meiner Abteiltür steht und zwinkert. Sein Gesicht ist von Schweiß überzogen. »Es *ist* keine Spinne *in* Ihrem Bett.« Er hat Blut auf den Schuhen.

»Weil Sie sie beseitigt haben …«

Er riecht chemisch und schal. »Es *ist* keine Spinne *in* Ihrem Bett.« Ich möchte, dass er geht, aber stattdessen bummeln Blondine und Vermutlicher durch den Gang davon und verschwinden um die Ecke. Charles hat eine Menge Blut auf beiden Schuhen.

»Sie ist also weg?«

Charles hebt die Hände langsam zwischen uns, als sei er stolz auf sie. Seine Finger berühren beinahe mein Gesicht. »*Nichts.*« Sein Atem riecht nach Mandeln. »In *Ihrem* Bett.«

Ehe ich mich versehe, bin ich einen Schritt zurückgetreten – ich hätte lieber beschlossen, mutig zu sein und ihn niederzustarren, aber im Moment ist klar, dass ich dazu nicht in der Lage bin.

»Wollen Sie nachsehen?«

Seine Zähne sind mit einem Film überzogen, einer sichtbaren Struktur.

»Nein.«

Irgendwas stimmt nicht mit ihm. »Sicher?«

»Ja.«

»Dann gehen *Sie* besser jetzt *zum* Mittagessen.«

»Will ich aber nicht.« Ich weiche schon im Gang zurück, um weiter vom Speisewagen, weiter von meinem Abteil und von Charles weg zu sein.

Er folgt mir nicht, hat anscheinend nicht das Gefühl, es sei nötig. »Man wird Sie vermissen.«

»Ist mir egal.«

»Das ist keine sehr entgegenkommende *Einstellung*, Miss Burnaby.«

»Fick dich selbst.«

»Tu n'aspas une Attitude *très* agrèable. Pasdu tout. *Pas-du-tout.*«

Ich gehe in Richtung Bar.

Wo niemand ist.

Aber das ist gut – niemand ist gut –, genau, was ich brauche. Wenn niemand da ist, kann ich mich mal konzentrieren.

Weil ich nicht verrückt werde. So etwas würde ich doch nicht tun.

Also ist der Zug verrückt.

Ich schaue hinter der Theke nach Kaffee.

Aber zu denken, dass ein ganzer Zug verrückt ist – das ist doch an sich schon verrückt. Ein Zirkuszug, ein Zug voller Freaks – so etwas gibt es nicht.

Ich finde die Thermosflasche, aber sie ist leer.

Ich war krank und gestresst, und ich bin müde. So etwas kann das Denken trüben.

Kein Kaffee. Darauf hatte ich so gehofft. Nichts heitert einen so auf wie Kaffee. Ich gehe zurück in die Mitte des Raums und setze mich in eine der gepolsterten Nischen.

Ich habe nicht gut geschlafen in letzter Zeit. Gefangenen wäscht man das Gehirn durch Schlafentzug – kein Wunder, dass ich nicht so besonders in Form bin. Das ist eine Form der Folter hier, das verstößt gegen internationales Recht.

Aber hier könnte ich mich mal langlegen. Mich in diese Ecke rollen und ein Nickerchen halten.

Ein bequemes Plätzchen. Die Nische riecht nach sauberem,

neuem Leder und nach Frieden – sogar, wenn ich mich direkt dagegenlehne, mich daran kuschele. Das ist gut.

Das ist gut.

Und mein Schlaf liegt in einem blauschwarzen Wald. Er springt in Deckung, eilt davon zum Rand, zur Grenze, wo alles aufhört.

»Durchsage *für* Mr *Doheny*. Pour *Monsieur Doheny*. Sie werden im Panorama*wagen* erwartet. *Vie*-lendank.«

Aber ich weiß, diese Durchsage ist nicht echt, nur ein Gedankenfetzen, ein Draht unter Strom, der eine Verbindung herstellt, dann zu Unsinn verbrennt, verschwindet. Mein Schlaf steht am Rand der Bäume und beobachtet die Prärie: den siedenden Horizont ringsum, der das Land so flach und straff wie ein Laken zieht, den Hunger am Ende aller Dinge. Mein Schlaf ist warm und atmet schnell: Er erinnert sich an den Schweiß nach dem Spiel zwischen den Bäumen, an einen anderen Schweiß, er gibt mir das Gefühl meiner nackten Füße auf Kiefernnadeln, die Hitze von Roberts Arm, wenn er sich von hinten um mich legt, meine Flanke berührt.

Aber das macht mich zu wach, und ich kann nicht verhindern, dass das Schaukeln des Zuges hereindringt, die Steifheit meiner Schultern, ein leises, feuchtes Geräusch, das ich nicht zuordnen kann, und den Klang der Stimme des Barkeepers, sehr sanft.

»Ah, Hannah, Sie sind wach. Guten Morgen. Oder vielmehr guten Tag.«

Ich drehe mich auf den Rücken und strecke mich, höre ihn so etwas wie lachen.

»Kennen Sie Nuxalk? Nein, wohl kaum, nehme ich an. Es

wird noch im Bella Coola Valley gesprochen. Kennen Sie das Tal? Die Sprache jedenfalls kennt tolle Worte – hat mir ein Mann erzählt.«

Ich räuspere mich. »In einer Bar.«

»Ja, vielleicht ein Mann in einer Bar. *Kommt ein Mann in eine Bar* – Sprachen sind so schön, sie lassen einen all das sagen – alles Mögliche … Also, auf Nuxalk gibt es ein Wort.« Das feuchte Geräusch ist immer noch da, seltsam. »*Unqaaxlamc* – das bedeutet betrunken, ständig trinkend, diese Art von betrunken.«

»Sicher ein nützliches Wort.« Ich richte mich auf und sage nichts weiter.

Der Barkeeper sitzt in der Nachbarnische und studiert seine Zeitung, die vor ihm auf dem Tisch ausgebreitet liegt. Er trägt schwarze Plüschhandschuhe. Es ist nicht logisch, dass ich das vor allem anderen bemerke, aber so ist es. Das und die seltsamen Schlagzeilen, die auf seinen Zeitungsseiten verschwimmen, nicht zu lesen sind.

Denen schenke ich meine volle Aufmerksamkeit, während das feuchte Geräusch weitergeht, und dann muss ich mich umdrehen, muss Charles sehen. Seine rechte Hand ist beschäftigt. Seine rechte Hand macht das feuchte Geräusch.

Der Länge nach auf der Theke liegt die Frau mit den zitternden Händen. Sie ist nackt. Das Gittermuster ihrer Orangenhaut, die über der Brust verschränkten Finger, ihr Erröten, das Zittern ihrer Arme, ihre verängstigten Augen – all das ergibt keinen Sinn, denn gleichzeitig versucht sie zu lächeln, nickt mir leicht und verschämt zu, während ihre gespreizten Beine auf beiden Seiten der Theke herunterhängen, die Füße auf surreale Weise in ihren weißen Schuhen verborgen, die aufgesetzten Kirschen immer noch leuchtend, das Leinen inzwischen leicht beschmiert. Sie schwitzt, sie zuckt, sie lächelt wieder, während Charles einen Schluck Kaffee nimmt und sie mit der Rechten weiter bearbeitet, die Faust hart hineintreibt, dass ihr Rückgrat, ihre Zähne erzittern, sie dann fast bis zu den Fingerknöcheln zurückzieht, bevor er sie wieder hineinrammt, seine Hemdmanschette und seinen Jackenärmel dicht an ihre Schamhaare gedrückt.

Obwohl das natürlich unmöglich ist.

»Ja, Nuxalk.« Der Barkeeper runzelt leicht die Stirn über ein Bild in seiner Zeitung. »Eine von so vielen herrlichen Zungen. Eine ganze Welt voller Sprachen.«

»Was machen Sie –«

»Scheiße, ist *die* eng.« Charles wischt sich mit dem freien Handrücken über die Stirn.

Der Barkeeper ignoriert ihn. »Möchten Sie einen Kaffee, Hannah? Ich habe gerade welchen.«

Ich stelle fest, dass ich schon stehe. »Ich gehe. Ich muss gehen.«

»Nein – Sie *brauchen* einen Kaffee.« Charles stützt sich mit der linken Hand auf dem Bauch der Frau ab und reißt seine Rechte heraus, wobei sie aufschreit und dann leise weint, mit verschränkten Armen. »Bitte sehr. *Hatte* ich Ihnen schon eingeschenkt.« Er streckt mir mit glänzenden Fingern, an denen auch Blutfäden kleben, einen Becher Kaffee entgegen. »Sie *werden* ihn brauchen, bevor Sie zum Speise*wagen* weitergehen.«

Und der Barkeeper sagt nichts, nimmt nicht teil.

»Ich … ich muss gehen.«

Es kommt keine Hilfe.

Das ist nicht echt, das ist zwar zweifellos nicht echt, aber ich hätte trotzdem gern Hilfe.

»Ich muss gehen.«

Gleich hinterm Eingang steht der riesige Schaffner, blockiert eine Seite des Ganges komplett und stiert in die Bar. Er trägt schwarze Plüschhandschuhe.

»Du solltest herkommen *und* sie testen. Mein Arm wird müde? Vielleicht kriegt *sie* dich jetzt rein.«

Während Charles lacht, gehe ich in die einzige Richtung, die mir offensteht, zurück in Richtung Speisewagen, an den Reihen anderer Abteile vorbei, wo ich nicht lauschen und nicht zusehen will – allerdings ist jedes einzelne leer, die Türen offen, die Habseligkeiten griffbereit, aber sonst nichts darin. Und der Zug steht in der Ödnis einer weiten Ebene, über uns gähnt der Sonnenuntergang. Außer dem Wind, der gegen den Waggon drückt, und dem Knacken erkaltenden Metalls ist nichts zu hören.

Ich komme zu meiner Tür, die zu ist.

Drinnen ist mein Bett schon heruntergeklappt und frisch gemacht. Auf der Bettdecke liegen ein Paar langer weißer Strümpfe und ein Paar langer weißer Handschuhe bereit.

Im Fenster schwillt und blutet der Sonnenuntergang. Bald schon wird er über uns aufbrechen.

Ich würde hierbleiben, ich würde mich bis morgen hier wegschließen, wenn die Handschuhe und Strümpfe nicht wären: Sie machen mir Angst.

Doch dann höre ich eine Stimme murmeln, die ich erkenne, und ich folge ihr in den Gang und nach vorn.

Der nächste Wagen ist voller Menschen – der Christ mit den Zähnen, die Blondine, alle möglichen anderen Leute –, alle an die Fenster in den Abteilen und Gängen gequetscht, schwankend, hektisch atmend, Dinge draußen fotografierend, Dinge, die nach Benzin, nach Verbrennen riechen und die schreien.

Außerdem höre ich eine Menge, die sich um den Waggon drängen muss, und ich fliehe davor, und vor den Körpern, die sich gegen mich lehnen und an mir reiben, als ich mich zu den Kojen mit Vorhängen durchkämpfe, dem ganzen Waggon voller Kojen, wo ich nur eine Masse stöhnender rosa Gliedmaßen wahrnehme, die sich besinnungslos auf beiden Seiten winden, und den Gestank von Ammoniak, von schieren Säften, aber keine Gewalt, keine direkte Gewalt, nichts weiter als Sex, obwohl ich renne und mir die schlimmen Einzelheiten womöglich entgehen, die Anzeichen von Verletzungen, aber was könnte ich schon tun, wenn ich sie sähe, nichts könnte ich tun, und ich höre ein Klatschen, sehr lautes Klatschen, und eine vertraute Stimme, bei der ich gern wäre, und da, da ist der Speisewagen, wo ich nicht hinwill, und kaum habe ich das gedacht – bin ich schon drin.

Die Gäste des letzten Durchgangs sitzen schon an ihren Tischen bereit, nur ein paar Stühle sind noch frei, und in einer gemeinsamen Bewegung blicken sie mit desinteressierter Verachtung zu mir auf und wenden sich dann wieder der Puppenfrau zu – nur ihr Teller ist gefüllt, mit zierlichen, glitschigen Bröckchen, die schwer zu schneiden sind, das Blut läuft schon dick über ihr Messer. Und in der Nähe ertönt immer noch dieses Klatschen – sogar sehr nah –, aber keine Stimme gehört dazu, kein Wort führt mich hin.

Das Besteck der Puppenfrau glitzert, sie schneidet fast lautlos. Ihr Mann sitzt ihr gegenüber, nickt, versucht, freundlich ihren Arm zu tätscheln, schafft es aber nie. Seine Hände sind mit einem dünnen Bratspieß zusammengesteckt, die Handflächen aufeinander, und sie sind unbeholfen. Die Spitze des Spießes bleibt ständig an der Tischdecke hängen, sodass er zusammenzuckt. Danach versucht er, eine Serviette auf seinen Schoß zu drücken, um das Blut zu verdecken, das bereits beide Hosenbeine durchweicht, aber seine Verletzung macht ihn ungeschickt, der Spieß ist im Weg, also lehnt er sich zurück, seufzt und kichert dann. Er lächelt seine Frau an, die ebenfalls kichert, und dann bewegt sich der ganze Wagen, alle lächeln, haben Zangen in der Hand, jede Gruppe rückt ihre Kleidung zurecht und geht ihren eigenen Beschäftigungen nach, was ich nicht ertragen kann, bis die Eisenbahntrantüte schreit: »Im Zug sind alle gleich, he? Sie müssen bleiben.«

Die Puppenfrau klatscht einmal in die Hände, und alles ist still. »Nein. Sie muss in die Küche gehen, in die Kombüse. Da wird es ihr gefallen – danach sucht sie doch. Na los – damit Ihr Vater und Ihre Mutter wenigstens einmal stolz auf Sie sein können.«

Ich gehe, wohin sie mich schickt, weil ich nirgendwo anders hinkann, und weil sich im Speisewagen jetzt der angenehme Lärm einer fröhlichen Mahlzeit breitmacht, und weil ich weiß, dass ich mich dahin nicht zurückwenden sollte, nicht hinsehen kann, dass es alles schrecklich sein wird.

Durch die hintere Tür, und ich befinde mich in einem winzigen Raum voller Schränke, alles aus Edelstahl. Das könnte bedeuten, dass ich mich verlaufen habe.

»Nein. Haben Sie nicht.« Es ist der Barkeeper – er muss mir gefolgt sein. »Die Kombüse ist der nächste Raum.« Aber er ist nicht mehr in Uniform, sondern trägt einen alten Leinenanzug, einen weichen Hut, raucht eine Zigarre. »Ich bin bloß hinterherspaziert, um sicherzugehen, dass Sie auch passend gekleidet sind.« Mit den Fingern der freien Hand sucht er gelangweilt in der Westentasche herum. »Zu so einem besonderen Anlass …« Er schiebt seinen Hut in den Nacken und betrachtet mich, nimmt sich Zeit. »Ja. Ich denke schon. Warum nicht.« Er atmet milchweißen und azurblauen Rauch aus, der mich berührt, meine Haut streift.

Das macht mich irgendwie unsicher, und ich muss an mir herunterschauen. Ich trage schwarze Lackschuhe, lange weiße Strümpfe, die mir halb über die Oberschenkel reichen, lange weiße Handschuhe, die über den Ellbogen enden. Ansonsten bin ich nackt.

»Passend.« Seine Augen sind feucht und unergründlich. »Genau das Richtige für Robert.«

»Robert?«

»Wer denn sonst?«

Wenn er hier ist, sind wir vielleicht in Sicherheit, können wir dem hier vielleicht entkommen und frei sein, weil wir einander helfen.

»Schade, dass Sie sich nicht die Haare für ihn gekämmt haben. Das gefällt Ihnen doch beiden.«

»Ich habe keinen Kamm.«

»Ich auch nicht.«

Und ich werde in die Kombüse geschoben, seine Berührung an meiner Schulter ist flüchtig und kühl, bevor ich hier drin bin und die Tür hinter mir geschlossen wird, und im Gang kniet Mutter Seekuh, sie muss es sein. Ausgezogen ist sie noch größer, fast unmenschlich. Und ich bin auch nicht sicher, ob sie am Leben ist, bis sie anfängt: »Mm-hmm. Mm-hmm.« So ein leises Murmeln, »Mm-hmm. Mm-hmm.« Als würde sie verschiedenen Punkten auf einer langweiligen, privaten Liste zustimmen, im Geist die Gegenstände abhaken. »Mm-hmm. Mm-hmm.«

Der gespreizte Berg ihres Hinterns ist in Richtung Tür gestreckt, und er ist rot, dunkelrot von Striemen, von Schlagspuren, wo die Blutergüsse weniger stark sind, kann man einzelne Handabdrücke erkennen, und sie macht weiter mit ihren kleinen Einwilligungen, ihrer hirnlosen Wiederholung: »Mm-hmm. Mm-hmm.«

Robert ist nicht da.

Ich bin sicher, dass ich träume, sehr sicher, aber jetzt brauche ich Robert hier. Er könnte daraus einen guten Traum machen.

Es macht mir nichts aus, so auszusehen, nicht, wenn es für ihn ist.

Und wieder höre ich die Stimme, die ich kenne, hinter mir, im vorderen Raum – Roberts Stimme, wirklich seine Stimme, als plaudere er mit dem Barkeeper, lache mit ihm über einen Witz.

So ein Traum ist zwar beunruhigend, aber man kann sich konzentrieren und ihn gut werden lassen.

Ich habe mich bisher noch nie für ihn verkleidet, eigentlich nicht. Das sollten wir machen, wenn wir aus der Klinik raus sind. Wir sollten Spaß haben.

Damit könnten wir jetzt anfangen.

Die Tür der Kombüse schwingt weit auf, und da ist Robert, wie er sein sollte, in Pullover und Cordhose, mit einem weichen Hemd, das Haar leicht zerwühlt, und ich bekomme den Kick, den sehr schönen Schuss Verlangen, den ich ohne ihn nicht finden kann. Ich habe, was ich vermisst habe, den Beginn alles Guten und Süßen, das ich vermisst habe. Ich habe meine Liebe.

»Robert.«

»Hi.«

Es macht mir nichts aus, als ich sehe, dass der Barkeeper sich auch hereingeschlichen hat. Dies geschieht nur in meinem Kopf, also kann er zusehen, er darf wissen, wie schön wir sind.

Robert streift mich: ein langer, absichtlicher Kontakt, und dann steht er hinter der Seekuh.

Ich will ihn beruhigen. »Ich weiß, Liebster, ich habe auch keine Ahnung, wie die hierherkommt. Aber irgendwer hat –«

Und dann schlägt er sie, nimmt mich gar nicht zur Kenntnis, sagt nichts, klatscht einfach seine Hand gegen ihre rechte Arschbacke und dann die linke und dann wieder und wieder, und bei jedem Hieb erzittert sie.

»Robert. Was tust du da?«

Er schlägt sie weiter, sein Atem wird kräftiger.

»Robert.«

Dann sinkt er auf die Knie, reibt mit einer Hand in ihren Speckfalten, fummelt mit der anderen am Reißverschluss seiner Hose, und ich kann es nicht sehen, nicht verstehen, aber ich weiß es dennoch genau, kenne dieses Zucken, weiß noch, wie ich diesen ersten Augenblick liebe, wenn er seinen Weg findet, aber diesmal ist es nicht mit mir, ist er nicht bei mir, sein Schwanz steckt in einer animalischen Fremden, das ist er, wie er fickt, sich seinem Verlangen hingibt, das ist die Härte in seiner Kehle, das ist mein eigenes Lied, seine Hand, die sich in meinem Magen dreht, das ist meins, alles meins, so stiehlt er mich, so tut er mir Gewalt an.

Es dauert bloß eine Minute, bis er sich entlädt, er zittert, als er kommt, und schmiegt sich an ihren Hintern.

»Robert.«

Dann steht er auf, macht die Hose zu, streckt sich, geht zum Spülbecken und wäscht sich die Hände.

»Bitte.«

Er dreht sich um, starrt mich verwundert an, zuckt dann die Achseln, geht zur Seekuh und fängt wieder an, sie zu schlagen.

»Er kennt Sie nicht.«

»Was?«

Der Barkeeper beugt sich zu mir, ist ganz nahe, hebt seine Augen allmählich bis zu meinen, erinnert mich an meinen nutzlosen Körper, meine sinnlose Nacktheit. »Er kennt sie nicht, oder? Das haben Sie uns nie erzählt.«

Ich höre, dass ich weine, und ich will nicht, dass er es sieht.

Er umfasst desinteressiert eine meiner Brüste. »Ein weiteres Wort Nuxalk, das Sie lernen könnten – *tsusumtim* –, sie wurden von Dunkelheit überwältigt.«

XIII

Und das schwarze Haus ist wieder da, hat sich wie ein Maul geöffnet. Ich habe es gesehen: der Atem des Himmels erblühte, wuchs hinein, zerfetzte, und der ganze Schutz der Dunkelheit verbrannte zu einem Schrei. Ich habe es gesehen.

Dies also ist nun das versengte Weiß, sauber wie Asche, dies ist das Wiegen, das Prüfen, das Weggespültwerden.

Und ich hoffe auf Gnade, ich hoffe auf Gnade, ich hoffe auf Gnade, und was auch immer noch übrig ist von mir, hofft auf Gnade jenseits aller Worte.

Und so verschiebt und bewegt sich die Helligkeit über mir, faltet sich auf, hebt mich an, hüllt mich ein, ich werde in Licht gewickelt.

»So ist es recht, Hannah. So ist's recht.«

Und ich habe so einen Schrecken, einen Mangel an Luft, denn ich spüre sie, die schreckliche Zärtlichkeit, wie sie anfängt, alles aufzuschließen.

»Und wenn du mithilfst, geht es noch besser. So ist gut.«

Hände streifen meine Haut, Fingerspitzen, flüssige Sanftheit, das Streicheln ist so schwach, dass ich zu zittern beginne und nicht mehr aufhören kann: meine Schultern, mein Rücken, meine Schenkel.

Nichts mehr vom Zug, nicht mehr mit meiner Reisetasche aus dem Waggon stolpern, in den milchweißen und azurblauen Wind, nicht mehr aufgehoben und auf eine Trage gelegt, nicht durch die Berge gefahren werden, wo Espen aufragen, die zwischen den Fichten leuchten wie grüne Gebete, nichts mehr von der Fahrt – nur dieses Tauchen unters Weiß, diese Berührung, die ich kenne, die mein Gesicht glatt streicht, meinen Hals, meine Brüste, sich liebevoll zu meinen Hüften arbeitet, der innere Schmerz, das Erschauern.

»Wir sollten uns beeilen – sie wird kalt.«

»Ja. *Keine Sorge, Schätzchen, wir sind fast fertig. Wir machen dich bloß noch sauber.*«

»Du willst doch sauber sein, oder?«

Das will ich. Das will ich wirklich.

»Braves Mädchen.«

Die Hände verdoppeln sich, umsorgen mich, jetzt zwei Paar, heben meine Arme, wischen ab, spreizen meine Finger mit einem feuchten Tuch, und sie sind falsch, sie sind nicht vertraut, niemand, den ich liebe.

»Das machst du gut.«

Und ich will ja sauber sein, aber mehr noch will ich Robert.

»Ach, sie ist wieder weg.«

»Dachte ich mir.«

Aber darunter bin ich allein, ausgestreckt und mit Leere gefüllt.

»So ist es gut jetzt. So ist gut.«

Frauenstimmen, kurze gelangweilte Sätze, ihr Inhalt ausgedünnt vom grellen Weiß, und auch meine eigene Stimme mit darin, die erstickte Laute formt, weinende Geräusche, wie man sie von einem Kind hören könnte.

Später an jenem Tag trete ich aus Hannah Luckrafts Zimmer und gehe die Treppe des Hauses Thoreau hinunter, und ich sehe Clear Spring um mich ausgebreitet, geduldig und völlig überzeugend. Ich könnte glauben, ich hätte es nie verlassen, wenn nicht der Anflug des Sommers wäre, der plötzliche Schuss Wachstum.

Ich nehme den Weg durch die Randbeete: Azaleen, das blaue Leuchten des Rhododendron, tiefe, breite Farnwedel, Geißblatt, das sich an einem Ahorn emporrankt, alles lebendig, die Sonne verzehrend – meiner Mutter würde es hier gefallen, die Schönheit eines Gartens, der sich in die Bäume, in den Wald, in die Berge schmiegt: Die einzige Narbe ist die Straße, die mich hergeführt hat.

Ich erinnere mich an meine Mutter. Andere Menschen, Einzelheiten, wichtige Fakten habe ich verlegt. Das ist mir bewusst. Aber ich erinnere mich an Bobby den Schnüffler und 8 Uhr 42 und Paddy und Blut und Erdbeeren und Kussbachek, Herodes, Henry, Eddie und an jeden Milliliter, an frische Unterhosen und tote Golfer, an Simon und Werwölfe und Schmutz und Dogger, Fischer, Deutsche Bucht, Zirkonoxid, Amelia und John Mills und meinen Vater und den Sound von Auchtermuchty, und an Benilyn, und ich ficke mich selbst, seine süßtrunkene Zunge, und ich ficke mich selbst, und Rawhide, Absinth, Lagavulin, tottrunken, rottrunken, wahntrunken, schlimmtrunken und Marylebone High Street, die den Hammer niedersausen lässt, und ich ficke mich selbst und erzähle niemandem, was ich gemacht habe, und sechsundvierzig Stunden Meisterwerke der Klassik und Gott und Gott und Gott und den Geruch von Karamel und

Entschuldigungen, überall tut es mir leid, escusezmoi, sorry, singnomäh, ana-asfa, tutmirleid, undskül, animitza'eret, midispiatsche, prastjetje, prepatschte, tutmirleid, imiparerau, botschaanat, tut mir leid, prominjte, proschtawajte, losiento, es tut mir leid, es tut mir wirklich leid.

Wirklich.

Und hier kommt das Leuchten des Wassers, das Zittern der Blätter, der dichte Wall des Gebüschs und Iris am Ufer. Mein See.

Ich habe mich direkt bis an den See gedacht.

Ein Erpel flattert in flachem Anstieg empor, seine Gefährtin treibt Entenküken durchs seichte Wasser und hinaus aufs Gras, wo sie wie Mäuse auseinanderstieben. Ich mag den schmalen Pfad, der am Wasserrand ausgetreten ist, steige über die festgebackenen Abdrücke von Stiefeln im Winterschlamm und steuere auf den Stein zu. Schon segelt eine bleiche Gestalt über die Wasseroberfläche, kommt näher, um mich zu treffen.

Ich klettere auf den Stein und stelle fest, dass ich mich an seine Wärme unter mir erinnere. Der Aufstieg ist leicht, aber auch ein bisschen umständlich, und ich muss vorsichtig sein. Ich will ihn nicht verärgern. Als ich oben hocke und mich übers Wasser beuge, ist der Schwan da, die Flammen seiner Flügel über dem Rücken aufgestellt, der Hals beleidigt angeschwollen.

»Schhhh … ich bin es nur.«

Ich habe Brot dabei und breche es, reiche es ihm hinunter, während er sich schüttelt und glättet, den Kopf streckt, den Schnabel aufgesperrt, seltsam borstig, fast wie der Blütenkelch einer tropischen Blume.

»Da hast du, für dich.« Er zwickt mich zärtlich in den Daumen und weicht dann wieder zurück, nimmt ein paar symbolische Schlucke Wasser, hustet. »Ja, ich bin wieder da. Wir sind wieder Freunde. Ich weiß.« Sein üblicher Geruch von warmen, frühmorgendlichen Laken, einem gut genutzten Bett.

Was hast du denn gemacht, als ich nicht da war?

Und zu meiner Seite leuchtet hinter den Zweigen eine weitere Bewegung auf, sehr hell, aber ich drehe mich nicht um, und der Schwan isst nur und beobachtet mich mit schnellen schwarzen Augen. Eigentlich ist da nichts, nichts für mich, außer der Erinnerung an Haut.

»Was hast du ohne mich gemacht? Was hast du gemacht?«

Er treibt ein wenig, trinkt, schaut mich dann an und stellt sich im Wasser auf, breitet die Flügel aus, eine weiße Spanne, die offenen Federn schimmern und schlagen ein Heulen aus der Luft. Er balanciert auf seinem Spiegelbild, schlägt weiter die Flügel, und ich glaube, ich sehe etwas: eine Mischung aus Dunkel und Rosa, wie ein Geschwür, eine lange Wunde am Gelenk eines Flügels: Aber dann lässt er sich wieder sinken, faltet sich ein, rudert davon, und ich könnte mich auch geirrt haben, das könnte leicht passiert sein.

Ich rufe ihn, und ich habe noch mehr Brot, aber er gleitet ins Schilf am anderen Ufer, klettert hinaus und geht schwerfällig aufs Gebüsch zu, bringt sich außer Sichtweite.

Ich mache mir Sorgen um ihn.

Und abends erzähle ich jemandem, dass er verletzt ist. Ich bin fast sicher, dass ich das tue. Pfleger Forbes oder Pfleger Ogilvie, einem von beiden habe ich es mitgeteilt, aber ich habe den Eindruck, dass sie mit etwas anderem beschäftigt sind, sie diskutieren eine erstaunliche Genesung – in zwei Wochen vom Delirium tremens ins normale Leben. So etwas haben sie noch nie gesehen. Sie sagen, das sei einem Mann namens Doheny gelungen, und das überrascht mich nicht. Ich bin auch nicht sicher, ob sie sich an den Schwan erinnern.

Aber ich mache kein Theater. Ich kann ihnen ja eine Nachricht schreiben oder morgen mit ihnen sprechen. Also gehe ich wieder zum Haus Thoreau und in mein altes Zimmer, das Fenster offen, erfüllt von abendlichem Vogelzwitschern: Schnalzen und Pfeifen und Zirpen von allen Seiten und eine lange, geflochtene Melodie darüber, die, wie mir jemand erzählt hat, zu einem Kardinal gehört.

Wenn man dem lauscht, kann man keinen falschen Gedanken hegen. Als ich mit Simon im Gerstenfeld saß, war mein Kopf immer hell und geordnet – voller Vögel, deren Namen wir nicht kannten, die Töne und Räume erzeugten, die kitzelten und aufstiegen, und Mohnblüten, röter als jede Farbe, wie Zeichen von anderswoher, von einem unnatürlichen Ort, die schimmerten, und die Höhe der Halme verbarg uns, denn wir waren klein. Damals war ich sauber.

Jetzt bin ich niemand, was nicht das Gleiche ist.

Ich sitze auf dem Boden, den Kopf gegen das Bett gelehnt, und das Zittern steigt wieder in meinem Rücken auf, und meine Hände sind beide nass.

Und Robert hätte hier sein sollen, und ich hätte ihn finden sollen, und heute Abend hätten wir zusammen und lebendig sein sollen. Und wir sollten einander Gnade sein, Geschenk sein und Liebe sein. Und ich sollte Hannah Luckraft sein, und das sollte eine Freude sein.

XIV

Und eine Weile, vielleicht eine lange Weile, bewege ich mich nicht und sehe nichts: Ich lausche nur meinem Zimmer, dem Vogelzwitschern, das ins Nichts verebbt und nur meinen Wecker, mein Herz, ein plötzlich über mich ziehendes Donnern zurücklässt, ein Geräusch wie von einem breiten Stein, der weggerollt wird.

Ich drücke meinen Schädel fest nach hinten und spüre, wie die Seite der Matratze sich verändert, wie die Federn sich zusammenziehen und dehnen. Empfindlich spüre ich unter mir, als ich die Beine ein wenig hebe, dass ein Teppich sich hebt und ausbreitet und den gewachsten Holzboden ersetzt. Das winzige Geräusch seiner Ankunft, ein Insektenlaut, schlägt kleine Wellen bis zu jeder Wand und passt sich ein. Ich halte die Augen geschlossen und lausche dem Erbluhen eines Schreibtischs, eines Stuhls, zweier Lampen, zweier Resopal-Nachttische, eines Zimmerschlüssels mit hässlichem Anhänger, dem leichten Knarren bei der Geburt eines Aschenbechers, einer Minibar, eines tragbaren Fernsehers. Und der Geschmack des Zimmers ist abgestandener Zigarettenqualm, Raumspray, Scheuermittel, Schweiß, und draußen blüht kein lebendiger Garten, in meilenweitem Umkreis nicht.

Vorsichtig schaue ich zum Fenster und sehe eine englische Nacht, eine Schar undurchschaubarer Leuchtfeuer, beleuchtete Gebäude und eine Radarschüssel, die sich im Kreis dreht und den Schatten durchlöffelt. Von kleinen Lichtlöchern begrenzt, reibt sich der breite, graue Bauch eines Flugzeugs durchs Dunkel ins Blickfeld, verschwindet in einem Muster aus Rot, Weiß und Grün.

Ich stehe auf, denn jetzt ist alles solide, möglich und fest, und ich sehe, dass meine Reisetasche prall und glücklich ist, und das Bett frisch gemacht.

Hinter mir im Bad höre ich das leise metallische Gleiten, als der Duschvorhang geschlossen wird, dann das Plappern des Wassers, das gemütliche Geräuschgewirr, wenn jemand sich zu waschen anfängt.

Ich lächle.

Ich greife in meine Reisetasche und finde die volle Flasche Bushmill's unversehrt: das wunderbare Etikett: die hohe, schmale Tür, die anderswohin führt. Wenn Robert fertig ist, wenn er hereinkommt, noch rosa vom Abschrubben, warm in ein Handtuch gehüllt, dann werden wir zusammen auf dem Bett liegen und reden, wir werden einander alles erzählen. Ich werde ihn bitten, die Gläser mitzubringen, und dann werden wir anfangen.